IN LIEBE, CHANEL: ROMAN

SOPHIE VANDERBILT - BAND 1

ANNA CAMILLA KUPKA

BUTTERFLY PUBLISHING

Butterfly Publishing
Anna Camilla Kupka
Umschlaggestaltung: Melinda De Ross
Redaktion: Mona Gabriel

1

Eine Frau, die kein Parfum trägt, hat keine Zukunft.

- Coco Chanel

Sophie gibt sich Mühe, die schöne seidene Krawatte nicht zu zerknittern, die sie vorsichtig der Geschenkbox des Londoner Nobelkaufhauses Harrods entnimmt. Sie lächelt zufrieden. Dieses Geschenk ist für Oliver wie gemacht, das Blau wird seine strahlenden Augen noch mehr zum Leuchten bringen. Die Krawatte ist von Bulgari, exklusiv für Harrods gefertigt. Oliver mag teure Marken, er wird die Geste zu schätzen wissen.

Na ja, Geste ist gut, denkt sie sich. *Ein bisschen mehr als das ist es schon.*

Das kleine Stück Stoff hat sie ein Vermögen gekostet und zwar eines, das sie eigentlich nicht hat. So gut wird ihr Job als Moderedakteurin bei der *Look&Style* nicht bezahlt, aber wer denkt hier schon ans Geld, es geht schließlich um die Liebe. Auch wenn diese Liebe sich eine Pause erbeten hat, die mittlerweile fast vier Monate andauert. Seitdem hat Sophie fast nichts von ihm gehört – trotz mehrfacher Versuche ihrerseits. Aber für das Geschenk wird er sich bedanken müssen. Schon allein das ist es wert, das Geld auszugeben. Dafür, seine Stimme endlich mal wieder zu hören. Sie sprüht einen Hauch Parfum auf die Krawatte. Sehr vorsichtig, damit es keine Flecken hinterlässt. Ok, ein bisschen mehr als einen Hauch. Tatsächlich muss sie husten, als die Parfumwolke in ihre Lungen dringt, aber schließlich wird sie das Geschenk erst am Montag zur Post bringen, da muss sie sicherstellen, dass der Duft anhält. Um ihn einzufangen, macht sie schnell das Päckchen zu. Der Duft ist wichtig, schließlich wecken Gerüche Erinnerungen, und Oliver mochte das Parfum immer so an ihr – *Mademoiselle* von Chanel – ihr Begleiter seit vielen Jahren. Ein wenig kommt auch noch auf den Umschlag, in dem die Geburtstagskarte steckt.

Klotzen, nicht kleckern, denkt sie.

Die Karte hat sie ebenfalls bei Harrods gekauft. Seitdem weiß sie, dass man selbst für einfache Geburtstagskarten Unmengen ausgeben kann. Aber dafür ist der Umschlag edel gepolstert und macht wirklich etwas her. Die Nachricht, die sie hineingeschrieben hat ist unbeschwert, locker, ein wenig sexy und doch mit Gefühl formuliert. Sie hat sie sechs Mal neu geschrieben und war leider nie schlau genug, den Text vorzuschreiben. Sie war sich jedes Mal sicher, dass dies jetzt die endgültige Version wäre. So musste sie an einem einzigen Tag sechs Mal zu Harrods laufen. Glücklicherweise wohnt sie in der Nähe. Nach dem fünften Mal waren keine Karten mit dem Motiv ihrer ersten Wahl mehr da und sie musste sich mit der zweiten Wahl begnügen. Beinahe wäre sie in Tränen ausgebrochen. Sie wollte doch so sehr, dass alles perfekt wird. Während sie sich noch überlegt, ob sie einen Lippenstiftkuss auf den Umschlag hauchen soll (Ist ein Lippenstiftkuss Marilyn-Monroe-Stil oder eher Ich-bin-verzweifelt-Stil?), zieht sie in Erwägung, das Paket vielleicht doch lieber per Kurier zu schicken, um auch ganz sicher zu gehen, dass es pünktlich zu Olivers Geburtstag ankommt. Aber das kann sie auch später noch entscheiden. Vor Montag muss es auf gar keinen Fall raus und da kann sie auch die Lippenstiftkuss-Frage noch um einen Tag verschieben. Und zur Not sogar noch mal zu Harrods laufen ...

»Was glaubst du eigentlich, was du da machst?«, hört sie plötzlich eine Stimme.

Sophie springt vor Schreck auf. Was war das? Sie ist allein in ihrer Wohnung, es kann niemand mit ihr gesprochen haben. Aber sie ist sich sicher, eine Stimme gehört zu haben. Sie fühlt sich extrem unbehaglich. Wird sie etwa langsam verrückt?

»Verrückt würde ich dieses Verhalten allerdings nennen. Total verrückt«, antwortet die Stimme auf ihre Gedanken.

Jetzt wird es wirklich unheimlich. *Oh Gott,* denkt sie sich, *ich drehe tatsächlich durch. Stimmen zu hören, ist nun einmal nicht normal.* Und doch könnte sie schwören, es ist eine Stimme hier, in diesem Raum mit ihr. Langsam schaut sie sich um und kommt sich dabei völlig idiotisch vor. Es ist natürlich niemand da. Sie hat offensichtlich Wahnvorstellungen. *Ist das, was passiert, wenn man den Verstand verliert? Fängt man dann an, Stimmen zu hören?*, fragt sie sich.

»Du bist ganz offensichtlich dabei, den Verstand zu verlieren«, antwortet die Stimme wieder. »Also frage ich dich noch mal, was genau meinst du, da zu tun?«

Die Stimme ist so streng, dass Sophie sich wie in der Schule vorkommt. Automatisch antwortet sie:

»Ich bereite ein Geschenk für Olivers Geburtstag vor. Er ist in drei Tagen.«

Sie klingt kleinlaut, wie immer, wenn sie mit Autorität konfrontiert wird.

»Ein Geschenk für einen Kerl mit knochigem Hintern,

der dich verlassen hat? Der dich seitdem nie wieder angerufen hat? Und da fragst du dich tatsächlich noch, ob du den Verstand verlierst? Ich kann da zumindest nicht mehr sehr viel Verstand entdecken!«

Die Stimme klingt wahrlich entrüstet.

»Er hat mich nicht verlassen, wir haben nur eine Pause! Er muss ein wenig Klarheit erlangen und dafür braucht er etwas Zeit. Ist das wirklich so außergewöhnlich?«, fragt Sophie aufgebracht.

Passiert das gerade wirklich? Spricht sie wirklich mit einer unsichtbaren Stimme? Und rechtfertigt sich auch noch? Wie dem auch sei, die Stimme spinnt, das steht fest. Sie und Oliver haben nur eine kurze Pause, er hat sie nicht verlassen, wie die Stimme es behauptet. Diese Pause ist wahrscheinlich bald zu Ende und dann sind sie wieder vereint. Er braucht etwas Qualitätszeit, hat er gesagt, um zu sich selbst zu finden, um durchatmen zu können, Prioritäten neu zu setzen. Das ist doch verständlich, oder? Ok, das Wort Qualitätszeit hat sie schon ein wenig irritiert. Hieß das etwa, dass die Zeit mit ihr keine Qualitätszeit war? Aber das hat er sicherlich nur so dahergesagt. Das ist so seine Art, locker flockig daherreden, selbst wenn es um ernste Themen geht. Oliver nimmt nie etwas wirklich ernst, gerade das findet sie ja so charmant an ihm. Er steht immer auf der Sonnenseite des Lebens. Umso mehr hat es geschmerzt, von dieser Seite - wenn auch nur für kurze Zeit - vertrieben zu werden. Seit er weg ist, fühlt sie sich wie im Nebel, als hätte er sämtliche Sonnenstrahlen von ihr abgezogen. Und weh hat es schon getan, dass er Abstand von ihr brauchte. Denn sie brauchte niemals wirklich Abstand zu ihm. Er gab ihr so viel Energie, seine Aufmerksamkeit war fast wie eine Droge, und die exklusive Empfängerin dieser Aufmerksamkeit zu sein, hat ihr eigenes Selbstwertgefühl deutlich gesteigert. So fühlte es sich zumindest an. Aber sie ist ein modernes, aufgeschlossenes

Mädchen und sollte froh sein, dass ihr Freund auch mal Zeit für sich braucht und ihr nicht wie ein Schoßhündchen hinterherläuft. Nicht wahr?

Und sein Hintern ist nicht knochig!, denkt sie trotzig.

»Ist er wohl!«, kontert prompt die Stimme.

»Du nervst«, antwortet Sophie. »Wer bist du eigentlich?« Langsam findet sie ihren Mut wieder.

»Ich bin Gott«, antwortet die Stimme stolz.

»Du bist Gott?«

»Natürlich, wer sollte ich sonst sein, Dummerchen? Wer, glaubst du, könnte denn sonst so mit dir sprechen?«

»Irgendwie dachte ich, Gott sei nett«, seufzt Sophie resigniert.

»Ich bin sogar sehr nett«, antwortet Gott mit Inbrunst.

»Aber du sagtest, Oliver hätte einen knochigen Hintern. Das ist nicht nett.«

»Aber die Wahrheit«, antwortet Gott. »Da ich seinen Hintern gemacht habe, macht es mir natürlich nichts aus, aber knochig ist er trotzdem.«

»Ich glaube es ja nicht! Willst du mir wirklich weismachen, dass ich mit Gott über den Hintern meines Freundes diskutiere?«

»Er ist nicht dein Freund, Liebelein, er hat dich fallen lassen«, kontert fröhlich die Stimme. »Fallen lassen, fallen lassen, fallen lassen«, trällert sie heiter hinterher, um ihren Punkt auch wirklich rüberzubringen.

»Vielen Dank«, murmelt Sophie. »Was weißt du denn schon von Romantik? Du lebst ja schließlich im Zölibat!«.

»Ich im Zölibat?«, fragt Gott entsetzt. »Wer behauptet denn so was? Ich lebe ganz sicher nicht im Zölibat. Ein paar katholische Priester tun das vielleicht … aber auch nicht allzu viele«, kommt es leise gemurmelt hinterher. »Ich hingegen, ich weiß alles über Romantik, absolut alles. Ich habe sie ja schließlich erfunden. Und daher weiß ich auch genau, wenn jemand fallen gelassen wird, da macht mir keiner etwas vor«, sagt Gott mit solcher Begeisterung, als hätte er gerade persönlich die frohe Botschaft verkündet.

»Das scheint dich sehr fröhlich zu stimmen«, antwortet Sophie bitter.

»Na, nicht unbedingt fröhlich, aber dramatisch ist es auch nicht. Aber du, meine Liebe, machst dich absolut zum Affen wegen dieses Mannes und ich kann es einfach nicht weiter mitansehen. Deshalb musste ich mich einmischen und dir wieder etwas Verstand einhauchen. Und jetzt wirst du diese fürchterliche Karte in Stücke reißen und die Krawatte zurück in das Kaufhaus bringen in der Hoffnung, dass sie nicht merken, dass du sie quasi in Parfum ertränkt hast. Coco Chanel würde sich im Grabe umdrehen, wenn sie wüsste, was du in ihrem Namen tust. Aber mach dir keine Sorgen, ich habe es vor ihr verheimlicht, sonst würde ihr Geist sich womöglich noch rächen und dir für alle Zeiten einen schlechten Geschmack verpassen. Und dann kaufst du dir von dem Geld, das du zurückbekommst, einen schönen Seidenschal, der zu deinen Augen passt, statt dieser Krawatte, die zu seinen passt!«

Sophie kann das fassungslose Kopfschütteln fast hören. Gott ist wirklich sehr autoritär. Einer der Gründe, weshalb sie ihm immer skeptisch gegenüberstand. *Wer braucht so etwas schon?,* denkt sie sich. Aber obwohl sie sich sonst vor Autoritäten immer fürchtet, wird sie sich diesmal widersetzen, selbst wenn es sich hierbei um Gott handelt (Jetzt schüttelt sie selbst den Kopf über sich. Glaubt sie diesen Unsinn wirklich?). Sie wird niemandem erlauben, sie davon abzuhalten, Oliver zu seinem Geburtstag ein Geschenk zu machen! Im Namen der Liebe! Und damit haucht sie einen roten Kussmund auf die Karte. *Sehr Marilyn-Monroe-Stil,* entscheidet sie.

ER HAT sie nicht wirklich verlassen – na ja, ein bisschen vielleicht. Er hatte sie am zweiten Weihnachtstag mittags vom

Flughafen abgeholt und sie wollten schön mittagessen gehen. Sie hatte Weihnachten bei ihrem Vater und seiner neuen Frau in Düsseldorf verbracht, Oliver bei seinen Eltern in Bradford. Sie hatte sich so gefreut, ihn wiederzusehen! Ihr Geschenk, mit dem sie sich solche Mühe gegeben hat, hatte sie liebevoll eingepackt - in freudiger Erwartung, was er für Augen machen würde. Als er sie abholte, gab er ihr dann einen Kuss auf die Stirn, während alle um sie herum sich in inniger Wiedersehensfreude küssten. Aber so war er nun einmal, manchmal brauchte er etwas länger, um aufzutauen. Sie war diesbezüglich tolerant, auch wenn es ihrem Herzen einen kleinen Stich gab. (Wenn sie ganz ehrlich zu sich war, war sie nicht nur diesbezüglich tolerant ... sie war immer unglaublich verständnisvoll ihm und seinen Launen gegenüber. Schließlich gab es ja so viele Dinge, die in seinem Leben vor sich gingen und die immer wichtiger waren als sie, da musste sie verständnisvoll sein.) Aber zurück zu Weihnachten. Nach dem Papst-Kuss auf die Stirn wurde er noch komischer. Er nahm ihren Koffer und sie gingen auf die Rolltreppen zu. Sie stellte sich auf eine und drehte sich nach ihm um, doch da sah sie schon, dass er sich auf eine andere Rolltreppe daneben gestellt hatte. Wer macht denn so was? Wer stellt sich bei einem Wiedersehen fast demonstrativ auf zwei unterschiedliche Rolltreppen? Sie spürte, wie Enttäuschung und leichte Panik in ihr hochstiegen. Was war passiert? Sie hatte sich das Wiedersehen anders vorgestellt. Ganz anders. Sophie spürte, wie ihr die Tränen kamen, aber sie gab ihr Bestes, um diese zu unterdrücken. Das wäre jetzt schön peinlich, gleich beim Wiedersehen zu weinen. Und zwar nicht aus Freude, sondern aus Enttäuschung. Er würde das gleich wieder als Vorwurf ansehen und Vorwürfe konnte er nicht leiden. Erinnerungen kamen auf, wie oft er sie schon enttäuscht hatte, vor allem an Weihnachten. Eigentlich jedes Jahr, seitdem sie sich kannten, wie ihr in diesem Moment bewusst wurde. Und jedes Jahr dachte sie, dass dies nun das letzte Mal so sei und sich bald, ganz bald alles ändern würde.

An ihrem ersten Weihnachten hatte er sich sogar entschieden, noch mal mit seiner Ex zusammen in den Urlaub zu fahren. Aus Pflichtgefühl, wie er sagte, es bedeute nichts. Es hat sie damals innerlich fast zerschlagen, sie wusste nicht, wie sie mit der Vorstellung von den beiden in einem Zimmer, in einem Bett, zusammen auf der Piste umgehen sollte. Dann sah sie auch noch Bilder auf Facebook. Von den beiden Arm in Arm, lachend, sich küssend. »Nur gestellt«, versicherte er ihr. In Gedanken sei er stets bei ihr gewesen. Wieso er den Urlaub dann noch zwei Tage verlängern musste, war ihr schon damals schleierhaft, aber wie immer versuchte sie, ihm zu glauben. Seine Ex sei auch gar nicht sexuell gewesen, teilte er ihr mit, eigentlich fast schon ein bisschen lesbisch. Komisch, so wirkte sie gar nicht. Aber wie gesagt, Sophie versuchte ihm immer zu glauben und einen tieferen Sinn in seinem Verhalten zu finden.

So wie sie auch jetzt versuchen würde, ihm zu glauben, dass alles ok war. Mittlerweile waren sie bei seinem Auto angekommen, einem schneidigen BMW. Er war sehr stolz auf seinen Wagen, mochte Statussymbole überhaupt gerne. Sie mochte das Auto auch, aber wie immer hatten sie jetzt das Problem, ihr Gepäck in dem winzigen Kofferraum des Zweisitzers unterzubringen. Letztlich mussten sie das Dach aufmachen, ihren Koffer auf den Notsitz quetschen und das Dach dann wieder schließen.

Praktisch ist anders, dachte sie.

Im Auto sagte er dann geradeheraus: »Ich habe eben unsere Silvesterreise storniert, es fühlte sich nicht richtig an.«

Einfach so. Ohne viel Aufhebens. Eigentlich hätte sie an die kontinuierlichen Schläge in die Magengrube langsam gewöhnt sein müssen, aber ihr Körper war offensichtlich lernresistent. Und so merkte sie, wie der Kloß in ihrem Hals immer dicker und ihr leicht schwindelig wurde. Ihre Umgebung fing an, sich surreal anzufühlen, wie in einem schlechten Traum.

»Du hast was?«, fragte sie mit erstickter Stimme.

»Unsere Reise storniert«, hörte sie seine gleichgültige Stimme wie durch Watte.

Und konnte es sein, konnte es wirklich sein, dass er sich leicht genervt anhörte? Fast so, als müsste er sich hier durch eine lästige Aufgabe durcharbeiten?

»Ich kann das einfach nicht mehr, ich brauche mal Luft. Ich habe das Gefühl, dass ich von Beziehung zu Beziehung stolpere. Ich brauche Zeit für mich, für meine Hobbies, meine Karriere, kurz – ich brauche eine Auszeit. Qualitätszeit«, hörte sie seine Erklärung wie aus weiter Ferne. Es klang wie auswendig gelernt.

Der Kloß in ihrem Hals verfestigte sich zu einem großen, grauen Felsbrocken. In drei Tagen hätten sie losfahren sollen, sie wusste nicht wohin, es sollte eine Überraschung werden. Er hatte so viele verheißungsvolle Andeutungen gemacht und selten hatte sie sich so auf etwas gefreut. Endlich ein Silvester mit ihm zusammen. In den letzten Jahren hatte es irgendwie nie geklappt. (Und das hat nie an ihr gelegen, wie sie jetzt feststellte. Immer war bei ihm etwas dazwischengekommen, aber direkt Schluss gemacht hatte er noch nie.)

»Und das heißt?«, fragte sie wie vor den Kopf gestoßen.

»Das heißt, dass ich dich jetzt nach Hause fahre, dich und deinen Koffer dort absetze und wir dann erst einmal eine Atempause voneinander nehmen. Hey, das ist kein Drama, Baby, es ändert nichts daran, dass du ein klasse Kerl bist«, versicherte er ihr, als er ihr entsetztes Gesicht sah. »Es ist nur eine Pause, ok, ein Break?!«

In perfektem Timing bog er in diesem Moment in ihre Straße in Kensington ein und hielt vor dem gemütlichen, roten Backsteinhaus, in dem sich ihre Wohnung befand. Er hievte ihren Koffer und das Geschenk, das sie für ihn liebevoll und in Handarbeit fertigstellt hatte, auf den Bürgersteig in den Dreck. Wie in Trance stieg sie aus und er nahm ihren Kopf zwischen seine Hände. Dann guckte er ihr tief in die Augen, gab ihr noch einen Kuss auf die Stirn und verabschiedete sich: »Hey, es wird alles gut, Baby, weiterhin frohe Weihnachten. Versuch es zu genießen und bitte, mach doch nicht so ein Gesicht.« Dann fuhr er mit quietschenden Reifen davon. Sophie hatte ihm wie versteinert hinterhergestarrt.

Das ging ihr jetzt durch den Kopf, während die Stimme, die sich Gott nannte, sie hänselte, dass ihr Freund sie hatte sitzen lassen.

»Na ja, sitzen lassen«, meldet sich die Stimme, die so offensichtlich ihre Gedanken lesen kann, sogleich wieder fröhlich und total unpassend zu Wort. »Seien wir mal ehrlich – so richtig wart ihr nie zusammen und tief drinnen wusstest du das auch. Du wolltest es nur nie wahrhaben.« Und dann pfeift die Stimme heiter vor sich hin und scheint freudig durch den ganzen Raum zu schwirren. *Und das soll Gott sein?*, denkt Sophie verwirrt.

Sie schüttelt den Kopf. Nach dem unerfreulichen Wiedersehen und noch schnelleren Abschied von Oliver ging es ihr verdammt schlecht und ihre stets praktische Freundin Aishley wollte sie überreden, zu einem Therapeuten zu gehen und sich mal richtig den Kopf waschen zu lassen. Sich von diesem ›Hohlkopf‹, wie sie Oliver gerne nannte, freizumachen. Oliver und Aishley hatten sich nie wirklich leiden können. Sie, die langbeinige Schönheit, die immer cool über den Dingen stand und der alles zuzufliegen schien, und er, der aufstrebende, aber immer leicht verbissene Banker, der nur seine Karriere im Kopf hatte. Sowohl Aishley als auch Sophie stammten aus Familien, in denen sie keine Geldprobleme kannten. Sophie war sich dieses Privilegs sehr bewusst, während Aishley es mit großer Selbstverständlichkeit hinnahm, wie ihr auch alles andere Gute im Leben wie selbstverständlich zufiel. Oft beneidete Sophie ihre Freundin für deren Nonchalance und Gelassenheit. Oliver hingegen kam aus eher bescheidenen Verhältnissen und versuchte stets, dies zu kompensieren. Sophie hatte wie immer Verständnis für ihn und auch wenn er manchmal sehr angespannt herüberkam, so fand sie seine Versuche, die soziale Leiter zu erklimmen, doch irgendwie rührend. Aishley hingegen fand es einfach nur lächerlich. Aber auch die beiden Freundinnen unterschieden sich. Denn wo Sophie stets versuchte, sich von ihrem erfolgreichen Vater zu emanzipieren und so gut wie möglich von ihrem dürftigen Gehalt bei *Look&Style* zu leben, kannte Aishley solche Hemmungen nicht. Ihre Mutter kam regelmäßig mit ihren zwei Schoßhündchen von ihrem schicken Landsitz in Cornwall nach London und dann kauften sie und ihre Tochter nicht nur die Bond Street leer, sondern gönnten sich danach Champagner im Ritz, üblicherweise gefolgt von einem opulenten Abendessen im Nobu. Überall waren sie gern gesehene Gäste. Während Aishleys Mutter dann im Ritz nächtigte, ging Aishley noch rüber in den Arts Club, wo sie als aufstrebende Künstlerin natürlich Mitglied war. Sophie ging manchmal mit ihr, da sie den Nachtclub dort mochte - endlich mal ein Club mit guter Musik, wo man noch wirklich tanzen konnte. Aber um wieder zum Thema zu kommen: Aishley war ebenso wie Gott sehr schlecht auf Oliver zu sprechen. Wenn sie ehrlich zu sich war, so musste sie sich eingestehen, dass eigentlich keine ihrer Freundinnen ihn so wirklich mochte.

»Moooment«, kommt da sogleich die Stimme, die sich Gott nennt, aus dem Off. »Ich mag ihn natürlich, ich habe ihn ja schließlich gemacht, Dummerchen. Wie könnte ich ihn da nicht mögen? Aber ich muss zugeben, es war nicht mein bester Tag. Ich glaube einer meiner Engel - Michael oder Raphael, wenn ich mich nicht irre - wollten an diesem Tag streiken, da war ich etwas abgelenkt. Aber trotzdem mag ich ihn. Was nichts daran ändert, dass ich durchaus ein etwas sensibleres Exemplar hätte herstellen können. Diese Verantwortung nehme ich voll auf mich.«

Die Stimme hört sich jetzt tatsächlich etwas zerknirscht an. Fast empfindet Sophie Mitleid mit Oliver. Wenn sich schon Gott angesichts seiner Kreation ein wenig schämt, so sieht es wirklich nicht gut aus. Sophie schüttelt mehrmals und heftig den Kopf. Das muss aufhören. Stimmen hören - so weit hat Oliver sie also gebracht. Sie muss wirklich bei Gelegenheit mal zum Therapeuten. Aishley hat ja so recht. Jetzt kommt ein Räuspern aus dem Raum, gefolgt von einem leicht beleidigten:

»Die meisten sähen es als Privileg an, mich zu hören, aber nun gut, geh nur zum Therapeuten, wenn das hilft, den Knochenhintern aus deinem Kopf zu bekommen.« Dies gefolgt von einem leisen Lachen.

Dieser Gott hat wirklich einen höchst eigenartigen Humor, denkt Sophie irritiert. Zeit, das Päckchen zu nehmen und es zur Post zu bringen. Sie würde es doch heute schon tun, und sich sicherlich nicht von einer Stimme im Kopf diktieren lassen, was sie zu tun oder zu lassen hatte. Damit macht Sophie sich auf den Weg.

Auf dem Weg zur Post klingelt ihr Telefon. Sie schaut auf das Display. Aishley – bitte nicht! Wie sollte sie ihr erklären, wo sie hinging? Doch noch bevor ihr noch eine passende Lüge einfällt, hat sie schon abgenommen. Ohne Begrüßung sagt Aishley im gewohnten Befehlston:

»Wo bist du?«

»Auf dem Weg zur Post«, antwortet Sophie leicht nervös. *Hört sich doch eigentlich ganz harmlos an,* denkt sie. Doch da hat sie nicht mit Aishleys Spürsinn gerechnet.

»Post??«, fragt diese fassungslos, als hätte Sophie gesagt, sie ginge zum Leichenschauhaus.

»Ja, Post. Dort geht man hin, um Post aufzugeben.«

»Das ist ja so letztes Jahrhundert«, sagt Aishley. »Sag mir bitte nicht, du bist eine dieser Zalando-Frauen geworden, die wöchentlich bestellen und dann alles wieder zurückbringen, weil sie in ihrer Verklärung alles in Größe S bestellen, ohne zu merken, dass die Jahre sie zu einem L haben werden lassen.«

Aishley kichert gehässig. Aishley, obwohl normalerweise eine Hasserin jeglicher Vereine (von exklusiven Mitglieder-Clubs mal abgesehen), ist Mitglied im Leichtathletik-Verband, rennt wie eine Gazelle und hat eine Figur wie eine 16-Jährige. Sophie dagegen ist eher auf der unsportlicheren Seite, aber dafür ganz gut proportioniert. Im Moment ist sie einfach nur froh, dass sie es geschafft hat, Aishley abzulenken und fragt unschuldig:

»Und du, was machst du?«

»Halt, nicht so schnell«, antwortet Aishley. »Du hast mir immer noch nicht gesagt, was du auf der Post machst.« (Wieder diese eigenartige Betonung auf dem Wort ›Post‹.)

»Ich muss ein Päckchen aufgeben, nichts weiter.« (»Fehler, Fehler, Fehler«, schrillen die Alarmglocken in ihr. Ein Brief an die Steuerbehörde, das wäre die richtige Antwort gewesen!)

Die unvermeidliche Frage kommt natürlich prompt:

»Was für ein Päckchen?«

»Ein Geschenk.«

»Für wen?«

Konnte sie ihr einfach sagen, dass es sie nichts anginge? Konnte man das seiner besten Freundin sagen? Und während sie noch überlegt, kommt nach ein paar Sekunden des Schweigens:

»Sophie, du wirst doch nicht etwa?! SOPHIE!!! Du schenkst doch dem Hohlkopf, dem Arschgesicht (Aishley hat manchmal eine recht derbe Ausdrucksweise), der dich so hat abblitzen lassen, nichts! Sag mir sofort, dass du ihm nichts schenkst, sondern dass das Geschenk für deine nicht vorhandene Großtante ist!! Sophie, sag es sofort!«

Sophie merkt, wie sich Widerstand in ihr regt. *Was haben die nur alle?*, denkt sie sich. Erst Gott (Hat sie das gerade wirklich gedacht?) und nun auch noch Aishley, die eigentlich ihre Freundin sein und hinter ihr stehen sollte.

»Ja, es ist für Oliver und bitte hör endlich auf, ihn Hohlkopf zu nennen. Er hat einen Namen. Und nur, weil er mal etwas Luft braucht, heißt das noch lange nicht, dass er nicht ein kleines Geschenk zu seinem Geburtstag verdient hat. Die Entscheidung, eine Pause einzulegen, ist ihm auch nicht leichtgefallen!«

»Eine Pause von mittlerweile vier Monaten; dass ich nicht lache!«

»Noch keine vier«, erwidert Sophie starrsinnig.

»Keine Sorge, es werden vier und danach fünf und dann sechs. Und du wirst dich immer noch zum Affen machen. Das Einzige was dieser Mistkerl verdient hat, ist ein Tritt in seinen nicht vorhandenen Hintern. Ein Tritt, der so fest ist, dass er in sein provinzielles Bradford zu Mama in den Schoß zurückfliegt.«

»Was habt ihr nur alle mit seinem Hintern? Er hat einen völlig normalen Hintern. Einen tollen Hintern sogar!«

»Der beste Beweis, dass Liebe blind macht«, lacht Aishley gehässig. »Aber ich bin ja froh zu hören, dass ich nicht die Einzige mit dieser Meinung bin. Wer sagt denn noch, dass dein Schönling einen nicht vorhandenen Hintern hat?«

»Meine Mutter«, lügt Sophie schnell. Eine schlechte Lüge.

»Deine Mutter?«, fragt Aishley perplex. »Deine Mutter würde sich eher ihre frisch manikürten Fingernägel beim Unkrautjäten zersplittern als den Hintern deines Freundes zu kommentieren. Erzähl mir doch keinen Mist.«

»Dann glaub es mir halt nicht«, kontert Sophie trotzig.

Untypischerweise gibt Aishley diesmal schneller als sonst nach und murmelt nur noch so etwas wie: »Die Frau ist doch schlauer, als ich dachte.«

Sophie muss schlucken. Es ist immer wieder hart zu hören, was ihre Freunde über Oliver denken. Aishley wäre erstaunt, wenn sie wüsste, wie sehr sie sich wie Gott anhört. Sie sind sich gar nicht so unähnlich. Da, sie macht es schon wieder! Sie muss wirklich damit aufhören, an die Stimme als Gott zu denken! Wenn sie irgendjemandem erzählt, dass sie Gott hört, braucht sie nicht nur einen Psychiater, sondern darf ihr Vintage-Jäckchen gleich noch gegen ein Zwangsjäckchen austauschen. Ebenfalls Vintage natürlich.

»Mach, was du willst«, kommt es schließlich von Aishley. »Es ist schließlich deine Würde, die du hier zu Grabe trägst und nicht meine. Aber weshalb ich eigentlich anrufe: Heute Abend macht dieses neue Restaurant in Notting Hill auf, von dem ich dir erzählt habe. Und jetzt rate mal, wer Karten für die Eröffnungsparty hat?«, fragt sie mit einem Grinsen in der Stimme.

»Du natürlich, wer sonst.« Sophie verdreht die Augen. Aishley war immer die Erste, die überallhin eingeladen wurde.

»Richtig, und du kommst mit. Keine Widerrede. Danny und Rob kommen auch, es wird Zeit, dass wir vier mal wieder ordentlich Spaß haben.«

Danny und Rob sind ihre schwulen Freunde, die Sophie über alles liebt. Wenn die beiden da sind, ist irgendwie immer alles gut. Sophie hatte sich heute eigentlich auf einen gemütlichen Abend mit Videogucken zu Hause gefreut, aber sie weiß – wenn Aishley in so einer Stimmung ist, dann gibt es keinen Ausweg.

»Ok«, gibt sie daher sogleich klein bei.

»Perfekt«, antwortet Aishley, »Also, schmeiß dich in ein

sexy Outfit und wir sehen uns um acht in der Zuma-Bar auf einen Drink. Von da aus fahren wir dann weiter.«

»Also gut, acht Uhr dann«, sagt Sophie und legt schnell auf, bevor Aishley noch einmal auf ihren Gang zur Post zu sprechen kommen kann.

2

Die Schönheit brauchen wir Frauen, damit die Männer uns lieben, die Dummheit, damit wir die Männer lieben.

\- Coco Chanel

UM SECHS UHR NIMMT SOPHIE EIN LANGES SCHAUMBAD UND genießt das Gefühl, sich einfach mal fallen lassen und ihren Gedanken nachhängen zu dürfen (und keine Stimme in der Wohnung zu hören). *Samstage sind etwas so Schönes,* denkt sie und schnurrt zufrieden wie eine Katze. Jeden Samstag hat sie das Gefühl, dass ihr die Welt zu Füßen liegt und der Tag voller bislang ungenutzter Möglichkeiten steckt. Sie liebt es, sich vom Wetter überraschen zu lassen und den Tag spontan zu gestalten. Nur ganz selten plant sie ihre Samstage vor. Sie sind für sie so etwas wie Überraschungseier. Sie denkt wieder an Oliver, so wie sie eigentlich fast immer an ihn denkt. Sie haben nicht viele Samstage zusammen verbracht, er hatte meistens etwas mit seinen Kumpels vor oder musste arbeiten oder fuhr zu seinen Eltern nach Bradford. Zu diesen

Trips wurde sie nie eingeladen und auch sonst hatte sie nicht das Gefühl, eine allzu große Rolle in seinem Leben zu spielen. Sie war eher ein netter Zeitvertreib. Eine Begleiterscheinung. Der Gedanke tut ihr weh und sie merkt, wie sich ihre Brust zusammenzieht. Halb aus Schmerz, halb aus Schamgefühl. Vielleicht hätte sie ihm doch kein Geschenk schicken sollen? Und natürlich gab es Sex auf Abruf, das hat er sicherlich genossen. Aber offensichtlich nicht so sehr, dass er deswegen keine ›Atempause‹ gebraucht hätte. Sie hat sich immer solche Mühe gegeben, keine Forderungen an ihn zu stellen, entspannt und fröhlich zu sein und ihm ihren Schmerz nicht zu sehr zu zeigen, wenn er sein Leben mal wieder ohne sie plante. Manchmal konnte sie ihre Enttäuschung jedoch nicht unterdrücken und ein paar Mal brach es aus ihr heraus und sie überschüttete ihn mit Vorwürfen. Seine Reaktion war stets die Gleiche: Verärgerung, als sei sie ein kleines nörgelndes Kind. Genau wie vor ein paar Wochen, als sie ihn endlich am Telefon erreicht hatte. Vorher hatte sie es schon öfter versucht, vor allem wenn sie sich einsam fühlte, aber er hat nie abgenommen. Schließlich hat sie ihre Nummer unterdrückt, jedoch nicht wirklich mit einem anderen Ergebnis gerechnet. Aber er ging sofort fröhlich ans Telefon und hörte sich gar nicht wie jemand an, der sein Leben mal ernsthaft beleuchten wollte, sondern eher wie jemand, der es aus vollen Zügen genießt. Seine Stimme war voller Energie und Vorfreude. Bis er ihre Stimme hörte und seine Stimmung sofort umschlug. Der bekannte genervte Unterton schlug ihr entgegen, als er ihr kurz mitteilte, er habe jetzt keine Zeit zum Reden, er würde sich melden, wenn er mal wieder mehr Luft habe. ›Luft‹, ›Atmen‹, das schienen seine neuen Schlagworte zu sein. Als sie dies am Abend unter Tränen Aishley sowie Danny und Rob erzählte, bekam sie jedoch nicht das erhoffte Mitgefühl, sondern selbst der sonst so mitfühlende und stets verständnisvolle Rob drohte ihr mit einer umgehenden Kündigung der Freundschaft, sollte sie Oliver jemals wieder anrufen. Wenn sie daran dachte, zog sich immer noch ihre Brust zusammen. Es war so erniedrigend gewesen. Sowohl Olivers Reaktion als auch die Reaktion ihrer Freunde. Als würde sie sich nicht an das Regelbuch der Verlassenen halten. Sie fragte sich, ob die anderen überhaupt wussten, wie sich echter Herzschmerz anfühlte. Sie wusste es. Vor allem seit sie Oliver kannte. Das Telefonat war vor drei Wochen gewesen und seitdem gab es keinen Mucks mehr von ihm. Nichts, nada.

SOPHIE VERSUCHT, die dunklen Gedanken abzuschütteln, steigt aus der Badewanne und trocknet sich ab. Auf zum Kleiderschrank – hier würde ihre Laune wieder steigen. Sie liebt die schönen Dinge des Lebens und durch ihren Job bei *Look&Style* hat sie immer Zugang zu den neusten Trends. Schönheitsartikel bekommt sie auch zugeschickt, was als extra Benefit auch ihren Beliebtheitsgrad bei ihren Freundinnen immens steigert, die sie großzügig mit Pröbchen versorgt. Aber Klamotten muss sie sich leider immer noch selber kaufen. Sie hat jedoch ein Händchen dafür, Zara und Mango mit ein paar edlen Designerstücken zu kombinieren. Ihre Lieblinge sind Alexander McQueen und Marc Jacobs. Und natürlich Chanel. Sie liebt auch Vintage-Sachen. Sophie braucht nie lange, um sich zu entscheiden, was sie anzieht, lässt sich stets von ihrer Stimmung leiten. So zieht sie jetzt zielsicher eine leicht abgenutzte und sehr eng sitzende Jeans aus dem Kleiderschrank und dazu ein silbernes Pailletten-Top mit Spaghettiträgern, das locker um ihren Oberkörper fällt und den Rücken weit frei lässt. Einen BH braucht sie nicht. Sie ist eher klein und zart gebaut, ihr Busen ist klein genug, um ab und zu ohne BH auszukommen. Das silberne Top ist eines ihrer Lieblingsstücke. Unkompliziert und immer sexy. Oliver hat dieses Oberteil an ihr geliebt und die

Hand immer spaßeshalber hinten hineingesteckt, bis in ihre Jeans, um ihr dann in den Po kneifen zu können. Sie hat dann immer gequietscht und vermeintlich empört aufgeschrien. Er liebte diese Spielchen. Und sie hat sie auch geliebt.

Vergiss diese Gedanken, Sophie, lass dir nicht den Abend verderben, denkt sie resolut. Wie zur Bestätigung schüttelt sie sich kurz wie ein Hund, um jegliche Erinnerungen an Oliver abzuschütteln. Zumindest für den Moment. Nun nimmt sie einen mädchenhaften rosa Slip aus der Schublade. Sie mag süße, unschuldige Unterwäsche lieber als verruchte Spitzenwäsche. Dann zieht sie alles an und ist fast schon ausgehfertig. Jetzt noch etwas Make-up. Viel braucht sie nicht. Sie hat eine schöne Haut, sehr zart, mit ein paar Sommersprossen, die gut zu ihrem rotblonden Haar passen. Dazu große unschuldige blaue Augen. Sie findet sich selber etwas unscheinbar und wird von anderen oft als ›süß‹ bezeichnet. Aber Aishley besteht darauf, dass sie den Beschützerinstinkt in jedem Mann wecke und damit unwiderstehlich sei. *Nun, offensichtlich nicht für jedermann,* denkt sie, von ihrem Thema Nummer eins mal wieder wie magisch angezogen. Sie trägt Rouge auf, gefolgt von zartem Lidschatten, etwas Eyeliner, Wimperntusche und schließlich noch ihren Lieblingslippenstift *Rouge Coco* von Chanel. Jetzt noch lange Ohrringe, *Mademoiselle* hinter die Ohren (Sie errötet leicht, als sie daran denkt, was Gott über Coco Chanels vermeintliche Reaktion auf ihr Verhalten gesagt hat.) und fertig ist sie. Jetzt sucht sie in ihrer Playlist noch George Michael und dreht einen ihrer Lieblingssongs - *Freedom* - auf volle Lautstärke. Langsam steigt ihre Laune und fast freut sie sich auf den Abend. Mal wieder unbeschwert lachen und trinken und unter guten Freunden sein. Vielleicht würde sie ja auch jemand Neues kennenlernen. Seit Oliver in seine Atempause abgetaucht ist, kann sie keinen echten Enthusiasmus mehr entwickeln, auch nicht für andere Männer. Alles scheint schwerer und träger vor sich zu gehen und sie fühlt sich oft wie im sprichwörtlichen Londoner Nebel. Sie vermisst die Momente, in denen sie reine Lebensfreude fühlen konnte, die sie wie ein Sonnenstrahl durchdrang. Aber heute ist sie offen für den Abend. Mit Elan geht sie in die Diele, zieht sich sexy Halbstiefel an, ihren Vintage-Mantel vom Portobello-Markt, einen Louis-Vuitton-Schal, schwingt ihre Hermes-Tasche (ebenfalls Vintage und erfreulicherweise zu einem erstaunlich erschwinglichen Preis ergattert) über die Schulter und macht sich gut gelaunt auf den Weg. Es ist ein warmer Abend und sie beschließt, zum Zuma zu laufen. So geht sie heute zum siebten Mal an Harrods mit seiner imposanten Beleuchtung und den reich dekorierten Schaufenstern vorbei, biegt ab und sieht dann auch schon das Zuma vor sich auftauchen. Es ist eines ihrer Lieblingsrestaurants in London. Im vorderen Teil ist eine Bar, an der sich die Reichen und Schönen Londons treffen. Hier kann man die manchmal trist erscheinende Welt draußen einfach vergessen. Sie mag auch einfach das Interieur aus schlichtem Holz. Schon ist sie an der Tür.

»Das habe ich gemacht, das Interieur, so wie alles andere auch«, hört sie da die Stimme, die sich Gott nennt, stolz verkünden und macht vor Schreck einen kleinen Sprung.

Also doch zu früh gefreut, dass sie nun wieder ›stimmenlos‹ wäre. Der Türsteher sieht sie leicht amüsiert an.

»Ist alles in Ordnung?«, fragt er,

»Ja, ja«, antwortet sie abgelenkt, während sie leicht genervt denkt: *Ach ja, du hast also auch eine Baulizenz?*

»Natürlich, ich habe eine Lizenz für alles. Vergiss 007, darf ich vorstellen: 00Gott«, kichert Gott.

Sehr witzig, denkt Sophie, bevor sie sich wieder dem Türsteher zuwendet. Normalerweise sind die Türsteher vor dem Zuma ganz attraktiv, aber dieser hier sieht furchteinflößend aus, mit seinem 100%-Testosteron-Körper.

Na, 00Gott, hast du dieses Steroid-Monster hier auch gemacht?

Da kannst du ja mächtig stolz drauf sein, denkt Sophie sarkastisch.

»Hmmm«, Gott hört sich tatsächlich etwas verlegen an. »Ja, natürlich habe ich ihn auch gemacht, ich mache ja wie gesagt alles. Das ist Tom. Er muss im gleichen Aufwasch wie Oliver gemacht worden sein. Nicht mein bester Tag, sagte ich ja schon. Du weißt ja, dieser unselige Streik.«

»Gott, dieser Tom ist mindestens sieben Jahre älter als Oliver, wie können sie dann in einem Aufwasch gemacht worden sein?«, fragt Sophie in Gedanken.

»Ach, du hast ja recht. Weißt du, es könnte Gabriels Streik gewesen sein, er war schon immer ein Trendsetter. Ja, das war es, er hat ungefähr sieben Jahre vor Michael und Raphael einen Streik angedroht, da war ich wirklich abgelenkt. Schließlich hatte ich so eine Situation zuletzt vor 34 Millionen Jahren, da war mein Krisenmanagement zu der Zeit schon etwas eingerostet. Aber jetzt bin ich vorbereitet. Keine Streiks mehr, da ich keine Gewerkschaften mehr im Himmel dulde. Das heißt, die nächste Generation wird besser. Was nicht so schwierig sein sollte«, kommt dann noch leise gemurmelt hinterher.

Sophie verdreht die Augen und schüttelt den Kopf. Sie muss diese Stimme loswerden. Als hätte sie nicht schon genug Sorgen. Trotzdem sagt sie fröhlich und wie um das Schicksal, beziehungsweise Gott, herauszufordern:

»Hallo Tom, wie geht's?«

Und tatsächlich kommt ein leicht erstauntes »Hallo, ganz gut, danke,« zurück, womit er die Tür für sie öffnet.

Sophie weiß nicht recht, wie ihr geschieht. Sie kennt seinen Namen also wirklich, dabei könnte sie doch schwören, ihn nie zuvor gesehen zu haben!

»Oh du Kleingläubige«, hört sie die gemurmelte Stimme, schüttelt sich und geht rigoros durch die Tür ins Zuma hinein. Schluss mit diesem Quatsch!

. . .

Einmal drinnen, entdeckt sie ihre Freunde direkt an der Bar und ihr Herz öffnet sich angesichts der vertrauten Gesichter. Aber während die Besitzer dieser Gesichter sonst wie festgewachsen sind, sobald es etwas Alkoholisches zu trinken gibt, benehmen sie sich diesmal sehr eigenartig. Kaum haben Danny, Rob und Aishley sie gesehen, packen sie im Nu ihre Sachen zusammen und stürzen auf sie zu.

»Komm, die Party hat schon angefangen, wir sollten los«, zwitschert Danny betont fröhlich, während Aishley sie am Arm nimmt und Rob ihr zu guter Letzt auch noch einen Schubs in Richtung Tür und damit in Richtung Testosteron-Tom gibt. Die spinnen doch! Das geht zu weit. So einfach lässt sie sich nicht von ihrem Aperitif abbringen. Sophie schüttelt ihre Freunde wie Ungeziefer ab und marschiert zur Bar, wo eine noch fast volle Flasche Champagner im Kühler steht. Ihre Freunde schleichen ihr mit bedrückten Gesichtern und sichtlich nervös hinterher. So kennt sie sie gar nicht. Dieser Tag ist wirklich wie verhext.

»Also, was ist los?«, fragt sie angriffslustig. »Hat einer von euch im Lotto gewonnen oder wieso lasst ihr eine fast volle Flasche Champagner einfach so stehen? Und seit wann kommen wir pünktlich zu Partys?«, wobei sie dem Wort ›pünktlich‹ eine Betonung gibt, als würde es sich hierbei um ein eindeutig fragwürdiges Verhalten handeln.

Da sieht sie, wie Aishleys Blick flüchtig und leicht hektisch an ihrer linken Schulter vorbeihuscht und als sie sich in diese Richtung dreht, sieht sie es: Dort an der Bar steht Oliver mit einem Mädchen, intensiv in eine Unterhaltung vertieft. Aber es handelt sich nicht um irgendein Mädchen! Das ist Melissa, ihre blonde Kollegin von *Look&Style*, die sie auf den Tod nicht ausstehen kann. Die einzige Kollegin, die sie nicht mag - dafür bekommt diese aber ihre gebündelte Antipathie ab. Sophie wird blass und ihr Herz klopft wie verrückt. Sie ist sich sicher, jeder kann es durch ihr Top schlagen sehen. Sie kann zumindest nichts mehr hören, sondern nimmt nur noch das Rauschen des Blutes in ihren eigenen Ohren wahr. Es hört sich an wie ein Wasserfall und übertönt alle anderen Geräusche. In diesem Moment legt Oliver wie selbstverständlich seinen Arm um Melissas Schultern und streichelt sie mit dem Daumen zärtlich am Oberarm. Dabei schaut er sie an, als sei sie das faszinierendste Geschöpf auf diesem Planeten. Melissa hingegen redet ununterbrochen. Dabei lacht sie laut über ihre eigenen Geschichten, wie Sophie es von ihr nicht anders kennt. Sophie versucht zu schlucken, aber es geht nicht. Die Spucke bleibt ihr in der Kehle hängen. Deshalb schnappt sie sich eins der halb vollen Gläser, die ihre Freunde an der Bar stehen lassen wollten, und trinkt es in einem Zug leer. Dann ein zweites und dann ein drittes. So, das sollte erst einmal reichen, mehr Gläser stehen auch nicht zur Verfügung. Außerdem zittert sie zu sehr, um sich ein neues einzuschenken und sich die Flasche an den Hals setzen will sie dann doch nicht. *Zumindest jetzt noch nicht,* denkt sie. *Vielleicht später.* Jetzt ist ihr zwar leicht schwindelig und Hitze steigt in ihr hoch, aber mit ihr auch Entschlossenheit. Melissa bedeutet gar nichts, da ist sie sich sicher. Sie hat schließlich immer mit verächtlich gerümpfter Nase an Oliver heruntergeguckt, wenn dieser Sophie bei einer der wenigen Gelegenheiten aus der Redaktion abgeholt hat. Er hingegen hat immer über die Kuh aus L.A. gelästert. (Melissa war zu einem Praktikum aus Los Angeles da und obwohl dieses gar nicht aufzuhören schien, hielt ihre kalifornische Bräune wie magisch an.) Oliver meinte, die Oberflächlichkeit stünde ihr ins Gesicht geschrieben und er könne mit solchen Frauen nicht das Geringste anfangen. Da sei sie, Sophie, doch viel süßer (Schon wieder dieses Wort!). Das heißt, sie müssen sich hier zufällig getroffen haben, etwas anderes kommt gar nicht in Frage. Und während er wahrscheinlich noch auf einen seiner Kumpels wartet, ist er einfach nur höflich und unterhält sich mit ihr. Gleich würde sicherlich auch einer von

Melissas unzähligen Verehrern auftauchen, die sich von der Exotik Kaliforniens im tristen London angezogen fühlen und sich so gar nicht an ihrer Oberflächlichkeit zu stören scheinen. Ebenso wenig stört Sophie sich jetzt an den geschockten Blicken ihrer Freunde als sie an ihnen vorbei zu Oliver und Melissa stolziert.

»Sophie, nein ...«, versucht Danny sie noch zurückzuhalten, aber es ist zu spät. Schon steht sie vor Oliver und Melissa.

»Hi, Oliver«, gibt sie sich betont fröhlich, spürt aber, dass der Alkohol ihre Zunge schon etwas schwer macht. »Ich hätte nicht erwartet, dich hier zu sehen. Wolltest du dich nicht auf deine Karriere konzentrieren? Oh, hi, Melissa, du bist ja auch da, ich hätte dich fast nicht erkannt. Süßes Top.«

Sie fletscht die Zähne in der Hoffnung, dies wie ein Lächeln aussehen zu lassen. Den Trick hat sie einmal von Stefan Raab gehört: Zeig deine Zähne und die Leute halten es für ein Lächeln. Der Effekt ihres Auftritts ist jedoch nicht ganz so wie erwünscht. Tatsächlich hätte das Auftauchen eines Bettlers keine weniger enthusiastische Reaktion bei den beiden auslösen können.

»Oh, Sophie, hi«, kommt es von Oliver dröge und langsam nimmt er seine Hand von Melissas Schulter. Betont langsam. Erst jetzt fällt Sophie auf, dass diese bis jetzt da oben gewesen sein muss. Das war nun wirklich ein wenig zu viel der Höflichkeit einer quasi ihm unbekannten Frau gegenüber. Sie würde mit ihm darüber reden müssen.

»Du kennst ja Melissa«, sagt er auf Melissa deutend, die ihrerseits Sophie mit einem mitleidigen und leicht gelangweilten Lächeln betrachtet. Kein Blecken der Zähne, sondern eher ein leichtes Hochziehen der Mundwinkel. Jetzt erst merkt Sophie, dass ihre Zähne immer noch gefletscht sind wie bei einem Löwen kurz vor dem Angriff und trotz verzweifelter Versuche ihrerseits bekommt sie die Grimasse nicht mehr aus ihrem Gesicht. Die Unterlippe ist in der

Gegend ihres Kinns und die Oberlippe in der Gegend ihrer Nase praktisch festgewachsen. Und dabei zittern sie auch noch. Sie kommt sich vor wie ein Freak. Und genauso sieht sie sicherlich auch aus.

»Ja, sicher kenne ich unsere Praktikantin«, zischt sie mühsam zwischen gefletschten Zähnen hervor und fühlt sich wie eine Mischung aus Stefan Raab und Joan Collins. Das muss der Alkohol sein, sonst ist sie nicht so gehässig, sondern eher etwas unterwürfig. ›Kriecherisch‹ nennt Aishley sie auf ihre direkte Art manchmal, wenn sie besonders gemein sein will. Aber heute würde sie nicht kriecherisch sein, hier würde sie jetzt ihr Revier abstecken!

»Wann meldest du dich mal wieder?«, fragt sie Oliver mit stolz hervorgerecktem Kinn, auf dem ihre Unterlippe klebt.

Sie merkt, dass Melissa sich ein Grinsen kaum verkneifen kann. Na, der würde sie es noch zeigen. Schließlich gehört sie, Sophie, zu Oliver, und nicht diese aufgetakelte Kuh. Es ist jedoch nicht so leicht, es Melissa zu zeigen, denn kaum ist ihr die Frage über die verzerrten Lippen gekommen, da verdreht Oliver auf seine typische Art die Augen.

»Schau, Sophie, lass es einfach sein. Wir haben eine Pause und ich brauche die. Ich kann mich aber vor dir nicht die ganze Zeit dafür rechtfertigen, was ich mache. Ich möchte im Moment zumindest nicht, dass wir uns sehen, ok? Es ist zu früh.«

»Wann wird es denn endlich wieder so weit sein?«, fragt sie kleinlaut (*So viel zum Thema Revier abstecken*, meldet sich eine entfernte Stimme in ihrem Kopf. Diesmal nicht Gott, sondern eher so etwas wie ihre sich langsam verabschiedende Würde.)

Jetzt hat sie ihn offensichtlich verärgert.

»Vielleicht niemals, Sophie, genau das versuchen wir ja herauszufinden. Und wenn du mich jetzt entschuldigen würdest – ich unterhalte mich gerade mit der reizenden Melissa hier und würde dieses Gespräch gerne fortsetzen.«

Oh Gott, wie demütigend! Alles in Sophie zieht sich zusammen.

»Wieso ›Oh Gott‹, halt mich da raus, ich habe mit dem Ganzen nichts zu tun«, kommt sofort die mittlerweile vertraute Stimme in ihrem Kopf zu allem Überfluss dazu.

»Schnauze«, bellt Sophie die Stimme namens Gott an.

»Wie bitte?« Oliver guckt sie entgeistert an und auch Melissa hat jetzt ihren coolen Blick verloren und die Augen weit aufgerissen.

Hat sie das wirklich gerade laut gesagt?

»Ähh, ich meinte nicht euch«, gibt sie verlegen zurück.

»Sondern wen?«, fragt Oliver zurück. »Sophie, du solltest wirklich nicht so viel trinken. Und jetzt entschuldige uns bitte.«

Wie konnte sie jetzt noch einen halbwegs würdevollen Abgang hinlegen? Gar nicht mehr, merkt sie recht schnell, denn die beiden haben sich schon von ihr abgewandt und ignorieren sie einfach. Nichts könnte erniedrigender sein. Knallrot dreht sie sich um und geht zu ihren Freunden zurück, die das Trauerspiel entgeistert aus ein paar Metern Abstand beobachtet haben. Ohne ein Wort zu sagen trinkt sie all deren Gläser, die sie mittlerweile nachgefüllt haben, nacheinander in einem Zug leer.

»Kein Wort«, zischt sie mit immer noch knallrotem Kopf, als sie sieht, dass Danny den Mund aufmacht. Dann packt sie ihre Tasche, geht in Richtung Tür, wirft ihren Kopf zurück und ruft ihren Freunden kochend vor Wut und Scham zu:

»Wo geht es denn hier zu dieser tollen Party? Los, wir wollen uns amüsieren. Kommt schon, ihr hattet es doch vorher so eilig.«

»Ich muss nur noch kurz zahlen«, sagt Rob hektisch und zückt schon sein Portemonnaie. Aishley weiß, dass jetzt nicht die Zeit für schlaue Sprüche ist, schließt zu ihr auf und bugsiert sie schnell durch die lärmende Menge nach draußen, an Testosteron-Tom vorbei.

»Ciao, TT, man sieht sich! Was für ein beschissener Abend. Ach, der Tag war übrigens auch beschissen, nur zu deiner Info!«, lallt Sophie ihm entgegen und wäre fast gegen ihn gefallen, hätte Aishley sie nicht aufgefangen.

»Komm schon, Sophie, der Hohlkopf ist es einfach nicht wert, wann wirst du das endlich erkennen?«

»Für dich ist das alles ganz einfach, nicht wahr Aishley? Für mich leider nicht. Ich habe nämlich etwas, das sich ein Herz nennt und wenn es gebrochen ist, lässt es sich selbst mit Power-Shopping auf der Bond Street nicht heilen. Das ist der Unterschied zwischen dir und mir!«

»Das ist jetzt nicht fair und das weißt du, aber angesichts dieser Arschgeige lasse ich das heute mal durchgehen. Du siehst übrigens umwerfend aus, er wird sich in den Hintern beißen, dass er mit Barbie und nicht mit dir da war.«

»Du sollst nicht lügen, achtes Gebot«, kommt ironisch Gottes Stimme in Sophies Kopf.

»Oh, vielen Dank, das brauche ich jetzt«, antwortet Sophie versehentlich wieder lautstark, worauf Aishley sich verärgert zu ihr umdreht.

»Ich weiß ja, dass so eine Situation Mist ist, aber das musst du jetzt nicht an mir auslassen«, sagt sie nun sichtlich wütend. »Ich kann schließlich nichts dafür, dass du ein Faible für charakterschwache Dumpfbacken hast. Ich meine es nur gut, ok?«

»Ich weiß Aishley, sorry. Ich meinte nicht dich. Ich dachte nur, ich hätte eine Stimme gehört.«

Aishley guckt sie erstaunt an und tippt sich an die Stirn. Sie ist offensichtlich immer noch sauer. Da kommen glücklicherweise schon Danny und Rob heraus.

Sie müssen laufen, da kein Taxi vor dem Zuma steht, aber die frische Luft tut Sophie gut und sie nutzt die Zeit, um sich in Rage zu reden. Die anderen sind eher still. Sie merkt, dass ihr Verhalten ihnen wirklich peinlich gewesen ist. Und da es ihr selbst mindestens genauso peinlich ist, wie sie zu Oliver hingedackelt ist, muss sie sich jetzt halt rechtfertigen.

»Ich werde ja wohl noch mal hallo sagen dürfen, er ist quasi mein Freund. Wir teilen eine nicht unbeachtliche Historie miteinander«, rechtfertigt sie sich, ohne angegriffen worden zu sein.

»Na ja, aber gleich so hinzulaufen, während er da mit einer anderen steht ...«, wirft Danny kleinlaut ein. »Und dann dieser eigenartige Gesichtsausdruck, den du hattest ...«

»Soll ich mich etwa verstecken? Und für mein Gesicht kann ich schließlich nichts!«

»Nein, natürlich musst du dich nicht verstecken«, kommt es jetzt eiskalt von Aishley, die sich offensichtlich sehr zurückhalten muss, um nicht zu explodieren. »Du sollst dich nicht verstecken, aber wie wäre es zur Abwechslung mal damit, deine Würde zu behalten? Wenigstens den letzten Funken, der noch übrig ist. Beziehungsweise bis eben noch übrig war.«

Ihre Wut ist unverkennbar. Dann richtet sie sich in ihrer vollen Größe vor Sophie auf, fasst diese bei den Schultern und zischt durch ihre perfekten weißen Zähne:

»Und akzeptier es endlich, krieg es in deinen Kopf hinein, er ist nicht dein Freund, es ist aus, Schluss, Ende, vorbei ...«.

»Finito, pasado, passé«, zählt die Stimme namens Gott in ihrem Kopf fröhlich weiter in diversen Sprachen auf, damit sie es auch wirklich versteht.

Jetzt werde ich also gleich von zwei Seiten angegriffen, ein Abend ganz nach meinem Geschmack!, denkt Sophie sarkastisch.

»Und wenn du mich fragst«, dreht Aishley das Messer weiter in der Wunde herum, »es war auch nie eine wirkliche Beziehung. Er hat genommen und du hast gegeben. Das war's. Oh – und wie happy du warst, ihm geben und geben und geben zu dürfen, und wie stolz, seine Aufmerksamkeit zu bekommen. Jede Brotkrume hast du voller Dankbarkeit aufgehoben. Auf dem Boden kriechend. Wie ein treuer, dressierter Hund. Wau, wau.«

»Aishley, es reicht«, mischt sich jetzt Rob auf seine sachliche Art ein. »Siehst Du nicht, dass es Sophie sowieso schon schlecht genug geht?«

Doch Aishley ist nicht mehr zu bremsen.

»Offensichtlich geht es ihr noch nicht schlecht genug, denn sonst würde sie aufhören, sich für diesen Idioten ständig zum Clown zu machen. Sie lädt die Misere ja förmlich ein. Es ist Zeit, dass damit Schluss ist. Gib mir dein Telefon!«, herrscht sie Sophie an.

»Was??«, fragt Sophie entsetzt.

»Gib mir dein Telefon«, faucht Aishley.

Sie erinnert Sophie an eine Schlange und zwar an eine, die jeden Moment zubeißt. Mit Aishley legt man sich in so einer Situation lieber nicht an, man kann nur den Kürzeren ziehen. Kleinlaut reicht Sophie ihr ihr Handy.

»PIN«, zischt die Schlange.

»Was?«

»Bist du schwerhörig? Deine PIN!«

»1504«, sagt Sophie errötend.

»Oh Gott, du bist echt erbärmlich, das hätte ich mir ja gleich denken können. Olivers Geburtstag, natürlich, was sonst?«

In Windeseile hat sie die PIN eingetippt und sucht offensichtlich etwas in dem Handy. Sie muss nicht lange suchen.

»Hier haben wir es. Unzählige Nachrichten, über Wochen hinweg, aber nur von einer Seite.« Sie liest für jeden gut vernehmbar vor: »›Ich vermisse dich‹, ›Denke nonstop an dich‹, ›Können wir uns bitte sehen und alles besprechen?‹, ›Wieso antwortest du nicht?‹, ›Dein Schweigen bricht mir das Herz!‹, ›Bitte gib mir ein Lebenszeichen‹, ›Ich mache mir Sorgen‹, ›Gehe gerade an unserem Lieblingsitaliener vorbei‹, ›Hat dir mein Geschenk gefallen?‹, ›Hast du mein Geschenk bekommen?‹«

Hier funkeln Aishleys Augen sie fast mordlustig an.

»Welches Geschenk?«, flüstert sie. »Gab es vor dem Geburtstag schon Geschenke?«

Zum Platzen angespannt entreißt Sophie ihr das Handy.

»Hör auf! Das geht dich nichts an«, bringt sie puterrot hervor. »Das ist persönlich.«

»Oh doch, langsam geht es mich etwas an. Du bist meine beste Freundin und stehst dir nur selber im Weg. So ein Ausmaß an Selbstsabotage habe ich noch nie erlebt. Wir löschen jetzt sofort seine Nummer.«

Damit entreißt Aishley ihr das Handy erneut, und bevor Sophie es verhindern kann, hat sie schon den Chatverlauf, sowie Olivers Nummer gelöscht. Außerdem ändert sie die PIN in ihr eigenes Geburtsdatum um. Obwohl Sophie sich jetzt noch mehr gedemütigt und wie ein kleines Kind behandelt fühlt, ist sie doch irgendwie erleichtert. Der Drang, Oliver zu schreiben, ist für sie fast zu einer Sucht geworden, und wie Aishley so passend festgestellt hat, hat er sowieso nie geantwortet. Jetzt ist wenigstens seine Nummer weg. Bedrückt gehen die vier Freunde weiter und Sophie spürt, wie Rob nach ihrer Hand sucht. Dankbar nimmt sie diese und er drückt sie, was ihr ein wenig Trost gibt.

»Okay Mädels«, sagt Danny, der jede Stimmung aufzuheitern versucht. »Kein Grund, wegen Arschgesicht Oliver und Zuckerbarbie Trübsal zu blasen. Wir sind jung, wir sind schön und es ist Samstagabend. Es wird Zeit, den Abend zu genießen.«

Damit fängt er an, in perfekter Doris-Day-Manier ›Que sera sera‹ zu schmettern und macht ein paar Tanzschritte dazu. Sogar Sophie kann ein Lächeln nicht unterdrücken. Sie schaut unsicher zu Aishley hinüber, die immer noch die Lippen zu einem Strich zusammenpresst, aber jetzt vorsichtig unter ihren langen Wimpern zu Sophie herüberschaut. Sophie sieht einen kleinen Blick der Entschuldigung und nickt Aishley zu. Sie weiß, es war nur gut gemeint, auch wenn ihre Freundin manchmal zu rabiaten Mitteln greift.

Doch so viel Mühe sie sich auch geben, der Abend kommt nicht mehr richtig in Schwung. Selbst die hohe Dichte der anwesenden Notting-Hill-Prominenz, die Sophie normalerweise zu Hochtouren animiert hätte, kann ihre Stimmung heute nicht heben. Alles ist da - von der übercoolen Kate Moss über Jude Law und Hugh Grant sowie Stella McCartney und Sienna Miller bis hin zu zwei weiblichen Mitgliedern des britischen Königshauses, die in letzter Zeit überall aufschlagen und nach Sophies Meinung sogar zur Eröffnung eines Briefumschlages gehen würden, wenn nur die Presse anwesend ist. Danny schmachtet unentwegt Hugh Grant an, den er in jedem seiner schnulzigen Filme bewundert und versucht erfolglos, die Sehnsucht in seinen Augen vor Rob zu verbergen. Dem entgeht jedoch nichts und eine kleine Diskussion bricht unter ihnen aus. Aishley kennt wie immer jeden und verteilt Bussis im ganzen Raum, während Sophie sich an ihren heutigen besten Freund, den Alkohol, hält. Der ist bei dieser Eröffnung umsonst, fließt in Strömen und hat den positiven Effekt, dass sie Kate Moss gleich zweimal sieht. *So viel Schönheit und Coolness! Die wird bestimmt nicht ›süß‹ genannt und von einem Banker mit knochigem Hintern sitzen gelassen*, denkt Sophie neidisch. Aber als sie gerade zu ihr hingehen will, um dies mit ihr durchzusprechen und sich vielleicht ein paar Schönheitstipps abzuholen, fasst Rob sie sanft aber bestimmt am Arm und schlägt vor, dass eine Blamage an einem Abend eventuell genug sei und es jetzt doch angebracht wäre, sie ins Taxi zu setzen. Trotz ihrer lautstarken Proteste (Am nächsten Tag erinnert sie sich sogar dunkel an ein kleines Handgemenge …) lässt er nicht locker und führt sie zum Taxi. Er gibt dem Taxifahrer ihre Adresse und ein saftiges Trinkgeld und trägt ihm auf, sie sicher nach

Hause zu bringen. Das tut dieser auch und wartet, bis sie die Haustür öffnet und dahinter verschwindet. Aber danach ist sie leider allein und wer hätte mit dem unüberwindlichen Hindernis einer Wohnungstür gerechnet? Was sie auch tut, wie sie den Schlüssel auch stößt, wendet und verflucht, nichts tut sich. Die Tür bleibt zu. Sophie verzweifelt allmählich. Sie ist betrunken, sie will ins Bett und ganz sicher nicht im Hausflur schlafen. Da fällt ihr ihre Wunderwaffe ein: Sie hat ja Gott bei sich! *00Gott hat bestimmt auch eine Lizenz als Schlosser, soll er sich doch mal nützlich machen,* denkt sie begeistert von ihrem Geistesblitz.

»Gott«, ruft sie also in voller Lautstärke, damit er sie auch hören kann. »00Gott, ich brauche einen Schlosser. 00Gott, du musst keine Meere teilen, sondern einfach nur eine Tür öffnen. Das wirst du ja wohl noch können. Goooooottttt. Hier bin ich.«

Noch bevor sie wieder tief Luft holen kann, um erneut anzusetzen, hört sie wirklich etwas. *Wow, es hat geklappt! Und so schnell. Das ist ja praktisch!* Sie hört, wie Gott die Treppen herunterkommt.

Ein bisschen pronto bitte!, denkt sie ungeduldig, *ich habe ja nicht ewig Zeit.* Jetzt steht er vor ihr. Er sieht ganz anders aus, als sie ihn sich vorgestellt hat und sicherlich ganz anders als in der Sixtinischen Kapelle dargestellt. Zunächst ist er viel jünger als immer angenommen. Und er trägt Boxershorts und T-Shirt. Keine Tunika. *Gar nicht schlecht aussehend,* denkt Sophie positiv überrascht, *gar nicht schlecht!* Er ist sehr männlich. Eher der dunkle Typ. Sie mag es eigentlich lieber etwas weicher, blonder und zarter. *So wie Oliver,* denkt sie verträumt. Aber gut, die Männlichkeit kann man Gott verzeihen, entscheidet Sophie. Die Bartstoppel und verwuschelten Haare auch. Ist ja schließlich mitten in der Nacht. Kein Rauschebart übrigens. Wie konnte man sich da nur so vertun? Jetzt wird es an ihr liegen, der Welt mitzuteilen, wie Gott aussieht. Das würde sie berühmt machen. Aber es ist jetzt nicht wichtig, wie er aussieht. Er ist gekommen. Das zählt. So wie er es immer versprochen hat. Etwas früher als gemeinhin erwartet vielleicht. Nicht dass sie jetzt aus Versehen das Jüngste Gericht eingeleitet hat. Aber heute ist er ja nur als Schlosser unterwegs, das wird sicherlich keine weitreichenden Konsequenzen mit sich bringen.

»Hallo, Gott«, begrüßt sie ihn also herzlich. Mit so einer Wunderwaffe stellt man sich besser gut, wer weiß, wann man ihn noch braucht. »Schön, dass du da bist, ich krieg die Tür nicht auf. Der verdammte Schlüssel funktioniert nicht. Aber den brauchst du ja Gott sei Dank (Ha, ha, ha, selbst in der Nacht und betrunken ist sie noch zu kreativen Wortspielen fähig!) nicht, da hast du ja schon ganz andere Sachen vollbracht«, sagt sie kichernd. »Deine Biografie ist schließlich Pflichtlektüre für uns alle.«

Gott räuspert sich und streckt ihr die Hand entgegen: »Guten Abend, beziehungsweise gute Nacht. Schön, dass mir mein Ruf als passionierter Problemlöser vorauseilt und ich muss zugeben, im Leben tatsächlich schon mehr geschafft zu haben, als eine Tür zu öffnen. Aber auch, wenn ich jetzt enttäuschen muss, darf ich mich vorstellen: Mein Name ist Patrick Woods, der neue Nachbar von oben. Eben noch im Traum auf einem Segelschiff vor Sardinien gewesen, jetzt mit einer betrunkenen Nachbarin im dunklen Hausflur. Also, auch wenn ich nicht Gott bin, so bin ich offensichtlich doch zu Zeitreisen fähig. Und wenn Madame mir jetzt den Schlüssel geben würde, dann werde ich gerne versuchen, das Wunder des Türeöffnens zu vollbringen. Wenn es geht, dann bitte schnell, denn so charmant es hier auch ist, ich möchte lieber wieder auf mein Segelboot zurück.«

Ihr Nachbar! Was für ein Rüpel! Wie konnte sie ihn nur für attraktiv halten und dazu noch für Gott. *Sorry Gott, da bin ich wirklich zu weit gegangen*, entschuldigt sie sich in Gedanken.

Beleidigt wirft sie ihm ihren Schlüsselbund zu.

»Da, es ist einer von denen«.

Soll er doch selbst den richtigen finden.

In Windeseile hat er den Schlüssel gefunden und hält ihr ironisch-galant die Tür auf.

»Simsalabim, Sesam öffne dich. Ich würde schnellstens das Bett empfehlen«, sind seine letzten Worte, denen sie sogar Folge leistet.

Doch sobald sie im Bett liegt, bricht alles über sie herein, die Scham des Abends, die Demütigung, der Schmerz, alles kommt heraus und sie weint bittere Tränen.

Da hört sie wieder die Stimme, diesmal liebevoll:

»Sophie, ich bin hier, ich bin bei dir. Sprich mit mir, wenn du möchtest. Du kannst mir alles erzählen. Ich habe Zeit und ich bin ein guter Zuhörer.«

Und das tut Sophie. In einer einzigen Welle der Verzweiflung, aber auch der Erleichterung, sprudelt alles aus ihr heraus. Wie Oliver ihr so oft abgesagt hat, wie seine Gleichgültigkeit ihr zu schaffen gemacht hat, wie sie immer das Gefühl hatte, dass er andere Menschen attraktiver und amüsanter findet als sie, wie sie sich so oft als Bittstellerin fühlte, immer in der Warteposition verharrend, in der Hoffnung auf einen Anruf von ihm, ein Treffen mit ihm, oder, wie Aishley ganz richtig sagte, letztlich eine Brotkrume von ihm. Wie es sie langsam von innen her aufgefressen hat und sie es doch nie geschafft hat, sich aus diesem Sog zu lösen. Eines nach dem anderen kommt heraus, es tut so gut, alles preiszugeben und nichts zurückzuhalten. Dann hat sie fertig erzählt und weint leise vor sich hin. Erschöpft, aber auch erleichtert.

»Schhhh, schhhh, es ist alles gut, mein liebes Kind«, hört sie die mittlerweile vertraute Stimme nah an ihrem Ohr und spürt, wie diese sich wie eine warme Decke um sie legt. Heute Nacht hat Sophie keine Kraft mehr, skeptisch zu sein.

Sie fühlt sich leer und ausgelaugt und unendlich traurig. Sie will sich in die Wärme und in den Trost der Stimme fallen lassen und lässt die Umarmung bereitwillig zu. Und wenn sie verrückt werden sollte – was soll's – jetzt ist es auch egal.

»Du wirst nicht verrückt, meine liebe Sophie, viele Menschen, die traurig sind, können plötzlich meine Stimme hören. Wenn das Leben sie enttäuscht hat, suchen sie einen Anker, auf den sie sich verlassen können und das bin ich. Du fühlst dich jetzt alleine und von allem – regelrecht von Gott und der Welt – verlassen, aber das bist du nicht. Von mir kannst du nicht verlassen werden, in bin immer bei dir und wärme und schütze dich.«

Sophie ist erstaunt – ist dies wirklich die sonst so sarkastische Stimme? Es tut ihr gut, die Worte zu hören und sie fragt schluchzend:

»Aber wieso hat er mich verlassen? Wieso will er mich nicht? Wieso nur bin ich nicht gut genug für ihn?«

»Sein Verhalten hat nichts mit dir zu tun, liebe Sophie. Es zeugt lediglich von seinen eigenen Ängsten und Unzulänglichkeiten. Auch Oliver fühlt sich nicht wirklich liebenswert und daher versucht er, sich die Liebesbekundungen überall zu holen. Melissa wirkt auf ihn unerreichbar mit ihrer Distanziertheit, von solch einer Frau Aufmerksamkeit zu bekommen, wertet ihn in seinen eigenen Augen auf, da er sich selber nicht aufzuwerten vermag. Daher braucht er auch all die Statussymbole. Dies wirst du nicht ändern können. Das Einzige, worauf du Einfluss hast, ist, wie du dich selber verhältst und was für ein Mensch du sein möchtest. Triff diese Entscheidung und bleibe dabei, egal, wie andere sich dir gegenüber verhalten. Das Verhalten anderer sollte keine Auswirkung auf dein eigenes Verhalten haben.«

»Ich möchte ein guter Mensch sein«, murmelte Sophie, schon halb im Schlaf. »Ein guter Mensch, auf den man sich verlassen kann.«

»Dann sei das, Sophie«, sagt Gott. »Ich werde dich dabei

unterstützen. Und jetzt schlaf. Ich werde wie stets an deiner Seite sein. Gute Nacht mein Kind, die Engel wachen über dich.«

»Diesmal kein Streik?«, fragt Sophie lächelnd, ihre Stimme kaum mehr als ein Flüstern.

»Diesmal kein Streik«, antwortet Gott. »Schlaf gut.«

»Schlaf du auch gut, Gott«, sagt Sophie.

»Ich schlafe nie«, murmelt Gott, aber das hört Sophie schon nicht mehr.

3

Eleganz ist Verweigerung.

- Coco Chanel

Am nächsten Morgen wacht Sophie tränenüberströmt auf.

»Gott, Gott, wo bist du? Bist du hier?«

»Ich bin da, Sophie, natürlich bin ich da«, kommt die Stimme und Sophie spürt, wie ihr etwas sachte über die Stirn streichelt.

»Ich habe geträumt, ich hätte mit jemand anderem als Oliver geschlafen und es war so schrecklich«, sagt Sophie, immer noch aufgewühlt. »Es fühlte sich so falsch an und irgendwie schmutzig.«

Sie weint wieder.

»Ich weiß, mein Kind, ich sehe deine Träume. Komm, schlaf noch ein wenig weiter, du brauchst Erholung.«

Und damit schläft Sophie wieder ein und als sie aufwacht, fühlt sie sich trotz des beachtlichen Alkoholkonsums am letzten Abend sogar einigermaßen fit. Ihre Konversationen mit Gott kommen ihr jetzt recht albern vor. Wie ein Kind, das verzweifelt mütterlichen Schutz sucht und sich dabei eine Stimme einbildet. Aber da ertönt in ihrem Kopf schon ein fröhliches:

»Na, schon wach? Es ist ein wunderschöner Tag. Wie wäre es mit einem kleinen Lauf in den Kensington Gardens? Du wohnst hier so schön, aber siehst kaum etwas von der Natur um dich herum. Immer nur von U-Bahnstation zu U-Bahnstation hetzen, wozu habe ich denn da die Natur gemacht?«

»Ah – bitte!!«, gibt Sophie sichtlich genervt von sich. »Nur, weil ich heute Nacht und vielleicht noch heute Morgen mal etwas Zuneigung gebraucht habe, heißt das jetzt nicht, dass du die ganze Zeit um mich herumwuscheln und mir gute Ratschläge geben musst! Es reicht, ok? Bitte lass mich allein.«

»Hmmm, das ist leider unmöglich, ich kann dich nicht allein lassen, du könntest dich nur entscheiden, mich nicht mehr zu hören. Aber jetzt mal ehrlich: Sport wird dir guttun. Und dein Sonntagscroissant wird dir nach einem kleinen Lauf in der Natur und einer erfrischenden Dusche auch gleich viel besser schmecken. Ich habe extra so einen schönen Tag für dich gemacht«, murmelt Gott.

»Ich habe keine Laufsachen«, sagt Sophie.

Das stimmt nicht ganz. Von Aishley animiert hatte sie sich schon einmal vorgenommen, laufen zu gehen und hat sich das schickste Outfit gekauft, das sie finden konnte. Außerdem hat sie ein noch ungetragenes Yogaoutfit im Schrank, ein Boxoutfit (aus der Zeit als sie mit Kickboxen beginnen wollte), ein Poledancing-Outfit und ein Salsa-Outfit als sie und Danny von irgendeinem Hollywood-Film animiert (War es der mit Jennifer Lopez und Richard Gere?) unbedingt Tänzer werden wollten. Und manchmal, wenn sie *Dancing with the Stars* schaut, hat sie es neben sich liegen,

Dannys Nummer auf Kurzwahl und überlegt, ob es wirklich zu spät ist für eine Tanz-Karriere. Sie ist der festen Überzeugung, dass jede sportliche Aktivität mit einem guten Outfit beginnt, auch wenn die Aktivität selbst mit einer vorher nicht zu überschauenden Zeitverschiebung erfolgt. Oder eben gar nicht.

»Also, ich habe kein Outfit«, wiederholt sie noch mal. »Und am Sonntag kann man keins kaufen.«

»Das ist gelogen«, kommt die Stimme fröhlich zurück, während sich wie von Geisterhand ihre Schranktür öffnet.

Sophie stöhnt. Ihr Sonntag besteht normalerweise daraus, aufzustehen, sich die Haare zu bürsten, ihr Gesicht kalt abzuwaschen, sich die Zähne zu putzen und dann im Schlabberlook zu Pret-a-Manger zu schlurfen, um dort ihren Cappuccino zu trinken und ein Croissant zu essen, während sie in Ruhe die Zeitung las. Das war der richtige Start in einen Sonntag für sie und nicht wie einer dieser frischen Morgentypen durch den Park zu rennen. Sie ist Morgenmenschen gegenüber äußerst skeptisch. Ihr Chef, Keith, ist so einer. Immer gut drauf, egal wie früh es ist. Es schüttelt sie bei dem Gedanken. Aber gleichzeitig merkt sie, dass Gott es tatsächlich geschafft hat, ihr die Lust auf ihr sonntägliches Ritual zu verderben. Wo jetzt einmal die Idee eines Morgenlaufs in ihr Gehirn eingepflanzt worden ist, vor allem nachdem sie gestern Melissa mit ihrer tadellosen Figur gesehen hat, könnte sie es ja wirklich mal versuchen. Vielleicht ist ja tatsächlich etwas dran, an diesem Fitnesshype.

»Ok, ich tue es«, sagt sie schließlich. »Aber ich laufe lieber auf der Straße, wer will schon im Park laufen. Und irgendwo, wo die Atmosphäre gut ist. Wie wäre es mit Chelsea?«

»Auf der Straße in Chelsea?«, fragt Gott verblüfft. »Was willst du denn da? Ach … nein, meine Liebe«, sprudelt es dann laut lachend aus ihm heraus, »ganz sicher nicht, du wirst nicht an Olivers Haus vorbeilaufen um ... ja, um was ganz genau? Was erhoffst du dir davon? Dass er plötzlich, wenn er dich in deinem neuen Laufoutfit sieht, vor Liebe erblindet und dir in die Arme fällt?«

Gott lacht nochmals laut auf und Sophie schaut verlegen zu Boden. Sie hatte tatsächlich an seinem Haus vorbeilaufen wollen, zumindest um mal zu gucken, ob Melissas Auto dort steht. *Ob sie wohl die Nacht zusammen verbracht haben?* Sofort versetzt es ihr wieder einen Stich. Der Gedanke lässt ihr seit letzter Nacht keine Ruhe mehr. Gott kann ihre Gedanken natürlich mal wieder lesen.

»Ob ja oder nein, du wirst daran nichts ändern können«, erklingt daher auch schon wieder die Stimme. »Hör also auf, dich mit deinen Gedanken zu quälen, zieh dich an und tu dir selbst etwas Gutes. Hopp, hopp.«

Puh – wie stur dieser Gott ist! Wieso hat sie nur ständig Menschen in ihrem Leben, die ihr Anweisungen geben?

»Ich bin kein Mensch«, wirft Gott empört ein, »bitte, reduziere mich nicht dermaßen. Und außerdem passe ich mich nur dem an, was du gerade brauchst. Und mit Engelszungen ist dir im Moment nicht beizukommen. Also, auf, auf, meine Liebe.«

Sophie zuckt die Achseln und erhebt sich betont schwerfällig aus dem Bett. Auf dem Weg zum Schrank stößt sie sich den Zeh an ihrer Nähmaschine und hüpft laut fluchend weiter. *Blödes Ding,* denkt sie murrend. Ob sie es jemals wieder für etwas Vernünftiges nutzen wird? Dann beißt sie die Preisschilder aus ihrem Laufoutfit, zieht sich an und verlässt schlecht gelaunt das Haus. Da fällt ihr ein, dass sie ja hier gestern ihren Nachbarn getroffen hat. Ihr wird kurz heiß vor Scham als sie an die Episode im Treppenhaus zurückdenkt. Zumindest an die Bruchstücke, an die sie sich noch erinnern kann. Hat sie sich sehr blamiert? Zusätzlich zu allem anderen gestern? *Ach was,* denkt sie trotzig, *er hätte ja auch ein wenig freundlicher sein können. Blöder Kerl.* Besser nicht mehr daran denken!

. . .

Der Tag ist wirklich wunderschön. Die Sonne scheint, die Vöglein zwitschern und alle scheinen irgendwie gut gelaunt zu sein. Vielleicht kann sie sich ja von der guten Stimmung anstecken lassen. Sie geht die paar Meter bis zum Park und fängt an, sich in alle Richtungen zu strecken. So machen die das doch immer alle. All die, die sie bislang grinsend und leicht von oben herab betrachtet hat. Bis jetzt. Jetzt ist sie eine von ihnen. *Ohne viel Aufhebens auf die dunkle Seite gewechselt,* denkt sie. *Also los Sophie,* spornt sie sich jetzt selber an, *Arme hoch, nach links und nach rechts, den Oberkörper nach vorne hängen lassen und jetzt nach hinten lehnen.* Sie fällt fast hinten über. *Puh, ist das anstrengend.* Schon nach kurzer Zeit stöhnt sie in sich hinein. Sie hat eigentlich jetzt schon genug. Sie merkt, sie ist etwas steif. Etwas sehr steif, wenn sie ehrlich ist. Besorgniserregende Geräusche kommen aus ihren Gelenken. Nicht dass sie sich schon beim Dehnen eine Sehne reißt oder was man sich im Körper sonst noch so reißen kann. Sie hat im Biologieunterricht nie wirklich aufgepasst. Aber diese Geräusche sprechen für sich. Das kann nicht gesund sein! Ganz und gar nicht! Dieser Sport ist doch gefährlicher, als sie dachte! Sie erwägt, ihrer Gesundheit zuliebe aufzuhören. Man soll schließlich auf den Körper hören und ihrer hat ganz klar zu ihr und der gesamten Umgebung gesprochen. Zudem ist dieses Hin-und Herrecken eigentlich schon genug Sport für einen Tag, zumindest viel mehr als sie sonst so macht. Man sollte wahrscheinlich auch nicht einfach so ganz untrainiert laufen gehen, sondern sich erst einmal ein paar Bücher besorgen, einen Plan erstellen, eventuell sogar einen Trainer nehmen. Laufen ist schließlich eine olympische Sportart, das ist nicht zu unterschätzen. Ja, ein Trainer ist wichtig, sehr wichtig sogar!, entscheidet Sophie. Ohne den geht gar nichts. Also gut, dann geht sie jetzt besser nach Hause. Der Wille war zumindest da.

Gerade will sie den Rückweg antreten, da hört sie die Stimme träumerisch aus dem Nichts kommen:

»Hmmm, ich kann gar nicht mehr aufhören, an Melissas Beine zu denken. Diese Figur, diese Muskeln. Alles so straff. So fest. So jung. Kein Wunder, dass die Männer ganz verrückt nach ihr sind. Die hat Disziplin, die Frau!«

Sophie spürt, wie ihr Wille sich wie ein hungriger Tiger aufbäumt. Es wird gelaufen! Jetzt! Die Vernunft kann sich zum Teufel scheren. Ihr Trainer auch, selbst ist die Frau! Aber sie steht weiterhin reglos da. Irgendetwas blockiert sie.

»Laufen, los«, brüllt der Tiger.

Ich würde ja gerne, denkt Sophie. *Aber wie genau macht man das?*

»Sophie, du weißt doch, wie man läuft«, mischt sich jetzt Gott wieder ein. »Fang einfach an.«

Und damit setzt sie vorsichtig und äußerst skeptisch einen Fuß vor den anderen. Was da alles für Stolperfallen auf dem Weg rumliegen, das ist ihr vorher noch nie aufgefallen! Wie konnte sie nur so blind in der Gegend herumlaufen? Sie sieht Blätter, Stöckchen, lose Steinchen und sogar eine einzelne Zigarettenkippe. Eine wahre Gefahrenquelle für die engagierte Fitnessbevölkerung! Und das in einem von Londons feinsten Parks! Sophie schüttelt empört den Kopf. Sie würde das der Stadt melden müssen! Vorsichtig setzt sie einen Fuß vor den anderen. Es erfordert ihre ganze Aufmerksamkeit.

»Das ist Gehen«, unterbricht ein Stöhnen von Gott ihre Konzentration. »Langsames Gehen. Beim Laufen sind zumindest ab und zu beide Füße in der Luft.«

»Beide Füße?«, japst Sophie entsetzt. »Das ist Springen und nicht Laufen!«

Aber dann fängt sie doch an. Erst einmal schaut sie auf die Uhr. Dies hier ist schließlich ein Meilenstein in ihrem Leben, da wird sie sich den genauen Zeitpunkt merken müssen. Es ist fast halb elf. Eine halbe Stunde für den Lauf sollte reichen, das ist schon einmal ein Anfang. Soll sie Musik hören? Sie entscheidet sich dagegen. Wenn sie schon in der Natur ist, so kann sie auch den Vögeln zuhören. Außerdem braucht sie im Moment weiß Gott keine romantischen Lieder. Da fällt ihr ein, dass sie mal gelesen hat, man solle zur Fettverbrennung so langsam wie möglich laufen, während schnelles Laufen eher Zucker verbrennt. Perfekt! Langsam kann sie. *Hörst du Gott,* denkt sie, *langsam ist die Devise!* Ok, sie fängt jetzt einfach an. Komme was wolle, sie wird heute laufen. Aishley wird mächtig stolz auf sie sein. Und so setzt Sophie einen Fuß vor den anderen und achtet darauf, dass ab und an auch mal beide Füße gleichzeitig in der Luft sind. Stimmt, das kennt sie! Das tut sie immer, wenn sie gerade die U-Bahn verpasst. Also fast täglich. *Ha, wäre doch gelacht,* denkt sie. *Laufen kann ich. Und wie ich laufen kann! Sprinten! Ja, ich kann sogar sprinten!* Und schon rast sie mit wehenden Haaren los. *Stöckchen und Blätter, wen kümmert das schon?,* denkt sie enthusiastisch. *Doch nur die alten Spießer! Eigentlich unglaublich, wie sauber dieser wunderschöne Park ist, ich werde die Stadt anrufen und mich bedanken müssen! Eine vorbildliche Pflege ist das!* Und dann lässt sie ihren Gedanken freien Lauf. Es fühlt sich toll an, wie die frische Luft und der Sauerstoff durch ihre Lungen strömen. Und strömen und strömen. Vielleicht ein bisschen zu sehr strömen ... ein klein bisschen zu sehr, ja, sie könnten ruhig ein wenig weniger strömen. Sie japst. Ihr Herz macht gleich Purzelbäume. Sie braucht eine Pause! Jetzt! Sofort! Mit hochrotem Kopf bleibt Sophie stehen. Zischende Laute pfeifen aus ihrer Lunge, sie biegt sich vor Seitenstechen. *Das war dann wohl doch ein wenig schnell,* denkt sie mit knallrotem Kopf und hechelndem Atem. *Etwas zu motiviert gewesen.* Jetzt geht es langsamer weiter. Erst einmal ein paar Minuten gehen, um wieder zur Ruhe zu kommen und dann in einen leichten Galopp wechseln. Ist doch viel einfacher als gedacht. Und dabei hat sie Aishley immer so für ihr Laufen bewundert. Sophie würde ihr mitteilen müssen, dass sie ebenfalls laufen kann! Sie grinst. Und das Beste ist: Endlich ist sie mal nicht nur in ihren sich ständig um sich selbst kreisenden Gedanken präsent, sondern in ihrem Körper. Dieses Laufen lässt einem gar keine andere Wahl. Gott hat recht – wenn sie schon so nah am Park wohnt, sollte sie es ausnutzen. Vielleicht wird sie ja doch ein Morgen- und ein Outdoormensch, es sind schon größere Wunder geschehen. Um kurz nach elf ist sie wieder zurück. Sie ist mehr als eine halbe Stunde gelaufen, wer hätte das gedacht? Gut, ein paar klitzekleine Gehpausen waren dazwischen, sowie die ein oder andere Internetrecherche auf ihrem Telefon, die sie schließlich nicht rennend machen kann, aber zwischendurch ist sie doch auch gelaufen. Beide Füße in der Luft. Darauf hat sie extra geachtet. Sie hat sogar jemanden überholt. Es handelte sich zwar um eine eher ältere Dame, die auf ihren Hund wartete und deshalb mehr stand als ging, aber zumindest hat sie sie überholt! Sophie ist mächtig stolz auf sich und freut sich, als sie im Spiegel sieht, wie ihre Wangen gerötet sind und gesund leuchten. Daran könnte sie sich gewöhnen. *Hinweg mit ›Dancing with the stars‹, ich bin jetzt Läuferin!*, denkt sie fröhlich. Es ist das erste Mal, dass sie eines ihrer Sportoutfits auch wirklich getragen hat. Sie würde sich bald neue kaufen müssen! Kurz sieht sie sich vor ihrem inneren Auge unter den olympischen Ringen eine Medaille würdevoll in Empfang nehmen ... *Ein Mädchen wird ja noch träumen dürfen*, denkt sie sich und springt dann unter die Dusche.

NACH DER DUSCHE, ausgiebigem Eincremen und etwas *Mademoiselle* hinter den Ohren fühlt sie sich einfach nur wundervoll und bereit für ihr Frühstück. Zunächst ruft sie jedoch Aishley an. Sie braucht nach gestern Abend die Bestätigung, dass zwischen ihnen alles ok ist.

Aishley geht laut gähnend ans Telefon

»Sophie, wieso rufst du mich mitten in der Nacht an? Ich bin eben erst nach Hause gekommen.«

»Von der Party?«, fragt Sophie erstaunt.

»Nein, aus dem Bett eines wundervoll potenten Architekten. Sein einziges Problem ist, dass er Sternzeichen Zwilling ist, da wird das nichts mit uns. Die sind mir zu zweigesichtig. Für eine Nacht war er allerdings perfekt. Aber da wir nicht viel geschlafen haben, muss ich mich jetzt etwas erholen. Heute Abend zum Inder zwecks Update?«

»Perfekt, heute Abend Inder, lass uns um sechs an der U-Bahn treffen, ich will morgen fit sein, also lieber früh.«

»Ok«, kommt es nur von Aishley und dann hat sie auch schon aufgelegt. Das macht sie immer. Sophie macht es ganz verrückt, diese Angewohnheit ihrer Freundin, sich am Telefon nicht zu verabschieden, sondern immer einfach aufzulegen, wenn das Gespräch ihrer Meinung nach beendet ist. Das kennt Sophie sonst nur aus Filmen. Die machen das auch so, aber im normalen Leben ist das reichlich unnatürlich. Nun ja, nicht für Aishley. Sie bestimmt den Rhythmus. Immer und überall. Keinen Konventionen unterworfen und ihr Leben so gestaltend wie sie es will, hat Sophie ihre Freundin mehr als einmal beneidet und auch bewundert. Diese tiefe innere Unabhängigkeit und das selbstverständliche Erkennen des eigenen Wertes ist selten anzutreffen. Niemals würde Aishley sich unter Wert verkaufen. Sie weiß, wer sie ist, und wo sie auch ist, ihr wird Respekt entgegengebracht. Sie möchte niemandem gefallen, sie gefällt sich selber, das reicht ihr. Es scharen sich auch nur starke Männer um sie, die mit ihrer Unabhängigkeit umgehen können und in dieser starken Frau eine würdige Herausforderung sehen. Schwache Männer verbrennen auf dem Weg zu ihr wie Motten im Feuer. Sie verpuffen einfach und schaffen es noch nicht einmal in ihren Dunstkreis. Ein paar Jahre lang war Aishley mit Maurice zusammen, einem sehr netten, sehr reichen Adligen, der wie sie aus Cornwall kam.

Dort hatte er einen riesigen Landsitz, ein Haus voller Familienporträts, einen Stall voller Pferde, ein Rudel Hunde und er war natürlich Vorsitzender eines der in England unvermeidbaren Jagdvereine. Aishley kommt selbst aus dieser Welt und sie hat ihre Beziehung mit Maurice nie infrage gestellt, bis sie plötzlich merkte, dass sie die alten Familienporträts gruselig fand, ihre Schwiegermutter einen Stock im Arsch hatte, ihr Schwiegervater sie hinter seiner Zeitung oft lüstern betrachtete - die Adligen treiben es am wildesten, erzählt sie Sophie immer - und sie Fuchsjagden nicht ausstehen kann. Zudem wollte sie nie, wirklich nie wieder einen Mann mit Scheitel und Polohemd sehen und nie wieder einen Cricketplatz betreten. Damit hatte der arme Maurice, der gar nicht wusste, wie ihm geschah, ausgedient. Und während dies in Cornwall als Skandal gefeiert wurde - die Adligen brauchen Skandale wie Normalsterbliche Sauerstoff -, führte es in London zu nicht unverkennbarer Freude unter den unverheirateten (und manchmal auch verheirateten) Schönheiten, die stagnierend an der gesellschaftlichen Leiter hingen und dies als ihre Chance sahen, endlich aufzusteigen; hinauf in den stets herbeigeträumten und mit Botox und Brust-OPs hart erarbeiteten gesellschaftlichen Himmel. Diese seltene Gelegenheit konnten sie sich nicht entgehen lassen und stürmten in Scharen nach Cornwall, wo weithin bekannt war, wo der wohlhabende und traurig über seinem Bier brütende Maurice abends anzutreffen war. An Trostversuchen mangelte es nicht. Das Tourismusbüro in Cornwall muss sich über diesen plötzlichen Zuwachs an Besuchern sehr gewundert haben, aber Sophie bezweifelt, dass sie jemals der eigentlichen Ursache auf den Grund gekommen sind. So gut Maurice als Mensch auch war, er war doch nur ein Mann und nun auch noch einer mit verletztem Stolz und gebrochenem Herzen. So versuchte er es Aishley heimzuzahlen, indem er mit einer Schönheit nach der anderen in den Londoner Klatschspalten auftauchte. Doch Aishley hätte nichts kälter lassen können. Sophie bezweifelte sogar, dass sie Maurices verzweifelte Aktionen überhaupt wahrnahm. Stattdessen kehrte sie dem Leben als potenzielle Gutsherrin resolut den Rücken und widmete sich ihrem Hobby, der zeitgenössischen Fotografie, wo sie vor allem Szenen in und rund um London ablichtete. Ihr Talent ließ sie schon bald zum aufsteigenden Star in der Londoner Kunstszene werden und sie richtete sich ihr eigenes Studio in Covent Garden ein, wo man sie seitdem regelmäßig in ihrer Dunkelkammer antreffen kann. Seit der Trennung von Maurice kommen und gehen Männer in ihrem Leben, aber selten bleibt einer mal so lange, dass Sophie sich überhaupt die Mühe macht, sich seinen Namen zu merken. Manchmal kennt Aishley den Namen noch nicht einmal selbst, was schon zu einigen peinlichen Situationen geführt hat. Derjenige, der Aishleys Herz erobern wird, muss schon etwas ganz Besonderes sein, und eines steht für Aishley fest: Er muss modern sein und nach vorn schauen, denn mit den alten Zeiten hat sie endgültig abgeschlossen. Und endgültig heißt bei Aishley endgültig. Sophie seufzt. Sie wünschte, sie wäre ein wenig mehr wie ihre Freundin. Für sie scheint das Leben immer so klar zu sein, während Sophie oft im Gefühlschaos regelrecht ertrinkt. Aber jetzt geht es ihr gut. Der Lauf hat tatsächlich ausgesprochen gutgetan und ihr Appetit gemacht.

Sie geht zu Pret-a-Manger, bestellt sich diesmal kein Croissant, sondern ein ordentliches Sandwich und einen Cappuccino, schnappt sich eine Zeitung aus der Auslage und macht es sich für die nächste Stunde gemütlich. Das ist für sie sonntägliche Lebensqualität und sie liebt London selten mehr als an diesen ruhigen, etwas verschlafenen Tagen, wenn jeder träge seinen eigenen Angelegenheiten nachgeht und die Zeit etwas langsamer zu laufen scheint. Nach diesem Ritual geht sie nach Hause und macht sich daran, endlich mal ihren Kleiderschrank auszumisten. Das hatte sie schon lange vor und sie glaubt fest daran, dass ein wenig Ordnung im

Außen auch zur Ordnung im Inneren führt. Und dies kann sie weiß Gott gebrauchen. *Apropos Gott, wo ist der eigentlich hin?*, denkt sie. Plötzlich ist er sehr still geworden. Hat sie ihn jetzt doch verschreckt und er hat sich in einen anderen Haushalt zu einem noch verzweifelteren Herz verzogen? Irgendwie wäre es schade darum, sie hat sich schon ein wenig an ihn gewöhnt. Aber wie dem auch sei, die Ruhe tut auch mal gut und sie kann jetzt nicht auch noch Gott in die Reihe ihrer Verflossenen einreihen und ihm hinterherweinen. Einer ist definitiv genug. *Ex-Freund, Ex-Gott, das krieg auch nur ich hin*, denkt sie resignierend.

Sie macht sich an die Arbeit und ist bald in einem fast tranceartigen Flow. Nachdem ihr Kleiderschrank wieder gut sortiert ist, macht sie das Gleiche in der Küche. Sie ist nicht gerade eine Küchenfee, doch sie hat ein Faible für Kochbücher und Gewürze. Und von ihrem Olivenöl könnte sie ein ganzes Dorf ein Jahr lang mit Öl versorgen. Sie kann einfach nicht in die Delikatessenabteilung von Harrods gehen, ohne jedes Mal ein neues Olivenöl mit nach Hause zu bringen. Vor allem, wenn dieses verkostet wird und sie es auf einem kleinen Brotstückchen probieren darf. Dann verfällt sie jedes Mal mit der jeweiligen Verkosterin (es sind meistens Frauen) in ein intensives Gespräch über die einmaligen Vorzüge dieses besonderen Öls und fände es unhöflich, nicht wenigstens eine Flasche, oft sogar zwei zu kaufen, selbst wenn diese so viel kosten wie fünf Flaschen normalen Olivenöls im Supermarkt. Aber wer will schon normal? Zudem hat sie so stets ein Mitbringsel, wenn sie eingeladen ist. Über gutes Öl freut sich jeder. So werden die Flaschen jetzt schön abgewischt und in Reih und Glied aufgestellt. Sophie liebt ihre gemütliche Küche, durch deren Fenster man auf eine riesige Kastanie sieht. Mit dem kleinen Tisch, den zwei Stühlen und den vielen Gewürzen fühlt sie sich hier jedes Mal ein wenig wie in Frankreich, wo ihr Vater ein Ferienhaus hat, das sie immer wieder gerne besucht. Auch ein kleiner Balkon geht von der Küche aus, ebenfalls mit einem Tisch und zwei Stühlen, aber um dort zu sitzen, ist es jetzt noch zu kalt. Sobald es jedoch wärmer wird, wird sie von diesem Balkon kaum wegzubekommen sein, bevorzugterweise in Gesellschaft einer guten Flasche Wein. Sophie liebt ihre Wohnung und eigentlich das ganze Haus, das sich in einer kleinen Seitenstraße in Kensington, einer ihrer Lieblingsgegenden Londons, befindet. Es ist gleich um die Ecke von der Hauptstraße mit ihrem brodelnden Leben und quasi direkt an den Kensington Gardens. Zudem leben nur drei Parteien im Haus. Ganz unten ist die ältere Mrs Larrson, ursprünglich aus Schweden, aber schon seit Ewigkeiten in England. Sie war mit einem Engländer verheiratet, der aber vor einigen Jahren verstorben ist. Sophie hat ihn nicht mehr kennengelernt. Dafür kommen aber ihre zwei reizenden Töchter, die beide ganz in der Nähe von London leben, sie regelmäßig mit ihren Kindern und manchmal auch mit ihren Ehemännern besuchen und dann wird im Garten den ganzen Tag getobt, gelacht, gegessen und getrunken. Sophie liebt es, dieses Getümmel von ihrem Balkon aus zu betrachten. Mrs Larrson winkt sie dann immer hinunter und manchmal folgt Sophie der Einladung und spielt im Garten ausgelassen mit den Kindern, bei denen die schwedischen Gene durchgeschlagen haben und die allesamt wie kleine hellblonde Engelchen aussehen. Über Mrs Larrsons Wohnung kommt ihre eigene und darüber hat bis vor einem Monat ein deutsches Pärchen gewohnt, das geschäftlich in London zu tun hatte. Sie waren ebenfalls sehr nett, aber lebten eher zurückgezogen. Leider keine Leute für gemeinsame nachbarschaftliche Partys. Und jetzt wohnt da dieser komische Kerl, mit dem sie ganz sicher keine Partys feiern will. Der schon zynisch wird, wenn er nachts einer Dame in Not helfen muss. Und den sie tatsächlich mit Gott verwechselt hat. Kein Wunder, dass dieser nicht mehr mit ihr spricht. Auch Gott hat sicherlich seine Grenzen. Wenigstens hat das keiner ihrer

Freunde mitbekommen – die peinliche Szene im Hausflur sowie die Tatsache, dass es Sophie sogar gelungen ist, es sich mit Gott zu vermasseln. Wer schafft das schon? Und auch noch alles an einem Tag. Aber sie macht das mit links, dafür hat sie ein Talent.

Jetzt hat sie noch fast zwei Stunden, bis sie sich mit Aishley trifft, und macht ein paar längst überfällige Telefonate. Ihre Mutter hat sie lange nicht mehr angerufen, und obwohl es ihr vor diesen Telefonaten immer graut, macht sie es sich nun auf der Couch mit einer Tasse Tee bequem, wo sie sich für die nächste halbe Stunde anhören wird, welche Wohltätigkeitsveranstaltung ihre Mutter gerade wieder organisiert, wer in ihrem Bridgeclub mit wem anbändelt und wer nicht mehr mit wem spricht. Sophies Mutter hat das vermeintliche Glück, nach der Scheidung von Sophies Vater, der ein erfolgreicher Unternehmer ist, nicht mehr arbeiten zu müssen, und dieses Leben genießt sie in vollen Zügen. Sophie ist sich manchmal nicht sicher, ob es wirklich so ein Segen ist oder ob ihrer Mutter ein richtiger Job nicht ganz guttäte. Aber so ist es nun einmal. Sophie steht ihrem Vater näher als ihrer Mutter, sie ist geradezu vernarrt in ihn. Er ist bodenständig, voller Elan und hat ständig neue Ideen. Außerdem ist er ein ausgesprochen guter Unterhalter und ein Genießer mit Leib und Seele. Er liebt sein Golfspiel, sein Segelboot, gutes Essen und guten Wein. Und Frauen liebt er vielleicht ein bisschen zu sehr, vermutet Sophie manchmal. Sie hat sich schon immer gefragt, was ihr Vater in ihrer doch eher oberflächlichen Mutter gesehen hat, um sie am Ende wirklich zu heiraten und immerhin zwanzig Jahre mit ihr zu verbringen. Und zwei Kinder mit ihr zu machen. Denn Sophie hat auch irgendwo auf der Welt eine Schwester. Kate, eine erfolgreiche Ärztin, die stets in irgendeinem afrikanischen Land, von dem Sophie meistens noch nie gehört hat, für Ärzte ohne Grenzen unterwegs ist. Sie ist das Gewissen der Familie. Kate hat schon immer gegen ihr privilegiertes

Umfeld rebelliert und sich in der Jugend irgendwelche Stecker durch alle möglichen Gesichtsteile stechen lassen, seien es Lippen, Augenbrauen, Zunge, Nase oder Ohren gewesen. Sophie wunderte sich manchmal, dass das ganze Metall dem Magnetfeld der Erde so wacker widerstehen konnte und Kate nicht stets vornüber flach auf den Boden fiel. So ausgestattet trieb sie sich dann in Sackklamotten mit pickeligen, spitzbärtigen Jünglingen auf allen möglichen Demos herum und hielt bei Wind und Wetter Plakate hoch. Die Demos waren eigentlich gegen alles, für ihre Schwester machte das keinen Unterschied. Jedes Thema war ihr recht und wurde mit Wut und inbrünstiger Überzeugung bekämpft: Tierversuche, Atomkraft, Unterdrückung der Kurden, Todesstrafe in den USA, Menschenrechtsverletzungen in China, Inhaftierung politischer Flüchtlinge in vorher unbekannten Ländern, Kapitalismus in der gesamten westlichen Welt, Frauenunterdrückung im Iran, die Liste war endlos. Und Kate überall mit dabei. Ihr Taschengeld gab sie für Mitgliedschaften in diversen Wohltätigkeitsorganisationen aus: Amnesty International, Greenpeace, PETA, um nur einige zu nennen. Ein paar Mal wurde sie sogar verhaftet. Meistens waren es harmlose Verhaftungen, aber als sie und ihre Mitstreiter einmal ein Tierversuchslabor stürmten, um die Tiere dort zu befreien und dabei relativ großen Sachschaden anrichteten, wurde es doch ernst und Sophies Vater musste tief in die Tasche greifen und seine Beziehungen spielen lassen, um seine Tochter schnell wieder aus der Zelle herauszubekommen. Kate bekam einen bis heute unvergessenen Wutanfall, da sie sich vom Kapitalismus freigekauft fühlte. Sie krallte sich sogar an der Gefängnistüre fest, um nicht gehen zu müssen und brüllte hysterisch und voller Lautstärke ›Tod dem Kapitalismus‹, was bei den Polizisten für Verwirrung sorgte, war sie doch gerade erst wegen militantem Tierschutz verhaftet worden. Was war es denn nun - Tierversuche oder Kapitalismus? Das war für die Beamten auf der Station ein wenig zu viel politisches Engagement an einem Tag und sie waren froh, Kate schnell wieder loswerden zu können.

Diese wilden Zeiten waren jetzt glücklicherweise vorbei. So steckte Kate ihre wütende Energie schließlich in das Studium der Medizin, promovierte mit summa cum laude, heiratete einen ebenso smarten wie engagierten Arzt, Karl, und zusammen reisen die beiden jetzt für Ärzte ohne Grenzen durch afrikanische Länder und helfen den Bedürftigen. Sophie ist mächtig stolz auf ihre Schwester, aber sie ist ihr auch etwas fremd und schüchtert sie mit ihrem breiten Wissen über sämtliche Angelegenheiten der Weltpolitik ein.

Diese Gefahr besteht bei ihrer Mutter glücklicherweise nicht. Nachdem Sophie diese anruft und sich wie erwartet über ihre nächste Wohltätigkeitsveranstaltung zuquatschen lässt, ist es schließlich Zeit, sich zum Treffen mit Aishley umzuziehen.

Es ist warm draußen und sie zieht sich ein leichtes kurzes Strickkleid von Missoni an, wirft eine Jeansjacke darüber und dazu eine Beuteltasche, die sie letztes Jahr in Marrakesch gekauft hat und von der sie nicht genug bekommen kann. Dann geht sie los zur U-Bahnstation Kensington High Street, gleich bei ihr um die Ecke. Dort trifft sie Aishley und sobald sich die beiden sehen, ist der Streit von gestern wie weggeblasen. Sie fallen sich um den Hals und drücken sich fest.

»Sorry«, flüstert Aishley ihr ins Ohr, »es tut mir nur so weh, dich so leiden zu sehen.«

»Nein, ich muss sorry sagen«, entgegnet Sophie. »Ich benehme mich wie ein Idiot. Es wird sich bald etwas ändern, das verspreche ich dir. Nur leider kommt im Moment mein Herz mit meinem Verstand noch nicht mit, aber irgendwann holt es schon auf.«

»Ich weiß«, sagt Aishley und drückt ihre Schulter. »Komm, ich verhungere.«

Sie haben eigentlich unendlich viele gute Restaurants in ihrer Gegend, aber beide lieben den kleinen Inder auf der Charlotte Street, gleich um die Ecke der überfüllten Oxford Street. Sie nehmen die Circle Line, wechseln in die Central Line und sind dann auch schon bald da. Der Eigentümer begrüßt sie herzlich und platziert sie an ihrem Lieblingstisch. Es gibt nur vegetarische Gerichte und sie bestellen sich eine ganze Kollektion von kleinen Köstlichkeiten zum Teilen. Genießen bis zum Umfallen und dazu leckerer Wein – das ist ganz nach ihrem Geschmack. Über die Nacht mit dem Architekten erfährt Sophie leider nicht viel, da Aishley diese schon wieder fast vergessen hat.

»Wie eine Fata Morgana, genauso kommen und gehen die«, sagt sie.

So geht es den meisten von Aishleys Eroberungen, die postwendend aus ihrem Gedächtnis gestrichen werden, während diese sich das Herz rausreißen und sie zu einer Wiederholung einer in ihren Augen unvergesslichen Nacht überreden wollen. *Das Leben ist doch manchmal ungerecht,* denkt Sophie. Dafür erzählt sie ihrer Freundin von dem Zusammenprall mit ihrem Nachbarn. Dabei schummelt sie ein bisschen, um ihre eigene nächtliche Darbietung weniger peinlich darzustellen. Auch Gott erwähnt sie natürlich nicht und hört prompt die Stimme in ihrem Kopf:

»Bevor der Hahn kräht, wirst du mich dreimal verleugnen.«

Das war dein Sohn, der verleugnet wurde, nicht du, denkt sie zurück.

»Ist das Gleiche. Vater, Tochter, Sohn, was macht das schon für einen Unterschied?«, antwortet Gott grimmig.

Sophie schüttelt sich, um die Stimme loszuwerden und sich wieder auf das Gespräch mit Aishley zu konzentrieren. Sie macht den Nachbarn älter und unattraktiver, als er in Wirklichkeit ist und lässt kein gutes Haar an ihm. Abgesehen von der inneren Genugtuung ihm gegenüber macht es die Geschichte amüsanter.

»Oh Gott, ein alter grummeliger Sack«, reagiert Aishley erwartungsgemäß schockiert. »Du Arme, so einen Kotzbrocken im Haus zu haben.«

Und dann trinken sie auf die Jugend und auf die Freiheit und auf die Freundschaft und verlassen schließlich glücklich und satt das Restaurant. Noch vor Mitternacht fällt Sophie zufrieden ins Bett.

4

Luxus muss bequem sein, sonst ist es kein Luxus.

- Coco Chanel

AM NÄCHSTEN MORGEN ÖFFNET SOPHIE WIDERWILLIG DIE Augen. *Schon wieder Montag. Eine Woche Melissa vor mir,* denkt sie sich und möchte ihre Augen am liebsten gleich wieder schließen. Was vorher eine Oliver-Besessenheit gewesen ist, ist einer Melissa-Besessenheit gewichen. Sie sieht sie in allen möglichen Positionen vor sich, meistens horizontal. Dann schwingt Sophie sich doch aus dem Bett, macht sich notdürftig zurecht und fährt schlecht gelaunt zur Arbeit. Als sie schließlich an ihrem Schreibtisch sitzt, steigt eine unangenehme Hitze in ihr auf. Sie unterschätzt immer die Wärme in den vollen U-Bahnen und auch im Büro. Wieso hat sie heute nur den dicken Rollkragenpulli angezogen? Zu Hause fühlte er sich nach dem warmen Bett noch so kuschelig an, aber jetzt wird es wahnsinnig beengend. Sie wünschte, sie könnte die Ärmel einfach abmachen, ebenso den Rollkragen.

Wäre es nicht praktisch, wenn diese Elemente mit Knöpfen angebracht wären, so wie oft die Kapuzen an diesen hässlichen Anoraks?, überlegt sie sich. Aber natürlich nicht hässlich und ausschließlich praktisch, sondern in einem attraktiven Design. Der Gedanke brodelt und wabert in ihrem Gehirn und lässt sie nicht mehr los. Das wäre doch eine Idee – eine Kollektion bestehend aus Stücken, die sich mit Knöpfen variieren lassen. Es wäre wie ein Baukastensystem. Eine Auswahl von Basis-Stücken und zu jedem dieser Stücke könnte man unterschiedliche Aspekte hinzukaufen, um es aufzupeppen oder je nach Witterung zu verändern. Sophies Fantasie fängt an zu arbeiten. Sie sieht die schönsten Knöpfe vor sich: Knöpfe aus edlen Materialien und in unterschiedlichen Formen, coole Druckknöpfe, Knöpfe, die sie selber beziehen kann, kugelförmige Knöpfe und vieles mehr. Ihrer Kreativität sind keine Grenzen gesetzt. Knöpfe an sich können schon so schick sein, wie wundervoll wäre es, wenn man diese jetzt auch noch vielfältig einsetzen würde und nicht nur, um etwas zuzuknöpfen oder ein paar Akzente zu setzen. Pullis könnten im Handumdrehen zu Pullundern werden, lange Röcke zu kurzen, man könnte unterschiedliche Kragen anbringen, unterschiedliche Manschetten, die Möglichkeiten sind endlos. Sophies Wangen röten sich und sie merkt, wie aufgeregt sie wird. Sie hat schon immer davon geträumt, selbst Mode zu entwerfen. Sie kann gut zeichnen und nähen und hat in ihrer Freizeit schon manchmal einige Versuche gestartet, diese aber immer schnell wieder aufgegeben. Denn sie hatte einfach keine zündende Idee, nichts, was sie von anderen unterschieden hätte. Es gab keinen roten Faden. Doch die Idee mit den Knöpfen fesselt sie. Sie ist so originell und zugleich praktisch! Jetzt ist ihr nicht mehr heiß wegen der Aussicht, Melissa zu sehen, sondern weil ihre Fantasie Saltos schlägt. Sie sieht eine ganze Kollektion von kombinierbaren Stücken vor sich. Sophie holt ein Notizbuch heraus und fängt an zu kritzeln. Sie kann gar nicht mehr aufhören. Die Arbeit wird warten müssen, das hier nimmt sie jetzt voll in Beschlag. Sobald sie, ohne einen strafenden Blick von ihrem Chef befürchten zu müssen, aus dem Büro in die Mittagspause gehen kann, sprintet sie hinaus. Zunächst kauft sie sich ein großes Zeichenbuch mit rosa Einschlag. Groß genug, um vernünftig darin malen zu können, und doch klein genug, um es in ihrem Schreibtisch einschließen zu können. Dann läuft sie in den süßen kleinen Laden um die Ecke, der alle Sorten von Knöpfen verkauft und wühlt sich dort durch die riesige Auswahl. Die schiere Menge unterschiedlicher Knöpfe überwältigt sie. *Was man damit alles machen kann!,* denkt sie verzückt. Sie will nicht gleich übertreiben und kauft erst einmal nur fünf verschiedene Sorten, aber dafür eine beträchtliche Anzahl von jeder einzelnen. Sie möchte schließlich ohne Einschränkungen herumexperimentieren können. Dann geht sie noch in einen Textilladen und kauft einen Meter schlichten schwarzen Stoff, um daraus ein paar Accessoires herzustellen. Mehr wird sie zu diesem Zeitpunkt noch nicht benötigen. Sie wird erst das Konzept an ihren eigenen ausrangierten Klamotten testen. Was für ein Zufall, dass sie gestern den Kleiderschrank ausgemistet hat. So wird abends alles gleich bereit sein für ihre ersten Versuche, die in ihren Gedanken schon konkrete Formen annehmen. Kurz wird ihr bewusst, dass sie in den letzten Stunden kein einziges Mal an Melissa und Oliver gedacht hat. Bei dem Gedanken an die beiden verspürt sie zwar immer noch einen Stich, merkt aber auch, dass eine völlig neue Energie sie durchfließt. Eine Energie, wie sie sie in den Zeiten mit Oliver nie erlebt hat.

Nach der Arbeit ist sie ihren Kollegen gegenüber ungewöhnlich kurz angebunden, da sie schnellstens nach Hause und ihre neuen Ideen ausprobieren will. Sie kann es nicht erwarten zu schauen, ob das Prinzip funktioniert. Zu Hause angekommen, macht sie das Telefon aus, stellt die Klingel ab und macht sich eine Kanne Tee. Dann zieht sie eine Jogginghose und ein weites Hemd an und breitet ihre Ausbeute auf dem Boden aus. Feierlich nimmt sie einen alten schwarzen Pullover aus dem Kleiderschrank, misst dessen runden Kragen genau aus und macht sich zunächst daran, auf den schwarzen Stoff, den sie heute gekauft hat, die Form eines Rollkragens präzise aufzuzeichnen. Dieser würde dann auf den Pullover geknöpft werden. Sie hat schon lange nicht mehr kreativ gearbeitet und es macht ihr großen Spaß. Bald geht sie völlig in ihrer Aufgabe auf und vergisst die Welt um sich herum. Jetzt weiß sie wieder, wieso sie Design und das Nähen so genießt. Sie liebt es einfach, aus Nichts etwas Schönes entstehen zu lassen und zwar ganz nach ihrem eigenen Geschmack. In ihrem kreativen Rausch ist sie keinen Konventionen unterworfen, sondern kann tun und lassen was sie will. Ihrer Fantasie freien Lauf lassen, das ist für sie wahres Glück. Der Rollkragen ist schnell fertig, Nähen ist doch ein wenig so wie Fahrradfahren, man vergisst es nicht und das stetige Surren der Nähmaschine wirkt beruhigend und auch bestärkend auf sie. Wie schön, wieder etwas zu tun, worin sie wirklich gut ist! Ihr Gedanke kehrt kurz zu Gott zurück. Ein bisschen peinlich ist es ihr, dass sie am Morgen zuvor so schroff und abweisend zu ihm war. Seit ihrem Lauf hat sie nichts mehr von ihm gehört. Ist er wirklich sauer auf sie? Aber vielleicht hat ihn auch nur das Surren der Nähmaschine eingelullt.

»Ich lasse mich niemals einlullen«, kommt da natürlich prompt die Antwort, die Sophie ein Lächeln entlockt. Es tut gut, die Stimme wieder zu hören. Aber dann ist auch schon wieder Ruhe eingekehrt und Sophie kann sich konzentriert ihrem Rollkragen zuwenden. Nachdem dieser fertig ist, nimmt sie besonders schöne schwarze und edel glänzende Druckknöpfe und bringt diese um den Halsausschnitt des Pullovers herum an. Das Gleiche tut sie dann mit den Gegenstücken der Knöpfe, die sie auf den Rollkragen näht und jetzt ist er da - der große Moment, der zeigen wird, ob ihre Idee vielleicht doch nur eine Schnapsidee gewesen ist. Mit klopfendem Herzen macht sie den Kragen innen am Pullover fest und ein freudiger Seufzer entgleitet ihr. Er sieht wirklich super aus – ein Rollkragenpullover mit eleganten Knöpfen um den Halsbereich. Sophie kann vor lauter Aufregung kaum atmen. Sie weiß, dass sie hier etwas Großartiges designt. Jetzt kommt jedoch der echte Test: Es muss sich auch gut anfühlen. Sie zieht den Pullover an und innerhalb von Sekunden wird er zu ihrem neuen Lieblingspulli. Er ist bequem, das Material von Pulli und Kragen zwar nicht ganz gleich, aber das muss auch nicht sein. Es passt gut zusammen und die Knöpfe geben dem Ganzen das gewisse Etwas. Jetzt macht sie den Kragen ab und es sieht immer noch ansprechend aus! Der alte Pulli wird jetzt einfach von schönen Knöpfen um den Ausschnitt herum geschmückt. Sophie kennt kein Halten mehr. Eilig holt sie eine schwarze Bluse aus dem Schrank, trennt den Kragen ab, bringt auch an diesem passende Druckknöpfe an und knöpft dann den Blusenkragen an den Pullover. Es sieht toll aus! Ein edler, schwarzer Pulli mit einem schönen Blusenkragen. Sie hätte hier zwar etwas feiner arbeiten können und die Elemente passen nicht ganz zusammen, aber es geht in die richtige Richtung und wertet ihre alten Anziehsachen definitiv auf. Davon einmal abgesehen, ist sie fasziniert davon, wie vielfältig die Kombinationsmöglichkeiten sind. Das Gleiche wie mit der schwarzen Bluse macht sie jetzt mit einer weißen Bluse und bringt auch hier die gleichen Knöpfe an, um den weißen Kragen dann auf den schwarzen Pulli zu knöpfen. Die Kombination von schwarz und weiß ist einfach entzückend. Sophie kann gar nicht mehr aufhören. Sie muss aufpassen, dass sie in ihrer Euphorie nicht all ihre Klamotten zerschneidet! Dann nimmt sie von der schwarzen Bluse die Rüschenmanschetten ab und befestigt diese an den Ärmeln des Pullovers. Das gleiche macht sie mit den eher klassischen Manschetten der weißen Bluse. Der alte, schwarze Pulli mit seiner feinen, dünnen Wolle und dem schmalen Schnitt eignet sich perfekt für alle Variationen und verändert seinen Charakter je nach Accessoire. Er ist wie ein Mannequin, genauso wandelbar und anpassungsfähig! Eigentlich würde Sophie noch gerne die Ärmel des Pullovers abtrennen und ihn zu einem Pullunder machen, dem man die Ärmel wieder anknöpfen kann, aber dafür ist sie jetzt definitiv zu müde. Es ist mittlerweile nach zwei Uhr morgens, der Tee neben ihr ist kalt geworden und sie kann kaum mehr die Augen offen halten. Außerdem muss sie morgen arbeiten. Also trennt sie sich widerwillig von ihren Kreationen, schafft es noch, sich kurz die Zähne zu putzen und fällt dann todmüde ins Bett.

»Gute Nacht, Gott«, sagt sie, während ihr die Augen zufallen. »Bist du hier? Magst Du meine Kreationen?«

»Gute Nacht, mein Kind, natürlich bin ich hier und ich mag sie sehr,« kommt es zurück, aber das hört Sophie kaum noch, denn sie fällt in einen tiefen Schlaf und träumt von Wolken voller Knöpfe.

Die gesamte Woche verbringt Sophie ihre Zeit nach der Arbeit damit, die unterschiedlichsten Kreationen auszuprobieren. Ihr ganzes Apartment ist voller alter Kleidungsstücke, die alle durch ihre Knöpftechnik einen neuen Touch erhalten. Ab und zu muss sie etwas zu essen kaufen gehen, aber ansonsten ist die einzige Störung nur ihr nerviger Nachbar, der sich einmal Olivenöl ausleihen kommt und Sophie erstaunt anschaut, als sie ihn mit einer ganzen Olivenölkollektion konfrontiert, in der Küche stehen lässt und sich wieder an ihre Näharbeit macht, ohne ihn weiter zu beachten. Er schaut kurz ins Wohnzimmer hinein, aber als er sie dort inmitten von Stofffetzen konzentriert arbeiten sieht, kommt nur ein kurzer Abschiedsgruß über seine Lippen, den sie jedoch ignoriert. Patrick heißt der Typ, oder? Sie weiß es noch nicht einmal mehr. Ist ihr auch egal.

In der Redaktion läuft sie jetzt stets mit ihrem rosa Zeichenbuch durch die Gegend, zeigt jedoch niemandem die Schätze, die sich darin befinden. Es füllt sich mit Zeichnungen, kleinen Stoffproben, Bildern von schönen Knöpfen und mehr. Melissa hat sie diese Woche noch gar nicht gesehen, sie muss sich Urlaub genommen haben. Ist sie etwa mit Oliver zusammen verreist? Sophie spürt bei der Vorstellung einen Stich in der Brust. Aber dann schüttelt sie den Gedanken ab. Ihre Kreationen warten auf sie und das ist jetzt erst einmal wichtiger. Was für einen Unterschied es doch macht, seine Energie auf etwas Neues, Kreatives zu richten! Die Erinnerung an Oliver verblasst in dieser Woche immer mehr. Gott hingegen ist zusammen mit der klassischen Musik, die sie beim Nähen hört, immer da und gibt ihr manchmal eine Ermunterung oder hilft ihr, etwas in ihrem Kopf zu klären. Manchmal hat er auch wirklich gute Ideen. Er ist jedoch nie aufdringlich und irgendwie ist es ein schönes Gefühl, ihn immer so dabei zu haben. Vielleicht sollte sie sich ja doch mal länger mit ihm unterhalten. Wer weiß, was er sonst noch alles auf Lager hat.

Am Freitagabend bricht sie inmitten ihrer Kreationen vor glücklicher Erschöpfung fast zusammen. Sie hat eine Melissa-freie Woche hinter sich und ist umringt von den wildesten Kombinationen: kurze, luftige Röcke, die durch ihre Knöpftechnik eine neue Lage bekommen haben und schließlich noch eine, sodass sie zu langen Hippie-Röcken zusammengesetzt werden können. Jede Lage in einem anderen Stoff und mit unterschiedlich Mustern – sie stellt es sich mit flachen Sandalen vor und liebt es einfach. Eine einfache weiße Bluse, an die eine schwarze, lange Samtschleife geknöpft wird, die sie sofort elegant erscheinen lässt. Unterschiedliche Manschetten, die angeknöpft, abgeknöpft und endlos kombiniert werden können, der Fantasie sind keine Grenzen gesetzt. Man kann jedes Kleidungsstück nach Anlass und Laune anpassen und es stets neu erscheinen lassen. Sophies Herz hüpft nach dieser einen Woche voller Enthusiasmus. Sie nimmt sich vor, am Wochenende nicht zu nähen, sondern eine Schaffenspause einzulegen. Die braucht sie, um wieder aufzutanken und nicht auszubrennen. Die Dinge einfach mal bewusst zur Seite legen. Aber wild feiern gehen will sie jetzt auch nicht. Sie hat das Gefühl, etwas Wertvolles für sich entdeckt zu haben. Sie hat ihre Kreativität ausgegraben und ein Ventil für ihre Ideen gefunden. Das möchte sie im Herzen bewahren und nicht im Feierrausch ertränken. Vielmehr möchte sie sich etwas Gutes tun und so geht sie am Wochenende gleich zwei Mal joggen und freut sich, wie gut es schon klappt. Sie wird sich überlegen, den Sport jetzt auch in ihre Woche zu integrieren und nicht nur auf die Wochenenden zu beschränken. Ansonsten trifft sie sich mit Aishley, Danny und Rob und die vier machen gemütliche Dinge zusammen, gehen ins Kino (mit Rücksicht auf Sophie keine Liebesfilme) und danach Pizza essen und ein paar Gläser Rotwein trinken. Abgerundet mit guten Gesprächen, wie sie so nur unter Freunden möglich sind. Ein perfektes, erfülltes Wochenende, findet Sophie, freut sich aber schon darauf, die nächsten Abende wieder mit ihrer Kollektion zu verbringen.

5

Eine Frau, die ihre Haare schneidet, ist im Begriff, ihr Leben zu verändern.

\- Coco Chanel

GANZ SO HARMONISCH SOLL DIE NÄCHSTE WOCHE DANN ABER doch nicht werden. Schon am Montagmorgen hört sie beim Betreten des Büros Melissas laute Stimme, die den anderen von ihrem Trip der letzten Woche erzählt. Wohin die Reise ging, bekommt Sophie nicht mit und auch nicht mit wem, aber das Wort »wir« wird sehr viel herumgeworfen, angefangen von »wir haben so viel gelacht«, zu »wir haben es so genossen«, bis hin zu »wir wollten gar nicht mehr zurück«, und obwohl der Name Oliver nicht explizit ausgesprochen wird, zieht sich bei Sophie innerlich alles zusammen. Sie weiß es einfach. Es muss sich um ihn handeln. Sie tut so, als würde sie nichts mitbekommen, aber Tränen schießen ihr in die Augen und ihr wird schwindelig. Dann kommt Melissa an ihren Schreibtisch, ihr typisch katzenhaftes Grinsen im Gesicht. Sophie schwant Böses.

»Ach, Sophie, wirklich ein schnuckeliges Geschenk, das du Oliver zu seinem Geburtstag gemacht hast«, beginnt Melissa mit falscher, zuckersüßer Stimme. »Es bringt seine Augenfarbe so toll heraus. Er hat es leider erst heute Morgen erhalten, da wir einen kleinen Spontantrip unternommen haben.« Sie lächelt Sophie weiterhin an. »Ist echt nett von dir, vor allem wenn man bedenkt, wie er dich abserviert hat. Hast fast ein bisschen was von Mutter Theresa in dir, was?« Jetzt lacht sie laut und guckt Sophie verschwörerisch an. »Er hat mir alles von eurem Weihnachtsdesaster erzählt. Besonders von deinem perplexen Gesichtsausdruck, als er so mir nichts dir nichts euren Trip abgesagt hat. Genau da, wo ihr hinsolltet, sind wir jetzt übrigens hingefahren. Glenn Eagles Hotel in den Schottischen Highlands. Es war wunderschön.«

Sophie schluckt. Sie weiß nicht, was sie sagen soll.

Melissa wird etwas stiller und schaut verträumt. »Ja, er ist immer wieder für Überraschungen gut, der gute Oliver. Gott sei Dank bekomme ich die schönen Überraschungen«, fügt sie mit einem seligen Lächeln hinzu. »Etwas anderes würde ich mir auch gar nicht bieten lassen. Aber so ist halt jeder anders.« Und damit dreht sie sich mit wehendem Haar um, jedoch nicht ohne vorher ein gekichertes »Und dann noch der Kussmund auf dem Umschlag ... einfach herrlich«, hinzuzufügen.

Sophie ist puterrot, sie kann vor Scham kaum atmen. Und vor Schmerz. Und vor Demütigung. Sie muss nach Hause. Sie kann nicht bleiben, sie muss sofort das Büro verlassen, sonst bricht sie hier vor allen zusammen.

»Sag Keith, dass ich nach Hause musste, Menstruationsschmerzen«, haucht sie ihrer Kollegin Martha zu, die alles mitbekommen hat und verständnisvoll nickt.

»Scher dich nicht um sie, Sophie. Melissa ist eine Hexe, aber ich sage Keith Bescheid.«

Sophie hört dies kaum noch, sondern stürzt aus dem Büro und ins nächste Taxi. Auch wenn sie sich ein Taxi eigentlich nicht leisten kann, sie könnte sich jetzt nicht unter die Menschen in der U-Bahn mischen. Zu Hause angekommen dreht sie zitternd den Schlüssel im Schlüsselloch um, schmeißt ihre Tasche auf den Boden und wirft sich dann laut schluchzend auf ihr Bett. Sie weiß nicht, wie sie mit dem Schmerz umgehen soll, er überkommt sie in solchen Wellen, dass sie meint, darin ertrinken zu müssen. Es tut einfach höllisch weh, sich Oliver mit einer anderen vorzustellen. Dass eine andere das bekommt, von dem sie dachte, dass es exklusiv ihr gehört. Und es ihr dann auch noch so unter die Nase gerieben wird! Ihre Fantasie spielt verrückt und hundert Fragen sprudeln in ihr hoch. Ob er ihre Brüste wohl genauso zärtlich streichelt, wie er damals ihre gestreichelt hat? Ob er sie genauso anguckt, wenn er auf ihr liegt? Ob er ihren Nacken beim Küssen auf die gleiche Weise berührt? Vor allem schmerzt die Vorstellung, dass die andere jetzt weiß, wie er beim Orgasmus aussieht. Wie er seinen Kopf von links nach rechts wirft und dieses spezielle Stöhnen kommt, ein Stöhnen, von dem sie dachte, dass es nur für sie reserviert sei. Die Vorstellung bricht ihr im wahrsten Sinne des Wortes das Herz und sie kann ihren Tränen keinen Einhalt mehr gebieten. Immer mehr strömen aus ihr heraus, es ist, als sei ein Damm gebrochen.

»Pscht, pscht, mein Kind«, hört sie da Gott. »Lass es hinaus, erzähl mir alles, dafür bin ich da.«

»Ich habe so viel investiert«, kommt Sophie der Aufforderung weinend nach, »so viele Stunden des Träumens und der Hoffnung. Ich habe an uns geglaubt. Ich habe ihm alles geglaubt, was er mir immer versprochen hat und bin artig der Karotte gefolgt, die er mir vor die Nase gehalten hat. Ich habe so viele Gefühle investiert und so viel Zeit geopfert. Und das alles nur, damit jetzt eine andere davon profitiert. Dieses Gefühl, ausgeschlossen zu sein, dass jemand anders das bekommt, was ich will, was ich mir so ersehne, das tut so weh. Es fühlt sich fast wie der Tod an, ich habe einfach keine Kontrolle darüber, was die beiden machen. Es ist außerhalb meines Einflussbereichs und ich habe Angst, dass die Ereignisse mir aus der Hand gleiten, wenn ich nichts tue. Angst, dass er mich vergisst, wenn ich nicht irgendwie seine Aufmerksamkeit auf mich lenke. Tief drinnen habe ich das Gefühl, ohne ihn nichts wert zu sein. Seine Aufmerksamkeit hat mir meinen Wert gegeben. Im Kopf weiß ich, dass das Quatsch ist, aber es fühlt sich trotzdem so an. Und da ist so ein Spagat zwischen dem, was ich fühle, und dem, was ich mir denke oder denken sollte. Es ist so anstrengend, meine Gefühle ständig zu kontrollieren, sie in geordnete Bahnen zu lenken, mir zu sagen, dass ich liebenswert bin, dass ich ihn nicht brauche, um glücklich zu sein, dass die Zeit alle Wunden heilt. Es mag stimmen, aber im Moment kann ich es mir nicht vorstellen. Ich möchte endlich diese Eifersucht los sein, ich möchte frei und unbeschwert sein und mich nicht von diesen Gedanken gefangen halten und von meinen Gefühlen überwältigen lassen. Ich will das einfach alles nicht mehr! Bitte, Gott, hilf mir.«

Sie schluchzt laut. Dann fährt sie traurig und erschöpft fort: »Das Schlimme sind die kleinen Dinge: Steckt er seine Hand jetzt bei ihr hinten in das Oberteil? Schickt sie ihm Fotos von sich und er sagt ihr, wie schön sie ist? Dass dies alles nicht mehr meines ist, sondern ihres, dass sie ihren Freunden jetzt Fotos von ihm zeigt und sagt, das sei ihr neuer Freund, das tut so weh.«

»Das tut eigentlich nicht weh, Sophie, sondern nur die Vorstellung davon«, antwortet Gott. »Solange du von den beiden nichts wusstest, hat es gar nicht wehgetan. Nur was deine Gedanken daraus machen, tut weh. Du kannst eigentlich deinen Tag sehr gut ohne ihn verleben, du brauchst ihn nicht. Du hast ja vorher auch die meiste Zeit ohne ihn verbracht. Aber in deiner Vorstellung wusstest du, dass du ihn siehst. Jetzt stellst du dir eine weite, lange Zukunft ohne ihn vor und das tut dir weh. Du stellst dir vor, was er alles mit der anderen macht, aber es ist letztlich nur deine Fantasie, die hier gegen dich arbeitet und dir Schmerzen bereitet, nicht die Realität.«

»Und wie soll ich das ändern?«, fragt Sophie unglücklich.

»Mach es wie die Kinder. Wenn ihnen ein Spielzeug weggenommen wird, so schreien sie und machen ein Riesengetöse. Genau wie du meinen sie dann, dass jemand unrechtmäßigerweise etwas bekommt, das eigentlich ihnen zusteht. Aber es ist nur das Ego, das da schreit. Eigentlich macht es gar nichts, dass dieses Spielzeug jetzt weg ist. Genauso wie es in der Realität nichts macht, dass Oliver jetzt weg ist. Kinder geben dann den Gedanken daran auch recht schnell auf und wenden sich neuen, interessanteren Dingen zu. Umso älter ihr jedoch werdet, desto mehr neigt ihr dazu, an den Dingen festzuhalten, da ihr es nicht mehr so gewohnt seid, Platz für Neues, Frisches zu machen. Dann entwickelt ihr die Tendenz, an Althergebrachtem festzuhalten. Das hat mit der Angst zu tun. Wenn man etwas gehen lässt, das vorher eine große Rolle im Leben gespielt hat, entsteht ein Vakuum. Man hat doch so lange mit diesem Menschen in seinen Gedanken gelebt und ihn gewissermaßen zum Lebensinhalt gemacht. Was wird jetzt passieren, wenn man ihn aufgibt? Wird dann eine Leere entstehen, die man nicht mehr zu füllen weiß? Das ist die Angst. Aber sie ist nicht notwendig, liebe Sophie. Natürlich gibt es kein Vakuum, keine echte Leere. Es ist nur eine vermeintliche Leere. Wenn etwas nicht mehr stimmig ist, so ist es wichtig, es gehen zu lassen. Denn nur so machst du Raum für etwas Neues, Kreatives, etwas, das dich auf deinem Weg weiterbringt. Es erfordert einen gewissen Mut, aber vor allem Vertrauen. Vertrauen darauf, dass im Großen und Ganzen alles so ist, wie es sein soll, und dass alles nur zum Besten geschieht, auch wenn es im Moment nicht so aussieht. Es ist ein bisschen wie die bittere Medizin, die zwar nicht schmeckt, aber von der man weiß, dass sie zur Heilung führt. Nicht immer sofort, aber bestimmt nach einer gewissen Zeit.«

»Eine ekelhafte Medizin«, sagt Sophie trotzig. »Auf die könnte ich gut verzichten.«

»Ja, ich weiß«, sagt Gott, »aber das ist nun einmal der Weg der Menschen.« Dann fährt er fort: »Denk also immer daran, Sophie, dass deine Gedanken es sind, die dich gerade verrückt machen, sonst nichts. Mach dich nicht zur Sklavin deiner Gedanken, sie sollten nicht dich kontrollieren, sondern du sie. Schau, du spielst in deinem Leben jeden Tag viele Rollen – die Rolle der Freundin, der Tochter, der Schwester, der Angestellten, der Partnerin, der Ex-Partnerin und viele, viele mehr. Sie wechseln ständig, sind stets in Bewegung. In jeder dieser Rollen zeigst du jeweils ein anderes Gesicht, legst ein der Rolle angemessenes Verhalten an den Tag. Aber du bist keine dieser Rollen. Die Tochter bist du beispielsweise nur für deine Eltern, für niemanden sonst. Die Angestellte bist du für deinen Arbeitgeber. Und so weiter. Was du hingegen immer bist, ist die Quelle all dieser Rollen, genauso wie ich. Aber selbst ich zeige mich dir gerade in unterschiedlichen Rollen. Mal provoziere oder necke ich dich, mal tröste ich dich, ganz so wie ich meine, dass du es gerade brauchst und wie es dich am meisten weiterbringt. Nur erinnere ich mich daran, dass ich keine dieser Rollen bin, während du dich mit deinen Rollen identifizierst. Jetzt gerade identifizierst du dich stark mit der Rolle, die Ex von Oliver zu sein. Und du denkst, dass eine andere Rolle, nämlich seine gegenwärtige Freundin zu sein, oder besser noch seine Ehefrau, damit es vermeintlich für immer hält, dich nachhaltig glücklich machen würde. Aber so ist es nicht. Nachhaltig glücklich wirst du niemals, wenn du dich mit einer Rolle identifizierst, denn jede Rolle ist nur ein ganz kleiner Teil von dir und vor allem vergänglich. Nachhaltig glücklich kannst du nur werden, wenn du dich mit deiner

Quelle identifizierst und die Rollen als das ansiehst, was sie sind: Kreationen von dir, die kommen, sich ändern und auch wieder gehen. Sich mit Vergänglichem zu identifizieren führt zu Leid, sich des Unvergänglichen zu erinnern führt hingegen zu Frieden. Sich mit einer Rolle zu identifizieren ist so, als würde das Meer denken, es sei eine Welle und dabei vergisst, dass es der Ursprung jeder Welle ist und dass sämtliche Stürme an der Meeresoberfläche ihm nichts anhaben können.«

Ja, das hört sich alles so einfach an, denkt sich Sophie. *Aber der Schmerz ist trotzdem da.*

Sophie bleibt den Tag über im Bett. Sie macht sich Kakao, guckt Filme auf Netflix, in denen Frauen sich an untreuen Männern rächen und isst Unmengen von Eiscreme. Abends öffnet sie eine Flasche Rotwein und trinkt diese leer. Ans Telefon geht sie nicht, egal wer sie anzurufen versucht. Dann weint sie sich in den Schlaf. Am nächsten Morgen wacht sie verwirrt auf. Im ersten Moment weiß nicht mehr, was passiert ist. Dann kommt die Erinnerung an den letzten Tag langsam wieder zurück. Sie stöhnt auf. *Das sind immer die schlimmsten Sekunden,* denkt sie, *wenn man morgens aufwacht, für einen Moment denkt, es ist alles gut, und dann merkt, es ist gar nichts gut.* Das ist pure Grausamkeit. Wenn die Erinnerung an das Geschehene über einen schwappt und einen regelrecht bewegungsunfähig macht. Sophie kann Melissa auch heute nicht begegnen, es ist ihr einfach unmöglich. Also ruft sie Keith an und sagt ihm, sie habe immer noch Menstruationsbeschwerden.

»Immer noch?«, kommt es von ihrem normalerweise verständnisvollen Chef. »Ich kenne keine Frau, die so oft Menstruationsbeschwerden hat wie die Frauen in unserem Büro. Kommt das nicht normalerweise nur einmal im Monat vor? Bei euch scheint es zum Teil ein wöchentliches

Vorkommnis zu sein, vor allem am Montagmorgen und nach Abenden im Pub. Wie ungünstig für uns Männer, dass wir solch eine Ausrede nicht haben. Aber gut bleib ruhig zu Hause. Wir sehen uns dann vielleicht morgen, natürlich nur, wenn es dir bis dahin unverhoffterweise wieder besser geht.«

Das war so gar nicht typisch für Keith, er musste wirklich gestresst sein, dass er sich zu solchen Worten hinreißen lässt.

Eine Ausrede, was für eine Frechheit, denkt Sophie empört, völlig vergessend, dass sie gar nicht ihre Tage hat. *Wie würde es dir denn gefallen, aus dem Pimmel zu bluten und dabei Krämpfe zu haben, als müsstest du gleich Drillinge zur Welt bringen? Männer sind doch Idioten, alle miteinander,* denkt sie, gefolgt von einem drohenden ›*Kein Wort jetzt!*‹ an Gott gerichtet, der solche Gelegenheiten eigentlich nicht ungenutzt lässt, um seinen Senf dazuzugeben.

»Ok, ok, ist ja schon gut«, antwortet dieser. »Aber willst du wirklich wieder den ganzen Tag im Bett bleiben? Du müffelst schon leicht. Wie wäre es zumindest mal mit einer Dusche und ein wenig frischer Luft?«

»Wenn ich kluge Ratschläge brauche, dann sage ich dir schon Bescheid, danke!«, schnappt Sophie zurück.

Und bleibt im Bett. Sie wühlt sich gedanklich noch einmal durch die Vorstellung von Melissa und Oliver zusammen im Bett, Hand in Hand im Restaurant, lachend und sich neckend und alles andere, was so richtig schön wehtut. Ihre masochistische Ader wird voll befriedigt, aber um die Mittagszeit herum hat sie endgültig genug. Gott hat gar nicht unrecht, es wird muffelig. Sie muss zumindest mal duschen und die Wohnung durchlüften. Das Bett neu beziehen wäre auch keine schlechte Idee, überall scheint die Vorstellung von Melissa und Oliver zu kleben. In einem mittlerweile selten gewordenen Anfall von Selbstliebe ruft sie schließlich auch ihren Friseur an und lässt sich unter viel Betteln und der Androhung eines hysterischen Anfalls noch für diesen Nachmittag einen Termin geben. Diese Genugtuung wird sie Melissa nicht geben, ungepflegt und mit nachgewachsenen Ansätzen in der Redaktion aufzutauchen. Sie fügt gleich noch einen Manikürtermin hinzu, springt unter die Dusche, rubbelt sich ordentlich ab und schließt mit erfrischend kaltem Wasser ab. Gott hat recht. Sie hat keine Kontrolle über Melissa oder über Oliver, aber sie hat durchaus Kontrolle über ihr eigenes Leben und über ihre Gedanken. Egal, wie weh es tut, an die beiden zu denken, sie wird sich nicht unterkriegen lassen. Sie hört ein Klatschen im Raum. Gott applaudiert ihr! Wer außer ihr hat im Bad schon ein begeistertes Publikum?

»Schon mal etwas von Privatsphäre gehört?«, murmelt Sophie, obwohl es ihr letztlich fast egal ist.

»Tut mir leid, aber nicht wirklich«, kommt es zurück. »Ich kann ja nicht plötzlich wegschauen, nur weil ihr nackt seid. Gerade Sex ist übrigens für alle möglichen Unfälle sehr anfällig. Wenn du wüsstest, was die Leute alles so machen. Dabei sollte der Fortpflanzungsprozess doch eigentlich recht simpel und in sich schon erfüllend genug sein, ohne dass man dazu noch ein Batman-Kostüm braucht, mit dem man sich vom Schrank schwingt.«

Sophie verdreht die Augen.

»Zu viel Information, danke.«

Aber Gott ist nicht zu bremsen.

»Diese Spielchen erfordern immer meine ganze Aufmerksamkeit, da kann ich nicht einfach wegschauen. Zudem rufen viele von euch mich beim Liebesspiel sogar noch extra hinzu, obwohl mir nie so ganz klar ist, wieso. Wenn ich mich recht erinnere, bist du doch auch eine dieser pre-orgasmischen ›Oh Gott, Oh Gott‹-Schreierinnen, auch wenn es bei dir schon recht lange her ist«, lacht Gott fröhlich. »Könnt ihr wirklich noch nicht einmal das alleine?«

Sophie seufzt. Es gibt wirklich keine Privatsphäre.

»Was bist du eigentlich – männlich oder weiblich?«

»Nichts von beidem, ich bin jenseits von männlich und

weiblich, aber ich kann mich natürlich in jeder Form zeigen.«

Sophie nickt. Das klingt durchaus logisch. Die Stimme hört sich auch eher neutral an, mal mehr männlich, mal mehr weiblich, sehr angenehm übrigens. Dann wendet Sophie sich wieder dringenderen Angelegenheiten zu. Ob Keith wohl merken wird, dass sie an ihrem Krankheitstag sowohl beim Friseur als auch bei der Maniküre gewesen ist? Ach was, er konnte zwar sehr sensibel sein, wenn auch zugegebenermaßen nicht heute, aber er war immer noch ein heterosexueller Mann. Die merken so etwas nicht, da könnte sie auch mit pink gefärbten Haaren ins Büro kommen und er würde nur merken, dass ›irgendetwas‹ anders ist. Sie konnte also beruhigt eine Rundumerneuerung vornehmen, sozusagen ihr Kampfoutfit erneuern, bevor sie sich wieder Melissa stellte. Wann würde dieses Praktikum nur endlich ein Ende nehmen? Sie musste morgen mal unauffällig jemanden fragen, lange konnte sie diese Hexe nicht mehr um sich herum ertragen.

Um vier Uhr geht sie los zu ihrem unendlich teuren Friseur auf der Sloan Street. Aishley erlaubt ihr nicht, zu einem günstigeren, zum Beispiel in Soho, zu gehen. Sie sagt, mit Haaren sei nicht zu spaßen und wenn du erst ein paar Mal billige Farbe aufgetragen bekommen hast, sind die Haare dahin. Wenn Sophie sich Aishleys seidige Mähne anguckt, so muss sie ihr wohl glauben und ist daher bereit, alle paar Monate wieder ein Vermögen für einen neuen Schnitt und ein paar Strähnchen auszugeben. Diesmal ist es außerhalb ihres normalen Turnus', aber die Situation schreit förmlich nach einer Ausnahmebehandlung. In Krisenzeiten kann nichts mit einem guten Friseur und ein paar Margaritas mithalten. Reno, ihr schwuler Friseur und Inhaber des Ladens begrüßt sie schon von Weitem:

»Schätzchen, du siehst einfach fürchterlich aus, du sollst doch aufhören, am falschen Ende zu sparen, wieso bist du nicht schon vor Wochen, ach, was sage ich da – vor Monaten - gekommen? So kann man doch nicht rumlaufen, ohne verhaftet zu werden! Stilpolizei, Stilpolizei!!«, kreischt er. »Ich hoffe, du hast niemandem gesagt, dass du zu mir kommst, das wäre eine schreckliche Werbung für mich.«

Dabei stört er sich nicht daran, dass Sophie erst vor zwei Monaten bei ihm war, der gesamte Salon voll ist und jeder seine Tiraden mithören kann. Aber umgekehrt stört sich glücklicherweise auch keine der Kundinnen an seinem Ausbruch und kaum ein Kopf blickt aus *Hello*-Magazin oder *Vogue* auf. Man ist es von Reno gewohnt, dass er einen beim Eintritt behandelt, als sei man gerade einer Nacht in der Mülltonne entstiegen – oder auch einem ganzen Monat. Trotzdem hilft es nicht unbedingt weiter, damit man sich besser fühlt. Jetzt kommt er auf sie zu und schaut ihr in die Augen.

»Oh Gott, du siehst ja wirklich fürchterlich aus. Was ist los? Hast du geweint? Sag mir nicht, es ist wieder dieser Oliver.«

Als Friseur kennt er natürlich all ihre Geheimnisse, auch wenn sie sich jedes Mal vornimmt, ihm nicht alles zu erzählen. Am Ende zieht er ihr doch wieder alles aus der Nase und nicht selten hat sie sich bei ihm schon ausgeheult.

»Nein, nein, es ist alles gut Reno, danke, ich hätte nur gerne eine Rundumerneuerung«, sagt sie lächelnd und lässt sich von ihm umarmen.

Trotz Renos manchmal anstrengender Art ist er doch ein herzensguter Kerl.

»Ich muss dich leider ins Fenster setzen«, flüstert er ihr jetzt zu. »Du hast dich einfach zu spät gemeldet, da konnte ich nichts mehr machen.«

Sophie seufzt. ›Im Fenster‹ ist der von allen Kundinnen verhasste Platz, wo man direkt im Schaufenster des Ladengeschäfts sitzt, gut sichtbar für alle vorbeigehenden Passanten. Renos Salon ist so beliebt, da nutzt er einfach jedes Fleckchen und macht selbst vor dem Fenster nicht halt.

»Wenn es sein muss«, sagt Sophie also resigniert, wohl wissend, dass jeglicher Protest sinnlos wäre. So lässt sie sich also im Schaufenster nieder, schnappt sich ein *People*-Magazin und lässt sich von einem Angestellten die Farbe auftragen. Reno selbst kommt dann erst wieder zum Schneiden. Farbe auftragen ist unter seinem Niveau.

»Apropos Niveau, sehr intellektuelle Lektüre«, meldet sich da auch schon Gott. »Wieso fragst du mich nicht einfach, wenn es um Klatsch und Tratsch geht? Ich kann dir auch alles über diese Leute erzählen und zwar die Wahrheit. Die beiden, die auf dem Bild hier so verliebt aussehen, sind zum Beispiel mittlerweile auseinander, aber nicht wegen des Kindermädchens wie es bald in der Presse heißen wird, sondern wegen seiner Yogalehrerin.«

Sophie hält die Luft an. Klatsch direkt aus dem Munde Gottes, wer bekommt das schon? Gott fährt über die männerverrückte Yogalehrerin fort:

»Als diese sich wie eine Schlange vor ihm verrenkte, konnte er einfach nicht mehr an sich halten. Und sie konnte nicht mehr an sich halten, als er wie nebenbei sein pralles Bankkonto erwähnte. Da war ihr Bedürfnis nach einem simplen Leben dann schnell dahin«, lacht Gott. »Aber wenigstens wird die sitzen gelassene Ehefrau bald jemand viel Besseren treffen. Sie weiß es nur noch nicht und weint sich gerade die Augen aus. Vielleicht sollte ich euch beide zusammenbringen, dann könntet ihr einen Heulwettbewerb um eure Männer austragen.«

Gott lacht lustig vor sich hin. Sophie meint sogar, ein wenig Schadenfreude aus dem Lachen herauszuhören. So weit ist es also schon gekommen. Gott ist schadenfroh. Sie seufzt.

»Kann ich nicht einmal in Ruhe lesen?«, fragt sie jetzt genervt.

»Oh, sorry, habe ich Sie gestört?«, fragt der junge Friseur, der ihr die Farbe aufträgt und errötet schuldbewusst.

Da, sie hat es wieder gemacht. Laut mit Gott gesprochen. Sie muss sich das abgewöhnen.

»Oh, nein, ich habe mit mir selber gesprochen«, murmelt Sophie entschuldigend. Und um ihn für ihre Unfreundlichkeit zu entschädigen, fügt sie hinzu:

»Die beiden hier sind übrigens nicht mehr zusammen, er hat sie wegen seiner Yogalehrerin verlassen und nicht wegen der Nanny, wie es bald heißen wird.«

Der junge Friseur ist wie erwartet beeindruckt. In London ist Klatsch so wertvoll wie Bargeld. Vielleicht sogar noch wertvoller.

»Dann kennen Sie die beiden wohl sehr gut?«

Jetzt guckt er Sophie zum ersten Mal voller Interesse an. Ihr Ansehen ist in seinen Augen definitiv gestiegen.

»Na ja, geht so«, murmelt sie. »Ich kenne jemanden, der die beiden sehr gut kennt«, und sie errötet leicht als Gott ihr ein ›Klatschtante‹ entgegenwirft.

»Selber«, murmelt sie zurück.

Der junge Friseur schaut sie erstaunt an und beeilt sich, die Farbe möglichst schnell auf ihr Haar aufzutragen. Sie mag ja die coolsten Freunde haben, aber etwas eigenartig ist sie trotzdem. So sitzt Sophie dann also bald mit Folien über den ganzen Kopf verteilt im Schaufenster auf einer der besten Straßen Londons und versucht nonchalant so zu tun, als sei dies normal, selbst wenn sie ab und an ein klares Grinsen von der Straße auf sich zieht, mal leicht gehässig, mal voller Verständnis. Aber dann schaut sie irritiert auf, denn ein Pärchen steht vor ihr, das offen lacht. Die beiden stehen direkt vor dem Schaufenster, schauen herein und lachen sie aus. *Hat man so etwas schon einmal gesehen? Das geht jetzt aber definitiv zu weit!*, denkt sie empört. Sie guckt wütend zurück und da erkennt sie ihn: Es ist ihr unmöglicher Nachbar, an seiner Seite eine top gestylte Frau, die Reno bestimmt auch an ihrem schlechtesten Tag nicht wie eine verlotterte Herumtreiberin behandeln würde. Es gibt diese Frauen. Sie sehen einfach immer gut aus, komme was wolle und wenn es ein Monsun ist. Sie bleiben wie durch ein Wunder von allem verschont. Diese hier ist so ein Exemplar. Mit ihrem dunklen, glänzenden Pagenkopf, dem schmal sitzenden Anzug, der Birkin-Bag und den Jimmy-Choo-Pumps outet sie sich sogleich als eine von ihnen. Sophie erkennt die Marken, die sie trägt auf den ersten Blick, das bringt ihr Job mit sich. Von den meisten Sachen weiß sie sogar den Preis. Die Schuhe alleine übersteigen ihr eigenes Schuhbudget für ein ganzes Jahr, von der Tasche ganz zu schweigen. Glücklicherweise gibt es Secondhand-Läden. Für Leute wie Sophie natürlich, nicht für dieses polierte Frauenwunder. Da stehen sie nun also und lachen. *Sollte man nicht, gerade wenn man anderen so viel voraus hat, die Größe haben, nicht über deren Schwächen zu lachen?,* denkt Sophie wütend. Würde sie so aussehen wie diese Frau, so wäre sie voller Großmut gegenüber den von der Natur weniger reich beschenkten. Dann kann man es sich schließlich leisten. Aber nicht Superwoman. Die wirft sogar den Kopf in den Nacken und lacht laut auf, während Sophies Nachbar (Patrick? War das sein Name? Sie ist sich immer noch nicht ganz sicher, wie er heißt. Interessiert auch keinen. Immer noch nicht.) irgendetwas offenbar höchst Amüsantes sagt. Ohne Zweifel ein Witz auf Sophies Kosten. Dann zeigt er auf Sophies Magazin, hebt mit sarkastischer Anerkennung den Daumen, nickt und zwinkert ihr zu, bevor er seinen Arm um die Frau legt und die beiden weitergehen.

So ein schönes Paar, denkt Sophie mit einem Anflug von Neid, bevor sie sich wieder fängt und ihren Gedanken in *›arroganter Blödmann‹* korrigiert. Von den beiden wird sie sich nicht stören lassen. Als hätte sie nicht auch so schon genug Probleme!

. . .

Nach dem Haarschnitt stellt Reno erleichtert fest, dass sie sich nun in der Öffentlichkeit wieder blicken lassen kann und warnt sie, in Zukunft zu erscheinen, bevor sie wie eine aus der Gosse gezogene Katze aussieht. Dann entlässt er sie in die Freiheit. Trotz seiner harschen Worte fühlt Sophie sich nun tatsächlich besser. Kein Wunder, dass Frauen bei Problemen immer zum Friseur laufen, es hebt die Stimmung ungemein. Jetzt sollte dieser Patrick oder wie auch immer er heißt sie mal sehen, denkt sie, während sie mit luftig schwingender Mähne um die Ecke zur Maniküre geht. Auch dort werden ihre trockenen Fingernägel benörgelt und sie fragt sich, ob es irgendeinen Schönheitsdienstleister gibt, der einem tatsächlich das Gefühl gibt, schön oder doch zumindest nicht völlig inakzeptabel zu sein. Sie bezweifelt die Existenz eines solchen Phänomens. Mit der Suche sollte man die NASA mal beauftragen. Sie lässt sich eine strahlende Farbe auftragen (das macht sie immer, wenn es ihr nicht gut geht), lehnt das Angebot ab, ein überteuertes Nagelöl für ihre – wie ihr überzeugend versichert wird – völlig ausgetrocknete Nagelhaut zu erwerben und geht nach Hause. Dort ruft sie, bevor sie es sich noch anders überlegen kann, Danny an.

»Du sagtest doch, du kennst so ein süßes Bed and Breakfast in Brighton. Kannst du mir die Nummer geben, ich will da am Wochenende hin.«

»Du willst nach Brighton?«, fragt Danny, der diesen Seeort liebt, voller Freude. »Das ist eine super Idee. Mit wem fährst du?«

»Alleine. Es ist langes Wochenende und ich will mir mal den Kopf durchlüften lassen und mich an gutem Fisch in gemütlichen Pubs erfreuen. Einfach mal weg von hier, raus aus dem großen Smog«, nutzt sie die übliche Beschreibung der Londoner für ihre Stadt.

»Perfekt«, antwortet Danny. »Weißt du was, ich rufe dort

für dich an. Die Besitzerin heißt Sally. Ich werde dafür sorgen, dass sie dir das beste Zimmer gibt und dir morgens die besten Eggs Benedict auf Toast macht. Du wirst es lieben. Und du hast recht. Ein Tapetenwechsel wird dir bestimmt guttun. Aber vergiss nicht wiederzukommen. Du weißt, in der Woche drauf habe ich meine große Vernissage. Da zähle ich auf dich.«

»Die würde ich doch um nichts auf der Welt verpassen«, bestätigt Sophie, bedankt sich und haucht Danny zum Abschied ein Küsschen über den Äther zu. Was hat sie doch für gute Freunde. Und so interessante! Danny hat im noblen Viertel Mayfair eine gut gehende Galerie und hat immer wieder den Mut und auch die Vision bewiesen, nicht nur etablierte, sondern auch junge, aufstrebende Künstler zu vertreten. Sein gutes Auge hat sich mittlerweile herumgesprochen und so ist von Danny repräsentiert zu werden fast schon eine Erfolgsgarantie für einen Künstler. Auf diesem Wege haben Aishley und sie Danny auch kennengelernt. Er hat eine von Aishleys Arbeiten bei einem Freund an der Wand hängen sehen und sie sogleich kontaktiert. Die Chemie zwischen den beiden stimmte auf Anhieb und Danny verliebte sich sofort in Aishleys Fotos, in denen sie auf unvergleichliche Art das Londoner Leben einfängt: feinfühlig und gleichzeitig skurril. Danny bot ihr an, sie zu vertreten und sie sagte freudig zu. Die Vernissage damals war ein Riesenerfolg, was unter anderem daran lag, dass Aishleys Vater nicht nur extrem wohlhabend, sondern auch extrem stolz auf seine einzige Tochter ist und den Abend mit feinstem Champagner und unzähligen Delikatessen unterstütze, was selbst den verwöhntesten Journalisten hinter seinem Schreibtisch hervorlockte. Die meisten Werke verkauften sich noch an demselben Abend und über Nacht wurde Aishley zum Star. Danny ist bis heute ihr Galerist und den beiden ist es von Anfang an gelungen, Freundschaft und Geschäft auf eine harmonische Weise zu verbinden. Dabei half es natürlich auch, dass Aishley von der Kunst nie finanziell abhängig war. Das gab ihr eine gewisse Gelassenheit, die paradoxerweise dazu führte, dass sie sich von ihrer Kunst nicht nur bestens ernähren, sondern sich von dem Geld zudem eine Luxuswohnung im noblen Knightsbridge leisten kann. So war London halt – wenn die richtigen Leute deine Sachen mochten, war alles andere fast ein Kinderspiel. Sophie gönnt ihrer Freundin den Erfolg aus vollem Herzen. Sie kennt Aishley schon aus Schulzeiten und spürt, dass diese in der Fotografie ihre Berufung gefunden hat. Im gleichen Moment denkt sie an ihre eigene Knopf-Kollektion. Diese hat sie zwar diese Woche etwas vernachlässigt, aber sie spürt mit einem Glühen im Herzen, dass sie nun auch etwas gefunden hat, was sie wirklich glücklich machen kann. Ob die Kollektion jemals das Licht der kommerziellen Welt erblicken und gut ankommen wird, ist natürlich eine ganz andere Frage. Aber in ihrem Herzen fühlt es sich gut an und das ist im Moment das Wichtigste. Sophie bringt ein halbes Lächeln zustande. Wer hätte gedacht, dass dieser Tag, der für sie so miserabel angefangen hat, doch noch recht schön enden würde? Sogar einen Kurzurlaub hat sie gebucht. Sie schaut in den Spiegel und entscheidet, dass es schade wäre, den neuen Haarschnitt nicht auszuführen, ruft Aishley an und verabredet sich mit ihr im Restaurant des Luxuskaufhauses Harvey Nichols. Vorher würde sie sich noch ein paar Laufoutfits kaufen. Und zum Aperitif eine Flasche Champagner bestellen. Wäre doch gelacht, wenn sie sich von einem L.A.-Mäuschen unterkriegen lassen würde!

6

Schönheit entsteht in dem Moment, in dem du entscheidest, du selbst zu sein.

- Coco Chanel

Der nächste Tag verläuft ereignislos und Sophie schafft es, Melissa aus dem Weg zu gehen. Sie verlässt die Redaktion unter Keiths leicht säuerlichem Blick frühzeitig und dann fängt auch schon das 1.-Mai-Wochenende an. Sophie atmet auf. Zeit nur für sich, wie sie sich darauf freut! Auch das Wetter soll ungewöhnlich warm und mild werden. Trotz des drückenden Liebeskummers in ihrer Brust würde sie es sich gut gehen lassen, lesen, essen, lange Spaziergänge machen und sich den Kopf von der Seeluft durchpusten lassen. Vielleicht würden auch Melissa und Oliver weggepustet werden. Das wäre sehr zu begrüßen. Sie kann es kaum erwarten rauszukommen. Der Zug ist für den nächsten Vormittag gebucht, extra nicht zu früh, damit sie ausschlafen und sich in Ruhe zur Victoria-Station begeben kann. Am

Abend macht sie sich ein Rührei, das sie mit etwas Brot und einer Tasse Tee verzehrt, dann packt sie für den Trip ein paar Sachen zusammen und geht früh ins Bett. In dieser Nacht schläft sie durch und wacht zum ersten Vogelgezwitscher und einem sonnigen Frühlingstag auf. Sie springt aus dem Bett und kurz unter die Dusche, bürstet sich die Haare, zieht sich Jeans und ein T-Shirt an und ist auch schon fast reisefertig. Sie spürt jetzt wirklich die Vorfreude darauf, mal von allem wegzukommen und ein paar Tage auszuspannen, Abstand zu gewinnen. Eine freudige Energie vibriert in ihr, wie sie sie schon lange nicht mehr gespürt hat. Ihren Freunden und ihrer Familie hat sie Bescheid gegeben, dass sie weg und unerreichbar ist. Trotzdem macht sie zur Sicherheit noch das Handy aus, das auch das ganze Wochenende ausgeschaltet bleiben soll. Dieses Wochenende ist allein ihr gewidmet. Es hüstelt. Ok, und Gott, das lässt sich wohl nicht vermeiden. Aber irgendwie freut sie sich jetzt sogar auf Gottes Gesellschaft. Denn trotz seiner flapsigen Art mischt er sich doch wirklich meistens nur dann ein, wenn sie bereit ist, ihm zuzuhören. Oft ist er auch ruhig. Aber es ist dennoch ein ganz schönes Gefühl, niemals wirklich alleine zu sein. *Und geliebt zu werden,* denkt sie sich. Ja, sie fühlt sich tatsächlich von Gott geliebt. Vielleicht würden die beiden ja noch ein gutes Gespräch bei einer steifen Seebrise führen können. Mit einem Summen auf den Lippen schwingt Sophie ihre Tasche über die Schulter und macht sich auf den Weg zur Victoria Station, von wo der Zug nach Brighton abfährt. Die knapp einstündige Reise verläuft ereignislos und sie versucht schon jetzt, jeden Moment zu genießen, während die Landschaft draußen an ihr vorbeizieht und London langsam in die Ferne rückt. In Brighton nimmt sie den Bus, der ihr von Danny empfohlen wurde und erreicht in kürzester Zeit ihre Haltestelle. Dann steht sie auch schon vor Sallys Pension, die den schönen Namen »The Wild Goose« trägt und ihr auf Anhieb gefällt. Die Pension ist ein gemütliches, weiß gestrichenes Haus mit Blumen im Vorgarten, die schon zu sprießen anfangen. Direkt an der Küste Brightons gelegen. Im Hintergrund hört sie das Meer rauschen und sieht seine wilde, silbrig-graue Farbe. Sophies Herz macht einen Sprung. Sie atmet tief durch. Sie ist glücklich. Ja, sie spürt echtes, tiefes Glück, wie schon lange nicht mehr. Und die nächsten Tage liegen verheißungsvoll vor ihr. Tage voller Nichtstun und Müßiggang. Da fliegt auch schon die Tür auf und eine kleine, rundliche, blonde Frau kommt ihr mit geröteten Wangen und einem herzlichen Lächeln entgegengelaufen.

»Du musst Sophie sein«, strahlt sie und öffnet ihre Arme, um Sophie zur Begrüßung fest zu drücken. »So empfange ich nicht jeden Gast«, lacht sie. »Aber Dannys Freunde sind auch meine Freunde und er hat mir deine Geschichte erzählt. Von dem Scheißkerl, der dich verlassen hat. Hier wirst du ausspannen und London mal vergessen können, Liebes. Komm rein.«

Sophie strahlt. Sie fühlt sich hier sofort pudelwohl. Drinnen erwartet sie schon heißer englischer Tee, sowie warme Scones mit Marmelade und Clotted Cream. Sophie haut rein. Sie hat gar nicht bemerkt, wie hungrig sie ist.

»Dein Zimmer wird gerade noch fertiggemacht. Ich bringe schon mal dein Gepäck hoch, du genieß inzwischen dein Essen«, sagt Sally und greift resolut nach Sophies Reisetasche, bevor diese noch protestieren kann. Ok, dann lässt sie sich also einfach mal verwöhnen, auch gut. Sie schaut sich in dem gemütlichen hellen Raum um und freut sich, die nächsten Tage hier verbringen zu dürfen. Sobald sie gesättigt ist, führt Sally sie in ihr Zimmer und Sophie bleibt die Luft weg. Nicht nur ist es ein Zimmer wie aus einem Mädchentraum, mit weiß gestrichenem Holz, einem großen, hellen Bad und einem riesigen Bett mit blütenweißer Bettwäsche, die so hoch und federleicht ist, dass man bis zur Nasenspitze darin versinken kann, nein, das Beste an dem Zimmer ist der

Ausblick: Direkt auf die wilde See zeigt das Fenster, und man sieht nichts als Meer und Himmel. Unendliche Weite. Sie macht das Fenster auf und nimmt einen tiefen Atemzug. Und noch einen. Dann setzt sie sich in den Sessel, zieht ihre Schuhe aus und legt die Füße auf den kleinen Hocker vor dem Sessel. Sie kann ihre Augen nicht vom Meer abwenden. So eine Weite, so eine Ruhe, das hat sie lange nicht mehr erleben dürfen. Es öffnet auch gleichzeitig etwas in ihr und ihr kommen die Tränen. Sally spürt, dass dies ein besonderer Moment für Sophie ist. Das Meer hat auf viele Menschen solch eine Wirkung. Sie berührt Sophie leicht am Arm und sagt:

»Ich bin unten, nimm dir alle Zeit, die du brauchst.«

Und dies tut Sophie. Sie sitzt ruhig im Sessel und macht gar nichts, lässt nur die Tränen fließen. Ganze Flüsse voller Tränen. Nicht laut und verzweifelt, sondern ruhig und reinigend. Es sind Tränen der Erleichterung. Tränen, weil sie einfach mal sein darf, weil sie nichts verdrängen und nicht funktionieren muss. Sie lässt ihre Schwäche zu, lässt alles ruhig und fließend raus. Den Schmerz, die enttäuschten Erwartungen, den Zweifel, die Einsamkeit, den Erwartungsdruck. Es ist wie ein Knäuel nach dem anderen, das sich in ihr löst und in Tränen ihre Wangen herabfließt. Wie selten sie dies tut. Nur mal zu sein, sonst gar nichts. Das Meer unterstützt sie dabei. Das Rauschen der Wellen, das einfache Sein der Natur mit dieser unendlichen Urkraft. Sophie spürt, dass sich etwas in ihr transformiert, ändert, reinigt. Sie nimmt sich die Zeit und wartet, bis ihr Tränenstrom von ganz allein versiegt. Dann geht sie ins Badezimmer und erfrischt sich. Sie fühlt sich etwas erschöpft, aber glücklich. Und sie weiß schon jetzt, dass Brighton mit dieser wundervollen Sally genau die richtige Entscheidung gewesen ist.

Diese wartet dann auch schon auf sie, als sie herunterkommt, und erklärt ihr alles, was sie wissen muss. So insbesondere die besten Routen zum Spazierengehen und die besten Gastropubs, wo neben anderen lokalen Köstlichkeiten frischer Fisch serviert wird. An shoppen und Touristenströmen ist Sophie dieses Wochenende ausnahmsweise nicht interessiert. Dieses Wochenende ist lediglich einem Date mit ihr und ihrer Seele gewidmet. Dann geht sie nach oben, zieht sich eine alte Jeans, ein T-Shirt und einen Windbreaker, sowie ihre Wanderschuhe an und stiefelt mit Sallys Instruktionen los. Es ist ganz schön windig, aber durch das Joggen hat sie an Kraft und Kondition gewonnen. Obwohl sie erst vor zwei Wochen angefangen hat, spürt sie den Unterschied und nimmt sich vor, das Laufen noch zu intensivieren. Es tut ihr offensichtlich gut und jetzt genießt sie es, wie die Luft durch ihre aufnahmebereiten Lungen strömt. Diesmal ohne ihr Seitenstechen zu bereiten. Sie grinst, wenn sie an ihren ersten Lauf denkt. Dann lässt sie ihre Gedanken einfach fließen und schaut, wo diese sie hintragen. Leider bringt ein Ortswechsel nicht zugleich einen emotionalen Abstand zu Oliver mit sich, aber sie spürt eine gewisse Distanz und vor allem den Luxus, sich nicht kontrollieren zu müssen. So konzentriert sie sich auf sich und ihre Schritte und lässt ihre Gedanken kommen und gehen.

»Sehr zen«, sagt Gott in ihrem Kopf.

Sophie lächelt. *Hello, Stranger,* denkt sie sich, *da bist du ja. Lange nichts mehr von dir gehört.*

Und so gehen die beiden weiter und genießen ihre Runde am Meer entlang. Nach ungefähr zwei Stunden kommt Sophie erschöpft, glücklich und ziemlich durchgefroren wieder in der Pension an, lässt sich von Sally einen Tee machen und nimmt diesen mit auf ihr Zimmer. Dann lässt sie sich ein Schaumbad einlaufen und steigt mit dem Tee und einem Buch in die Badewanne. Die Badezimmertür lässt sie offen, damit sie weiterhin den Himmel durch das Fenster im Schlafzimmer sehen kann. Dann versinkt sie in den Schaumbergen und merkt, dass dies echter Luxus für sie ist – wahre Glückseligkeit! Nach über einer Stunde steigt sie aus der

Badewanne, rubbelt sich mit einem, großen, flauschigen Handtuch trocken und hüllt sich in einen ebenso flauschigen Bademantel. Dann cremt sie sich ein und nimmt sich aus der gut bestückten Minibar ein kaltes Bier heraus. Mit dem Bier in der Hand und hochgelegten Beinen beobachtet sie, wie die Sonne langsam untergeht, es immer dunkler wird und Meer und Himmel langsam eins werden. Bevor die Melancholie sie ergreifen kann, springt sie auf, zieht sich eine Jeans, Turnschuhe sowie ein gemütliches aber doch schön geschnittenes Sweatshirt an und geht nach unten. Make-up wird dieses Wochenende keines aufgelegt. Es ist ein strikt make-up-freies und auch high-heel-freies Wochenende. Unten steht Sally am Kochtopf und macht ein Stew für sie und ihre Tochter Lara, die Sophie schon bei ihrer Rückkehr kurz kennengelernt hat. Natürlich bietet sie auch Sophie etwas zu essen an, aber diese möchte die regionalen Spezialitäten probieren und macht sich auf den Weg in einen Pub, der ganz in der Nähe liegt und beste Fischgerichte zu servieren verspricht.

»Gott, bist du da?«, fragt sie.

»Natürlich«, kommt es zurück und sie fühlt sich behütet.

In dem Pub wird sie herzlich empfangen und an einen der freien Tische gesetzt. Sie hatte noch nie ein Problem damit, alleine essen zu gehen. Sie liebt es, die Leute zu beobachten und die Atmosphäre aufzusaugen. Zudem fängt jetzt eine irische Band zu spielen an und sie kann sich ganz in der Musik versinken lassen. London wirkt unendlich weit weg. Sophie bestellt eine Seezunge mit Kartoffeln und Spinat sowie eine halbe Flasche Sauvignon Blanc. Dazu stilles Wasser. Als das Essen kommt, merkt sie erst, wie hungrig sie ist und verputzt die Seezunge bis zur letzten Gräte. Auch der Wein ist jetzt leer. Sie merkt, wie ihr langsam die Augen zufallen, und bestellt die Rechnung, um sich auf den Heimweg zu machen. Die Musik hat mittlerweile jeden gefesselt und die Gäste singen und klatschen mit. Hier will sie morgen wieder herkommen, das steht fest. Als sie rauskommt ist es stockdunkel und sie ist froh, dass sie es nicht weit hat. Zwar weit genug, um sich nach dem Essen noch ein wenig die Beine zu vertreten, aber doch nah genug, um bald ins Bett fallen zu können. Und das tut sie dann auch. Bei offenem Fenster liegt sie so tief in den Kissen, dass sie kaum über die Bettdecke schauen kann und fühlt sich erschöpft, aber glücklich.

»Gute Nacht, lieber Gott«, sagt sie. »Und danke, dass du eine so schöne Erde gemacht hast.« Damit schläft sie ein.

Am nächsten Morgen wird Sophie vom Meeresrauschen und den Rufen der Möwen geweckt. Als sie die Augen aufschlägt, sieht sie, dass die Sonne auf den Wellen der See glitzert. Sie fühlt sich wie neugeboren. Ein ganzer, neuer Tag liegt vor ihr, der nur darauf wartet, von ihr erkundet zu werden. Sie bleibt noch ein wenig liegen und genießt dieses Gefühl der Freiheit. Doch dann kribbelt es in ihren Beinen und sie springt aus dem Bett und duscht eilig. Sie will raus und die frische Luft genießen. Zunächst geht sie jedoch nach unten und lässt sich von Sally ein herzhaftes Frühstück aus Toast, Eiern und Lachs servieren, während sie ihr von ihrem letzten Abend, der herrlichen Livemusik und dem guten Essen berichtet. Sally hört lächelnd zu. Sie liebt diesen Pub ebenfalls, viele Einheimische gehen dorthin. Nachdem Sophie sich satt gegessen hat, ist sie bereit, die Gegend zu erkunden. In dem Moment kommt ein riesiger Neufundländer durch die Tür gestürmt und bleibt hechelnd vor ihr stehen. Sophie liebt Hunde. Lachend beugt sie sich vor, um ihn hinter den Ohren zu kraulen.

»Das ist Storm«, stellt Sally den Vierbeiner vor. »Eigentlich hätte ich schon längst mit ihm rausgehen sollen, aber es kommen heute so viele neue Gäste, da habe ich es einfach noch nicht geschafft.«

»Hey, ich kann ihn ja mitnehmen«, bietet Sophie an.

»Würdest du?«, fragt Sally hoffnungsvoll. »Er wird dir auch keine Probleme bereiten, aber dieser Hund braucht so viel Auslauf wie ein Pony und ich habe einfach nicht immer die Zeit.«

»Klar, kein Problem, mach ich gerne«, sagt Sophie, schnappt sich die Leine, und macht sich mit Storm auf den Weg. *Ach, was ist es herrlich bei dieser Luft mit einem Hund spazieren zu gehen,* denkt sie vergnügt. Einem Hund, der um sie herumläuft, jedem Stöckchen, das sie wirft, hinterherjagt und sie einfach zum Lachen bringt. Nicht zum ersten Mal denkt sie darüber nach, sich einen Hund zuzulegen, aber sie ist sich einfach nicht sicher, ob dies in ihrer Wohnung in London so gut wäre. Früher hatte sie einen. Einen kleinen Beagle, der Peanut hieß und den sie als Kind vergöttert hat. Aber der ist gestorben, als sie zwölf war, und danach haben ihre Eltern ihr nie wieder einen neuen Hund angeschafft und sie sich dann später auch nicht, obwohl sie oft darüber nachgedacht hat. Die Vernunft hat letztlich immer gesiegt. Doch die Vernunft schießt sie jetzt in den Wind und tobt mit Storm stundenlang herum. Der macht seinem Namen alle Ehre und stürmt wie ein Wirbelwind um sie herum. Sophie fühlt sich wieder wie ein kleines Mädchen und kann sich nicht daran erinnern, wann sie das letzte Mal so gelacht hat. Zum Lunch geht sie mit Storm in einen Pub, wo Hunde im Biergarten erlaubt sind, was bei diesem Wetter perfekt ist. Sie lässt sich die Sonne auf die mit Sommersprossen besprenkelte Nase scheinen, trinkt ein Bier und isst einen Shepards Pie. Das reichhaltige Frühstück scheint eine Ewigkeit her zu sein und sie hat das Gefühl, dass das Essen in dem Moment, wo es ihren Magen erreicht, auch schon wieder verbrannt ist. *Das Landleben ist doch etwas anderes als der große Smog, aus dem ich komme,* denkt sie. Und dass sie solche Kurztrips viel öfter machen sollte. Aber jetzt ist es erst Freitag und sie hat noch zwei Abende und Tage vor sich, da möchte sie lieber genießen, anstatt schon jetzt an das Ende zu denken. Stattdessen zahlt sie, schnappt sich Storms Leine und geht in die Pension zurück, wo Sally sie beide freudig begrüßt.

»Ich habe euch schon vermisst, ihr wart ja ewig weg. Storm, du Glückspilz, was wirst du nur verwöhnt! Habt ihr es genossen?«

Sophie umarmt sie impulsiv.

»Ich kann dir gar nicht sagen, wie schön es war, und Storm war ein perfekter Begleiter und Gentleman. Danke, dass du ihn mir ausgeliehen hast.«

Dann schlägt sie Sallys Angebot zum Tee aus und geht stattdessen auf ihr Zimmer, reißt das Fenster auf, inhaliert noch einmal die gute Luft und legt sich dann bei weit geöffnetem Fenster und Vogelgesang in das luftig leichte Federbett. Innerhalb von Minuten ist sie eingeschlafen und wacht erst eine Stunde später zu fröhlichem Vogelgezwitscher wieder auf. Das müssen das Pint Bier und die frische Luft gewesen sein, sie war komplett weg. Jetzt liegt sie im Bett und genießt die Stille und den Vogelgesang. Sie schaut auf die Uhr, sieht, dass es bald vier ist und steht auf. Dann setzt sie sich in ihren Sessel vor dem Fenster, nimmt ihr Notizbuch zur Hand und entwirft konzentriert und völlig in Gedanken verloren neue Designs. Inspiriert von den Möwen und den Fischerbooten am Horizont sind es diesmal Oberteile im blauweiß gestreiften Matrosenlook, auch bretonischer Look genannt, wie er zum Beispiel von den Prêt-à-porter-Kollektionen von Coco Chanel oder Jean-Paul Gaultier bekannt ist. Sophie gibt dem ganzen jedoch ihren eigenen, besonderen Twist. Sie ändert die Shirts mit unterschiedlichen Kragen ab, macht sie mal niedlich, mal frech, mal ganz schlicht. Hier gibt es einen großen Kragen, da eine herunterhängende Schleife, es kann ganz nach Stimmung variiert werden. Alles an- und abknöpfbar natürlich. Die Sachen gefallen ihr so gut, dass sie sie am liebsten gleich selbst anziehen würde. Mit Caprihosen oder engen Jeans sähen die Teile einfach toll aus. Sie stellt sich vor, wie man tagsüber auf einem Segelboot vor der Küste Frankreichs ein ärmelloses, blau-weiß gestreiftes Top anhat. Wenn es kühler wird, kann man einfach die passenden Ärmel daran knöpfen und wenn man abends weggeht, das Outfit zum Beispiel noch mit einer Schleife oder einem kleinen Kragen aufpeppen. Untenherum könnte man dann einfach gleichbleiben, nur eventuell noch die Ballerinas gegen Pumps austauschen. Ein schicker, unkomplizierter Look. Dazu entwirft sie noch unterschiedliche Schals. So zum Beispiel ein kleines Halstuch, dessen Enden keck abstehen, sobald es einmal um den Hals geknöpft ist und damit sehr Audrey-Hepburn-mäßig aussieht. Dasselbe Halstuch kann man aber einfach durch Anknöpfen eines weiteren Teils zu einem langen, schmalen Tuch umfunktionieren, das fast als eine Art dünne Krawatte durchgeht, die selbst Marlene Dietrich gefallen hätte. Die Druckknöpfe sind hier so klein und dezent, dass sie eher wie kleine glänzende Punkte auf den Textilien aussehen. Bislang hat Sophie ja nur ihre eigenen alten Anziehsachen zu Versuchszwecken genutzt, aber sie nimmt sich vor, ab nächster Woche endlich neue Textilien einzusetzen und diese passend zurechtzunähen. Damit wird es dann ans Eingemachte gehen!

Jetzt schaut sie auf die Uhr und sieht, dass es mittlerweile nach sechs Uhr ist. Sie kann es kaum fassen, aber sie hat schon wieder Hunger. Sie wird gut gemästet aus Brighton wiederkommen, so viel steht fest. Sophie springt schnell unter die Dusche und zieht sich wie am letzten Abend eine Jeans und ein Sweatshirt an, legt heute aber auch ein wenig Lippenstift auf. Sie möchte wieder in denselben Pub wie gestern und da war doch mehr los, als sie erwartet hatte. Zudem ist heute Freitagabend. Es wird also doch nicht ein ganz so Make-up-loses Wochenende wie ursprünglich angedacht. Nach kurzem Überlegen entscheidet sie, dass auch ein wenig Wimperntusche dem Abend keinen Abbruch tun wird, geht nach unten, verabschiedet sich von Sally und ist gegen sieben Uhr in dem gemütlichen und sich schon füllenden Lokal. Vom letzten Abend weiß sie, dass bald kein Platz mehr frei sein wird. Der Inhaber erkennt sie wieder und gibt ihr diesmal einen lauschigen Platz etwas abseits des Trubels, aber doch in der Nähe der Band. Es ist die gleiche Band wie gestern Abend und sie spielt sich gerade ein. Sophie kommt es sehr gelegen, beim Essen mit irischer Musik unterhalten zu werden. Nachdem sie Lachs mit Spargel und Kartoffeln sowie eine kleine Flasche Rosé bestellt hat, lehnt sie sich zurück und beschließt, sich einfach treiben zu lassen und den Dingen ihren Lauf zu lassen. Was will man mehr? Gutes Essen, guter Wein, ein lauschiges Lokal und irische Musik.

»Und ich«, sagt Gott.

Und du, lächelt Sophie. Ihr ständiger Begleiter.

Aber sie ist etwas abgelenkt, denn ihr ist gestern schon aufgefallen, dass der Sänger der Band verdammt gut aussieht. Dieses typisch irische Jungenhafte, mit frechem Grinsen, einem etwas zu hellen Teint, dicken zerstrubbelten Haaren und natürlich den unvermeidlichen Sommersprossen. Wenn sie ganz ehrlich zu sich ist, könnte er sogar der Grund für den Lippenstift, die Wimperntusche und den heute etwas engeren Pulli sein. Und das Parfum. Ach ja, und etwas Rouge hat sie dann auch noch aufgelegt. Und ein bisschen Kajalstift, aber nur ganz wenig. Aber dass sie sich in der Dusche (die doch nicht so kurz war wie vorher angegeben) noch einmal sorgfältig an allen notwendigen Körperteilen rasiert und zueinander passende Unterwäsche angezogen hat, hat sicherlich nichts mit ihm zu tun. Bestimmt nicht ...

Ich bin ja schließlich zum Entspannen hier und nicht zum Verführen völlig fremder Männer beziehungsweise Jungs, denkt sie sich. Obwohl sie zugeben muss, dass dies eine Story wäre, die ihre Freunde nach der langen Zeit der Oliver-Misere mal wieder genießen würden. Vor allem Danny, der nicht genug bekommen kann von schlüpfrigen Details.

»Ich auch, ich würde die Geschichte auch genießen«, meldet sich da Gott zu Wort. »Ich habe von der Oliver-Story nämlich auch schon ziemlich die Nase voll. Und mich zu langweilen ist gar nicht so einfach. Ich habe schließlich einen sehr langen Atem.«

Ok, ok, aber kann ich jetzt einfach den Abend genießen, ganz ohne deine schlauen Sprüche?, denkt Sophie.

»Aber sehr gerne«, antwortet Gott und räuspert sich lange und vernehmlich. Sehr vernehmlich.

Was ist los, wieso räusperst du dich so, das tut ja in den Ohren weh!, denkt Sophie irritiert.

»Ich öle meine Stimme, ich will mitsingen.«

Mitsingen? Sophie lacht in sich hinein.

»Irische Musik ist meine Lieblingsmusik«, antwortet Gott enthusiastisch, »abgesehen von Pussy Riot.«

»Pussy Riot?«, fragt Sophie entgeistert und aus Versehen laut heraus. Gott hört Pussy Riot?

»Ja, das sind Mädels ganz nach meinem Geschmack. Stark und rebellisch. Außerdem mag ich ihre Outfits. Recht frech.« Und damit ist das Thema Pussy Riot für Gott abgeschlossen und er fängt tatsächlich an, die irischen Lieder in voller Lautstärke mitzusingen. Sophie lacht sich innerlich kaputt.

Du hörst dich etwas außer Atem an, denkt sie nach einiger Zeit.

»Ich tanze«, keucht Gott.

Du tanzt??

»Ja, Riverdance. Ich bin ein ausgezeichneter Riverdancer. Manchmal veranstalten wir hier im Himmel regelrechte Riverdance-Partys. Nur Gabriel ist sich zu fein dafür, er zieht den Tango vor. Deine Oma ist übrigens auch eine sehr gute Riverdancerin. Ich tanze manchmal mit ihr. Aber jetzt lass mich weitermachen. Ich bin schließlich auch nicht mehr der Jüngste. Kann nicht gleichzeitig tanzen und reden.«

Aber gleichzeitig tanzen und singen, das geht offensichtlich, denkt Sophie amüsiert.

»Das ist etwas Anderes, singen kann man immer.«

Und damit gibt Gott einen lauten irischen Jauchzer im Akkord mit dem Sänger der Band von sich. Sophie kriegt so einen Schrecken, dass sie kurz vom Stuhl aufspringt. Dann schaut sie sich den Sänger noch mal genauer an. Kevin heißt er, er hat sich und seine Bandmitglieder gestern vorgestellt. Der Name passt gut zu ihm. Sophie hat mittlerweile aufgegessen und lehnt sich entspannt mit ihrem Glas Rosé zurück. Hat sie es sich nur eingebildet, oder schaut Kevin manchmal zu ihr herüber? Nein, er schaut tatsächlich, das ist offensichtlich. Kein Wunder, eine Verrückte, die vor sich hin lacht und ab und zu vom Stuhl aufspringt … Die Band spielt jetzt *Grace* und Kevin singt – ohne es zu wissen im Duett mit Gott – das schöne, schnulzige Liebeslied. Es handelt von einem irischen Rebellen, der in seiner Zelle sitzt und morgen von den Engländern umgebracht werden soll. Heute legt er aber noch seiner großen Liebe Grace einen Ehering an. Die Worte machen Sophie wie immer eine Gänsehaut, egal wie oft sie das Lied hört:

Now, as dawn is breaking, my heart is breaking too,

On this May morn, as I walk out, my thoughts will be of you.

Sophie hat Tränen in den Augen. Auch von Gott hört sie ein kaum vernehmbares Schlucken, Sentimentalität scheint zu seinen Attributen zu gehören. Es gibt kein Vertun: Kevin hat sie das ganze Lied über angeschaut, verkündet jetzt eine Pause und geht mit seinem Bierglas zielstrebig auf sie zu. Die langen Wimpern und grünen Augen, so typisch für irische Männer, konnte sie vorher auf die Entfernung nicht erkennen. Jetzt lassen sie sie sofort schwach werden. Bei Iren kann sie einfach nicht widerstehen. Dazu hat Kevin noch ein hinreißendes Lächeln und einen einfach umwerfenden Akzent.

»Darf ich mich dazusetzen?«, fragt er und mit nur einem leichten Anflug von Röte deutet Sophie auf den Platz ihr gegenüber. Er wäre kein Ire, wenn er nicht leicht eine Unterhaltung anfangen könnte und innerhalb von Minuten sind sie in ein tiefes Gespräch über Gott und die Welt (na ja, zumindest über die Welt) verwickelt und lachen viel. Kevin hat einen netten Humor und muss sich nicht bemühen, unterhaltsam rüberzukommen. Sophie ist regelrecht enttäuscht, als er schließlich ankündigt, wieder auf die Bühne zu müssen. Er würde ihr aber in der nächsten Pause gerne ein Getränk ausgeben, sollte sie sein Gewimmer so lange aushalten und bleiben. *Oh, ich werde es aushalten, ich werde hier ausharren, so lange es nötig ist!,* denkt sie sich. Sie kann ihren Blick kaum von ihm losreißen und in der nächsten Stunde kommt sie sich vor wie ein Groupie. Nie war irische Musik so sexy wie in diesem Moment. In der nächsten Pause kommt er wie versprochen wieder an ihren Tisch, für ihn mit einem Bier und für sie mit der gleichen Halbliterflasche Rosé, deren Vorgängerin mittlerweile leer auf ihrem Tisch steht.

»Ist ein Trick«, grinst er. »Es wäre doch sehr unhöflich von dir, wenn du nicht wenigstens versuchen würdest, die Flasche auszutrinken und so erhöhe ich meine Chancen, dass du nach dem Gig noch da bist und ich dich überreden kann, mit mir noch etwas trinken zu gehen. Oder spazieren. Ganz wie die Dame mag.« Er lächelt sie an und Sophies Herz schlägt wie verrückt.

»Also, nicht alles in einem Zug austrinken, ok?«, zwinkert er ihr zu und macht sich dann schon wieder auf in Richtung Bühne.

Sophie spürt, wie sich ihr die Härchen auf den Armen aufstellen und nicht nur die Härchen. Sie weiß, sie wird diesen Mann heute noch küssen und diese Vorstellung lässt ihr leicht schummerig werden. Küssen und wer weiß, was noch passieren wird, sie wird alles auf sich zukommen lassen. Aber sie muss sich Mut antrinken. Vor ein paar Tagen wäre es noch unvorstellbar gewesen, jemand anderen als Oliver zu küssen und jetzt erzittert sie bei der Vorstellung, von einem wildfremden, charmanten Iren berührt zu werden. *Dass er viel männlicher ist als Oliver, schadet auch nicht gerade*, denkt sie sich grinsend. Nachdem der Gig zu Ende ist, hat sie die Flasche immer noch nicht leer getrunken, aber Kevin kommt zu ihr und nimmt sie bei der Hand.

»Was hältst du davon, wenn wir jetzt einfach gehen, ich muss an die Luft.«

Sophie nickt und erhebt sich. Seine Hand fühlt sich so gut in ihrer an.

Als sie zahlen will, erfährt sie, dass dies schon von Kevin erledigt wurde. Er hat sogar noch eine Flasche Wein gekauft und sich zwei Gläser ausgeliehen, die sie jetzt mitnehmen. Dann gehen sie wie selbstverständlich Hand in Hand an den nahegelegenen Strand. Dort angekommen, breitet Kevin seinen Parka auf dem Sand aus, öffnet die Flasche und schenkt beiden ein Glas ein. Es ist ungewöhnlich warm für Mai. Und doch ist kein anderer Mensch unterwegs, sie sind ganz allein. Sie lehnen sich zurück und sprechen nicht viel. Es ist nicht notwendig. Sie beobachten die Sterne und den leuchtenden Mond am Himmel und Sophie spürt einen tiefen Frieden in sich - hier mit diesem fremden Mann neben sich, der ihr irgendwie doch nicht fremd ist. Es fühlt sich alles richtig an. Leicht. Und harmonisch. Anders als mit Oliver, mit dem es zwar immer lustig, aber irgendwie auch immer angespannt war und wo sie immer das Gefühl hatte, Erwartungen erfüllen zu müssen. Nachdem sie ihr Glas halb ausgetrunken hat, nimmt Kevin es ihr zärtlich aus der Hand und stellt es neben sie. Dann lehnt er sie zurück und fängt an, sie mit seinen schönen weichen Lippen zu küssen. Wie gut sich das anfühlt! Sophie spürt nicht das gleiche Kribbeln, das sie bei Oliver immer gespürt hat, aber es fühlt sich trotzdem angenehm und wohlig an. Anders halt. Weniger wie ein Sprung mit dem Fallschirm und mehr wie eine schöne Massage. Sie lässt sich völlig auf ihn ein und der Kuss scheint kein Ende zu nehmen. Er geht weiter und weiter, wird tiefer und inniger. Ihr Verlangen nimmt zu, nun möchte sie doch mehr, ihn ganz spüren, sich diesem Mann hingeben. Sie erzittert, als er langsam ihren Pulli hochschiebt, den BH öffnet und seine Hände zärtlich um ihre Brüste legt. Sie sind schwerer als sonst, fallen ihm förmlich in die Hände. Sie fühlt sich weiblich und begehrt. Mit Oliver war es stets etwas mechanisch gewesen, etwas, was gemacht werden musste, hier ist es einfach natürlich, völlige Hingabe und eine tiefe, sich stetig steigernde Lust. Kevin reibt ihre Brustwarzen zwischen seinen Fingern und Sophie kann kaum mehr an sich halten. Dann schaut er ihr tief in die Augen, öffnet langsam ihre Hose und lässt seine Hand hineingleiten. Sie ist schon so feucht, sie möchte ihn nur noch tief in sich spüren. Dabei genießt sie es, einfach gar nichts zu tun und ihn machen zu lassen. Jetzt zieht Kevin ihre Schuhe aus und streift ihre Hose herunter. Ihr Pulli und BH folgen und so liegt sie jetzt nur noch mit einem Slip bekleidet vor ihm auf dem Parka und spürt die kühle Brise auf ihrer heißen Haut. Sie liebt es, wie das Mondlicht ihren weißen Körper bescheint und wie Kevin, selbst noch voll angezogen, sie langsam und voller Erregung von oben bis unten betrachtet. Sie sieht eine dicke Wölbung in seiner Hose und kann es kaum erwarten, ihn zu spüren. Jetzt zieht Kevin sich langsam die Schuhe aus, ohne seinen Blick auch nur für einen Moment von ihrem Körper abzuwenden. Er atmet immer schwerer. Dann zieht er den Pulli über den Kopf und sie sieht seinen schlanken, jungenhaften Oberkörper, ebenfalls weiß leuchtend, im Mondlicht. Seine Augen sind mittlerweile schwarz vor Begehren und seine Hose scheint bald zu platzen. Dann beugt er sich mit seinem Kopf an ihren

Schoß und schiebt langsam ihren Slip zu Seite, sodass ihre Schamlippen entblößt sind. Sie spürt, wie diese immer mehr anschwellen und die Feuchtigkeit mittlerweile den Slip durchtränkt hat. Er kommt immer näher, zunächst mit seiner Nase und atmet tief ihren Duft ein. Immer und immer wieder, als sei er süchtig nach ihrem Geruch, nach diesem reinen Geruch von Frau. Sophie will ihn endlich spüren, sie wird schier wahnsinnig. Nun nimmt er endlich seine Finger und schiebt ihre Schamlippen auseinander, betrachtet sie, steckt langsam einen Finger hinein und dann noch einen. Sophie stöhnt. Jetzt nimmt Kevin noch seine Zunge hinzu und Sophie bäumt sich vor Erregung auf. Seine Finger bewegen sich langsam in ihr und sie spürt, wie auch seine Spannung wächst. Dann zieht er sich schließlich langsam die Hose aus und sein stark erigierter Penis springt ihr förmlich entgegen. Er nimmt ihre Hand und legt sie um seinen Schwanz, bewegt sie langsam hin und her, hoch und runter. Dann bewegt er sich nach oben und schiebt ihr sein Glied in den Mund, tief hinein bis fast an den Anschlag. Rein und wieder raus. Er wird immer schneller und zieht seinen Schwanz schließlich heraus. Wie von Zauberhand holt er ein Kondom hervor und stülpt es sich in Windeseile über. Dann legt er sich auf Sophie, sieht ihr tief in die Augen und dringt in sie ein. Immer und immer wieder. Tiefer und tiefer. Beide sind mittlerweile bis zum Bersten gespannt und kommen schließlich in einem lauten Aufschrei zum Orgasmus. Sie spürt, wie sein Schwanz in ihr pulsiert, bis er schließlich zur Ruhe kommt. Erschöpft bleibt Kevin auf ihr liegen, sein Penis ist noch immer tief in ihr. Sie muss kurz eingeschlafen sein, denn sie wird plötzlich wach, als sie ihn wieder in sich wachsen spürt, er größer und größer wird und Kevin wieder anfängt sich zu bewegen. Sofort ist Sophie wieder erregt und bewegt sich im Takt mit. Still, leise, bis beide wieder zum Höhepunkt kommen, diesmal fast noch intensiver als zuvor. Dann rollt Kevin sich mit einem leisen Stöhnen von ihr herunter, bleibt neben ihr liegen und nimmt sie in den Arm. So schlafen sie, nun wirklich erschöpft, nebeneinander ein. Sophie wird von den ersten Möwenschreien geweckt. Noch ist es dunkel, aber die Sonne zeigt sich schon langsam am Horizont. Sophie merkt, dass ihr kalt ist. Jetzt spürt man doch, dass es erst Mai ist. *Nicht gerade eine ideale Jahreszeit, um am Strand einzuschlafen,* denkt sie sich. Sie windet sich vorsichtig aus Kevins Umarmung und zieht sich leise an. Dann weckt sie ihn behutsam auf.

»Es ist schon fünf Uhr, ich muss los«, sagt sie leise zu ihm.

»Hey, nicht so schnell!« Er streckt eine Hand nach ihr aus und will sie wieder zu sich ziehen. »Sehen wir uns später? Kommst du heute Abend zum Gig?«

Sophie lächelt ihn zärtlich an und schüttelt den Kopf. »Nein, Kevin, ich bin hier, um mich selber zu finden und nicht, um mich wieder in einem Mann zu verlieren. Aber es war wunderschön und ich danke dir für alles. Vor allem, dass du mich zu den Lebenden zurückgeholt hast, das werde ich dir nie vergessen.«

Kevin weiß nicht wirklich, wovon sie spricht, das sieht sie ihm an. Aber einiges kann er sich denken: Diesem Mädchen wurde vor Kurzem das Herz gebrochen, das hat er schon vor zwei Abenden an ihrem traurigen Blick bemerkt. Er nickt verständnisvoll, lächelt und umarmt sie zum Abschied.

»Du bist ein ganz besonderes Mädchen Sophie, lass dir niemals etwas anderes einreden. Und lass mich dir ein irisches Sprichwort mitgeben, wir Iren mögen Sprichwörter fast noch lieber als Guinness: ›Möge der Weg sich vor dir öffnen, und möge Gott mit dir sein.‹« Damit umarmt er sie und Sophie lächelt. *Wenn er wüsste, wie nah er mit seinem Spruch an der Wahrheit dran ist!,* denkt sie. Dann geht sie langsam in ihre gemütliche Pension zurück. Dort duscht sie kurz, reißt das Fenster auf und lässt sich in die Kissen fallen. Sie grinst. Ihr erster One-Night-Stand. Und sie hat Oliver endlich von seinem Thron der Exklusivität gestoßen. Ihn wie einen falschen Zauber abgeschüttelt. Damit schläft sie erleichtert ein. Sie hat das Gefühl, nach langer Zeit wieder bei sich selbst angekommen zu sein.

UM ELF UHR wacht sie erfrischt auf und reckt und streckt sich. Sally hat sie nicht geweckt, was sie sehr zu schätzen weiß. Aber jetzt spürt sie, dass sie einen Bärenhunger hat, und springt aus dem Bett. Im Spiegel leuchten ihr strahlende Augen und rosige Wangen entgegen.

Was zwei Orgasmen und ein junger Ire so alles bewirken können, denkt sie lächelnd.

Während sie am Donnerstag bei ihrer Ankunft noch aussah wie ein Geist, strahlt ihre Haut jetzt wie bei einem gesunden Mädchen vom Lande. Sie macht sich frisch und läuft nach unten, um Sally und Storm zu begrüßen. Sie lehnt den angebotenen Kaffee ab und macht sich stattdessen auf den Weg zu einem Pub, wo sie draußen in der Sonne ein reichhaltiges Mittagessen verzehrt. Sex macht hungrig, das hatte sie schon fast vergessen. Dann macht sie sich auf zu einem langen Spaziergang am Strand, wo der Wind ihr das Haar zerzaust und die Sonne und die Möwen dafür sorgen, dass sie sich vollends lebendig fühlt. Jeden, der ihr entgegenkommt, grüßt sie fröhlich. Nach mehr als einer Stunde kommt sie schließlich an einen Leuchtturm und lässt sich dort auf einem Mäuerchen nieder. Sie schaut über das Meer und genießt die unendliche Weite. Alles wirkt so klein verglichen mit dieser Unendlichkeit. Sie denkt daran, was Gott ihr gesagt hat: Sich mit einer Rolle zu identifizieren ist so, als würde das Meer denken, es sei eine Welle. Ein Meer, das seine Weite und Tiefe vergessen hat und denkt, es sei diese eine Welle, die kommt und geht und auf und ab hüpft. Während der Ozean in Wirklichkeit ganz still ist und sich von den Schwankungen da oben nicht aus der Ruhe bringen lässt. In dem Moment kommt starker Wind auf und Sophie denkt: *Oder wie der Himmel, dem selbst die mächtigsten Gewitter nichts anhaben können.* Es können Wolken vorbeiziehen, der Donner kann grollen oder Blitze können ihn zum Glühen bringen, der Himmel an sich bleibt davon unberührt. Genau so ist sie in ihrer Essenz die Ruhe, die alle Emotionen und Gedanken kommen und gehen lassen kann, ohne sich von ihnen umwerfen zu lassen. Tief drinnen spürt sie diese Ruhe, die gleich bleibende Stille hinter allem. Die Stille, die immer ist. Dies ist *sie* in ihrer Essenz. Das, was all ihren Emotionen und Gedanken Raum gibt, aber sich von ihnen nicht berühren lässt. Ein echtes, tiefes Glücksgefühl steigt in ihr auf, und sie nimmt sich vor, sich in dieser Ruhe zu verankern, so oft sie sich dieser bewusst wird. Sie spürt, dass ihr dann nichts mehr etwas anhaben kann. Es scheint so einfach zu sein.

»Es ist so einfach«, flüstert Gott.

Sophie steht auf und geht langsam zurück. Sie möchte diese Erkenntnis festhalten, tief in sich verankern, sich so lange wie möglich bewusst an diesem stillen Ort aufhalten.

Wieder in der Pension angekommen, geht sie in ihr Zimmer, setzt sich vor das Fenster, schaut weiter auf das Meer hinaus und genießt die Fülle und den Reichtum in ihr. Nichts scheint ihr zu fehlen. Sie denkt daran, wie sie noch vor zwei Tagen ihren Tränen freien Lauf gelassen hat. Damit hat sie Raum gemacht für das Licht tief in ihr, damit es hervorkommen und scheinen kann. Wie schnell doch eine solche Transformation bewirkt werden kann. Ihr ist klar, dass sie dieses tiefe Glücksgefühl nicht immer halten können wird und dass sie sich im Leben auch wieder mit dem Auf und Ab einer Welle anstatt mit der Tiefe des Ozeans identifizieren wird. Dennoch spürt sie, dass ein subtiler, aber machtvoller Wandel in ihr stattgefunden hat und die Probleme des Lebens sie nicht mehr so auffressen werden wie bisher. Dann wird es langsam dunkel und sie sieht, dass es schon nach sechs Uhr ist. Weil sie so lange geschlafen hat, ist der Tag schneller vergangen als erwartet. Sie nimmt sich ein Bier aus der Minibar und geht damit zu Sally hinunter, die wieder am Herd steht.

»Schönen Abend gehabt gestern?«, fragt diese und zwinkert wissend.

»Sehr schön«, zwinkert Sophie zurück. »Und jetzt habe ich wie jeden Tag hier einen Bärenhunger und möchte mal einen neuen Pub ausprobieren.« Den wahren Grund erwähnt sie nicht, auch wenn Sally ihn sich vielleicht denken kann. »Was meinst du, wo soll ich hingehen?«

Sally empfiehlt ihr einen weiteren Gastropub, Sophie trinkt schnell ihr Bier aus, wirft sich die Jacke über und geht los. Heute kein Mascara und kein Lippenstift, ein One-Night-Stand an einem Wochenende ist genug, egal wie sehr es in Brighton vor attraktiven, jungen Iren auch wimmeln mag.

»Das würde ich allerdings auch meinen«, hört sie da Gottes Stimme.

Ach, da bist du ja wieder, denkt sich Sophie. *Wo warst du eigentlich gestern als Kevin und ich – äh, du weißt schon?*

»Ach, ich war natürlich da, wo auch sonst. Aber ich habe Sterne gezählt. Bin bei 21.558.907.775 angekommen, als ihr fertig wart. Ich habe Kevins Hintern schon so oft in dieser Position gesehen, da war Sternezählen interessanter.«

Sophie lacht. Sie hat sich nicht eingebildet, eine Ausnahme für diesen attraktiven Sänger gewesen zu sein, aber es war trotzdem wunderschön und intensiv und sie würde die Erinnerung tief in ihrem Herzen behalten. Aber jetzt will sie sich erst einmal eine leckere Mahlzeit einverleiben und dazu einen guten Wein genießen. Der Pub ist so süß und gemütlich, wie Sally ihn beschrieben hat, und das Essen ebenso vorzüglich. England hat sich wirklich gemacht in den letzten Jahren, wenn es um Kulinarik geht. Wurde auch Zeit. Dann geht Sophie relativ früh wieder in die

Pension zurück, liest noch ein wenig vor dem offenen Fenster, legt sich schließlich ins Bett und schläft so gut wie schon lange nicht mehr.

Als sie am nächsten Morgen voller Energie aufwacht, duscht sie, zieht sich an und packt schon einmal ihre Sachen zusammen. Sie würde heute noch einmal spazieren gehen, aber dann auch bald nach London zurückfahren. Ihr Apartment mit all den Stoffen auf dem Boden und über jedes Möbelstück verteilt sah bei ihrem Aufbruch aus, als sei eine Textilbombe eingeschlagen. Sie sollte dringend aufräumen, damit sie Platz hat, wenn sie ab nächster Woche alles von Grund auf neu schneidert. Sie freut sich riesig darauf. In den Monaten nach der Trennung mit Oliver (Da! Jetzt nannte sie es Trennung und nicht mehr Pause, ihr Verstand ist offensichtlich mit ihr zusammen erwacht.) war sie wirklich zu nichts zu gebrauchen gewesen. Ihre Gedanken und Emotionen waren überall und nirgends und sie wusste gar nicht mehr, wer sie selber war. Jetzt fühlt sie sich gefestigt und alle anderen wirken lediglich wie Statisten in ihrem Leben, inklusive Melissa und Oliver. Sie würde anderen Menschen einfach nicht mehr solch eine Macht über sich geben. Das hatte auch nichts mit Liebe zu tun, wie sie immer gedacht hatte, sondern einfach nur mit Abhängigkeit. Außer ihr Apartment aufzuräumen will sie außerdem noch einige administrative Aufgaben zu Ende bringen, die sie bislang vor sich hergeschoben hat, wie zum Beispiel einen ganzen Stapel von Rechnungen zu begleichen. Sophie nimmt sich vor, Ordnung und vor allem Qualität in ihr Leben zu bringen. Damit fängt sie heute an. Abends ist sie dann wieder mit Aishley verabredet und kann es kaum erwarten, ihre Freundin wiederzusehen. Jetzt nimmt sie ihre Tasche, bedankt sich bei dem schönen Zimmer für die wertvolle Zeit hier und geht nach unten, wo Sally schon mit einem üppigen

Frühstück auf sie wartet, über das sie sich voller Freude hermacht. Dann schnappt sie sich Storm und geht mit ihm noch eine Stunde herumtoben und spazieren. Einmal zurück setzen sie und Sally sich noch auf einen Tee hin, Sophie bezahlt die Rechnung und dann ist es auch schon an der Zeit, sich zu verabschieden.

»Danke Sally, es war einfach wundervoll, ich weiß nicht, wie ich dir danken soll.«

»Es war schön, dich hierzuhaben, Sophie. Du siehst heute ganz anders aus als an dem Tag, als du hier ankamst. Dein Herz scheint sich geöffnet zu haben und du scheinst die Sonne wieder hineinzulassen. Du weißt, du bist hier immer herzlich willkommen, wir werden dich fürchterlich vermissen, ganz besonders Storm.«

Damit umarmen sich die beiden Frauen und halten sich kurz fest.

»Danke«, flüstert Sophie, streichelt auch Storm noch mal über den Kopf, schwingt dann ihre Tasche über die Schulter und macht sich auf den Weg zurück nach London. Es scheint so lange her zu sein, dass sie hier angekommen ist, dabei waren es gerade einmal vier Tage. *In London vergeht die Zeit immer wie im Fluge. Wenn man weg ist, wirkt sie irgendwie länger,* findet Sophie.

Die Zugfahrt vergeht schnell und am Nachmittag ist sie wieder in London. Ist sie wirklich derselbe Mensch, der hier noch vor ein paar Tagen weggefahren ist? Sie fühlt sich zumindest wie neugeboren. Wie ein Mensch, der einen Schatz in sich entdeckt hat. Sie spürt noch immer die neue Ruhe und Zuversicht in sich. Sie fühlt sich irgendwie gereift, zentriert und nicht mehr ihren wechselhaften Emotionen ausgeliefert. Als sie so in Gedanken versunken mit ihrer Reisetasche vor ihrem Haus ankommt, öffnet sich die Tür eines davor geparkten Range Rovers und zwei Labradore springen heraus, die mit wild fliegenden Ohren auf sie zustürzen. Sie können offensichtlich Storm riechen, denn sie springen ausgelassen und mit hechelnder Zunge an ihr hoch. Sophie lässt ihre Tasche fallen und wehrt sich lachend.

»Rex, Leo, zurück, sofort«, hört sie eine Stimme.

»Ach, ist schon gut, die tun ja nichts«, ruft sie freudig. Dann schaut sie auf und sieht, dass die Stimme ihrem Nachbarn gehört, der sie in der Nacht damals in so peinlicher Lage gesehen und dann beim Friseur auch noch ausgelacht hat. Aber sie ist jetzt so fröhlich, dass sie sich selbst von ihm die Laune nicht verderben lässt.

»Das sind aber schöne Hunde«, sagt sie freundlich. »Deine?«

Sie kann ihn doch duzen? So viel älter als sie ist er ja nicht, da wäre ein ›Sie‹ irgendwie spießig.

»Ja, das sind meine, bitte entschuldige die etwas überschwängliche Begrüßung. Sie waren lange im Auto und müssen ihre überschüssige Energie loswerden. Normalerweise lasse ich sie auf dem Land, aber dieses Wochenende habe ich sie mal mitgebracht. Ich habe Mrs Larssons Enkelkindern versprochen, dass sie mit ihnen spielen dürfen, wenn sie nächstes Wochenende kommen.«

»Ach, Mrs Larsson hast du also auch schon kennengelernt«, stellt Sophie jetzt doch leicht pikiert fest und fühlt sich irgendwie ausgeschlossen. So lange wohnt er ja schließlich noch nicht in dem Haus. Scheint schnell neue Freunde gewonnen zu haben.

»Ja, wir kennen uns schon lange. Ich bin der Vermieter und habe damals bei ihr die Übergabe persönlich gemacht. Als du eingezogen bist, hatte ich leider keine Zeit, aber wir haben das Kennenlernen ja dann in gemütlicher Atmosphäre im Hausflur um zwei Uhr morgens nachgeholt«, grinst er.

Sophie wird rot.

»Du bist mein Vermieter?«

»Ja, und wie du dir vorstellen kannst, bin ich natürlich

hoch erfreut zu sehen, dass meine Mieter so gottesfürchtig sind, dass sie den Herrn sogar lautstark mitten in der Nacht anrufen. Was kann man sich Besseres wünschen?«, lacht er. »Aber ich bin doch froh, dass du mich heute nicht für den Weihnachtsmann mit seinen beiden Rentieren gehalten hast. Also, hab noch einen schönen Abend«, wünscht er, ruft die Hunde zu sich und verschwindet mit ihnen im Haus.

Sophie ist knallrot. Ihr Vermieter! Na wundervoll! Sie hört Gott leise kichern. Der findet das offensichtlich lustig.

In ihrer Wohnung angekommen packt Sophie die Reisetasche aus, wirft die Sachen in die Waschmaschine und tut, was sie sich vorgenommen hat. All ihre Kreationen der letzten Wochen räumt sie zusammen, um von morgen an der echten Kollektion Platz zu machen. Ihrer eigenen, brandneuen Kollektion! Bislang brauchte sie noch keine Puppe, um die Sachen an dieser auszumessen und anzuprobieren, denn sie hat ja ihre eigenen fertigen Klamotten benutzt, die sie nur mit Knöpfen flexibel gestaltet hat. Doch von morgen an würde sie selbst designen und alles selbst nähen, was bedeutet, dass sie ihre Mannequinpuppe aus dem Keller holen muss. Anders kann sie nicht arbeiten. Ihre anderen Utensilien hat sie alle oben im Apartment. So holt sie also die alte Puppe hoch, schrubbt sie ab und damit steht diese wie neu in ihrem Zimmer. Zwar jetzt noch nackt, aber darauf wartend, bald bekleidet zu werden. Die Puppe scheint genau wie Sophie voller Erwartung zu sein und Sophie verspricht ihr, sie schön anzuziehen. Sie fühlt sich wieder wie ein Mädchen, das mit seinen Barbies spielt.

Sobald sie mit der Vorbereitung ihres Ateliers fertig ist, geht sie an die weniger angenehme Arbeit der Onlineüberweisungen. Dafür fühlt sie sich umso besser, sobald diese getätigt sind. Und dann ist es auch schon Zeit, sich zu ihrem Abend mit Aishley aufzumachen. Diese ergötzt sich wie erwartet an den Erzählungen über den schönen Kevin und Sophie freut sich, endlich mal nicht mehr nur die Oliver-Misere wieder und wieder aufzuarbeiten. Es ist, als sei ein dicker fetter Sonnenstrahl durch die Wolken gedrungen, und sie wird dem charmanten Iren stets dankbar dafür sein, dass er mit seinen schönen grünen Augen und den langen Wimpern den ersten erforderlichen Riss in ihre Rüstung geschlagen hat.

Als sie später im Bett liegt, merkt sie, dass sie sich auf die nächste Woche freut. Auch Melissa ist ihr nicht mehr wichtig. Im Gegenteil – es fühlt sich für Sophie an, als sei diese eine Ameise in ihrem Universum, manchmal ein wenig lästig, aber harmlos und leicht zu ignorieren. Sie würde ihre Energie nicht mehr in etwas Negatives stecken.

7

Ich bin gegen Mode, die vergänglich ist. Ich kann nicht akzeptieren, dass man Kleider wegwirft, nur weil Frühling ist.

- Coco Chanel

Am nächsten Morgen steht Sophie voller Elan auf. Sie wird ihr Knopfprojekt auf eine neue Ebene bringen! Die Stoffe und Knöpfe dafür wird sie heute kaufen. Sie hat sich zwölf Teile vorgestellt und diese unter anderem in Brighton auch schon entworfen. Es sind einige Röcke dabei, aber hauptsächlich Oberteile - Blusen, Pullis und Shirts. Dies sind die Basics, die dann mit an- oder abgeknöpften Details geändert werden können. Was Sophie an dieser Idee so liebt, ist vor allem, dass sie saisonunabhängig ist. Ein T-Shirt wird im Herbst oder Winter zum Sweatshirt, ein süßer Pullunder zum edlen Pullover. Und die Knöpfe sorgen gleich für das gewisse Extra. Sophie nimmt sich vor, nur die allerbeste Qualität zu verarbeiten und keine Kompromisse einzugehen. Dafür braucht sie auch Raum. Es ist gut, dass sie ihr Wohnzimmer gestern aufgeräumt hat. Das gibt ihr jetzt genug Platz, um die Sachen auszubreiten, denn nur so kann sie gut arbeiten und beste Qualität produzieren.

Als sie an diesem Tag in der Redaktion ankommt, sieht sie als erstes Melissa. Aber Sophie gelingt es, sie zu ignorieren. Sie merkt, dass es auch eine Wahl ist, welchen Gedanken sie Raum gibt. Und obwohl es ihr immer noch wehtut, sich Melissa und Oliver zusammen vorzustellen, hat sie sich jetzt doch für sich selbst und für ihr Leben entschieden. Kein Leben als Anhängsel von Oliver mehr, sondern als selbstbestimmte Frau, die ihre eigenen Leidenschaften lebt und vor allem das tut, was ihr selber guttut. Sie fühlt sich, als hätte sie ihren Kopf aus einer dunklen Wolkendecke gezogen und würde diesen nun wieder im Sonnenschein baden. Das Erste, was sie macht, ist, ihr Matrosendesign vom Wochenende in ihr rosa Buch zu übertragen. Damit würde sie anfangen. Da es sich hierbei um Baumwolle handelt, ist der Stoff recht günstig zu erwerben. Da kann sie sich auch mal einen Patzer erlauben, wenn die ersten Muster danebengehen. Schließlich hat sie schon länger nicht mehr ordentlich genäht, da kann schon mal etwas schiefgehen. Das würde sich bei Kaschmir oder Seide, zwei Stoffe die sie auch verarbeiten will, schon wesentlich teurer auswirken. In der Mittagspause geht sie die Textilien und die dazu passenden Knöpfe kaufen und kann es kaum erwarten anzufangen. Es handelt sich um einen typisch bretonischen blau-weiß gestreiften Baumwollstoff, sowie einige rein weiße und dunkelblaue Stoffe, die sie zu Kragen, Schleifen, Ärmeln etc. verarbeiten kann. Sie hat das große Glück, dass Mode schon lange ihre Leidenschaft ist und sie daher genau weiß, wo sie alles herbekommt und welcher Stoff wofür zu gebrauchen ist. Zudem hat sie einmal eine Schneiderlehre gemacht. Und auch wenn sie diese vorzeitig abgebrochen hat, da sie raus in die Welt und arbeiten wollte, so hat sie doch all das notwendige Können, um das Projekt durchzuziehen.

Sie wird das Projekt »Phoenix« nennen, entschließt sie sich einer plötzlichen Eingebung folgend. Nach dem mystischen Vogel, der sich immer und immer wieder neu gebiert und seiner eigenen Asche entsteigt. Das passt nicht nur zu der Idee der Kollektion – Teile, die stetiger Veränderung unterliegen -, sondern auch zu ihrer Lebenssituation. Sie fühlte sich sprichwörtlich wie zu Asche verbrannt und ist zu neuem Leben erwacht; unter anderem aufgrund der Kreativität, die das Projekt Phoenix ihr abverlangt. *Ein sehr passender Name,* findet sie, und freut sich über diesen Geistesblitz. Nachmittags muss sie dann doch ein wenig arbeiten, aber da der Job ihr immer Spaß gemacht hat, erledigt sie ihre Aufgaben mit links. In ihrem Inneren freut sie sich jedoch schon auf den Abend, wenn sie endlich wieder an ihren eigenen Designs arbeiten kann und nicht über die Kreationen anderer schreiben muss.

Abends schnappt sie sich ihr rosa Buch, sowie die große Tüte mit den Stoffen und macht sich schnellstens auf den Weg nach Hause. Dort zieht sie sich zügig um, macht sich einen großen Pott Tee und geht sogleich an die Arbeit. Basierend auf ihren Entwürfen und mit Hilfe der Puppe misst, schneidet, bügelt und näht Sophie. Es geht ihr leicht von der Hand. Wenn sie auch lange nichts mehr selbst genäht hat, so weiß sie doch noch genau, was sie zu tun hat, und sie ist ganz ihn ihrem Element. Schneller als gedacht ist das erste Shirt mit U-Boot-Ausschnitt fertig. Noch ohne Ärmel, denn diese werden ja anknöpfbar sein. Sie hat zwei unterschiedliche Arten von Ärmeln im Kopf – einmal gerade und einmal nach unten hin leicht ausgestellt. Außerdem zwei lange, schmale Schleifen, die man links und rechts oder auch nur auf einer Seite des Ausschnitts anknöpfen kann. Sophie ist glücklich und stolz. Es sieht super aus, genau wie sie es sich vorgestellt hat. In den nächsten zwei Tagen entwirft, zeichnet, schneidet, korrigiert und näht sie wie im Fieber. Ihr Traum wird zur Realität und es hat sich noch nie etwas besser angefühlt.

Sie ist völlig im Flow, isst kaum, trinkt dafür Unmengen von Tee und arbeitet, arbeitet, arbeitet. Sie nennt es arbeiten, obwohl sich noch nie etwas weniger wie Arbeit angefühlt hat. Am Mittwochabend kommt dann eine Überraschung. Sie hört ein Räuspern und Gottes Stimme ertönt:

»Ob ich wohl kurz stören dürfte?«, fragt er höflich.

»Klar, was gibt's?«, fragt Sophie

»Ich habe hier Mademoiselle Coco bei mir und sie hat einige Anmerkungen zu machen.«

Sophie verschluckt sich fast an ihrem Tee.

»Coco?? Welche Coco??«

»Na, Coco Chanel natürlich, ich habe ihr das von ihr inspirierte Design gezeigt und es gefällt ihr außerordentlich gut. Aber sie hat noch ein paar Vorschläge, die sie gerne anbringen würde. Wenn es dir jetzt passen würde, sie wäre dann bereit.«

»Coco Chanel? Vorschläge? Die sie mit mir, Sophie, teilen will?« Jetzt verschluckt Sophie sich wirklich an ihrem Tee und bekommt prompt einen Hustenanfall. Wie peinlich! Da steht sie zum ersten Mal Coco Chanel quasi gegenüber und ihr fällt nichts anderes ein als herumzuhusten.

»Sophie?«, fragt Gott mit vornehmer Stimme.

Er möchte Coco Chanel mit seinem feinen Getue offensichtlich imponieren. *Wohl doch ein Mann,* denkt sich Sophie. Obwohl, ihr geht es genauso. Coco Chanel ist ihre große Inspiration, ihr Idol und jetzt ist sie angeblich wirklich hier bei ihr?

»Was heißt hier angeblich?«, fragt Gott brüskiert. »Stellst du etwa meine Worte in Frage?«

»Nein, nein, natürlich nicht«, beeilt Sophie sich zu versichern. »Und es wäre mir eine große Ehre, von Mademoiselle Chanel einige Tipps zu bekommen. Bitte.«

Und so legt Coco Chanel mit Gott als Dolmetscher los. Sie hat wirklich tolle Ideen und Sophie kritzelt wie verrückt in ihrem Buch. Als sie fertig ist, fragt Sophie Gott etwas schüchtern: »Aber ist das dann nicht schummeln, wenn ich die Sachen unter meinem Namen ausgebe und es eigentlich die Ideen von Coco Chanel sind?«

»Natürlich ist es das nicht«, sagt Gott. »Das ist das, was man Inspiration nennt. Vom Wort »Spirit«, »Geist«, capito? Ich soll dir von Mademoiselle Chanel übrigens ausrichten, dass es ihr eine Ehre war. Sie zieht sich jetzt erst einmal zurück, aber wird dich und deine Arbeit im Auge behalten.«

Sophie wird rot vor Aufregung und deutet eine kleine Verbeugung an.

»Bitte sag ihr, dass ich mich ganz besonders geehrt fühle«, stottert sie. »Und ich würde mich sehr freuen, wenn sie wiederkommt.«

»Sollte ich jetzt beleidigt sein, dass du die Anwesenheit einer Designerin der Anwesenheit Gottes vorziehst?«, grummelt Gott. »So hast du dich bei mir noch nie aufgeführt. Undankbare Kinder«, hört sie dann noch, bevor sie versucht, sich klarzumachen, dass sie hier gerade wirklich mit Coco Chanel – wenn auch auf ungewöhnliche Art - kommuniziert hat. Der Beweis liegt in den Ideen und Entwürfen. Auf die wäre sie alleine nie gekommen, obwohl es doch jetzt so offensichtlich wirkt. Vielleicht muss man sich der Inspiration gegenüber wirklich einfach nur öffnen. Ihr ist ganz schwindelig vor Freude.

8

Eine Frau sollte sich jeden Tag so anziehen, als könnte sie ihrer großen Liebe begegnen.

- Coco Chanel

Den nächsten Tag verbringt Sophie wie in Trance und flüstert in regelmäßigen Abständen »Coco Chanel« vor sich hin. Ein bisschen wie eine Verrückte. Aber was heißt schon verrückt? Sie maßt sich zumindest nicht mehr an, es zu wissen. Selbst die Anwesenheit Melissas lässt sie kalt. Das nennt sie Fortschritt! Während sie am Abend wieder über ihren Entwürfen sitzt, klingelt es. Wer das wohl sein kann? Sie erwartet niemanden, aber das heißt ja in letzter Zeit nichts mehr. Die Überraschungen in ihrem Leben häufen sich. Es kann jedoch eigentlich nur Mrs Larsson sein, die ihr wahrscheinlich wieder einen ihrer köstlichen Kuchen vorbeibringen möchte. Stets meint sie, Sophie sei viel zu dünn, und seit sie joggen geht, macht Mrs Larsson sich Sorgen, dass sie sich einfach in Luft auflösen könnte. Sophie hat nur ein Hemdchen mit dünnen Trägern und dazu einen Slip mit Snoopy drauf an – ihr Wohlfühlslip, den sie schon seit vielen Jahren hat und der völlig ausgewaschen ist, aber von dem sie sich einfach nicht trennen kann. So würde sie eigentlich nicht die Tür aufmachen, aber Mrs Larsson hat sie schon mehrfach im Pyjama gesehen und schließlich kommt diese aus dem Land der Saunakultur, wo Männlein und Weiblein nackt und schwitzend nebeneinander hocken, während sie sich ein paar Minuten später wieder im Anzug gegenübersitzen und Geschäfte abschließen; ganz so als hätten sie vorher nicht unauffällig das Allerheiligste des anderen betrachtet und beurteilt. Da wird Mrs Larsson wohl auch mit einem Snoopyhöschen klarkommen. Außerdem stellt Sophie fest, dass sie wirklich Hunger hat, ein Kuchen käme ihr jetzt sehr gelegen. Mit einem dankbaren und erwartungsvollen Lächeln macht sie schwungvoll die Tür auf, aber anstatt eines Kuchens schaut ihr eine Olivenölflasche entgegen, gehalten von einer so muskulösen und behaarten Hand, dass diese auf gar keinen Fall Mrs Larsson gehören kann. Während Sophie siedend heiß bewusst wird, in welchem Outfit sie hier steht, lacht der Besitzer dieser Hand schon sein dunkles, kehliges Lachen. Sie spürt, wie sich ihre Brustwarzen aufstellen und möchte sich am liebsten in Luft auflösen.

»Du meinst es also tatsächlich ernst mit der Gottesfürchtigkeit«, stellt Patrick süffisant fest. »Solch einen keuschen Slip habe ich selbst in meinen Jahren als verzweifelt pubertierender Jüngling nicht erleben müssen.«

Sophie wird knallrot. Ihr Vermieter! Und sie steht im Hemdchen und ohne BH, aber dafür aber mit aufgerichteten Brustwarzen und Snoopyunterhose vor ihm. Sie möchte im Erdboden versinken. Wieso kann sie sich nur nicht angewöhnen, durch das Guckloch zu schauen?

»Das siebte Gebot«, sagt Patrick und hält ihr grinsend die Olivenölflasche entgegen.

»Wie bitte?«, fragt Sophie perplex.

»Du sollst nicht stehlen. Ich war kurz davor, das Olivenöl zu stehlen, aber dann fiel mir – Gott sei Dank – die Redlichkeit meiner Nachbarin und das siebte Gebot ein.«

»Gott sei Dank? Was habe ich damit zu tun?«, knurrt Gott. »Du sollst den Namen deines Herrn nicht missbrauchen, zweites Gebot, weit vor dem siebten. Aber ihr pickt euch ja immer die Rosinen heraus, wie es euch gerade passt.«

Jetzt muss Sophie sich also mit Patrick und Gott zur gleichen Zeit auseinandersetzen. Das wird sie Mrs Larsson niemals verzeihen!

»Danke.« Sie nimmt die Flasche schnell und immer noch glühend vor Scham entgegen und will die Tür zustoßen, doch da hält Patrick einen Fuß dazwischen.

»Erstes Gebot?«, sagt er fragend mit hoch gezogenen Augenbrauen und gespielter Strenge. Er hat offensichtlich ein Faible für diese Gebote entwickelt, vielleicht hält er sie wirklich für eine religiöse Fanatikerin.

»Ähhh, du sollst nicht die Ehe brechen?«, fragt sie. Es ist das Einzige, das ihr im Moment einfällt.

»Falsch. Das kommt später. Und ich denke, das ist gerade nicht relevant. Denn abgesehen davon, dass ich nicht verheiratet bin, geht bei diesem Outfit für die Zusammenkunft von Männlein und Weiblein nicht gerade eine große Gefahr aus.«

Kann er das nicht endlich mal sein lassen?

»Das erste Gebot ist, du sollst deinem Nachbarn gegenüber extrem großzügig sein und ihn auf einen Drink einladen, wenn er dir dein Olivenöl zurückbringt.«

»Was?«, hört sie Gott fassungslos fragen. Dann ruft er in voller Lautstärke: »Moooooooses!«

Moses muss schnell gekommen sein, denn nun brüllt Gott jemand Unsichtbaren an: »Was hast du mit meinen Geboten gemacht, du Stümper? Ich hätte sie doch selbst überprüfen sollen. Muss man denn alles selber machen? Ist das erste Gebot wirklich, dass du deinem Nachbarn einen Drink spendieren sollst?«

Es folgt hektisches Gemurmel. Sophie kann nicht ausmachen, was geredet wird. Aber Moses rechtfertigt sich offensichtlich und stellt Gott einigermaßen zufrieden. Denn dieser murmelt, noch immer leicht beleidigt:

»Ha, ha, ha, ihr haltet euch wohl für sehr witzig.«

Sophie ist mittlerweile knallrot und auch etwas überfordert von Patrick, Gott, und jetzt auch noch Moses' Anwesenheit. Und da sie selbst in der besten aller Situationen nicht besonders schlagfertig ist, fällt ihr jetzt schon mal gar keine Ausrede ein, mit der sie Patrick abweisen könnte. Vor allem, nachdem er eine Flasche Bordeaux hervorzaubert und sagt: »Ich habe sogar etwas mitgebracht, möchte ja schließlich nicht den Altarwein austrinken.«

Wird er jemals mit diesem religiösen Quatsch aufhören? Sophie fällt zumindest nichts anderes ein, als ihm die Tür aufzuhalten und mit dem Kinn in Richtung Küche zu deuten. Sie selbst geht ins Schlafzimmer, wo sie ein paar tiefe Atemzüge nimmt und sich schnell Leggings und einen Kaschmirpulli überzieht, bevor sie zu Patrick in die Küche zurückkehrt. Dieser blättert in einer der Ausgaben der *Look&Style*, die sie auf dem Küchentisch liegen hat, guckt bei ihrem Eintritt auf und mustert sie von oben bis unten. Dann grinst er frech.

»Schade, mit dem Hemdchen hätte ich mich durchaus anfreunden können.«

Noch bevor Sophie etwas erwidern kann, hält er das Magazin hoch.

»An Mode interessiert?«

Sophie ist es gewohnt, das Männer ihren Modejob mit leichter Überheblichkeit quittieren und nickt daher nur kurz.

»Ja, ich arbeite bei der *Look&Style*. Als Moderedakteurin.«

Er guckt sie aufmerksam an.

»Interessant. Hört sich nach einem spannenden Job an. Wie bist du da drangekommen?«

Entweder ist er ein guter Schauspieler oder er ist wirklich an ihrer Arbeit interessiert. Sophie fühlt sich jedenfalls ermutigt und erzählt ihm, wie eine der Mitarbeiterinnen der *Look&Style,* Catherine, vor ein paar Jahren auf sie aufmerksam geworden ist. Damals war Sophie in einer ihrer verrückten Modephasen, wo sie mutig alles kombinierte, was sich nur kombinieren ließ, ohne die Polizei auf den Plan zu rufen. An diesem Tag hatte sie ein wildes Ensemble von Topshop an, komplett mit Hut, kurzem Schottenrock und Overknee-Strümpfen. Catherine hatte die Aufgabe, für ein monatliches Feature der *Look&Style* die am originellsten gekleideten Londoner auf der Straße zu fotografieren und zu interviewen. Sobald sie Sophie sah wusste sie - dieses quirlige, verrückte Mädchen muss in dem Magazin abgebildet werden! Die beiden unterhielten sich, verstanden sich bestens und Catherine lud Sophie einer plötzlichen Eingebung folgend in die *Look&Style*-Redaktion ein. Dort traf Sophie dann durch einen von Catherine eingefädelten ›Zufall‹ auf Keith, dem sie spontan und für sie außergewöhnlich forsch erklärte, dass sie Mode atmete, träumte und lebte und er nie wieder eine bessere Mitarbeiterin bekommen würde. Keith guckte diesen Wirbelwind, der mit wilder Entschlossenheit durch seine Redaktion auf ihn zufegte, zwar erstaunt an, entschied sich dann aber, dass es nicht schaden könne, ihr eine Chance zu geben. Der Rest ist Geschichte.

Sophie errötet leicht. Sie merkt, dass sie in einen Redefluss geraten ist. Und zudem noch ein wenig angegeben hat. Und das alles vor einem Mann, den sie kaum kennt. Doch Patrick quittiert ihre Ausführungen mit einem herzlichen, aufrichtigen Lachen.

»Das nenne ich Authentizität von deiner Seite und ein gutes Gespür für Talent von deinem Boss. Was für eine schöne Geschichte! Aber erst letztens warst du doch komplett in deine eigenen Entwürfe versunken, als ich mir das Olivenöl ausleihen kam. Bist du jetzt etwa selber unter die Designer gegangen?«

Jetzt wird Sophie wirklich rot. Sie ist es nicht gewohnt, über ihr neues Projekt zu sprechen und Patrick ist ja auch nur zufällig darüber gestolpert. So gerne sie ihm auch von ihren eigenen Kreationen erzählen würde, hüllt sie sich dennoch in Schweigen. Da ist sie abergläubisch. Stattdessen stellt sie ein paar Cracker auf den Tisch, macht Kerzen und Musik an und lenkt das Gespräch unauffällig in eine andere Richtung. Mit dem Bordeaux und dem wahrlich sehr attraktiven Mann ihr gegenüber fängt sie allmählich an, sich zu entspannen. Patrick und sie unterhalten sich über alles Mögliche, das Gespräch fließt ganz natürlich dahin. Er ist amüsant, gebildet und an allem, was mit ihr zu tun hat, interessiert. So erzählt sie ihm nicht nur von ihrem Job, sondern auch von ihrer Familie und schließlich auch von Oliver und dessen Drang, mal Luft zu schnappen. Jetzt kann sie leicht darüber reden und sogar lächeln. Sie nennt es auch nicht mehr eine Pause, sondern klar beim Namen: dass Schluss ist und dass sie eine relativ schwierige Zeit hatte, darüber hinwegzukommen. Doch dann lässt ihr Drang, über Oliver zu sprechen, recht schnell nach und sie wenden sich wieder interessanteren Themen zu. Als Patrick sich schließlich gegen Mitternacht verabschiedet, merkt Sophie, dass sie den Abend aus ganzem Herzen genossen hat. Nur weiß er jetzt fast alles von ihr, sie aber immer noch so gut wie gar nichts über ihn. Nächstes Mal wird sie das Zepter in die Hand nehmen müssen. Falls es ein nächstes Mal gibt. An der Tür dreht er sich noch mal um und schaut ihr in die Augen.

»Das war wirklich ein sehr schöner Abend, danke, dass ich hier so einfach reinplatzen durfte.«

»Na ja, die zehn Gebote will ja schließlich niemand infrage stellen«, wiegelt Sophie lächelnd ab.

»Das stimmt wohl«, sagt Patrick, nimmt ihr Kinn in seine Hand und schaut ihr tief in die Augen. »Und welches Gebot ist es noch mal, das besagt, wie man sich richtig von seinem Nachbarn verabschiedet?«

»Gar keins, gar keins«, quiekt da hektisch Gott. »Hört endlich auf, meine Gebote zu eurem Vergnügen zu vermasseln.«

Sophie, die mal wieder ihre Schlagfertigkeit verloren, dafür aber die Erinnerung daran wiedergewonnen hat, dass sie vor gerade mal vier Tagen einen anderen Mann geküsst hat und dass Patrick noch vor einer Woche dieses Traumweib an seiner Seite hatte, ist diesmal dankbar für ihren Souffleur.

»Gar keins«, sagt sie grinsend. »Und der Chef da oben ist sehr klar darin, dass wir die Gebote nicht zu unserem Vergnügen vermasseln sollen. Wie du weißt, habe ich einen guten Draht nach oben und er hat das Gefühl, dass du schon mit seinem ersten Gebot ziemlichen Unfug getrieben hast.«

»Guter Draht nach oben«, grinst Patrick. »Kann man sich da auch hochschlafen?«

Und nachdem Sophie protestiert und ihm lachend in die Brust geknufft hat, sagt er lächelnd:

»Bei der nächsten attraktiven Mieterin werde ich darauf achten, dass sie die Bibel nicht von einem Comic unterscheiden kann und vielmehr ein Teufelchen in sich hat.«

Das gibt Sophie einen Stich. Die Nächste. Daran denkt er also jetzt schon. Sie hat sich von dem schönen Abend und seinen tollen Lachfalten wohl ein bisschen zu sehr davontragen lassen. Trotzdem lacht sie und hält ihm ihre Wange zum Abschiedsküsschen hin. Als er näherkommt, knistert es zwischen ihnen und die gegenseitige Anziehung ist unverkennbar. Aber Sophie will sich nicht auf einen gebundenen Mann einlassen. Sie wird nichts mehr tun, was ihr nur Leid verspricht. Und so nimmt sie Patricks Abschiedskuss entgegen, ignoriert bewusst die stille Aufforderung zu mehr und schließt mit einem letzten »Gute Nacht« resolut die Tür hinter ihm. Dann lehnt sie sich dagegen. Das hat Disziplin erfordert, am liebsten hätte sie ihn sofort in ihr Bett gezerrt. Seit dem Wochenende scheint sie zu einer Art Sexmonster mutiert zu sein, das sich auf Männer aller Nationalitäten stürzt. *Solange sie einen Puls haben, sind sie vor mir nicht sicher,* denkt sie sarkastisch. Doch dann lächelt sie. Nein, das stimmt nicht. Patrick ist ein wirklich außergewöhnlich attraktiver Mann, genau wie man sich einen Traummann vorstellt. Noch vor einer Woche hätte sie das verunsichert und sie hätte sich gefragt, ob sie für so einen Mann jemals gut genug sein könnte. Nach Brighton nicht mehr. Sie wird immer mehr wie Aishley. Sie hat genug von der Rumkriecherei und wenn es auch nur Kriecherei in ihren eigenen Gedanken ist. Niemand sollte ihr mehr wert sein als sie selbst und damit hat sie auch nur das Beste verdient. Und das Beste ist ein ungebundener Mann, also, so schön du auch bist, Patrick: Hasta la vista, Baby! Und damit leert Sophie in der Küche noch die letzten Reste aus den Weingläsern und geht gut gelaunt ins Bett. Als sie am nächsten Morgen ihre Wohnung verlässt, liegt eine Karte mit einem großen Ausrufezeichen darauf vor ihrer Tür. Hinten steht drauf: »Wir müssen uns unterhalten. Ich habe nachgeschaut. Es gibt das Gebot mit der richtigen Verabschiedung. Ist ein sehr wichtiges. Du hast im Bibelunterricht nicht aufgepasst. Böses Mädchen . Xx Patrick« Ihr Herz hüpft. Was für eine süße Geste. Und sexy. Sie fühlt sich wie unter Strom. Unten sieht sie, dass sein Auto nicht vor der Tür steht, er muss früh los sein. Was er wohl macht? Sie weiß wirklich nichts von ihm. Außer dass er ihr eine Gänsehaut verursacht.

9

Es ist besonders schwer zu schweigen, wenn man nichts zu sagen hat.

- Coco Chanel

ZWEI ABENDE ARBEITET SIE NOCH DURCH UND DANN IST ES endlich Samstag und damit der Abend von Dannys großer Vernissage. Sophie hat in der Woche so viel geschafft, so viele wunderschöne Kreationen erschaffen, die ihre Fantasie noch übertroffen haben (zugegebenermaßen zum Teil mit der Hilfe von Coco Chanel, die nicht müde wird, ihr neue Inspirationen einzuflüstern) und jetzt freut sie sich, alles für ein Wochenende zur Seite zu legen und zwei Tage lang mit Freunden zu feiern, laufen zu gehen und auszuspannen. Wer hätte vor ein paar Wochen noch gedacht, dass das Laufen zu ihrer Vorstellung eines perfekten Wochenendes gehören würde? *So schnell können sich die Dinge halt ändern,* denkt sie grinsend.

Jetzt ist es jedoch erst Samstagmorgen und sie dreht sich

im Bett noch einmal um. Heute würde sie ausschlafen, so lange sie will, und alles langsam angehen. Sie muss an Patrick denken, wie so oft in den letzten Tagen. Er will ihr gar nicht mehr aus dem Sinn und sie erwischt sich dabei, überraschend oft aus dem Fenster zu gucken, um zu sehen, ob sein Auto dasteht. Und wenn es dasteht, so macht sie die Musik etwas lauter als sonst, bringt den Müll öfter raus und was ihr sonst noch so einfällt, um ihn auf sich aufmerksam zu machen. Aber er lässt sich nicht blicken. Und das ist auch gut so. Denn ein Mann mit Freundin ist nichts für sie und einem Mann, wenn auch nur in Gedanken, hinterherzulaufen passt nicht zu ihrem neuen Phoenix-Dasein. Deshalb ist sie gestern auch nur drei Mal rausgegangen, als sein Auto dort stand, und nicht vier oder fünf Mal. Gut, eine Aishley wird man eben nicht über Nacht. Aber sie macht Fortschritte.

Am frühen Abend legt sie sich wieder in die Badewanne und muss daran denken, wie sie zum letzten Mal an einem Samstag in dieser Wanne lag, dem Samstag als sie zum ersten Mal Oliver und Melissa zusammen gesehen hat. Sie würde lügen, wenn sie behaupten würde, jetzt vollständig darüber hinweg zu sein, aber wenn sie ihre Stimmung heute mit der vor ein paar Wochen vergleicht, so ist es ein Unterschied wie Tag und Nacht. Damals fühlte sie sich schwach und wie ein Fähnlein im Winde, das sofort umgepustet werden kann. Heute hingegen ist sie gefestigt in sich selbst und selbstbewusst in ihrem Dasein. Ganz stabil ist sie zwar auch jetzt noch nicht, aber auf dem besten Weg dahin, sich nicht mehr zum Opfer äußerer Umstände zu machen. Und das fühlt sich so gut an! Sie versinkt in dem rosa Badeschaum und spielt übermütig die Badewannenszene aus Pretty Woman nach. Mit hoher Stimme schmettert sie los: »You don't have to be rich to be my girl, you don't have to be cool to rule my world, ain't no particular sign I'm more compatible with, I just want your extra time and your kiss.« Schmatz, schmatz, schmatz. Gott singt laut mit und so trällern sie sich fröhlich und in voller Lautstärke zusammen durch sämtliche Prince-Songs. Zumindest durch die, von denen Sophie den Text kennt. Dann springt sie aus der Badewanne, rubbelt sich ab, cremt sich ein und zieht ein kurzes, schwarzes Kleid von Balenciaga an. Mit ihrem neuen laufgestählten Körper kann sie sich wirklich sehen lassen und ihr ist heute nach sexy.

Das Sexmonster kommt, denkt sie lachend und fletscht vor dem Spiegel angriffslustig die Zähne.

Heute etwas mehr Make-up aufgelegt, nicht so dezent wie sonst, die Haare auch etwas wilder, im ›Bin-gerade-aus-dem-Bett-gestiegen-und-sehe-trotzdem-umwerfend-aus-Look‹, *Mademoiselle* hinter die Ohren, einen dünnen Mantel übergeworfen, eine Clutch in die Hand und los geht's. Fast war sie geneigt, eine ihrer neuen Kreationen anzuziehen, aber sie will die Überraschung nicht vorwegnehmen.

Sophie genießt Vernissagen aus vollem Herzen. Die Kombination von Kultur und Unterhaltung sagt ihr einfach zu. Zudem findet sie es toll, so kreative Freunde zu haben, sie dienen ihr selbst als Inspiration. Vorher war sie noch kurz mit Aishley etwas essen. Das machen sie immer vor irgendwelchen Kunstausstellungen, denn von den Häppchen dort kann niemand satt werden. Dafür kann man sich ganz wunderbar betrinken. Mit einem Glas Champagner gehen sie und Aishley jetzt von Werk zu Werk, der Künstler ist wirklich fantastisch, hat der Vergänglichkeit von Vulkanen und Gletschern in seinen Bildern zur Unvergänglichkeit verholfen. Hinter jedem Bild stecken unzählige Stunden Vorbereitung, physisch anstrengendes Verharren bei Wind und Wetter, sowie eine detaillierte Nachbearbeitung. Der Künstler selber ist auch da. Im Gegensatz zu vielen seiner Zunft, die Sophie bislang erlebt hat, ist dieser hier durchaus ein Marketingtalent. Er geht auf die Leute zu, erklärt, vernetzt seine Gäste miteinander und - für Danny am wichtigsten - verkauft. Sophie hat das Gefühl, dass alles gut läuft. Sie geht zu Danny rüber und nimmt ihn in den Arm.

»So ein schöner Abend, Darling, und wie immer mit so viel Liebe und Finesse vorbereitet. Ich bin stolz auf dich.«

Er strahlt sie an.

»Ja, es läuft super. Matthew verkauft sich wirklich gut und die Werke sind einfach himmlisch. Ach Sophie, ich liebe einfach, was ich tue. Was für ein Glück, sein Leben den schönen Dingen widmen zu können.«

Dann werden seine Augen groß.

»Apropos schön, da kommt Lydia. Ebenfalls Galeristin hier in Mayfair und eine liebe Freundin. Aber was hat sie da für ein Sahneschnittchen am Arm? Wow, von dem würde ich auch mal gerne abbeißen.«

Sophie dreht sich lachend um. Danny schwingt immer große Reden, wenn es um andere Männer geht, aber er liebt Rob über alles und würde niemals fremdgehen. Dann bleibt ihr jedoch das Lachen im Halse stecken, denn besagte Lydia ist die Superfrau, die sie vor dem Friseursalon ausgelacht hat und das Sahneschnittchen an ihrer Seite ist – Wie könnte es anders sein? – Patrick. Was hatte sie sich denn gedacht? Dass ein schöner Abend mit guten Gesprächen und einem angedeuteten Kuss Patrick wirklich von dieser Traumfrau wegbringen würde? Und eine kleine Karte am nächsten Morgen? Sie hört fast eine Jahrmarktstimme in sich rufen:

Extra Angebot, extra Angebot. Wer möchte große, schlanke, elegante Galeristin mit perfekt sitzendem Haar gegen unscheinbare Redakteurin bei oberflächlichem Modeblättchen austauschen? Letztere hat leider die Tendenz, sitzen gelassen zu werden. Extra Angebot! Nur noch heute!

Irgendwie kann sie sich nicht vorstellen, dass allzu viele Gebote in ihre Richtung fliegen würden. Jetzt sind Patrick und Superfrau schon bei ihnen angekommen und Superfrau begrüßt Danny herzlich mit einem Küsschen und einer Umarmung.

»Danny, mein Schatz, ich wünschte wirklich, ich hätte dein Auge für Talent. Bitte, Darling, überleg dir noch mal, ob wir uns nicht zusammentun wollen. Ich mit meinem Geschäftssinn und du mit deinem Kunstgespür, zusammen wären wir unschlagbar. Patrick-Schatz, das ist Danny, mein schärfster Konkurrent und gleichzeitig mein liebster Galerist in London. Ein Mann, wie Gott nur wenige erschaffen hat.«

Stimmt, denkt sich Sophie. *Ganz klar ein Nicht-Streik-Exemplar.*

Dann dreht sich die Superfrau zu Sophie um.

»Ich bin Lydia«, strahlt sie sie an.

»Hallo, ich bin Sophie. Wir haben uns schon einmal gesehen.«

»Ach wirklich?«, fragt Lydia erstaunt. »Tut mir leid, aber ich kann mich nicht erinnern. Dabei habe ich normalerweise ein gutes Gedächtnis für Gesichter. Patrick, ich habe es dir ja gesagt, ich werde alt!«

»Nun ja, es war nur kurz und ich hatte Folie in den Haaren«, antwortet Sophie etwas flach.

Lydia schaut sie perplex an.

»Vorletzte Woche«, sagt Sophie. »Da gingst du mit Patrick an dem Friseur vorbei, wo mir gerade die Strähnen gemacht wurden und ihr habt, nun ja, ihr habt euch köstlich amüsiert.«

»Ach, du meine Güte, du warst das, kein Wunder, dass ich dich jetzt nicht erkenne«, sagt Lydia herzlich und legt Sophie tröstend eine Hand auf den Arm. »Es tut mir so leid, falls du das falsch verstanden hast. Ich sagte nur zu Patrick, wie sehr ich diese Situationen hasse. Wenn Londoner Friseure meinen, ihre Kundinnen seien Schaufensterpuppen. Wer will schon während man wie Edward mit den Scherenhänden aussieht, von Gott und der Welt begafft werden? Ich hoffe, du hast es nicht persönlich genommen, denn du sahst tatsächlich selbst mit den Folien sehr hübsch aus.«

Eigentlich ist sie ja sehr nett, diese Lydia, denkt Sophie, *was aber kein Wunder ist, mit weniger würde Patrick sich ja auch nicht zufriedengeben.* Trotzdem will Sophie sie einfach nicht mögen. *Wie kommt es nur, dass einige Frauen einfach alles bekommen und bei anderen nur die Restbestände hängenbleiben?,* brütet sie. Jetzt wendet Patrick sich ihr mit einem Lächeln im Gesicht zu, um sie zu begrüßen. Ihr Herz macht einen Sprung. Aber bevor sein Begrüßungsküsschen noch ihre Wange treffen kann, kommen Dannys geschockte Worte dazwischen:

»So ein Mist, was für ein Malheur. Es tut mir so leid Sophie.«

Patrick richtet sich wieder auf und guckt fragend, während Danny Sophie mit schlechtem Gewissen anschaut und mit dem Kinn zur Tür deutet.

»Sorry, Sophie, ich wusste das wirklich nicht. Ich hatte Melissa plus eins auf der Gästeliste, bin aber nicht auf die Idee gekommen, dass es sich dabei um *diese* Melissa handeln könnte. Soll ich sie rausschmeißen?«

Sophies Herz versinkt in ihrer Magengrube. Oliver und Melissa stehen strahlend wie Weihnachtsdekorationen im Eingangsbereich der Galerie und suchen mit ihren Blicken die Menge nach vertrauten Gesichtern ab. Sophie dreht sich schnell weg.

»Ist er das? Der Atemlose, der eine Pause braucht?«, schaltet Patrick sofort und Sophie nickt mit rotem Gesicht und Tränen in den Augen. Kann sie denn nirgends mehr hingehen, ohne den beiden über den Weg zu laufen? Konnte sie sich nicht wenigstens in Dannys Galerie sicher fühlen können? Danny scheint ihre Gedanken zu lesen und sagt:

»Sophie, ich meine es ernst, ich werfe die beiden gerne raus. Du bist meine Freundin und ich will, dass du den Abend genießt.«

Sie schüttelt den Kopf und schluckt die Tränen hinunter.

»Danke, Danny, das ist lieb von dir, aber es ist nicht nötig. Ich werde mich damit einfach abfinden müssen, dass die beiden zusammen sind. Ich kann schließlich nicht ewig davor davonlaufen.«

Lydia scheint auch verstanden zu haben, was gerade vor sich geht und sagt auf die beiden schauend:

»Ein Verflossener? Na, da hat er aber einen schlechten Tausch gemacht. Ich würde vorschlagen, es ist an der Zeit, ihm zu zeigen, dass auch du nicht ganz alleine bist. Patrick, ich muss jetzt die Runde machen und Leute begrüßen, versuchen, Danny ein paar Kunden abzuluchsen. Ich würde vorschlagen, du nimmst unsere Sophie hier und gehst ein wenig mit ihr herum. Und vergiss nicht, ein Arm um die Schultern und vielleicht ein Küsschen hier und da schadet nie, wenn der Ex in der Nähe ist. Soll er doch sehen, was er verloren hat.«

Meine Güte, denkt sich Sophie, *konnte eine Frau noch perfekter sein? Sensibel und großzügig, teilt ihren Freund, um einer quasi Fremden auszuhelfen.* Aber wahrscheinlich findet sie Sophie so unscheinbar, dass sie weiß, dass diese keine Gefahr darstellt. Bei einem Kaliber wie Aishley hingegen hätte sie Patrick wahrscheinlich an ihr Fußgelenk gekettet.

Patrick lacht. »Lydia, du alte Taktikerin, du weißt doch, man soll nicht lügen und unsere Sophie hier lebt streng nach den Regeln des Testaments.«

Bei diesem Satz schaut Danny etwas erstaunt.

»Tut sie das? Wie exotisch«, sagt Lydia lachend und Patrick fügt galant hinzu: »Aber ich führe Sophie natürlich sehr gerne herum, wenn ihr uns also bitte entschuldigt.« Und damit reicht er ihr von einem vorbeigehenden Kellner ein Glas Champagner und legt wie selbstverständlich seinen Arm um ihre Taille.

»Eine nette Freundin, die du da hast. Und so schön«, sagt Sophie unsicher.

»Ja, Lydia ist ein Exemplar wie es kein zweites gibt. Die ganze Familie liebt sie.«

Sophie schluckt. Die ganze Familie also. So lange sind sie also schon zusammen. Musste er ihr das so unter die Nase reiben? So genau wollte sie es gar nicht wissen. Ist sie womöglich sogar seine Verlobte? Aber wieso leben sie dann nicht zusammen? Sophie hätte ihn gerne gefragt, aber etwas hält sie zurück. Sie will sich nicht den Abend verderben. Seine Finger auf ihrer Taille fühlen sich einfach zu gut an, das möchte sie jetzt auskosten. So konzentriert sie sich darauf, einfach den Moment zu genießen. Sie kennt sich mit dem ausstellenden Künstler ganz gut aus und kann Patrick vieles erläutern. Sie genießt seine ehrliche Aufmerksamkeit und die intelligenten Fragen, die er stellt. Oliver und Melissa hat sie fast vergessen, als sie sich umdreht und genau in Olivers Augen schaut. Er steht direkt hinter ihr. Sie erwartet, dass ein Schock wie Elektrizität durch sie geht, so wie es sonst immer der Fall war. Aber es passiert nichts. Gar nichts. Er ist ihr vertraut wie eine alte Decke, aber das ist es dann auch schon. Und jetzt merkt sie auch, dass seine Augen eigentlich gar nicht so blau sind. Sie hatte sie immer für so strahlend gehalten, aber irgendwie ist die Wirkung nicht mehr da. Kein Vergleich mit Patricks grünen Augen, die wie tiefe Bergseen aussehen!

»Sophie«, sagt Oliver gespielt erstaunt, denn anhand seiner künstlichen Tonlage ist es klar, dass er sie vorher längst schon gesehen hat. »Du hier, wie schön!«

Was für ein blöder Kommentar, er weiß schließlich, dass Danny einer ihrer besten Freunde ist. Dann beugt er sich vor, um ihr ein Küsschen zu geben, und haucht ein »Fantastisch siehst du aus, wie hast du das nur gemacht?« in ihr Ohr.

Bevor Sophie ihm antworten oder Patrick vorstellen kann, hat Melissa ihn schon energisch und sichtlich verärgert weggezogen. Sophie muss tief Luft holen. Wie oft hat sie sich diese Szene vorgestellt, sie vor ihrem inneren Auge abspielen lassen und jetzt passiert so wenig in ihr.

»Bist du ok?«, fragt Patrick besorgt und reicht ihr ein weiteres Glas Champagner.

»Überrascht, aber sehr ok«, sagt Sophie lächelnd. »Nur etwas überrumpelt und die Situation ist ungewohnt für mich. Aber ich werde mich daran gewöhnen«, sagt sie mit einem beherzten Lächeln. »Komm lass uns weiter herumschauen, wenn du magst.«

»Gerne«, sagt Patrick, lächelt und drückt sie kurz an sich. Sein Arm bleibt um ihre Hüfte liegen. Trotz der Konfrontation mit Oliver und seiner Neuen fühlt Sophie sich glücklich. Und sie spürt, es liegt nicht nur an Patricks Anwesenheit, sondern vor allem an ihrer neugewonnenen inneren Stärke. Und das macht sie zufrieden. Gemächlich schlendert sie mit Patrick von Bild zu Bild und erläutert ihm leidenschaftlich jedes Werk.

»Sollen wir gehen?«, fragt Patrick schließlich, als sich die Galerie zu leeren beginnt. »Ich glaube, hier ist bald Schluss.«

Sophie schaut ihn erstaunt an. »Gerne, aber gehst du nicht mit Lydia?«

»Ach, die ist schon weg, gegangen als du auf Toilette warst. Sie wollte sich noch mit irgendeinem Kunden zusammensetzen. Ich soll dich aber grüßen, sie sagt du seist toll.«

Eine sehr unkonventionelle Beziehung, denkt sich Sophie. *Aber wer weiß, in Kunstkreisen geht es ja öfter unkonventionell zu.*

Da fällt Sophie mal wieder auf, dass sie gar nicht weiß, was Patrick eigentlich beruflich macht. Er ist ihr Vermieter, so viel weiß sie, und auch, dass er gerne aufs Land fährt und Hunde und Pferde liebt. Dass er seiner Familie sehr nahesteht, die einen Landsitz in Somerset hat. Dort fährt er am Wochenende oft hin, geht reiten und betätigt sich körperlich. Er sagt, nichts würde ihm besser tun als die frische Luft und das Land. Seine Schwester lebt in London. Diese hat Sophie bislang noch nicht gesehen. Das alles hat sie an dem Abend bei sich zu Hause herausgefunden. Nicht sehr viel.

»Was machst du eigentlich beruflich?«, fragt Sophie ihn jetzt also beim Rausgehen, nachdem sie sich von den anderen verabschiedet haben.

»Ach, dies und das. Ich leite ein Familienunternehmen, das in unterschiedlichen Bereichen tätig ist«, sagt Patrick ausweichend. Er sieht ein wenig aus wie ein Architekt. Und er ist ihr Vermieter. Immobilien also!

»Im Immobilienbereich?«, fragt sie unschuldig.

»Eigentlich nicht, obwohl wir ein paar Immobilien haben. Aber die kaufen wir eher als Investitionsanlagen, es ist nicht unser Kerngeschäft.«

Bei »Investitionsanlagen« und »Kerngeschäft« fallen Sophie fast die Augen zu und ihr Interesse schwindet dahin. Es ist wie eine Krankheit. Die Sprache tut ihr das an. Sie kann sich stundenlang über Mode und Kosmetik unterhalten, ohne auch nur im Geringsten zu ermüden. Aber Worte wie »Kerngeschäft« und »Investitionsanlangen« lösen bei ihr unweigerlich einen komatösen Zustand aus. Sie kommt sich dann wie ein übermüdetes Kleinkind vor, das stundenlang den Erwachsenen zuhören muss, ohne ein Wort zu verstehen. Gleichzeitig hat sie dann das Gefühl, dass sie das echte Leben, in dem Menschen erwachsen werden und Geld verdienen, nicht wirklich versteht und sie auf der Strecke bleiben wird, während alle anderen sich mit Investitionsanlangen beschäftigen. Und das tun viele in London. So zum Beispiel Rob. Er ist, genau wie Oliver, Banker in der City von London (die City nennt man das Finanzviertel um die St. Pauls-Kathedrale herum – wo Lady Di geheiratet hat. Die City ist also durchaus nicht die ganze Innenstadt Londons, sondern nur dieses kleine Viertel). Wo war sie stehengeblieben? Ach ja, Rob. Er ist wie gesagt Banker (und begegnet Oliver manchmal beim Lunch, aber das gehört hier nicht zum Thema.) Jedenfalls spricht Rob auch manchmal so eine

Sprache. Hedgefonds, Anlagekapital, Private Equity, Wertsteigerung. Und es ist jedes Mal, als hätte ihr jemand ein Schlafmittel ins Getränk geschüttet – ihre Augen fallen unweigerlich zu, sie kann sich nicht dagegen wehren. Einmal ist sie wirklich mitten im Gespräch mit Rob eingeschlafen, von einer Sekunde auf die andere. Seitdem stellt er ihr eher höfliche Fragen über die Schönheitsindustrie und Worte wie Wertsteigerung sind schon lange nicht mehr gefallen. Der gute, verlässliche Rob! Glücklicherweise scheint Patrick das Thema Investitionsanlagen nicht weiter vertiefen zu wollen, was signifikant ihre Chancen erhöht, im Wachzustand nach Hause zu kommen. Aber zuerst müssen sie ein Taxi rufen. Und sie sind nicht die Einzigen, die eins wollen. Unter anderem stehen Melissa und Oliver da und versuchen verzweifelt, eines zu ergattern. Sie stehen praktisch neben ihnen. Sophie findet dies äußerst unangenehm und Melissa offensichtlich auch. Diese quietscht wie eine Ente, wann auch immer ein Taxi nur in ihre Nähe kommt. Die meisten sind vergeben, was man schon an dem ausgeschalteten Schild erkennen kann, aber das interessiert Melissa herzlich wenig. Sie quietscht trotzdem. Gleichzeitig guckt sie Sophie hasserfüllt von der Seite an und zum ersten Mal fühlt Sophie sich attraktiver als sie.

»Sophie, es tut mir leid, aber ich werde meinen Fahrer rufen«, sagt Patrick schließlich zu ihr.

»Deinen was?«

»Meinen Fahrer. Er muss hier irgendwo in der Nähe sein, ich habe einfach keine Zeit mehr, auf ein Taxi zu warten, das gefühlt hundert andere Menschen auch zu ergattern versuchen. Verzeih mir, aber ich muss morgen früh raus.«

Und damit zückt er sein Handy und keine Minute später biegt eine schwarze Limousine um die Ecke, die prompt vor ihnen anhält. Der Fahrer steigt aus, sagt »Sir«, und hält Patrick die Tür auf. Sophie sieht, wie Oliver fast die Kinnlade herunterfällt.

»Danke, Seth«, sagt Patrick, und hält seinerseits Sophie die Türe auf. »Es ist wahnsinnig viel los heute Abend.«

»Ja, Sir, ich bin froh, dass Sie mich gerufen haben«, sagt Seth, während Sophie so elegant wie möglich in das Auto steigt. Alle Augen sind auf sie gerichtet. Melissa stehen vor Neid die Haare zu Berge. Sophie lächelt und Seth fährt los. Patricks Bein ist neben ihrem, fast berühren sie sich. Wie in ihrer Wohnung knistert es im Auto wieder zwischen ihnen. Sophies ganzer Körper reagiert auf seine Anwesenheit. Die sexuelle Spannung ist fast greifbar und elektrisiert die Luft im ganzen Auto. Sophie macht das ganz nervös, sie möchte etwas sagen, um diese seltsame Stimmung zu durchbrechen. Aber ihr fällt nichts ein. Patrick hingegen ist die Ruhe selbst und sagt kein Wort. Stattdessen hat er seinen Arm auf Sophies Rückenlehne gelegt und berührt ihren Nacken leicht mit seinem Daumen. Sofort fühlt es sich an, als würde diese Stelle brennen. Sophie räuspert sich.

»Ähm, schöner Abend, nicht wahr?«

Patrick nickt ihr einfach nur lächelnd zu und schaut ihr tief in die Augen. Sophie hat das Gefühl, dass sie schier verrückt wird und schluckt nervös. Sie fühlt sich wie ein flatterndes Huhn.

»Sehr schön«, flüstert Patrick dann. »Und was für eine angenehme Überraschung, dich zu sehen. Damit hatte ich gar nicht gerechnet«.

Damit kommt er ihr näher und ihre Lippen treffen sich. Langsam schiebt er seine Zunge in Sophies Mund, den sie mehr als bereitwillig öffnet. Es passiert wie von allein. Ihre Zunge antwortet und das Gefühl ist schöner als alles, was Sophie bislang erlebt hat. Es fühlt sich an, als könne sie sich in diesen Mund fallen lassen und ewig dort bleiben, tastend, leckend, erforschend, liebkosend. Patrick seufzt tief, er ist offensichtlich erregt. Sophie geht es nicht anders. So eine sexuelle Anziehungskraft hat sie noch nie erlebt. Oliver wirkt im Vergleich dazu wie ein schlechtes Abziehbild.

Oliver! Der Gedanke bringt sie in die Realität zurück. *Patrick hat eine Freundin! Und was für eine!*

Darauf will Sophie sich nicht einlassen, es wäre der direkte Weg ins Unglück. Mal wieder. Schnell reißt sie sich von Patrick los.

»Das geht nicht«, sagt sie atemlos. »Es tut mir leid, aber es geht einfach nicht.«

Patricks Augen verschleiern sich, werden dunkel und kühl.

»Verstehe«, sagt er kurz angebunden und nickt.

Dann nimmt er seinen Arm herunter, wendet sich zum Fenster und sagt auf dem Rest des Weges kein Wort mehr. Sophies Herz zerspringt fast, aber sie weiß, dies war die richtige Reaktion. Sie kann sich nicht auf einen gebundenen Mann einlassen, selbst wenn dieser das Göttlichste ist, was ihr jemals über den Weg gelaufen ist. Am Haus angekommen, hält Seth ihr die Tür auf und Sophie steigt bedrückt aus. Patrick ist schon an der Tür und hält ihr diese auf.

»Gute Nacht, Sophie«, sagt er kurz.

Dann läuft er die Treppe hoch und sie hört nur noch, wie seine Tür ins Schloss fällt. Sophie sperrt ihre eigene Tür auf und geht traurig ins Bett.

»Ach, Gott, wieso hast du die Liebe nur so kompliziert gemacht?«, fragt sie, bevor sie schließlich erschöpft einschläft. Die gemurmelte Antwort hört sie nicht mehr.

10

Solange du weißt, dass Männer wie Kinder sind, weißt du alles.

- Coco Chanel

Am nächsten Morgen klingelt in aller Herrgottsfrühe ihr Telefon und sie sieht Aishleys Nummer auf ihrem Display.

»Wer war das?«, ruft diese ihr ohne Begrüßung entgegen.

»Wer war was?«, fragt Sophie verstört.

»Na, der heiße Kerl an deiner Seite, der Oliver übrigens ziemlich zur Weißglut gebracht hat. Herrlich, das mit anzusehen!«

»Ach der, das war mein Nachbar, Patrick.«

»Welcher Nachbar?«

»Na, ich habe dir doch von ihm erzählt. Der, der so unhöflich war, als ich die Tür nicht aufbekommen habe.«

»Was?? Das Zuckerschnittchen war der verknatterte Typ von dem du mir erzählt hast? Sag mal, spinnst du? Das war der heißeste Typ in ganz London.«

»Und er ist leider auch mit der heißesten Frau in ganz London zusammen. Hast du sie gesehen? Lydia?«, antwortet Sophie zerknirscht. »Die beiden haben lediglich Mitleid mit mir gehabt, daher hat er sich gekümmert.« *Und hat er mich deshalb auch geküsst?,* fragt sie sich bedrückt.

»Ach so«, antwortet Aishley sichtlich enttäuscht. »Aber trotzdem war es herrlich zu sehen, wie Oliver auf ihn reagiert hat. Das war es jedenfalls wert.«

Die Sache mit Patrick geht Sophie nahe, doch sie hat sich fest vorgenommen, sich von Dingen außerhalb ihrer Kontrolle nicht mehr aus der Fassung bringen zu lassen. Dass Patrick in einer Beziehung ist, ist etwas, das sie nicht ändern kann. Daher wird sie jetzt auch nicht länger über ihn nachdenken. Stattdessen geht sie im Park laufen. Mittlerweile kann sie sich nicht mehr vorstellen, wie sie vorher ohne ihre tägliche Runde ausgekommen ist. Ihr Körper sieht toll aus. Durch den Liebeskummer hat sie etwas abgenommen (der einzige positive Nebeneffekt, wenn man sie fragt) und durch das Laufen hat ihr Körper eine wirklich hübsche Form angenommen. Sie liebt es, wie ihr Po jetzt höher zu sitzen scheint und ihre Beine irgendwie gestreckt aussehen. Außerdem kann sie beim Laufen so wunderbar nachdenken. So wie sie es jetzt tut. Über ihre Knopfkollektion, die sagenhafte Kollektion Phoenix. Sie ist sich nicht sicher, ob die mauve-farbene Bluse mit flachen Knöpfen besser aussieht oder ob sie doch die kugelförmigen nutzen soll. Während sie es sich noch vorzustellen versucht, schaut sie auf und sieht schon aus weiter Ferne die für sie unverkennbare Statur von Oliver auf einer Bank sitzen. Neben ihm ist Melissa. *Meine Güte, die beiden sind wie eine Pest,* denkt sie genervt. Kann sie denn nirgends mehr hin, ohne ihnen im wahrsten Sinne des Wortes über den Weg zu laufen? An der Körperhaltung erkennt sie schon, dass die beiden offensichtlich in eine hitzige Diskussion verstrickt sind. *Oh, Ärger im Paradies,* denkt Sophie ironisch. Kurz überlegt sie, eine andere Route zu laufen, um ein Zusammentreffen zu vermeiden, entscheidet sich dann aber dagegen. Sie muss sich schließlich nicht verstecken und der Park ist für alle da. So läuft sie weiter und Melissas Stimme, die schrill und vorwurfsvoll auf Oliver eintrommelt, schlägt ihr schon aus der Ferne entgegen. Sophie muss grinsen. Genau das, was Oliver liebt. Nun ist sie kurz vor den beiden angekommen und wird auch von ihnen entdeckt. Während Melissa mörderische Blitze in den Augen hat, bleibt Oliver der Mund offen stehen. Stimmt, er kennt sie ja nur als Sportmuffel.

»Melissa, Oliver«, nickt Sophie ihnen kurz zu und läuft in getrecktem Tempo an ihnen vorbei. Vielleicht ein bisschen schneller, als sie normalerweise gelaufen wäre, aber sonst hat die Begegnung bei ihr nicht viel ausgelöst. Es ist halt so, wie es ist. Also, flacher Knopf oder runder Knopf, sie kann sich einfach nicht entscheiden. Es hilft nichts, sie wird es einfach ausprobieren müssen. Noch nicht einmal das erleichterte Aufatmen Gottes hört sie. So konzentriert ist sie auf ihre Gedanken.

Nachmittags klingelt das Telefon. Eine ihr unbekannte Nummer an einem Sonntagnachmittag, das ist außergewöhnlich. Sie geht dran und hört eine ihr durchaus bekannte Stimme. Oliver!

»Hi, Babe«, kommt es durch den Hörer.

»Hast du eine neue Nummer?«, fragt sie ihn statt einer Begrüßung.

Kurz hat sie die Horrorvorstellung im Kopf, dass er wegen ihrer ständigen SMS seine Nummer geändert hat und sie damit zu einem waschechten Stalker aufgestiegen ist. *Kurz davor, Kaninchen in einem Kochtopf zu blanchieren,* denkt sie entgeistert.

»Nein, wieso, ist die gleiche wie immer«, antwortet Oliver erstaunt.

Da fällt ihr der verhängnisvolle Abend im Zuma ein, als Aishley Olivers Nummer gelöscht hat. Kein Wunder, dass sie sie nicht erkannt hat.

»Ok, hi, was kann ich für dich tun?«, fragt sie distanziert.

Sie möchte nicht unhöflich sein, aber Oliver ist jetzt einfach der Letzte, auf den sie Lust hat. Sie möchte zu ihrer Kollektion zurück.

»Sophie, hör zu. Ich hatte jetzt meine Atempause und weiß es wirklich zu schätzen, dass du so geduldig warst. Klar, ich habe ein wenig rumgespielt, wie Jungs es nun einmal so tun und ich brauchte das auch mal. Ein bisschen Abwechslung schadet ja nie. Vor allem hat mir die Abwechslung aber gezeigt, dass ich dich zurückhaben will. Ich war ein Idiot, dass ich riskiert habe, dich zu verlieren. Aber jetzt bin ich wieder da«, verkündet er mit unüberhörbarem Stolz in der Stimme.

Sophie bleibt der Mund offen stehen, genauso wie ihm heute Morgen. Hat sie wirklich gerade gehört, was sie da gehört hat? Wie sehr hätte sie sich das noch vor einigen Wochen gewünscht, hätte ihm sogar das ›Herumspielen‹ verziehen. Und jetzt? Nichts, absolut nichts ist da in ihrem Körper außer ein tiefes Erstaunen darüber, dass sie früher auf ein so seichtes Gebrabbel reingefallen ist. War sie damals wirklich dieselbe Person?

»Und was ist mit Melissa?«, fragt sie rein aus Interesse.

»Ach, Melissa, die hat doch nie etwas bedeutet. Sie ist ein nettes, hübsches Mädchen, ja, und sie ist verrückt nach mir, das tut jedem Mann ab und zu mal gut. Aber sie ist doch etwas anstrengend und stellt viel zu hohe Anforderungen. Die kann auf Dauer kein Mann erfüllen. Du hingegen, du warst immer ein super Kumpel und so unkompliziert in allem. Das ist genau das, was ich brauche.«

Ja, das ist das, was du brauchst, weil du ein bequemes Würstchen bist, denkt sich Sophie. Hat sie wirklich mal auf diesen Mann gestanden? Hat er ihr wirklich schlaflose Nächte bereitet? Es fühlt sich wie ein anderes Leben an. Sie ist noch nicht einmal böse auf ihn. Sie findet ihn einfach langweilig in seiner Oberflächlichkeit und sucht nach den richtigen Worten.

»Schau, Oliver, wir können uns sicherlich mal auf einen Kaffee oder so treffen, aber im Moment bin ich wirklich sehr beschäftigt. Ich arbeite an meiner eigenen Kollektion und das hat im Moment für mich Priorität. Da hat nicht viel anderes Platz.«

»Na, der ungehobelte Kerl an deiner Seite bei der Vernissage scheint aber durchaus noch Platz zu finden«, sagt Oliver in dem ihm eigenen beleidigten Ton. Typisch für ihn. Sie spricht von ihrer Kollektion und anstatt irgendein Interesse an ihr zu zeigen, spielt er wieder den Platzhirsch.

Sie seufzt.

»Hör zu, Oliver, ich melde mich demnächst mal, ok? Nur halt nicht jetzt.«

Und damit legt sie auf. So wie Aishley es immer tut, so wie in den Filmen. Es fühlt sich gut an. Sie wundert sich über sich selbst. Wie oft hat sie sich in ihrer Fantasie genau das vorgestellt, wie Oliver seinen Fehler eingesteht, bereut. Wie sie ihn großherzig wieder aufnimmt, aber von jetzt an die Regeln bestimmt, denen er kleinlaut und dankbar für die zweite Chance folgt. Und jetzt, wo er tatsächlich zu Kreuze kriecht, passiert gar nichts mehr in ihr. Na ja, schon ein bisschen etwas. Erleichterung darüber, dass es vorbei ist. Erstaunen über die alte Sophie. Und Zufriedenheit mit ihrem eigenen Leben. Fülle in ihrem Leben, Leere wenn sie an Oliver denkt. *So ist das also, wenn man aus einem Gefühl der Fülle heraus lebt anstatt aus einem Gefühl des Mangels,* denkt sie. *Man braucht plötzlich nichts mehr und daher kommt alles von alleine.*

In dem Moment piepst ihr Telefon. Eine Nachricht von Oliver.

»Es war schön, deine Stimme zu hören. Und du sahst

gestern umwerfend aus. Ich würde mich wirklich sehr freuen, wenn wir uns in den nächsten Tagen sehen könnten. Wie wäre es mit Dinner morgen Abend? Bei unserem Italiener. Wie in alten Zeiten. Ich vermisse dich, Sophie!«

Sophie verdreht die Augen und stellt ihr Handy auf lautlos. Was ist er doch für ein schleimiger Kerl. Sie wird antworten, aber später. Vielleicht. Vielleicht auch nicht.

Dann denkt sie an die Zeit zurück, als sie sich das Bein gebrochen hat. Vor zwei Jahren. Sie war an einem freien Tag mit Oliver und seinen Freunden im Pub etwas trinken gewesen und wollte sich danach mit zwei ihrer Arbeitskolleginnen treffen, um sich die Fußballweltmeisterschaft anzuschauen. Sie weiß nicht mehr, was für ein Spiel es war, aber sie glaubt, es war England gegen Deutschland. Jedenfalls ist sie mit eigentlich eher flachen Absätzen die Treppe in ihrem Haus heruntergelaufen, hat sich den Fuß umgeknickt und sich dabei so mies verrenkt, dass ihr Schienbein gebrochen war. So einen Schmerz hatte sie in ihrem ganzen Leben noch nie gespürt und sie hatte Angst, ohnmächtig zu werden. Ihr Telefon lag ungefähr zwei Meter von ihr entfernt und sie schaffte es unter höllischen Schmerzen, hinzurobben und Olivers Nummer zu wählen. Er war selbst nach mehrmaligen Versuchen nicht erreichbar. Schließlich erreichte sie eine der zwei Freundinnen, mit denen sie sich treffen wollte und beide kamen in Panik herübergelaufen. Sie riefen noch auf dem Weg einen Krankenwagen, man betäubte den Schmerz mit Morphium und brachte sie samt ihren Freundinnen ins Krankenhaus. Beide Freundinnen weigerten sich, die Nacht von ihrer Seite zu weichen. Um vier Uhr morgens bekam sie eine Notoperation und die beiden waren immer noch da – eine von ihnen hochschwanger. Von Oliver gab es bis zu diesem Zeitpunkt immer noch kein Lebenszeichen. Am nächsten Tag hat er dann endlich seine Nachrichten abgehört und kam auch pflichtgetreu mit einem schönen Geschenk ins

Krankenhaus. Das Einzige, was er jedoch lachend sagte, war:

»Das war die gerechte Strafe von Gott dafür, dass du an diesem Abend anderen Männern hinterherlaufen wolltest.«

Obwohl Sophie Gott damals noch nicht so gut kannte wie jetzt, hatte dieser Kommentar sie dennoch sprachlos gemacht. Sagte ihr Freund ihr wirklich gerade, dass sie eine gerechte Strafe erhalten hätte? Während sie hier frisch operiert, mit Schläuchen aus ihrem Bein kommend und unter Schmerzen lag? Die Sensibilität eines toten Rhinozeros' – wie immer. Aber damals wollte sie das einfach nicht wahrhaben. Die nächsten sechs Wochen musste sie auf Krücken herumlaufen und durfte nicht auftreten. Gott und die Welt boten ihr an, Besorgungen für sie zu machen. Nur Oliver nicht. In den gesamten sechs Wochen besorgte er nichts für sie, half ihr mit nichts, aber fuhr mit seinen Kumpels in den Urlaub, aus dem er ihr lustige Selfies schickte. Bilder mit Unmengen von Alkohol und schönen, braun gebrannten Menschen drauf, Männlein wie Weiblein. Währenddessen konnte sie sich nur ein paar Meter mit ihren Krücken bewegen und bekam langsam das Gefühl, wahnsinnig zu werden. Sie erinnert sich besonders an einen Vorfall, als sie mit den Krücken zu ihrem Vater nach Düsseldorf flog, damit sich wenigstens ein Mensch um sie kümmerte. Vor allem die Frau ihres Vaters nahm rege Anteil an ihrem Schicksal und verwöhnte Sophie, wo sie nur konnte. Eine fast fremde Frau, die sich ihrer liebevoll annahm, während sie von ihrem Freund in dieser Zeit fast gar nichts hörte. An dem Tag, an dem sie zurückfliegen sollte, telefonierte sie mit Oliver, dessen Flug ebenfalls am selben Abend nach London ging. Zehn Minuten vor ihrem sollte er landen und sein Auto war am Flughafen geparkt, er würde sie also mit zurücknehmen können. Er sei sich jedoch nicht ganz sicher, ob er den Flug wirklich nehmen oder doch seinen Urlaub verlängern würde, teilte er ihr dann überraschend mit. Er würde ihr in jedem Fall noch Bescheid geben. Das Telefonat war am frühen Morgen gewesen. Ihr Flug ging am Abend und als sie losflog, hatte sie immer noch nichts von ihm gehört. Ihr Stolz (oder der letzte Rest davon, wie Aishley ihr versichern würde) hielt sie davon ab, ihn zu fragen, ob er sie nun mit ihren Krücken abholen würde oder nicht. Sie ging einfach davon aus, dass dies wohl der Fall wäre, sonst hätte selbst ein oberflächlicher Mensch wie Oliver schon Bescheid gegeben. Während sie über London kreisten, machte sie noch in der Luft ihr Telefon an, um seine Bestätigung zu erhalten. Aber da war nichts. Mal wieder kein Wort von ihm. Jetzt hätte er ihr schon mitteilen können, dass er auf sie wartet. Am Gate wurde sie von einem Rollstuhl abgeholt und als der pickelige Jüngling, der ihn schob, fragte, ob sie abgeholt werden würde oder er ihr ein Taxi besorgen sollte, fing sie einfach an zu weinen. Sie konnte nicht mehr aufhören. Der arme Junge war ganz verwirrt. Ihm teilte sie nun unter Tränen mit, dass sie es selber nicht genau wisse. Das erstaunte selbst diese einfache Natur.

»Was, Sie wissen nicht, ob sie abgeholt werden? Wann können wir denn eine Bestätigung erwarten?« Er schaute auf die Uhr. »Es wird langsam Zeit, oder?«

In diesem Moment wusste sie, dass die Bestätigung schon da war und zwar in dem jämmerlichen Schweigen, das aus ihrem Telefon kam.

»Ich werde nicht abgeholt, ich brauche ein Taxi«, teilte sie dem netten Jungen mit, der immer verdatterter aussah.

Sie verstand in dem Moment, dass so etwas nicht häufig vorkam. Andere haben Menschen um sich herum, auf die sie sich verlassen können. Aber das war halt Oliver. Das war das, was sie sich ausgesucht hatte. Am nächsten Tag sagte er ihr übrigens Bescheid, dass er verlängert habe. Damals verstand sie die Implikationen noch nicht in ihrem ganzen Ausmaß und wollte sie vor allem nicht sehen, aber heute schon. Heute sieht sie, dass sie Liebe bei einem narzisstischen Menschen gesucht hatte, der nur sich selbst sehen konnte. Sophie atmet durch. Es tut gut, diese Last von sich geworfen zu haben. Soll er doch angekrochen kommen. Es interessiert sie nicht mehr.

Am nächsten Nachmittag klingelt ihr Telefon kurz bevor sie sich von der Redaktion auf den Weg nach Hause machen will. Sie schaut auf das Display und erkennt die Nummer nicht. Schon wieder Oliver! Zum zweiten Mal in zwei Tagen. Ein klarer Overload! Sie hat seine Nummer noch nicht wieder gespeichert und hat auch ganz vergessen, ihm gestern noch zu antworten. Jetzt möchte er offensichtlich wissen, was denn nun mit heute Abend ist. Die Vorstellung, sich jetzt wieder mit ihm auseinandersetzen zu müssen, ermüdet sie, und sie lässt den Anruf direkt zur Mailbox gehen. Danach hört sie die Nachricht ab:

»Hallo Sophie, Oliver hier, mal wieder (nervöses Lachen). Du scheinst wirklich sehr beschäftigt zu sein, dass du noch nicht einmal deiner alten Liebe antwortest. Und der einzig wahren, hoffe ich (wieder ein nervöses Lachen). Musst du wohl einfach vergessen haben. Daher habe ich mir die Freiheit genommen, Al Leone für heute Abend acht Uhr zu reservieren. Ich hole dich dann um sieben ab und wir gehen erst ein Glas Champagner trinken. Zieh dich hübsch an, Süße, es gibt etwas zu feiern und zwar uns.«

Dann schickt er einen Kuss durch die Leitung. Das hat er noch nie gemacht. Ob er jetzt komplett seinen Verstand verliert? Sophies Wangen glühen vor Wut. Das ist typisch Oliver – über ihren Kopf hinweg zu entscheiden und davon auszugehen, dass sich alles nach seinen Plänen richtet. Was für ein selbstbezogener Mensch er doch ist. Und jetzt muss sie ihm auch noch absagen, da er sonst um sieben Uhr vor der Tür steht. Sie weiß, wie hartnäckig er sein kann, wenn er etwas will. Und so unwahrscheinlich es vor einer Woche noch erschien, jetzt will er offensichtlich sie! Sie kann das

Risiko nicht eingehen, dass er vor ihrem Haus auftaucht und ein Tohuwabohu veranstaltet. Sie hat für den Moment genug von Männern und vor allem von diesem einen. Also schreibt sie ihm schnell eine Nachricht:

»Heute klappt nicht. Wie gesagt – melde mich wenn Zeit.«.

Unverzüglich kommt zurück:

»Wie kann ich dein Herz erweichen? Habe Sehnsucht nach dir. Kann mich auf nichts konzentrieren. Du bist meine Droge.«

Sophie verdreht die Augen und schaltet das Handy aus. Für so einen Unsinn hat sie keine Zeit. Ihre Kollektion wartet auf sie. Sie möchte im August die Kollektion so weit fertig haben, dass sie sie Keith vorstellen kann. Ihr Chef hat ein gutes Auge für Mode (obwohl er hetero ist, das erstaunt sie immer wieder) und er kennt jeden, den man in der Modebranche in London kennen muss. Auf ihn zählt sie. Denn ihn auf ihrer Seite zu haben, könnte ihr Werk aus der Sphäre ihres Wohnzimmers in die Welt hinausbefördern. Das ist zumindest ihr Plan. Dafür muss die Kollektion aber zunächst wirklich gut werden, denn so sehr Keith sie auch mag, er ist in seiner Professionalität unbestechlich. Es liegt also noch viel Arbeit vor ihr. Vorher wird sie sich auch noch das Feedback von ihren Freunden einholen. Diese wissen zwar, dass sie an etwas arbeitet, kennen aber keine Details. Sie lassen sie auch in Ruhe. Da sie alle eine Affinität zur Kunst haben, verstehen sie ihren Aberglauben, ihr Projekt nicht zu früh mit anderen teilen zu wollen. Letztlich sind sie einfach nur froh, dass es etwas gibt, dass sie vom Thema ›Oliver‹ ablenkt, egal was es ist. *Wenn die wüssten,* denkt Sophie grinsend, *wie sich das Blatt gewendet hat.*

Die nächsten Wochen sind ganz ihrer Kollektion gewidmet und sie kommt gut voran. Auch hat sie sich von einem von Dannys Freunden, der beim Theater arbeitet, ausrangierte Schaufensterpuppen besorgt und diese stehen nun in ihre Entwürfe gekleidet in ihrer ganzen Wohnung herum. Es sieht super aus, was auch daran liegt, dass sie eng mit Coco Chanel, unermüdlich von Gott souffliert, zusammenarbeitet. Coco scheint Spaß daran zu haben, sich mal von der lauen Freizeit im Himmel auszuruhen und Gott genießt seine Rolle als Mittelsmann sehr. Er scheint selbst ein enthusiastischer Modenarr zu sein und kennt sich mittlerweile richtig gut aus. Auch gibt er Sophie Tipps beim Stoffekauf, die gar nicht so schlecht sind. Ein gutes Auge, hat er, dieser Gott.

»Das Beste«, gibt er unbescheiden zurück.

Sophie verdreht die Augen. Dann muss sie an Patrick denken und ihr Herz zieht sich zusammen. Sie arbeitet unter anderem wie wild, um sich von den Gedanken an ihn abzulenken. Glücklicherweise sieht sie ihn so gut wie gar nicht. Sie erblickt ihn mal aus der Ferne oder hört ihn auch im Hausflur, aber sonst sind sie sich seit der Vernissage noch nicht begegnet. Oliver hingegen meldet sich mit nervtötender Regelmäßigkeit. Sie antwortet ihm entweder gar nicht oder nur kurz, aber ihre Distanziertheit scheint ihn noch anzuspornen. Sie wundert sich über seine Hartnäckigkeit, dass er sich trotz ihres offensichtlichen Desinteresses nicht abwimmeln lässt. Jetzt erkennt sie, dass es niemals notwendig war, immer präsent zu sein, damit er sie nicht vergisst oder damit sie seine Aufmerksamkeit bekommt. Im Gegenteil – nicht präsent zu sein, scheint das Geheimnis zu sein. *Aber so ist es ja immer,* denkt Sophie seufzend, *sie kommen immer dann, wenn es wirklich vorbei ist. Das Timing zwischen Mann und Frau ist einfach furchtbar. So wie mit Patrick jetzt. Wie schön könnte es sein, wenn er single wäre. Ist er aber nicht.* Über all das denkt sie nach, während sie ihren abendlichen Lauf absolviert. Mittlerweile hat sie ihr Pensum auf eine Stunde gesteigert und es tut ihr gut, abends nach der Arbeit in der

Redaktion ihren Kopf noch durchzulüften. Als sie leicht verschwitzt an ihrer Wohnungstür ankommt, findet sie davor einen riesigen Blumenstrauß mit einer Nachricht von Patrick:

»Der wurde eben für dich abgegeben. Habe ihn für dich angenommen. Schönen Abend, P.«

Mist, was muss er jetzt nur von mir denken?, geht Sophie durch den Kopf. Der Strauß ist natürlich von Oliver. Zwei Dutzend langstielige rote Rosen mit einer Karte:

»Die wahre Liebe lässt manchmal auf sich warten, aber etwas Wertvolles sollte man nicht einfach so gehen lassen.«

So ein Unsinn. Sie zerreißt die Karte und wirft sie weg. Die Rosen stellt sie hingegen auf, da sie es einfach nicht übers Herz bringt, Blumen wegzuschmeißen. Und sie sind wirklich unglaublich schön. Während ihrer Zeit zusammen hat er ihr nie Blumen geschenkt. Er wollte auch nie ins Theater oder ins Konzert gehen, so wie er es jetzt ständig vorschlägt. Auch jetzt piepst es wieder und wie nicht anders erwartet ist es eine Nachricht von Oliver:

»Hast du meine Blumen bekommen? Es sind sie schönsten, die ich gefunden habe, aber sie kommen an deine Schönheit nicht heran. I love you, meine englische Rose.«

Sophie schüttelt sich. Sie weiß inzwischen genau, dass es gar nicht wirklich um sie geht. Es geht ihm um die Eroberung, darum, seinen Willen durchzusetzen. Das langweilt sie. Sie möchte einen Mann mit Charakter, der weiß, was er will, und nicht mehr einen, der seine Meinung jeden zweiten Tag ändert und sich nur für seine eigenen Bedürfnisse interessiert. Das hat sie lange genug mitgemacht. Jetzt ist es an der Zeit, ihre Ansprüche an den Mann in ihrem Leben anzuheben. Sie weiß jedoch, dass Oliver nicht aufgeben wird, wenn sie ihm nicht zumindest kurz antwortet, also schreibt sie:

»Ja, danke, sehr schön, aber wirklich nicht notwendig.«

Umgehend kommt zurück:

»Nicht notwendig, aber ein Herzensbedürfnis.«

Bla, bla, bla, denkt sie. Sie wird ihn jetzt wieder ignorieren. Sie springt unter die Dusche und wirft sich danach ein kurzes Kleid von Zara und eine Strickjacke von Marc Jacobs über. Dazu Ballerinas. Es wird langsam warm draußen und sie ist mit Aishley verabredet. Heute gehen sie zu einem libanesischen Restaurant in der Nachbarschaft. Nichts Aufregendes, aber super lecker und perfekt für einen schönen Abend unter Freundinnen. Sie trifft Aishley direkt in dem Restaurant und sie setzen sich an ihren Lieblingstisch. Aishley sieht mal wieder fantastisch aus. *Wie sie das nur immer macht?,* fragt sich Sophie.

»Puh, ich brauche Alkohol, ich durchlebe gerade die fürchterlichste Woche«, stöhnt Aishley und lässt sich auf ihren Stuhl fallen.

»Glaub mir, du siehst nicht fürchterlich aus«, antwortet Sophie. »Erzähl, was ist passiert?«

»Erst einen Drink«, bestimmt Aishley und bestellt beim vorbeilaufenden Kellner eine Flasche Wein. »Habt ihr auch Magnumflaschen?«, fragt sie ihn.

»Aishley, es ist Dienstag und ich haue mir keine Magnumflasche mit dir in den Kopf. Ich muss morgen arbeiten«, interveniert Sophie.

»Alte Spießerin«, kommt es brummelig von ihrer Freundin. »Na gut, dann eben nur eine normale«, gibt sie widerwillig nach und nickt dem Kellner gnädig zu.

Der macht sich sogleich auf den Weg. Wenn Aishley etwas will, dann springt jeder. Sie hat diese natürliche Autorität. Sophies Bestellungen werden hingegen regelmäßig vergessen oder sie bekommt etwas anderes als das, was sie wollte.

»Also, was ist los?«, fragt sie ihre Freundin neugierig.

Die verdreht die Augen.

»Du wirst es nicht glauben, aber mir sitzt Maurices ganze Familie im Nacken.«

Maurice! Aishleys netter, aber blasser adeliger Verflossener mit seiner Familie, die aus gefühlt fünfhundert Personen zu bestehen scheint. Nur der engste Kreis natürlich. Wenn man die anderen dazuzählt, kommt man auf eine Kleinstadt.

»Seine Mutter hat mich gestern angerufen! Seine *Mutter*! Lady Willoughby-Stanton persönlich, die sich sonst nie dazu herablässt, einen Telefonhörer selbst hochzuheben! Manchmal wundere ich mich, dass sie keinen Vorkoster hat!«

Der Wein kommt, Aishley nimmt dem Kellner resolut die Flasche ab, schenkt sich ein großes Glas ein, trinkt dieses in einem Zug leer, sagt »besser!«, schüttet sich noch eins ein und auch dieses verschwindet recht zügig.

»So, jetzt geht es wieder.« Sie lehnt sich zurück. »Also, da ruft die doch tatsächlich an und fragt mich, wann ich wieder zu Verstand und zu Maurice zurückkommen würde. Ich hätte mein wildes Londoner Leben mit meinem netten kleinen Hobby – damit meint sie meine Kunst – jetzt wohl lange genug genossen und es sei an der Zeit, dass ich mich wieder meiner Wurzeln und auch meiner Pflichten – ja, das hat sie wirklich gesagt! – besinne und zurückkomme. Ich hätte ja jetzt lange genug rebelliert. Du weißt, ich bin nicht so schnell mundtot zu kriegen, aber da ist mir fast der Hörer aus der Hand gefallen. Ich hab sie so schnell wie möglich abgewimmelt und ihr gesagt, dass mein kleines nettes Hobby auf mich warten würde und dass dies bei allem Respekt eine Privatangelegenheit zwischen Maurice und mir sei. Sie wollte gerade den nächsten Redeschwall über mir ergießen, aber ich hab aufgelegt. Und danach bin ich nicht mehr drangegangen. Sie hat es bestimmt noch fünf Mal versucht.«

Sophie muss Aishley für ihren Mut bewundern. Mit Lady Willoughby-Stanton legt man sich nicht einfach so an. Und vor allem ignoriert man sie nicht und man legt ganz, ganz sicher nicht auf. Aber Aishley konnte sich schon immer Dinge herausnehmen, die für andere undenkbar waren.

»Aber das ist nicht alles, es geht noch weiter. Am nächsten Tag hat mich Maurices Vater angerufen, der alte Lüstling. Ich gehe ahnungslos ans Telefon und da ist er. Stotterte sich einen ab, war ihm sichtlich peinlich, die ganze Situation. Sagte ich hätte Dorothy wohl nicht wirklich zu Wort kommen lassen und jetzt wolle er sich mal melden. Sie würden mich wie eine Tochter lieben, alle würden mich vermissen und Maurice sei nach unser Trennung nicht mehr derselbe. Alle würde sich Sorgen um ihn machen, er hätte so viel Elan verloren.« Aishley lacht gehässig. »Wahrscheinlich macht er beim Cricket ein paar Runs weniger und das ist Grund genug für eine nationale Krise. Jedenfalls kann ich bei dem Vater einfach nicht auflegen. Ich habe zu viel Mitleid mit ihm, und es war ihm so offensichtlich peinlich, mich anrufen zu müssen. Also hörte ich ihm zu, grunzte an den richtigen Stellen und guckte parallel Youtube-Videos. Daher bin ich mir nicht ganz so sicher, ob ich wirklich an den richtigen Stellen gegrunzt habe und hab auch keinen blassen Schimmer, was er alles gesagt hat. Aber es scheint, dass die Familie eine Krisensitzung einberufen hat, mit dem Ergebnis, mich wieder daran zu erinnern, dass Adel verpflichtet und ich meine Stellung in der Gesellschaft wieder einnehmen sollte. Die verbannte Tochter darf aus dem Exil zurückkehren.« Aishley lacht laut auf. »Was war ich nach dem Anruf froh, nicht mehr in diesen gesellschaftlichen Ketten zu liegen. Es scheint, dass keines der Londoner Hühner, die sich in den letzten Monaten an den guten alten Maurice rangeschmissen haben, den Eignungstest bestanden hat. Und da wollen sie halt die gutmütige Aishley wieder recyceln. Geschnitten haben die sich. Tief geschnitten.«

Sophie muss grinsen. Als gutmütig würde sie Aishley nicht gerade bezeichnen, aber sie wundert sich nicht, dass der Clan sie wieder zurückhaben will. Aishley ist Qualität und Klasse pur und hat es nicht nötig, sich anzubiedern. Das ist reizvoll und unterscheidet sie sehr von vielen anderen

Frauen, vor allem aber von denen, die sich in letzter Zeit an Maurice herangemacht haben.

»Aber jetzt erzähl du, was ist bei dir los?«, fragt Aishley jetzt und lehnt sich entspannt zurück. »Genug von dieser Horrorfamilie. Man sieht dich gar nicht mehr seit deinem neuen Projekt. Wann hört endlich die Geheimnistuerei auf und du lässt uns wissen, womit du deine Zeit verbringst? Wir haben schon Wetten abgeschlossen, was es sein könnte. Danny meint, dass du ein Bordell eröffnest und seit Wochen an dem Businessplan schreibst, um ihn als Investor zu gewinnen. Er hat übrigens schon zugesagt, dass er auf jeden Fall Geld reinschießen wird, deinen Plan will er gar nicht sehen. Er will nur einfach auch ein paar attraktive Männer dort haben. Rob nennt diese Männer Zuhälter, Danny hingegen Türsteher oder auch ›Gentlemen‹, was auch immer er damit meint. Die beiden haben sich darüber ganz schön in die Haare gekriegt. Jedenfalls hast du Dannys Investment sicher. Nur für einen Luxuspuff natürlich. Mit einem mittelmäßigen Schuppen gibt er sich nicht zufrieden. Rob hingegen meint, du willst ein Haus für vernachlässigte Frauen aufmachen und suchst nach der richtigen Immobilie, sowie einem edlen Spender, der das finanziert. Das wiederum findet Danny so unsexy, dass er dir dafür die Freundschaft kündigen will. Er findet, du selbst warst schon vernachlässigt genug und solltest deine Aufmerksamkeit jetzt mal den schönen Seiten des Lebens zuwenden. Rob hingegen hält Dannys Einstellung für inakzeptabel und oberflächlich und deine Hingabe für vernachlässigte Frauen rührend. Er hat schon einen Kunden der Bank im Kopf, der dir vielleicht eine Immobilie zur Verfügung stellen könnte. Er hat sogar schon bei der Bank geprüft, dass du bei ihnen ein Konto aufmachen kannst und keine Gebühren zahlen musst.«

Sophie bleibt der Mund offen stehen.

Aishley lässt sich nicht aufhalten, denn jetzt ist sie in Fahrt:

»Ich hingegen glaube, dass beide komplett falsch liegen. Ich glaube nicht, dass du die Power und Durchsetzungskraft hast, ein Bordell aufzumachen. Das wäre eher mein Ding. Ich glaube, du wirst selbst zum Escort. Für exotische, scharfe und erfolgreiche Männer. Ich bin fast ein bisschen neidisch. Vielleicht mache ich ja mit. Nach der Nacht mit dem heißen Iren hast du meines Erachtens Blut geleckt und willst jetzt mehr davon. Kein Wunder, ist verständlich. Du bist ja auch lange genug mit einem knochigen Hintern abgespeist worden, da würde jeder irgendwann ausbrechen wollen. Ich habe mich nach dem Ende mit Maurice auch ziemlich ausgetobt.«

Sophie lacht schallend auf. Darüber unterhalten sich ihre Freunde also, wenn sie nicht dabei ist.

»Weder noch«, sagt sie. »Ich beute weder Frauen aus, noch rette ich die, die ausgebeutet wurden, noch habe ich vor, meinen Körper zu verkaufen. Bisher zumindest noch nicht. Wer weiß, was noch kommt. Aber es ist schön zu hören, was ihr mir so zutraut und worauf ihr euer sauer verdientes Geld setzt. Jedenfalls ist es etwas ganz anderes, ihr könnt also alle euer Wettgeld behalten und euch wieder entspannen. In ein paar Wochen werdet ihr es erfahren, habt also noch ein bisschen Geduld.«

Aishley grinst. »Du siehst übrigens super aus. Was auch immer du also tust, es scheint dir zu bekommen. Und jetzt mal ehrlich, irgendwie habe ich ein gutes Gefühl. Man kann nicht so happy wie du aussehen, wenn man nicht etwas Gutes macht. Dieser Glow ist eine direkte Begleiterscheinung von Lebensqualität. Aber gut, so werden wir uns noch ein wenig gedulden müssen. Erzähl, was gibt es sonst für Neuigkeiten die nicht der höchsten nationalen Sicherheitsstufe unterliegen? Irgendetwas an der Männerfront?«

Sophie lächelt. Es ist schön, dass ihre Freunde ihr den

Raum geben, den sie für ihr Projekt braucht. Jetzt merkt sie jedoch, wie sehr sie es genießt, mit Aishley endlich mal wieder hier zu sitzen und sich auszutauschen. Sie hat es doch vermisst und Aishley ist über ihr Leben tatsächlich nicht mehr auf dem Laufenden. Das hat es zuvor noch nie gegeben und muss dringend aufgeholt werden.

»Lass uns erst einmal bestellen, bevor wir uns meinem wilden, nichtexistenten Sexleben widmen. Ich sterbe vor Hunger«, antwortet Sophie und sie bestellen eine Platte Mezze zum Teilen. Dann lehnt Sophie sich entspannt zurück und erzählt Aishley von Olivers Avancen. Dieser fällt fast der Hummus aus dem Mund. Sophie zeigt ihr die Nachrichten und die schiere Anzahl nicht angenommener Anrufe. Aishley lacht laut heraus.

»Na, ein Poet ist er nicht gerade, unser Oliver. Und subtil auch nicht. Aber doch nicht ganz so schwach, wie ich immer dachte. Man sieht, er kann kämpfen. Wie ein Tiger. Aber ein scheiß Timing, mein Lieber!«

Sie muss kichern. Dann wird sie ernster.

»Und du? Wie geht es dir damit? Bei dir passiert wirklich gar nichts mehr, wenn du das bekommst? Das ist schwer vorstellbar.«

»Null«, antwortet Sophie. »Im Gegenteil, es ist schwer vorstellbar, dass ich mal so verschossen in ihn war. Er kommt mir vor wie eine leere Hülle. Und eine recht langweilige Hülle dazu. Eigenartig, nicht? Wie sich alles so ändern kann.«

Aishley grinst.

»Ist wohl wahr, da hat sich allerdings ziemlich viel geändert. Ich bin sehr stolz auf dich. Du hattest das wirklich nie nötig. Es war fast schmerzhaft mit anzusehen. Aber jetzt bist du ja wie ein Phoenix aus der Asche gestiegen und zu neuem Leben erwacht. Gut gemacht, meine Liebe.«

Darauf stoßen sie an.

»Auf den Phoenix«, sagt Sophie lächelnd und freut sich

heimlich darüber, dass ihre Freundin unwissentlich das Bild ihres Maskottchens gebraucht hat.

»Auf dich, unseren Hausphoenix«, zwinkert Aishley ihr zu. »Aber jetzt erzähl, gibt es irgendjemand anderen?«

»Ach, weißt du, Aishley, mir ist es wirklich wichtig, aus eigener Kraft über Oliver hinwegzukommen und nicht einfach durch eine Ablenkung. Denn ich merke schon, dass das Muster mit Oliver in meinem Leben immer wiederkehrt und hätte ich mich nicht wirklich von innen heraus geändert, so wäre es mit dem nächsten doch wieder nur genauso geworden.«

»Was meinst du damit, dass es immer das gleiche Muster ist?«, fragt Aishley aufrichtig interessiert.

»Na ja, wenn ich auf mein Leben zurückblicke, so sind meine Beziehungen oberflächlich betrachtet zwar immer unterschiedlich gewesen, aber wenn ich ganz ehrlich bin, so gibt es doch einige fundamentale Aspekte, die sich immer wieder finden. So waren die Männer in meinem Leben zwar immer charmant, aber selten wirklich stark. Charme war mir einfach wichtiger als Charakterstärke. Das ist mir heute fast ein wenig peinlich. Und diese Schwäche hat sich natürlich im täglichen Leben manifestiert. Sie waren nicht wirklich zufrieden mit sich selbst, also haben sie ihre Unzufriedenheit auf mich übertragen und mich ständig kritisiert. Sie mussten sich beweisen, also war der Job ihnen immer wichtiger als ich. Ich war stets nur eine Option, aber sehr selten eine Priorität. Oft fühlte ich mich wie ein Spielball und zwar wie einer, der schnell ausgetauscht werden kann. Versteh mich nicht falsch, ich habe das ja alles mitgemacht und dankbar in mein Leben gelassen. Ich hatte wohl nicht das nötige Selbstbewusstsein. Aber das hat sich jetzt geändert. Ich habe, vielleicht zum ersten Mal in meinem Leben, meine innere Stärke und Kreativität gefunden, und ich habe nicht mehr vor, mich unter Wert zu vergeben. Ich werde ein bisschen mehr wie du«, grinst sie.

»Das sind sehr gute Neuigkeiten«, lacht Aishley zurück. »Und diese Entwicklung hört sich tatsächlich fantastisch an. Aber gibt es wirklich gar niemanden, der dich interessiert? Du kannst dich doch nicht nur in deiner Wohnung vergraben.«

»Na ja«, sagt Sophie lächelnd. »Es hätte da jemanden gegeben und ich dachte tatsächlich, wir hätten irgendwie eine Verbindung zueinander. Aber er ist vergeben. Und mit mir flirtet er zur gleichen Zeit. Also wieder ein Mann ohne Charakter und damit ein No-Go. Und dabei ist er soooooo sexy und so mein Typ«, seufzt Sophie.

»Jetzt spann mich schon nicht so auf die Folter, raus damit, wer ist es?«

»Patrick.« Sophie wird rot.

»Patrick? Who the fuck is Patrick?«, fragt Aishley.

»Na, du weißt schon, mein Nachbar.« Sophie errötet noch mehr.

Aishley lacht.

»Ah, die Sahneschnitte, na, das wundert mich nicht. Bist du doch nicht immun gegen seinen Charme? Ich dachte schon, du hättest keine Augen im Kopf.«

»Doch, habe ich, aber diese sind auch gut genug, um zu sehen, dass ich gegen Lydia keine Chance habe. Und Männer, die auf Frauen wie Lydia stehen, stehen einfach nicht auf mich. Wir sind zu unterschiedlich. Neben ihr bin ich fast ein Landei.«

»Ja, die ist wirklich nicht schlecht«, gibt Aishley zu. »Aber was für eine Qual, so einen Mann so nah zu haben und doch nicht ran zu dürfen. Ich würde mir den ganzen Tag etwas einfallen lassen, das ich dringendst von ihm bräuchte und es mir, nur in Dessous gekleidet, von oben aus seiner Wohnung abholen. Bis er nicht mehr wüsste, was er von dieser Lydia jemals wollte.«

»Nein, würdest du nicht«, sagt Sophie geknickt. »Du würdest nie einem Mann hinterherlaufen. Du würdest weiterhin deine eigenen glorreichen Dinge tun, bis er sich schließlich eine Audienz erbetteln würde. Das mit dem Hinterherlaufen bin wohl eher ich.«

»Hinterherlaufen tue ich nicht, das stimmt wohl, das ist einfach kein Mann wert. Aber ich nehme mir durchaus das, was ich will. Und du scheinst dich da auch geändert zu haben. Da fällt mir ein: Was ist eigentlich mit dieser Melissa? Ist sie immer noch aktuell oder hat der zum Tiger mutierte Knochenarsch sie tatsächlich abgesägt?«

Sophie lacht. »Immer noch aktuell natürlich, du kennst doch Männer. Lassen das Alte nicht fallen, bevor sie das Neue nicht sicher haben. Dann würde Mann sich ja zwischenzeitlich die Gelegenheit entgehen lassen, Sex zu haben. Da würde eher die Hölle zufrieren. Allerdings ist mir aufgefallen, dass Melissa in letzter Zeit ein wenig blass um ihre hübsche Nase ist, was selbst ihre niemals endenwollende kalifornische Bräune nicht überdecken kann. Und jetzt, wo ich darüber nachdenke, fällt mir schon auf, dass ihre stets gute Laune in letzter Zeit etwas gelitten hat. Außerdem schaut sie mich immer wieder mit einer gewissen Hetze im Blick an – fast als sei sie jetzt die Besessene.« Sophie zuckt grinsend die Achseln. »Aber obwohl sie mittlerweile viel von ihrer Überheblichkeit eingebüßt hat, kommt sie doch nicht umhin, immer lautstark den Namen Oliver zu erwähnen, sobald ich in der Nähe bin.«

Und dann erzählt sie Aishley, wie sie letzte Woche noch durch ihr Bürofenster beobachtet hat, wie Oliver Melissa abholte. Er drückte sich in der Nähe des Eingangs herum, sichtlich unwohl in seiner Haut. Er wollte offensichtlich nicht das Risiko eingehen, von Sophie gesehen zu werden. Sie hat natürlich nur aus dem Fenster geguckt, weil Melissa zuvor ein »Oh, da ist ja schon Oliver, wir gehen gleich ins Kino, dieser neue Film mit Ryan Gosling ist gerade angelaufen« so laut ausgerufen hat, dass wirklich das ganze Büro es mitbekommen musste. Da musste Sophie dann doch mal kurz rausschauen. Sie sah dann auch, wie Oliver und Melissa sich begrüßten und war sich ziemlich sicher, dass die Begrüßung von Olivers Seite weitaus kühler ausfiel als man es von einem verliebten Mann erwartete. Zudem schaute er unruhig hin und her und als sie sah, wie er kurz zu ihrem Bürofenster hochguckte, zuckte sie gerade noch rechtzeitig zurück. Diese Genugtuung würde sie ihm nicht geben, dass er sah, wie sie ihn beäugte. Dass er ihr an diesem Tag noch drei Nachrichten geschrieben und gefragt hat, ob sie an dem Abend Zeit hätte, erhärtete nur wieder ihre Vermutung, dass sie es hier mit einem Streik-Exemplar zu tun hatte. Den letzten Halbsatz teilt sie Aishley nicht mit, das hätte jetzt zu viele Erklärungen erfordert. Aber den Rest erzählt sie ihr und Aishley verdreht nur die Augen.

»So typisch für ihn, was er auch sagt, wirklich ändern wird er sich offensichtlich nie.«

Dann lassen die beiden sich noch ein bisschen über Männer im Allgemeinen und Oliver im Speziellen aus und verabschieden sich schließlich mit einer herzlichen Umarmung.

Ein paar Tage später klingelt es an Sophies Tür. Ihr Herz macht einen Sprung. Sie denkt an das letzte Mal, als Patrick ihr das Olivenöl zurückgebracht hat, rennt schnell ins Bad, legt dort etwas Rouge und Lippenstift auf, sprüht ein bisschen Parfum hinter die Ohren und macht mit laut klopfendem Herzen die Tür auf. Aber dort steht niemand. Es muss unten geklingelt haben. Sophie spürt die Enttäuschung. Patrick hat offensichtlich nur seinen Schlüssel vergessen und klingelt daher bei ihr, um hereinzukommen. Ansonsten hätte er sie sicherlich auch heute wieder ignoriert. *Aber egal, wenn er hochkommt, werde ich ihn zumindest sehen*, denkt sie sich. *Das ist immerhin besser als nichts*. Und damit drückt sie den Türöffner und wartet hoffnungsvoll. Die Schritte kennt sie. Das sind nicht Patricks Schritte! Doch noch bevor sie die Tür zuschlagen kann, steht er schon vor ihr. Oliver! Mit seiner typisch selbstgefälligen Art grinst er sie an.

»Wenn der Berg nicht zum Propheten kommt, muss der Prophet halt zum Berg.«

»Oliver, was machst du hier?«, fragt Sophie verärgert. »Ich mag solche Überraschungsangriffe nicht. Und ich sagte dir doch, ich bin beschäftigt.«

»Willst du mich nicht wenigstens kurz hereinbitten? Wo ist denn deine Gastfreundschaft geblieben?«

Sophie verdreht die Augen. Aber er hat recht. Sie möchte nicht, dass jemand sie beide im Treppenhaus hört. Also macht sie die Tür auf.

»Komm rein, du hast zehn Minuten. In die Küche bitte.«

»Dass ich nicht gleich in dein Schlafzimmer darf, habe ich mir schon gedacht«, sagt Oliver grinsend. »Aber was ist zumindest mit dem Wohnzimmer?«

»Das ist im Moment mein Atelier, da arbeite ich, lass uns in die Küche gehen. Aber gleich musst du wieder weg. Ich meine es ernst.«

»Ja, ja, jetzt sei mal nicht so spröde. Kriege ich wenigstens einen klitzekleinen Kuss?«

»Oliver, ich habe keine Lust auf Küsse, weder kleine noch große und auch nicht auf Small Talk. Was machst du hier?«

»Was ich hier mache? Was soll ich denn sonst machen? Du antwortest ja nie. Seit Wochen versuche ich, dich zu treffen, und du behandelst mich als sei ich irgendein Fremder. Schlimmer sogar. Einem Fremden würdest du wahrscheinlich wenigstens noch antworten. Was habe ich dir bloß getan? Seit wann bist du so stur?«

»Du hast mit mir Schluss gemacht, Oliver, und zwar an Weihnachten. Dass du nicht meine Lieblingsperson bist, kannst du vielleicht verstehen.«

»Ich habe nicht Schluss gemacht. Ich habe mir nur eine Ruhepause erbeten. Ich habe es für uns getan. Es hat uns gutgetan.«

»Ach so, es war also ein Akt der Nächstenliebe, vielen Dank dafür. Es hat gut funktioniert. Mir geht es tatsächlich sehr viel besser als damals und dafür sollte ich dir danken. Ohne dein Verhalten wäre ich heute nicht, wo ich jetzt bin. Und ich bin an einem Punkt in meinem Leben, wo es mir sehr gut geht. Daher habe ich momentan keine Lust, mich auf jemanden einzulassen, sondern genieße die Zeit mit mir selbst. Und ganz ehrlich Oliver, selbst wenn ich mein Leben irgendwann wieder für einen Mann öffnen werde, dann ganz bestimmt nicht für dich. Unsere Zeit ist vorbei. Ich bin nicht mehr das Mädchen, das du kanntest.«

Oliver setzt sich hin und legt den Kopf in die Hände. Dann schaut er auf und sieht seine Blumen auf dem Tisch stehen.

»Hey, meine Blumen. Du musst mich also doch noch ein bisschen mögen. Komm, Sophie, du kannst nicht einfach alles wegwerfen. Einfach so, als wäre zwischen uns nichts gewesen. Du musst uns zumindest noch eine Chance geben.«

Sophie ist stehen geblieben. Sie will sich nicht setzen, ihn mit der Geste nicht dazu auffordern, noch länger zu bleiben.

»Ich muss gar nichts, Oliver. Und ich weiß, was ich nicht mehr will. Und das ist eine Beziehung mit dir. Wenn du jetzt bitte gehen würdest, ich habe wirklich zu tun.«

»Na, du kannst mir doch wenigstens etwas zu trinken anbieten, jetzt da ich schon den Weg hierher auf mich genommen habe. Außerdem - würde ich dir gar nichts mehr bedeuten, dann stünden doch meine Blumen nicht hier.«

»Oliver, kapier‘ es endlich. Ich habe dich nicht gebeten herzukommen. Ich habe mir auch keine Blumen oder sonst irgendetwas von dir gewünscht. Der einzige Grund, weshalb die Blumen hier noch stehen, ist, dass ich es nicht übers Herz bringe, Blumen wegzuwerfen. Sie können ja nichts dafür. Aber in Zukunft möchte ich bitte keine Blumen mehr von dir erhalten. Und auch keine Einladungen oder andere Nachrichten. Ich habe deine Entscheidung respektiert und jetzt respektiere du bitte meine. Und jetzt musst du gehen. Ich habe, wie ich schon mehrfach erwähnt habe, zu tun.«

Damit hält sie die Küchentür auf und weist zur Tür. Oliver erhebt sich betont langsam. Er versucht, Zeit zu schinden.

»Gibt es jemand anderen?«, fragt er mit Schmerz in seinem Blick.

»Nein, darum geht es nicht, Oliver. Es geht um dich und mich, es passt einfach nicht und ich bin dankbar dafür, die Zeit gehabt zu haben, um dies zu erkennen.«

Oliver schleppt sich mit beleidigtem Gesicht zur Wohnungstür.

»Ich kann nicht so schnell aufgeben, Sophie«, sagt er. »Das ist mir einfach nicht möglich. Du hast die Wahl, nicht zu antworten, aber lass mir die Chance zu versuchen, dass du deine Meinung änderst.«

»Ich werde sie nicht ändern, Oliver«, gibt Sophie mittlerweile erschlagen zurück und schiebt ihn aus der Tür.

Danach lehnt sie sich dagegen. *Puh, ist dieser Mann anstrengend,* denkt sie sich. Sie fühlt sich ausgelaugt. Ist er schon immer so ein Energieräuber gewesen? Sie geht ins Wohnzimmer zurück, wo sie vor Olivers Besuch am letzten Schliff ihrer Kollektion gearbeitet hat. Bald sollte sie so weit sein, sie ihren Freunden vorstellen zu können. Ein riesiger Meilenstein wird das für sie sein und sie sieht es als Generalprobe an, bevor sie Keith die Kollektion Phoenix präsentiert. Danny, Rob und Aishley sind unbestechlich und knallhart in ihrem ästhetischen Urteil, da wird sie auch keinen Freundschaftsbonus bekommen. Oder doch nur einen ganz kleinen. Während sie noch darüber nachdenkt, hört sie vor dem Fenster lautes Hundegebell. Das sind Patricks Hunde, Rex und Leo! Ihr Herz macht einen Sprung. Sie geht ans Fenster und schaut unauffällig heraus. Dort ist Patrick. Mit einer Reisetasche über der Schulter und den wild zerrenden Hunden an der Leine. Jetzt sieht sie, wen die Hunde anbellen.

Sie bellen Oliver an, der entsetzt Patrick und die Hunde anguckt. Patrick beruhigt die Hunde, nickt Oliver kurz zu und geht dann zur Haustür. Olivers Gesicht ist wutentbrannt. Das kann Sophie selbst von hier oben erkennen. Sie dreht sich um und beschließt, dass sie sich heute nicht mehr konzentrieren kann. Stattdessen lässt sie Wasser in die Badewanne laufen, schüttet großzügig ihren geliebten Entspannungszusatz hinein und macht eine Kerze und leise Musik an. Da piept auch schon ihr Telefon. Oliver! Das wird langsam wirklich zu viel. Sie hatte lange Geduld, da sie weiß, wie es ist, wenn es einem schlecht geht, aber er überspannt den Bogen jetzt doch. Vor allem scheint er keinerlei Respekt vor ihren Worten zu haben. Wenn sie ihm etwas sagt, ist es, wie mit einer Wand zu sprechen. Und die Wand würde sie wahrscheinlich noch eher verstehen. Dann liest sie die Nachricht, die sie gerade bekommen hat:

»Kein Wunder, dass ich so schnell wegmusste. Von wegen, du hast dich und deine Kraft gefunden. Du hast offensichtlich jemanden gefunden, der dich vögelt. Hatte eine Reisetasche dabei – zieht er mit seinen dreckigen Kötern bei dir ein? Deshalb also auch kein Eintritt ins Wohnzimmer – das Liebesnest für ihn war wahrscheinlich schon vorbereitet. Sorry, dass ich gestört habe – ich hoffe, du hast dich noch schnell zurechtmachen können. Sahst nicht gerade toll aus heute.«

Der aggressive Ton irritiert Sophie enorm und sie fragt sich, wovon er spricht. Dann dämmert es ihr. Natürlich, er hat Patrick gesehen! Und er weiß nicht, dass dieser ihr Nachbar ist. Er kennt ihn nur von der Vernissage, wo sie nicht dazu kam, ihn vorzustellen. Klar, da hat er gedacht, dass Patrick jetzt auf dem Weg zu ihr ist. Mit Reisetasche! Sophie muss trotz der aggressiven Nachricht grinsen. *Geschieht ihm ganz recht!*, denkt sie sich. Dann fällt es ihr jedoch wie Schuppen von den Augen: Auch Patrick kennt die Oliver-Geschichte und mit dem Besuch heute und den

Blumen wird er nicht umhinkönnen, ebenfalls zu denken, dass Sophie und Oliver wieder ein Paar sind oder sich doch wieder einander annähern. Was für ein Dilemma! Das ist nun wirklich nicht ihr Plan gewesen. *Aber was soll's?,* denkt sie schließlich. Patrick ist ohnehin vergeben und es kann ihr egal sein, was er denkt oder was er für Vermutungen anstellt. Aber Oliver hat heute Abend sein wahres Gesicht gezeigt. Das war es jetzt für sie mit jeglichem Kontakt zu ihm. Bislang hat sie ja noch versucht, höflich zu sein. Aber mit seiner letzten Nachricht hat er alle Grenzen des Akzeptablen überschritten. Sie löscht alle seine Nachrichten, blockiert seine Nummer, schaltet das Telefon aus und legt sich in die duftenden Schaumberge. Sofort entspannen sich ihre Glieder. Wieder denkt sie daran, wie angespannt sie noch vor ein paar Wochen wegen Oliver gewesen ist, in genau dieser Badewanne. Jetzt fühlt sie sich zwar erschöpft und etwas leer, aber irgendwie doch zufrieden. Vor allem fühlt sie sich ganz mit sich im Reinen. Dass Patrick jetzt denken muss, dass sie wieder Kontakt zu Oliver hat, stinkt ihr zwar gewaltig, aber im Moment kann sie daran nichts ändern. Sie lässt es jetzt einfach auf sich zukommen. Alles andere ist viel zu anstrengend und man kann die Welt sowieso nicht kontrollieren. Im Gegenteil. Bevor ihr vor Erschöpfung endgültig die Augen zufallen, steigt sie aus der Badewanne, trocknet sich ab und fällt, so wie sie ist, ins Bett und in eine traumlose Nacht.

11

Jeder Tag ist eine Modenschau und die Welt ist der Laufsteg.

- Coco Chanel

Am nächsten Tag schickt Sophie eine Nachricht an Aishley, Danny und Rob und teilt ihnen mit, dass sie sie zu der Enthüllung ihres Geheimnisses einladen möchte. Wann sie denn Zeit hätten. Außerdem fragt sie nach, ob Aishleys zwei 14-jährige Nichten, die auch in London leben, sich ein paar Pfund hinzuverdienen möchten und ebenfalls an diesem Abend können. Aishley antwortet postwendend: Sie würde alles für diese Überraschung absagen, also kann Sophie frei über ihre Zeit verfügen. Und sie wagt gar nicht daran zu denken, was ihre Nichten alles tun würden, um sich etwas Geld hinzuzuverdienen. Sie wird jedenfalls dafür sorgen, dass diese Zeit haben und wenn sie sie persönlich hinzerren muss. Sophie muss lachen. Aishleys Nichten, Sam und Liv, vergöttern ihre Tante, so wie es fast jeder tut und finden sie ultracool. Sie spielen auch stets »Aishley«, ziehen sich an wie sie, gehen wie sie und werfen ganz besonders gerne die Haare wie sie. Es ist herrlich anzuschauen und Aishley liebt die beiden ebenso zurück und verwöhnt sie bis zum Umfallen. Die Vorstellung, mit ihrer Tante und deren Freunden einen Abend verbringen zu dürfen, wird die beiden alles andere vergessen lassen. Auch Danny antwortet sofort und teilt mit, dass er und Rob nächste Woche Freitag Zeit hätten. Der Abend gehöre ihr und sie könnten nicht erwarten zu sehen, womit Sophie sie überraschen wird.

Nächste Woche Freitag! Oh Gott, das ist gerade mal ein bisschen mehr als eine Woche. Bis dahin muss also alles perfekt sein. Sie hat die Nachricht so leichtfertig rausgeschickt, aber jetzt muss sie sich ranhalten. Andererseits - es wird Zeit, dass ihre Kollektion das Licht der Welt erblickt. Sie und Coco Chanel haben ihre Ideen für dieses Mal mehr oder weniger erschöpft und wirklich ein paar tolle, kreative Stücke entworfen. Und wenn sie jetzt nicht ›live‹ damit geht, so wird sie sich immer wieder etwas einfallen lassen, weshalb sie es verschieben sollte. Also holt sie tief Luft, schreibt allen zurück, dass der nächste Freitag acht Uhr stehen würde, für Essen und Trinken sei auch gesorgt. Dann atmet sie noch einmal tief durch und presst ›senden‹. Jetzt gibt es kein Zurück mehr, ihre Kreation hat Beine bekommen. Daraufhin schreibt sie Aishley, ob diese ihr die Nummer ihrer Nichten geben könne und ruft danach Danny an.

»Darling, könntest du mir einen Riesengefallen tun? Könnte ich an dem Freitag wohl deine Galerie für meine Überraschung nutzen?«, fragt sie ihn mit süßer Stimme.

»Handelt es sich um ein Heim für vernachlässigte Frauen?«, fragt Danny skeptisch zurück.

»Nein, natürlich nicht, es ist etwas ganz anderes«, beruhigt Sophie ihn und fragt sich, woher bloß seine Phobie für Heime für vernachlässigte Frauen kommt.

Sobald Danny ihre Bestätigung hört, ändert sich seine Stimmung schlagartig.

»Natürlich kannst du die Galerie haben, was für eine Frage! Es wird Zeit, dass in diesen Räumen mal wieder etwas Unerwartetes passiert«, ruft er enthusiastisch. »Na ja, mit unerwartet meine ich natürlich alles außer unplanmäßige Besuche von Melissa und Harry Potter. Etwas positiv Unerwartetes! Du bist herzlich willkommen, Darling Girl, die Räume sind für den Abend deine. Tob dich aus, wie du willst!«

Sie hört Gott kichern. »Harry Potter nennt er ihn. Dieser Danny! Ihn habe ich doch sehr kreativ erschaffen. Gar nicht schlecht, gar nicht schlecht, für ihn muss ich mich selber loben«, gluckst er weiter. Aber Sophie lässt sich jetzt nicht ablenken. Sie ist auf einer Mission.

»Du bist ein Schatz, danke«, flötet sie in den Hörer. Ein Stein fällt ihr vom Herzen, sie hätte sonst nicht gewusst, wo sie ihre Generalprobe steigen lassen soll.

»Und sag mal, um wie viel Uhr machst du an dem Abend zu?«

Schließlich muss sie noch einiges vorbereiten, bevor ihre Freunde hereinkommen dürfen. Danny erweist sich mal wieder als echter Freund.

»Ach, ich kann zumachen, wann immer du willst, es kommt eh niemand in den Schuppen und keiner wird merken, wenn ich nicht aufhabe.«

Sophie weiß, dass dies nicht stimmt. Dannys Galerie ist eine, die auch viel Laufkundschaft anzieht und gerade an Freitagen ist sie immer recht gut besucht. Sie möchte ihm sein Geschäft nicht kaputt machen, aber sie muss auf jeden Fall vor acht Uhr hinein. So fragt sie schüchtern:

»Wäre es irgendwie möglich, dass ich so um sechs hereinkönnte, oder vermassele ich dir damit dein Business?«

»Liebling, ich mache, was ich mache, weil ich es liebe und nicht, weil ich damit Geld verdienen will. Dann wäre ich wie Rob Banker geworden. Dass es trotzdem sehr lukrativ geworden ist, ist ein netter Nebeneffekt, aber ich werde mich nicht zum Sklaven meines eigenen Geschäfts machen. Und wenn meine liebste Freundin die Galerie braucht, so braucht sie sie und ich mache sie liebend gerne zu – selbst wenn Brad Pitt vor der Tür stünde und um Einlass betteln würde.«

Sophie lacht. Etwas sagt ihr, dass Brad Pitt vielleicht doch gewinnen würde, da Danny schon seit Jahren eine fast ehrfürchtige Verknalltheit für ihn hegt und jedes Mal, wenn Brad in Europa ist, hofft, dass dieser in der Galerie vorbeikommt. Dann ist er nonstop selbst anwesend, geht noch nicht einmal mittagessen, da er ja Brad verpassen könnte, und ist noch besser gestylt als sonst. Außerdem ist er in dieser Zeit wahnsinnig aufgedreht, fast nicht auszuhalten, wie Rob sich immer beschwert. Dieser ist dann auch jeden Morgen am Rand der Verzweiflung, da Danny während seiner Brad-Tage noch länger im Bad braucht als ohnehin schon. Bisher ist Brad Pitt jedoch noch nie vorbeigekommen. Andere große Namen kamen durchaus in dieser Zeit, Harrison Ford zum Beispiel, aber Danny hat sie kaum wahrgenommen, sondern stets an ihnen vorbei zur Tür gelugt, ob sie nicht doch Brad irgendwo im Schlepptau haben. Daher weiß Sophie das Kompliment besonders zu schätzen.

»Danke, Danny, du bist der Beste, ich melde mich dann noch mal.«

Und damit legen sie auf. Danach ruft sie Aishleys Nichten an und erklärt diesen, was sie vorhat. Die beiden sind Feuer und Flamme. Sie fragt sie, ob sie am Sonntag vorbeikommen können und sie sagen sofort freudig zu. Sie sind für alles zu haben, was Abwechslung bringt, und Sonntage können sie sowieso nicht leiden. Der letzte Anruf gilt Reno, ihrem Friseur. Damit steht der Abend. Jetzt hat sie noch etwas mehr als eine Woche für die Vorbereitungen. Zeit, an die Arbeit zu gehen und ihrem Projekt Leben einzuhauchen!

Die nächsten Tage entwirft, misst, schneidet und näht

Sophie wie eine Besessene. In ihrem Atelier herrscht das reinste Chaos. Das meiste ist zwar eigentlich schon fertig, aber sie möchte, dass alles perfekt ist und verfeinert sämtliche Details so gut wie möglich. Am Samstag zieht sie los und bestellt schon einmal eine Kiste Champagner und eine Kiste Wein, die nächsten Freitag gleich zu Dannys Galerie geliefert werden sollen. Alles, was übrig bleibt, wird sie diesem als Dank überlassen. In der Galerie kommen stets Leute auf einen Drink vorbei, da kann der Vorrat nicht groß genug sein. Essen wird sie am Freitag direkt beim Delikatessenladen kaufen, der gleich bei der Galerie um die Ecke liegt. Dann ruft sie noch Lucas, einen Ex-Lover aus Schulzeiten an, der jetzt Sound- und Lichttechniker ist, und bespricht ihre Anforderungen für nächsten Freitag mit ihm. Er verspricht ihr, selber vorbeizukommen und eine Bezahlung will er auch nicht haben – solange er etwas von dem Champagner abbekommt, ist er zufrieden. Vielleicht könne sie ja auch noch ein paar Flaschen Bier besorgen. Sophie verspricht ihm so viel Bier er möchte. Jetzt ist es an der Zeit, für diesen Tag Schluss zu machen, sie muss auch mal etwas anderes tun. Wenigstens über ihr Outfit für nächsten Freitag muss sie sich keine Gedanken machen, da sie etwas aus ihrer eigenen Kollektion tragen wird. Jetzt schmeißt sie sich in ihre Laufsachen und geht heute mal zwei Stunden laufen. Danach duscht sie ausgiebig, cremt sich dick ein und zieht einen gemütlichen Pyjama an. Anschließend macht sie eine Flasche kühlen Weißwein auf, schnippelt Gemüse für eine große Schüssel Salat, bereitet eine Pastasoße vor und setzt Wasser für die Nudeln auf. Während sie darauf wartet, dass es zu kochen anfängt, setzt sie sich mit einem Glas Weißwein auf ihren Balkon. Von oben hört sie Patricks Stimme, der am Telefon zu sein scheint.

»Wann kommst du an? Wir freuen uns schon wahnsinnig auf dich. Lydia dreht fast durch vor Freude.«

Sophie seufzt leise. Schon wieder Lydia! Immer und

immer wieder diese Frau. Die Menschen in ihrem Leben scheinen in letzter Zeit die Angewohnheit zu haben, darin festzukleben. Was sie auch tut, sie wird sie gar nicht mehr los. Da hört sie schon ihr Wasser überkochen und nimmt sich vor, sich jetzt nicht ablenken zu lassen. Selbst von diesem göttlichen Mann da über ihr nicht. Mit Wein, Salat und Pasta beladen setzt sie sich schließlich auf das einzige freie Stück Couch in ihrem Wohnzimmer und schaut sich Netflix-Filme an.

Am nächsten Morgen schläft sie aus und räumt danach ihre gesamte Wohnung auf. Vor allem ihr Wohnzimmer, jetzt ihr Atelier, wird auf Vordermann gebracht. Es soll nicht mehr aussehen wie ein Arbeitsplatz, sondern vielmehr wie ein schön dekoriertes Schaufenster. Sobald ihre Wohnung tipptopp ist, geht sie so lange laufen, bis sie schweißgebadet ist. Einmal zu Hause, duscht sie, wirft sich eine Jeans und ein Top über und bereitet kleine Happen sowie alkoholfreie Cocktails für Aishleys Nichten vor, die bald auftauchen sollten. Da klingelt es auch schon und die beiden Mädchen stehen mit vor Aufregung geröteten Wangen vor ihr. Sophie umarmt beide herzlich und führt sie hinein. Zunächst setzen sie sich in die Küche, essen und trinken und sie erzählt ihnen von ihrem Projekt, während sie die beiden zu Stillschweigen verpflichtet. Im Detail besprechen sie, was sie nächste Woche von ihnen erwartet. Die beiden sind voller Enthusiasmus und Sophie weiß, dass man sich auf sie verlassen kann. Sie haben immerhin die gleichen Gene wie Aishley, verlässlich wie Felsen in der Brandung. Dann öffnet sie ihre Wohnzimmertür und führt die beiden in ihr Atelier, das nach ihrer morgendlichen Aufräumaktion wirklich etwas hermacht. Der ganze Raum ist voller Schaufensterpuppen, gekleidet in ihre Kollektion. Sophies Herz klopft wie wild. Sam und Liv sind zwar etwas jünger als ihre Zielgruppe, aber doch die ersten, die ihre Kollektion zu sehen bekommen. Sophie hält die Luft an. Die zwei gehen vorsichtig, fast ehrfürchtig, ins Zimmer, schauen sich um und fangen an zu quietschen. Beide stürzen sich auf jeweils eine Puppe, betasten die Materialien und fangen dann mit Sophies Einverständnis an, die Outfits durch An- und Abknöpfen zu verändern und umzugestalten. Sie sind völlig im Rausch und absolut begeistert. Sie finden sogar noch mehr Kombinationsmöglichkeiten, als Sophie sie vorgesehen hat, und diese macht schnell Fotos davon. Sie möchte jegliche Kreativität einfangen. Puh, Sophie ist erleichtert. Dies hier ist ihre eigentliche Generalprobe gewesen. Zwei Vierzehnjährige, die alles haben, was sie brauchen, vor allem eine unumstößliche Meinung, und Sophie weiß, dass sie zwar höflich ihr gegenüber gewesen wären, aber dieser Enthusiasmus hier ist sicherlich nicht gespielt. Sie atmet tief aus und merkt erst jetzt, wie angespannt sie gewesen ist. Jetzt probieren die Mädels die Sachen an, Sophie macht ein Foto nach dem anderen und bis in den Abend hinein besprechen und üben sie, was am Freitag zu tun ist. Nach stundenlanger Aktivität umarmt Sophie die beiden herzlich und sie machen sich auf den Weg nach Hause. Zuvor verabreden sie noch, dass beide nächsten Freitag genau wie Sophie um sechs Uhr in der Galerie sein werden. Sophie spürt, dass eine knisternde Spannung in der Luft liegt. Es hat so gutgetan, andere in ihren Schaffensprozess miteinzubeziehen. Bisher war es doch eine Sache, die sie im Alleingang gemacht hat und vielleicht war es auch manchmal ein wenig einsam gewesen. Da hört sie ein tiefes Räuspern, gefolgt von einem weiblichen Räuspern. Gott und Coco Chanel! Immer auf Empfang!

Ihr seid in meinem Kopf, das ist etwas anderes, denkt sie sich lächelnd.

»Das ist viel wichtiger«, kontert Gott, »denn wir sind immer da.«

Er wird einfach nie klein beigeben, hat immer das letzte Wort. *Aber wer will schon mit Gott diskutieren?,* denkt Sophie.

»Du, du diskutierest ständig mit mir!«, antwortet dieser.

Sophie lächelt. »Ok, ich weiß, es ist unser gemeinsames Projekt«, gibt sie dankbar zurück. »Ich führe es nur aus. Aber jetzt gehe ich erst einmal schlafen.«

Und damit fällt sie in einen tiefen Schlaf, in dem sie behaglich wie eine Katze schnurrt. Gott und Coco Chanel lächeln zufrieden.

DIE FOLGENDE WOCHE verbringt sie damit, allem den letzten Schliff zu geben, es zu vervollständigen und sich selber etwas Gutes zu tun. Denn obwohl ihr großer Abend am Freitag nur im kleinen Kreis stattfindet, so will sie an dem Tag doch gut aussehen und sich auch so fühlen. Sie nutzt die nächsten Abende nach der Arbeit dazu, alle Skizzen und Entwürfe nebst Textilproben in ihrem pinkfarbenen Buch zu vervollständigen, sodass ihre gesamte Kollektion dort jetzt sauber dargestellt ist. Es ist sozusagen ihre Blaupause. Außerdem geht sie in die Sauna, schwitzt dort ordentlich und entspannt ihre verkrampften Muskeln. Sie lässt sich auch massieren, geht viel laufen und spazieren und lässt es sich einfach gut gehen.

Und dann ist er da – der Freitag! Sophie hat sich extra freigenommen. Sie wacht voller Nervosität auf, schaut aus dem Fenster und sieht, dass es ein schöner Tag ist.

Ein gutes Omen, denkt sie lächelnd.

Sie ist voll positiver Aufregung und fühlt sich wie vor ihrem großen Schulball damals. Der Tag entbehrt jeglicher Normalität. Alles wirkt irgendwie frischer, heller und erfolgversprechender. So, als könnte ihr nichts mehr im Wege stehen. Gleichzeitig wundert sie sich, wie sie so nervös sein kann, wo sie doch nur vor ihren drei besten Freunden präsentiert und nicht vor einer ihr unbekannten Gruppe.

Aber darum geht es hier nicht. Sie weiß schon, dass das, was sie gemacht hat, gut ist. Und die Reaktionen von Aishleys Nichten sprechen auch für sich. Aber heute würde sie ihre Kollektion drei beinharten Fashion-Victims vorstellen, die in der internationalen Modewelt so zu Hause waren, wie andere in ihrem Supermarkt um die Ecke. Und während sie einen kleinen Freundesbonus hat, so kennt sie die drei doch gut genug, um genau zu sehen, was sie wirklich von ihrer Kollektion halten. Da sagen Blicke viel mehr als Worte und keiner von den Dreien ist diesbezüglich ein sehr guter Schauspieler. Sie kann also auf ein ehrliches Urteil hoffen und muss andererseits auch in der Lage sein, mit dem ehrlichen Urteil zu leben. Gar nicht so einfach. Andererseits ist sie ebenso eine Fashionista und hätte nie so viel Energie in etwas gesteckt, von dem sie nicht überzeugt ist. Sie weiß, sie selbst wäre wie die beiden vierzehnjährigen Girls ein Fan ihrer Kollektion und das reicht ihr, um dem Abend mit Freude entgegenzublicken. Jetzt geht sie mal wieder joggen, um sich heute fit und gesund zu fühlen. Dann nimmt sie vorsichtig die Anziehsachen von den diversen Schaufensterpuppen und legt sie in Taschen zusammen. Ein Bügeleisen steckt sie zur Sicherheit auch noch ein, sowie diverse Stecknadeln und anderen Kleinkram. Anschließend ruft sie im Delikatessenladen an, um sicherzustellen, dass alles zur Abholung heute Abend bereit ist. Danach ist der Weinhändler dran, der ihr versichert, dass der Wein und Champagner gut gekühlt geliefert werden. Sie will nichts dem Zufall überlassen. Dann kommt Lucas vorbei, ihr Schwarm aus Schultagen und Licht- und Toningenieur für heute. Sie trinken einen Kaffee zusammen, bevor er all die Taschen, sowie ein paar der Schaufensterpuppen in seinem Lieferwagen verstaut und verspricht, um Punkt sechs Uhr an der Galerie zu sein. Danach gibt es für Sophie eigentlich nichts mehr zu tun. Sie nimmt ein langes Bad und hört entspannende Musik. Gleichzeitig geht sie innerlich den Ablauf des

Abends durch. Ein Bad am helllichten Tag, was für ein Luxus! Dann zieht sie sich ein gemütliches Kaschmir-Outfit von Juicy Couture sowie Flipflops an und mach sich auf den Weg zur Maniküre, Pediküre sowie zu einer Gesichtsbehandlung. Im Anschluss fühlt sie sich wie neugeboren und leuchtet regelrecht von innen heraus. Nun ist es auch schon fünf Uhr. Ihre Aufregung steigt und sie macht sich auf den Weg zu Dannys Galerie. Ungeschminkt, im Hausanzug und mit gewaschenen Haaren, die jedoch ungeföhnt in einem Pferdeschwanz zusammengebunden sind. Es ist genau viertel vor sechs, als das Glöckchen an der Tür von Dannys Galerie ihr Kommen ankündigt. Er freut sich wie immer, sie zu sehen, aber wirkt auch etwas enttäuscht.

»Oh, du bist aber gemütlich angezogen und auch sonst eher, wie soll ich sagen, leger«, sagt er leicht verlegen. »Rob und ich wollten uns heute richtig in Schale werfen und ich weiß, dass Aishley für den Abend sogar etwas Neues gekauft hat. Du hättest uns sagen sollen, dass du offensichtlich ein Sportstudio oder so was aufmachen willst. Oder einen Laden für Ökos.«

Sophie lacht.

»Werft euch nur so sehr in Schale, wie ihr wollt, das passt schon, keine Sorge. Seid einfach um acht wieder hier und bringt auch Hunger und Durst mit.«

»Puh, wenigstens etwas«, stöhnt Danny. »Dann darf ich wohl davon ausgehen, dass es keine Energy-Drinks und Müsliriegel geben wird?«

»Lass dich überraschen«, antwortet Sophie. »Und wenn ich den Herrn Galeriebesitzer jetzt bitten dürfte, die heiligen Hallen zu verlassen, so wäre ich ihm sehr verbunden. Vielen Dank«, und damit bugsiert sie ihn hinaus in den warmen Sommerabend.

Sophie schaut sich um. Die Räume sind wie gemacht für das, was sie vorhat. Glücklicherweise hat Danny auch einen Kühlschrank in der Galerie, denn in dem Moment kommt schon die Champagner- und die Weinlieferung und Sophie füllt den Kühlschrank mit den Flaschen. Alles Unwesentliche, also alles was nicht Wein oder Champagner ist, nimmt sie heraus. Man muss schließlich Prioritäten setzen. Kurz danach kommt Lucas, der sein Sound-und Lichtequipment, sowie Sophies Kollektion und ihre Schaufensterpuppen auspackt. Er erlaubt ihr nicht mitzuhelfen, damit sie nicht verschwitzt in ihren Abend geht. *Ein wirklich süßer Kerl, dieser Lucas,* denkt Sophie sich. Schade, dass sie ihn damals nicht attraktiver gefunden hat. Er ist jedenfalls ziemlich verrückt nach ihr gewesen. Sie schüttelt die Gedanken an die Vergangenheit ab. Stattdessen macht sie sich auf den Weg zum Delikatessenladen, um die Naschereien abzuholen, die sie bestellt hat. Als sie sieht, was für sie zusammengestellt wurde, ist sie begeistert. Da sind Häppchen mit Lachs, mit Frischkäse und mit veganem Aufstrich, kleine Quinoa-Salate, Aufschnitt, Käse, Oliven, Dips und Gemüsesticks, alles einfach, aber fein. Es fehlt nichts, was man für einen schönen Abend mit guten Freunden braucht. Zudem nimmt sie noch ein paar Flaschen Bier für Lucas mit. Zurück in der Galerie verstaut sie auch all dies im mittlerweile proppenvollen Kühlschrank und sieht erfreut, dass Lucas mit dem Aufbauen schon gut vorangekommen ist. Da meldet das Glöckchen an der Tür wieder neue Besucher und Sam und Liv kommen kichernd hereingepurzelt. Die beiden umarmen Sophie herzlich und man merkt, dass sie sich wirklich auf den Abend freuen. Gemeinsam packen sie die Kleidungsstücke aus und hängen sie in passender Reihenfolge auf die Kleiderstangen. Dann verteilen sie die Puppen im Raum und ziehen diese an. Lucas macht einen ersten Test und beleuchtet die Puppen. Es sieht dramatisch aus. Genau, wie Sophie es sich vorgestellt hat. Kurz nach sieben erscheint dann in eine Parfumwolke getaucht Reno und möchte gerade zu einer seiner Tiraden ansetzen, als er die Anziehsachen an den Puppen entdeckt. Seine Worte bleiben ihm im Hals stecken.

»Sophie, was ist das, hast du das gemacht?«, fragt er und betastet liebevoll das edle Material.

»Ja, das ist meine Kollektion. Kollektion Phoenix.« Sophie schluckt. Außer Lucas, der nicht viel für Mode übrighat und noch weniger davon versteht, ist Reno der erste aus ihrer eigenen Altersklasse, der ihre Stücke sieht. Er geht von Puppe zu Puppe, berührt die Stoffe und begutachtet Sophies Handwerkskunst. Dann geht sie mit ihm hinter die improvisierte Bühne und zeigt ihm die unterschiedlichen, durch Knöpfe variierbaren Accessoires, wie Schleifen, Kragen, Rüschen und Manschetten. Fast andächtig befühlt er jedes Teil und hält es an die unterschiedlichen Kleidungsstücke. Dann nimmt er Sophie in den Arm.

»Es ist wunderschön«, flüstert er ihr zu. »Einfach wunderschön! Vergiss jegliche Bezahlung für heute Abend. Ich gebe dir den Service umsonst. Bin sehr stolz darauf, ein Teil davon sein zu dürfen.«

Dann wird er wieder zum alten Reno.

»So, was ist denn hier los, wollen wir euch drei Grazien mal in etwas Ansehnliches verwandeln oder wollt ihr weiterhin aussehen wie traurige Mauerblümchen? Also, auf, auf, rauf auf die Stühle meine Damen.«

Sophie zwinkert Sam und Liv zu. Sie hat sie schon vorgewarnt, was sie von Reno zu erwarten haben, und beide zwinkern ihr fröhlich zurück. Dann wirbelt Reno von einer zur anderen, befeuchtet Haare, föhnt diese, dreht sie auf Lockenwickler, sprüht und zupft. Scheinbar parallel legt er allen dreien ein dramatisches Make-up auf, das sie komplett anders aussehen lässt. Er spart wahrlich nicht an Effekten und tobt sich voll aus. Als er mit einem zufriedenen Grinsen »Voilà, die Damen, fertig!« verkündet und die drei in den Spiegel gucken, sind sie sprachlos. Es sieht aus, als würden ihnen drei Supermodels mit aufwendig hochgesteckten und kunstvoll zerzausten Frisuren entgegenschauen. Dazu tragen sie ein Make-up, das selbst den Modeschauen in Paris alle Ehre gemacht hätte.

»Wow, Reno, danke, du bist ein Star«, sagt Sophie gerührt und umarmt ihn, während die beiden Mädels schon eifrig Selfies von sich knipsen.

»Nicht auf Instagram posten«, warnt Sophie sie. »Ich möchte nicht, dass eure Tante euch so sieht, bevor sie hier ankommt.«

Dann wird Lucas noch hinzugezerrt, der von den beiden ein Foto nach dem anderen in den wildesten Posen und mit den blödesten Grimassen machen muss, was dieser auch gutmütig ausführt.

»Wir haben keine halbe Stunde mehr, wir müssen uns sputen«, ruft Sophie schließlich. »Los, lasst uns umziehen.«

»Die Frisuren sind übrigens wie Beton«, grinst Reno. »Da werdet ihr beim Umziehen nichts kaputt machen. Hier, ich habe euch auch noch Make-up-Tücher mitgebracht, zieht euch diese beim Anziehen über den Kopf, damit ihr die schöne Kollektion nicht versaut.«

»Ach Reno, du bist ein Schatz, an die Tücher habe ich gar nicht mehr gedacht«, gibt Sophie erleichtert zurück.

Dann ziehen sie, Sam und Liv sich um, und die Verwandlung ist komplett. Alle drei sind elegant in schwarz gekleidet und haben unterschiedliche angeknöpfte Accessoires an. Sam trägt einen schmalen schwarzen, sehr fein gestrickten Kaschmirpullover, der an einer Seite des U-Boot-förmigen Ausschnitts eine schmale schwarze Schleife angeknöpft hat, die vorne und hinten lang über den Körper fällt. Die Ärmel lassen sich ebenfalls gleich unterhalb der Schultern abknöpfen, was einen Pullunder mit weitem Ausschnitt und leicht überlappenden kurzen Ärmeln ergibt.

Liv trägt ebenfalls einen schmalen, schwarzen Kaschmirpulli, mit einem abknöpfbaren Rollkragen, sowie extra langen Manschetten an den schmalen Ärmeln, die dem Pulli einen zusätzlichen eleganten Touch geben und sich ebenfalls abknöpfen lassen.

Sophie selbst hat sich für eine elegante schwarze Bluse mit einer langen vorne angeknöpften Schleife sowie leichten Rüschenmanschetten entschieden, alles wie immer an- und abknöpfbar. Dazu tragen alle drei enge schwarze Hosen sowie schwarze Pumps mit dünnen Mörderabsätzen.

Als sie so vor Lucas und Reno erscheinen, brechen beide spontan in Beifall aus und Lucas stößt ein paar anerkennende Pfiffe aus. Sophie strahlt vor Glück. Es ist viertel vor acht und ihre Gäste werden bald eintreffen.

»Lucas, alles fertig?«, fragt sie ihn.

»Alles im grünen Bereich«, antwortet dieser. »Ich verziehe mich dann schon einmal in den Nebenraum, muss auch noch die Stühle aufstellen.«

Damit verschwindet er mit einer angedeuteten Verbeugung. Sophie, Liv, Sam und Reno werden Sophies Freunde im kleinen Vestibül empfangen, wo zunächst angestoßen, ein wenig geplaudert und gegessen wird. Die erste Flasche Champagner haben Sophie und Reno schon fast alleine ausgetrunken. Sie wird sich etwas zurückhalten müssen, sonst ist sie schon blau, bevor es überhaupt losgeht. Die beiden Mädels halten sich an ihre Coke Zero. Während Reno sich interessiert die Bilder in der Galerie anschaut, bringen Sophie, Sam und Liv das Essen in den Vorraum, nehmen die Folien ab und stellen Teller und Gläser auf einen Tisch, auf dem sie zuvor eine edle weiße Leinentischdecke ausgebreitet haben. Dann öffnen sie noch eine Flasche Champagner und Weißwein und deponieren einen weiteren Vorrat in einem dekorativen Kühler. Langsam werden alle drei etwas nervös und Sophie spürt einen Anflug von Schweiß unter ihren Achseln. Sie hat Lampenfieber! Jetzt hat Lucas Musik angemacht und im Hintergrund läuft leise Klassik. Sophie zündet noch ein paar Kerzen an, schaut im Nebenraum nach, ob alles ok ist, und dann sind sie eigentlich fertig. In dem Moment läuten auch schon die Kirchenglocken acht Uhr und Sophie nimmt einen tiefen Atemzug. Ihre Kollektion ist kurz davor, das Licht der Welt zu erblicken!

Kurz darauf betreten Rob und Danny die Galerie, beide so aus dem Ei gepellt, als seien sie einem Männermagazin entsprungen. Sie starren die drei Frauen mit großen Augen an.

»Wow! Ist das noch die Sophie, die ich hier vor zwei Stunden mit Jogginganzug und nassem Pferdeschwanz zurückgelassen habe? Was für eine Verwandlung!«

Danny nimmt zunächst sie fest in den Arm und während er danach die beiden Mädchen begrüßt, flüstert Rob ihr ins Ohr, wie glücklich sie aussähe und wie sehr er sich freut, heute zu erfahren, was es ist, das Sophies Herz und Teint so zum Strahlen bringt. Dann schaut er an ihr rauf und runter und bevor er noch etwas sagen kann, mischt sich Danny ein:

»Wo habt ihr nur diese fantastischen Outfits her, ihr seht alle aus wie Supermodels. Was ist das für eine Marke, ich erkenne sie gar nicht.«

Und er macht sich daran, in Sophies Blusenkragen nach dem Schildchen zu suchen. Schnell befreit diese sich von ihm und sagt fröhlich: »Lasst uns erst einmal auf einen schönen Abend anstoßen, der Rest kommt später!«

Damit stoßen sie mit Champagner an und Sophie spürt ein tiefes Glücksgefühl in sich. Da wird die Türe aufgerissen und Aishley kommt wie ein Wirbelwind herein.

»Eines Tages wird sie mir noch die Tür aus den Angeln reißen«, murmelt Danny. »Letztens hat eine Dame hier in der Galerie fast einen Herzstillstand bekommen, als Aishley wie ein Tornado hereingestürzt kam. Es handelte sich um eine äußerst wohlhabende Kundin, die ich nur ungern verlieren würde, wie ich dazu sagen muss.«

»Ich habe mich halt beeilt«, sagt Ashley außer Atem. »Heute ist schließlich ein großer Abend. Also ...« Aber bevor sie weitersprechen kann, hält sie mitten im Satz inne und starrt Sophie an.

»Wer bist du?«, kreischt sie. »Du kannst doch nicht etwa meine Freundin Sophie sein, der kleine Sonnenschein in Jeans und abgerupften T-Shirts? Wer ist diese Göttin hier vor mir?«

Dann erblickt sie ihre Nichten und ihre Augen werden noch größer.

»Und wer sind diese zwei Prinzessinnen? Habt ihr meine zwei vorlauten Nichten gesehen, eigentlich sollten die alle hier sein?« Sie guckt sich wild um. Sam und Liv kichern und strahlen stolz über das ganze Gesicht. Dann wendet Aishley sich wieder Sophie zu, schaut an ihr hoch und runter und sagt tadelnd:

»Sophie, jetzt mal ehrlich. Seit wann enthältst du mir neue Designer vor? Du weißt, es ist nicht nett, alles für sich selbst behalten zu wollen. Sharing is caring.« Und wie Danny vorher will sie ihr ins Schildchen hinten gucken. Auch jetzt kann Sophie sich wieder entwinden, aber nur, weil Aishley Reno entdeckt hat und laut jauchzt:

»Der Maestro selbst ist hier, kein Wunder, dass alle wie verwandelt aussehen. Nur mich hast du als hässliches Entlein belassen.«

Und damit fällt sie ihm um den Hals. Eine halbe Stunde lang stehen sie herum, essen, trinken und quatschen. Dann merkt Sophie, dass ihre Freunde langsam unruhig werden und es Zeit ist, mit der Show zu beginnen. Sie geht in den Nebenraum und gibt Lucas ein Zeichen. Dann öffnet sie die Tür zum Hauptraum und führt Aishley, Danny, Rob und Reno hinein. Dort ist es, wie mit Lucas vereinbart, dunkel, mit gerade einmal genug Hintergrundlicht, dass die vier zu ihren Stühlen finden. Sie setzen sich hin und es wird dunkel im Raum. Dann ertönt laut *Das Model* von Kraftwerk und zwei der Schaufensterpuppen werden von runden Scheinwerfern voll angeschienen, beide in schwarz und weiß gekleidet. Daraufhin kommen Sam und Liv, von Lucas beleuchtet, auf die imaginäre Bühne, gefolgt von Sophie. Die beiden machen Sophie Platz, sie bleibt vor ihren Gästen stehen, und knöpft im Takt zur Musik spielerisch ihre Schleife und ihre Manschetten von ihrer Bluse und gibt diese an Sam und Liv weiter. Sophie steht nun in einer schlichten, schwarzen Bluse da. Lucy und Sam gehen mit den abgeknöpften Accessoires zu den Schaufensterpuppen und bringen diese dort an. Sogleich ändert sich der Stil der vorher schlicht gekleideten Puppen. Dann dreht Sam sich vor den Gästen wie ein geübtes Mannequin und nimmt die Ärmel ihres Pullis ab, der nun zu einem edlen Pullunder wird. Und alles in kürzester Zeit, mit nur ein paar Handbewegungen. Die Gäste brechen in rauschenden Applaus aus, als sie sich mit dem Rücken zu ihnen dreht, auch noch die Schleife am Ausschnitt abknöpft, diese lässig über ihre Schulter wirft und hinter den Vorhang stolziert. Jetzt kommt Liv nach vorne, nimmt den Rollkragen von ihrem schlichten, schwarzen Pulli ab sowie die überlangen Manschetten und knöpft diese an eine der Blusen der Schaufensterpuppen. Danny, Rob, Aishley und Reno kennen kein Halten mehr, springen auf und klatschen wie wild. Sophie kommt kurz raus, verbeugt sich und geht wieder hinter den Vorhang. Dort haben Liv und Sam sich schon in Windeseile umgezogen und freuen sich darauf, jetzt den Hippielook zu präsentieren. Zwei neue Schaufensterpuppen werden angeschienen, diesmal eine mit buntem, luftigen Top und Rock, die andere im Hängerkleidchen. Sam und Liv bewegen sich lasziv zu *Free as a bird* von den Beatles auf die Bühne. Sie kommen in Flipflops und Maxiröcken, beziehungsweise Kleidern, verändern deren Länge durch Knopfdruck, tauschen gegenseitig die unterschiedlich gemusterten Lagen aus, was zu immer neuen Kombinationen führt, verändern spielerisch die Outfits der Schaufensterpuppen, knöpfen sich schließlich lange Pluderärmel an ihre Trägerchen und verlassen unter lautem Beifall der Gäste die Bühne. Die beiden Schaufensterpuppen sind jetzt völlig verändert. Die Puppe im Hängerkleidchen trägt nun ein Maxikleid, das aus unterschiedlich gemusterten Lagen besteht, während der Rock der anderen Puppe ebenfalls länger geworden und ihr Top durch das Anknöpfen eines losen Kragens und loser Ärmel zu einer coolen Bohemia-Bluse geworden ist. Sophie beobachtet alles voller Stolz durch den Vorhang und kann gar nicht glauben, wie natürlich die beiden Mädchen die Show aufführen. Klar, sie sind den Ablauf letzten Sonntag bei ihr durchgegangen und haben auch ein wenig geübt, aber die beiden sind Naturtalente und bewegen sich in Sophies Kollektion, als seien sie dort hineingeboren worden. Vor Freude und Stolz strahlend kommen sie jetzt wieder hinter die Bühne zurück. Der letzte Teil wartet auf sie, der, der allen am meisten Spaß macht: die von Coco Chanel inspirierte blau-weiße Marinekollektion.

»Sophie, es sieht toll aus«, flüstert Gott ihr voller Freude zu.

»Danke«, flüstert Sophie strahlend zurück.

»Die Schleife, vergiss die Schleife nicht«

»Ach Gott, die Schleife genau, danke, du bist der Beste.«

Und damit betreten Sophie, Sam und Liv zu Beyoncés *Single Ladies* die Bühne, während diesmal zwei Schaufensterpuppen im Matrosenlook angeschienen werden. Die drei genießen ihren Auftritt sichtlich. Sie tragen Ballerinas, weiße Turnschuhe und kleine Pumps, hoch sitzende Marlene-Hosen mit engem Gürtel, schmale Jeans und kurze luftige Röcke. Schleifen und Kragen werden ab- und angeknöpft, ebenso Ärmel und Manschetten, mal streng und gerade, mal verspielt mit kleinen Rüschen. Nichts ist überladen, alles macht Spaß, ist frech und leicht. Lebensgefühl pur. Die drei tanzen die imaginäre Bühne entlang, werfen sich diverse Accessoires zu, knöpfen diese an ihr eigenes Outfit und haben einfach nur Spaß. Den Gästen geht es ebenso. Diese sind mittlerweile aufgesprungen und wippen, klatschen, singen und johlen mit. Die Stimmung ist ausgelassen und Sophie spürt, dass sie einen Trend der Zeit getroffen hat. Lieblingsteile einfach variieren und dem eigenen Stil und der aktuellen Stimmung individuell anpassen zu können. Als das Lied zu Ende geht, leuchtet Lucas alle Schaufensterpuppen auf einmal an, die jetzt völlig anders als zu Anfang der Show aussehen. Sam, Liv und Sophie verneigen sich und das Deckenlicht geht an. Die Gäste stürmen nach vorne und umarmen die drei Models. Aishley möchte Sophie gar nicht mehr loslassen. Sie hält sie fest umklammert und flüstert ihr die ganze Zeit immer wieder zu, wie stolz sie auf sie ist. Dann sieht Sophie, dass Aishley weint. Ihre Aishley weint! Das hat sie wirklich erst sehr selten erlebt.

»Tut mir leid.« Aishley wischt sich die Tränen aus den Augen. »Ich bin doch eine sentimentale Ziege. Aber das ist alles so schön, Sophie. So, so schön. Und so liebevoll und professionell umgesetzt. Jetzt weiß ich wirklich, was Inspiration bedeutet. (Hier schickt Sophie ein schnelles ›Danke‹ an Coco Chanel nach oben.) Weißt du, ich wusste immer, dass in dir viel Kreativität und Lebensfreude steckt, aber du hattest doch irgendwie immer das Gefühl, im Schatten deiner brillanten Schwester zu stehen. Jetzt endlich bist du aus diesem Schatten herausgetreten. Deine Schwester mag Menschen mit ihrem medizinischen Wissen helfen, du hingegen wirst mit deinen Entwürfen Freude und Leichtigkeit in das Leben der Menschen bringen. Das ist nicht weniger wert. Ich freue mich so sehr, Sophie, so, so sehr. Gott sei Dank habe ich das alles hier festgehalten«, und damit hält sie ihre Kamera hoch. Sophie ist in der Aufregung gar nicht aufgefallen, dass Aishley ihre Kamera dabeihat und Fotos gemacht hat. Jetzt freut sie sich darüber. Dann dreht Aishley sich um, um ihre Nichten ebenso herzlich zu umarmen. Als Nächstes kommen Danny und Rob zu Sophie, ebenfalls sprachlos.

»Mir fehlen ausnahmsweise die Worte, mein super talentierter Schatz«, sagt Danny sichtlich bewegt. »Es tut mir leid, dass ich dachte, du würdest ein Bordell aufmachen«, sagt er mit beschämt nach unten gerichtetem Blick. Sophie lacht gutmütig.

»Vielleicht im nächsten Leben, Danny-Schatz, vielleicht im nächsten Leben! Aber jetzt müsst ihr erst einmal mit meiner Kollektion vorliebnehmen.«

»Ich hoffe, es kommt bald eine Männerkollektion«, antwortet Danny.

»Mann? Siehst du hier einen Mann?«, antwortet Sophie neckend und schaut sich mit gespieltem Erstaunen im Raum um.

Dann wird sie ernst, denn Rob legt seinen Arm um sie.

»Sophie«, sagt er auf seine ruhige, einfühlsame Art. »Die Menschheit kann froh sein, dass du nichts von Devisen und Anlagekapital verstehst. Denn wärst du Bankerin geworden, so wäre der Welt eine äußerst talentierte Designerin verloren gegangen. Heute hast du wirklich gezeigt, was in dir steckt. Und wenn ich mir vorstelle, dass du das alles selber genäht hast, da ziehe ich den Hut vor dir, meine Liebe.«

Jetzt hat auch Sophie Tränen in den Augen und die Anspannung des Abends fällt langsam von ihr ab. Sie nimmt Rob fest in den Arm, geht dann zu ihren beiden jungen Models und bedankt sich voller Rührung bei ihnen. Sie haben das besser gemacht, als sie es jemals erwartet hätte und ohne die beiden wäre der Abend nicht so ein Erfolg geworden. Die beiden versichern ihr, wie viel Spaß es ihnen gemacht hat und strahlen über das ganze Gesicht. Als Dankeschön gibt sie ihnen zwei Tickets für die Alexander-McQueen-Show während der London Fashion Week und die beiden flippen vor Freude förmlich aus. Ihr Berufswunsch steht jetzt fest: Mode, in welcher Form auch immer, das wird ihre Zukunft sein. Sophie ist sich nicht ganz sicher, ob sie damit etwas Gutes getan hat, aber dann fallen ihr Aishleys

Worte ein: Nicht jeder kann die Welt retten, es ist ebenso wertvoll, Schönes in das Leben der Menschen zu bringen. Dies könnte auch einer der Gründe sein, warum Mode nach Kriegszeiten immer einen Aufschwung erfährt. Die Menschen brauchen etwas, das sie den tristen Alltag vergessen lässt. Letztlich ist die Seele des Menschen doch für Schönheit geschaffen. Rohheit und Gewalt widersprechen ihr. Dann kommt Reno freudestrahlend auf sie zu und sagt:

»Bald werde ich sagen können, dass ich eine Berühmtheit mehr als Kundin habe. Diese Mode ist der Hit, my dear, einfach der Hit! Und die Qualität der Stoffe ist ein Traum. Du weißt ja, für mich geht es immer nur um Qualität, Qualität, Qualität«, strahlt er sie an.

Sophie strahlt zurück.

»Danke mein Lieber, auch dass du uns so fantastisch zurechtgemacht hast, ich würde das Make-up am liebsten ewig draufbehalten. Fühle mich so sexy wie selten. Und mit der Berühmtheit, das ist sehr nett von dir, aber davon bin ich noch weit entfernt.«

»Schauen wir mal«, sagt Reno und zwinkert ihr zu. »Ich habe da zumindest ein sehr gutes Gefühl. Und mein Gefühl trügt mich selten, wenn es um Prominenz geht, Darling.«

»Das stimmt allerdings,« lacht Sophie und geht schließlich zu Lucas, der etwas abseits steht und den Trubel beobachtet. Sie umarmt ihn voller Dankbarkeit.

»Lucas, ohne dich wäre das hier nicht möglich gewesen, du bist wirklich ein Star, bitte sag mir, wie ich mich irgendwie bei dir revanchieren kann.«

»Ach, Sophie, ich habe zwar keine Ahnung von Mode und ehrlich gesagt interessiert sie mich normalerweise auch nicht sonderlich, aber selbst ich kann sehen, dass das hier cool ist. Und ich bin froh, ein Teil davon gewesen sein zu dürfen. Dieses Maxikleid mit den ganzen Lagen ist wirklich cool. Wenn es mal in den Läden erhältlich ist, werde ich meiner Freundin so eins kaufen, die wird Augen machen.«

»Wenn es mal in den Läden erhältlich sein wird, so werde ich dir eines schenken«, stellt Sophie klar.

»Deal!«, grinst Lucas zurück. »Und wo ich jetzt schon einmal unter euch feinen Leuten bin, werde ich mir ein Glas Champagner zu Leibe führen. So etwas kriege ich wahrlich nicht jeden Tag geboten. Und die Häppchen sind auch super lecker.«

Damit macht er sich auf den Weg zu Speis und Trank, wo sich auch die anderen mittlerweile eingefunden haben. Natürlich erst, nachdem jeder einzelne die Kollektion noch einmal im Detail begutachtet hat. Der Abend wird lang. Sam und Liv dürfen heute so lange ausbleiben wie sie wollen, da Aishley ihren Eltern versprochen hat, sie sicher mit dem Taxi nach Hause zu befördern. Sie halten sich an ihre alkoholfreien Cocktails und fragen Reno Löcher über Frisuren und Make-up in den Bauch. Lucas sorgt die Nacht durch für Musik, und da er ab und zu ein paar Aktien kauft und sich zudem gerade mit seiner Firma selbstständig gemacht hat, unterhält er sich überraschend gut mit Rob, der ihm bereitwillig Auskunft gibt und von diesem jungen Mann durchaus beeindruckt ist. Währenddessen glucken Aishley, Sophie und Danny zusammen, und Sophie muss nun auch Danny alles über Olivers Avancen und ihre eigene unerwiderte Schwärmerei für Patrick erzählen. Danny macht große Augen.

»Was meinst du damit, er ist mit der Galeristin zusammen, die ich auch gut kenne? Von wem sprichst du?«

»Na, von dieser schönen Lydia natürlich, ihr beide scheint ja ganz eng zu sein.«

»Ja, klar, sind wir, aber ich weiß immer noch nicht, wovon du sprichst. Lydia ist ganz sicher nicht mit deinem Patrick zusammen.«

»Oh doch, ist sie, Danny. Leider!«

Danny bricht in schallendes Gelächter aus. »Sophie, Lydia ist lesbisch. Genauso hundertprozentig wie ich schwul bin, ist sie lesbisch. Sie würde selbst einer Sahneschnitte wie deinem Patrick nicht die geringste Chance geben. Und zudem ist sie schon seit Ewigkeiten mit Claire zusammen, einer supersmarten Meeresbiologin, die zurzeit auf einer Weiterbildung in San Francisco ist. Lydia wird fast irre vor Sehnsucht, das hat sie mir selber gesagt.«

Sophie starrt Danny an. Was redet er da? Sie hat Lydia und Patrick doch zusammen gesehen und er sagte, die ganze Familie würde Lydia lieben. Sie ist sich sicher, dass sie sich nicht verhört hat! Da fällt es ihr wie Schuppen von den Augen. Patrick hatte bei ihr in der Wohnung erwähnt, dass seine Schwester gerade in Amerika unterwegs und dass sie Wissenschaftlerin sei. Das muss Claire sein! Lydia ist also mit Patricks Schwester zusammen und nicht mit ihm! Daher auch das Telefonat, das sie letzte Woche mitangehört hat: »Lydia kann es auch nicht mehr erwarten, dich zu sehen« – er hat mit seiner Schwester telefoniert! Sophie haut sich die Hand vor die Stirn.

»Ich Idiot, ich Idiot, ich Idiot. Und ich habe ihn im Taxi dermaßen abblitzen lassen. Habe ihn noch nicht einmal gefragt, ob er gebunden ist. Ich bin einfach davon ausgegangen. Ahhhh, wie kann man nur so blöd sein!« Sie lässt sich in ihrem Stuhl zurückfallen.

»Wirklich idiotisch, so etwas lässt man nicht abblitzen, egal, ob gebunden oder nicht«, murmelt Danny. »Seit wann bist du zu so einer Heiligen geworden? Jedenfalls kannst du dich doch jetzt freuen, dass er wenigstens frei ist«, fügt er aufmunternd hinzu.

»Ich glaube, ich habe es vermasselt, Danny. Ich glaube wirklich, ich habe es vermasselt. Bitte lasst uns über etwas anderes sprechen, sonst bekomme ich noch schlechte Laune.«

Also sprechen sie wieder über die Kollektion und bevor sie sich versehen, ist der Alkohol fast leer und die Uhr zeigt vier Uhr morgens an. Lucas hat in der Zeit schon unauffällig alles wieder zusammengepackt und in seinen Lieferwagen geladen.

»Ich hole den morgen hier ab und bringe dir all deine Sachen, Sophie. Heute nehme ich lieber ein Taxi.«

»Du bist ein Schatz, danke«, gähnt Sophie. »Und das Taxi geht natürlich auf mich. So leid es mir tut, Leute, aber ich bin todmüde. Ich denke, es ist jetzt für uns alle Zeit, nach Hause zu gehen. Danny, mein Lieber, ich komme morgen früh vorbei, bevor du aufmachst, und räume den Rest hier auf. Tut mir leid, aber heute schaffe ich es einfach nicht mehr.«

»Nicht nötig, mein Engel. Wie du weißt, habe ich heute hier das Wildeste erwartet, da habe ich meine Putzhilfe gebeten, morgen früh vorbeizukommen und klar Schiff zu machen. Du genieß also deinen wohlverdienten Schönheitsschlaf und freue dich auf den Erfolg, der dir sicher ist. Wir sind alle so stolz auf dich.«

Damit verabschieden sie sich alle voneinander, hüpfen in ihre Taxis und machen sich auf den Weg nach Hause.

Sophie ist erschöpft und glücklich. Zu Hause angekommen, bezahlt sie ihr Taxi, dreht sich um und sieht Patrick vor der Türe stehen, die er gerade aufzuschließen versucht. Er scheint auch getrunken zu haben, das kennt sie so noch gar nicht von ihm.

»Ah, Sophie, meine schöne, gottesfürchtige Nachbarin«, begrüßt er sie. »Es scheint eine Angewohnheit von uns zu werden, dass wir uns mitten in der Nacht hier treffen.«

Er lallt ein bisschen und in seiner Stimme ist keine Freude. Jetzt schaut er sie von oben bis unten an.

»Toll siehst du aus. Hast dich fein zurechtgemacht. Und kommst doch wieder allein nach Hause. Dabei habe ich mich so gefreut, dass unser kleines Eifersuchtsspiel so gut funktioniert hat. Die kalifornische Blondine wurde offensichtlich schnell wieder von deinem Loverboy abserviert, nachdem er dachte, er hätte dich an mich verloren.« Dann lacht er. »An mich verloren? Wo denkt er hin? Er kennt dich wohl nicht gut, Sophie. Sophie ist schließlich eine eiserne Lady. Fast wie mit einem Keuschheitsgürtel ausgestattet. Für einen wie mich nicht zu haben. Aber wenigstens ein Happy End mit dem Mann, der ab und zu mal zum Atmen abtauchen muss. Ich frage mich nur, wo er heute ist. Wo ist er, Sophie? Du hast dich doch nicht etwa umsonst so fein gemacht? Oder hat er sich wieder freigenommen?«

Patrick lacht gehässig. Sophie wird fast schlecht. So hat sie ihn noch nie erlebt. Er ist sonst immer eher ironisch oder steht über den Dingen. Diese Bitterkeit scheint gar nicht typisch für ihn zu sein. Trotzdem möchte sie diese Chance nicht ungenutzt lassen.

»Hör zu, Patrick, ich muss dir etwas erklären. Es ist nicht so, wie du denkst.«

Aber bevor sie noch zu Ende sprechen kann, hat Patrick schon seine Hand abwehrend gehoben und zur gleichen Zeit auch die Tür aufbekommen.

»Es ist alles gut, Sophie, es gibt nichts zu erklären. Tut mir leid, wenn ich dir zu nahe gekommen bin. Ich war mir nicht bewusst, dass deine Gefühle für diesen Abtaucher noch so stark waren. Dann hätte ich mich zurückgehalten. Aber du hast mir ja meine Grenzen klar aufgezeigt.«

Damit lacht er sarkastisch und entschwindet mit einem »Nichts für ungut« die Treppe hinauf. Sophie seufzt. Der Abend war so perfekt gewesen und nun so etwas. Konnte es nicht einfach mal nur schön sein? *Doch, konnte es*, entscheidet sie. Sie würde sich jetzt von Patrick und seinem Verhalten nicht irritieren lassen. Dies ist ihr Abend gewesen und er war ein voller Erfolg. Das würde sie sich jetzt nicht verderben lassen. Sie geht in ihre Wohnung, macht noch leise Musik an und lässt sich ein Bad einlaufen. Sobald sie sich in die duftenden Schaumberge legt, merkt sie, wie erschöpft sie ist. Glücklich erschöpft. Und aus Freude singt sie im Duett mit Gott wieder ein paar Prince-Lieder, vielleicht etwas lauter als geplant.

»Ruhe, ich kann nicht schlafen bei dem Gejaule«, tönt es von oben und etwas klopft auf den Boden.

»Dann vermiete keine Häuser, die so dünne Decken haben«, brüllt Sophie zurück und singt noch lauter. Als sie schließlich aus der Badewanne steigt, wird es draußen schon hell und sie sieht, dass es mittlerweile sechs Uhr morgens ist. Sie gießt sich noch ein Glas Wasser ein und fällt dann erschöpft, aber überglücklich ins Bett.

12

Ich trinke Champagner nur bei zwei Gelegenheiten:
Wenn ich verliebt bin und wenn ich es nicht bin.

- Coco Chanel

ALS SIE GEGEN MITTAG AUFWACHT, LÄSST SIE DEN ABEND wieder und wieder Revue passieren. Er ist einfach perfekt gewesen und die Begeisterung ihrer Freunde echt. Als sie ihr Telefon anmacht, findet sie schon Nachrichten von allen, die gestern dabei waren, vor. Sie danken und gratulieren ihr nochmals. Außerdem eine Nachricht von Lucas, dass er um vier Uhr mit den Sachen vorbeikommen würde, falls ihr das passt. Sie schickt ihm ein kurzes »ok« und »danke« und zieht sich dann für einen Lauf um. Es würde heute ein langsamer Lauf werden, aber es wird ihr guttun, ihre Muskeln zu lockern und ihren Kopf zu lüften. Als sie die Tür öffnet, liegt draußen wieder eine Karte vor ihrer Tür, daneben ein kleiner, eingepackter Kuchen. Auf der Karte ist vorne ein trauriger Smiley drauf und als sie sie umdreht, erkennt sie, dass sie von Patrick ist. Ihr Herz macht einen Sprung.

»Sorry, war etwas harsch heute Nacht. Zu tief ins Glas geschaut. Auch wenn das keine Entschuldigung ist – aber vielleicht eine Erklärung. Wird nicht wieder vorkommen. Alles Gute, P.«

Nun ja, eine Liebeserklärung ist das nicht gerade, aber Sophie ist zuversichtlich, dass sie die Dinge mit Patrick irgendwann wieder klären wird. Wenn die Zeit reif dafür ist. Nach ihrem Lauf ruft sie Aishley an und die beiden quatschen über eine Stunde lang und gehen die ganze Kollektion noch einmal durch. Außerdem teilt Aishley ihr mit, dass sie, Danny und Rob Sophie am nächsten Morgen gerne in eines von Londons feinsten Restaurants zum Brunch einladen möchten. Auch sie hätten eine Überraschung für sie. Sophie sagt freudig zu und dann kommt auch schon Lucas mit den Sachen. Sie packen aus und trinken noch einen Tee zusammen. Den Rest des Tages verbringt Sophie damit, alles wieder einigermaßen herzurichten und fläzt sich dann auf die Couch. Um elf Uhr fällt sie ins Bett.

Am nächsten Morgen wacht Sophie wie elektrisiert auf. Der Freitagabend ist noch so präsent in ihrem Gedächtnis. Sie schläft wieder ein, wacht wieder auf. Dann ist es langsam Zeit, aufzustehen und sich zurechtzumachen. Sie und ihre Freunde sind im legendären und schicken Wolseley verabredet. Und während diese zwar so tun, als handelte es sich um einen entspannten Brunch, gibt es im Wolseley nur Frühstück oder Lunch oder Dinner. Keinen klassischen Brunch, der von morgens bis abends den Tag ausfüllen kann. Und da sie sich erst um zwölf Uhr dort treffen wollen, und Frühstück nur bis elf Uhr serviert wird, ist es somit eher eine förmliche Einladung zum Lunch, die sie gestern erhalten hat. Sie sind schon ein paar Mal zusammen im Wolseley gewesen, vor allem Maurice hat es geliebt, als er noch mit Aishley zusammen war. Aishley hingegen nannte es abfällig ›Lasst uns heute Erwachsene spielen‹. Und genau so zieht Sophie sich jetzt an. *Das Wolseley ist nichts für junge Menschen mit viel Hunger und wenig Geld,* denkt sie. *Es ist eher etwas für alte Menschen, die keinen großen Hunger mehr haben, aber dafür umso mehr Geld.* Ab und an liebt Sophie diese Atmosphäre von altem englischen Staub, und ins Wolseley zu gehen ist immer wie ein kleines Fest. Es ist, als würde man in eine andere Welt entfliehen. Sie zieht sich ein kleines Etuikleidchen von Dolce & Gabbana an, bürstet sich die Haare ordentlich, trägt dezenten Lippenstift auf und sprüht ein wenig Parfum hinter die Ohren. Der Vamp von gestern ist verschwunden, jetzt sieht sie aus, als sei sie von Beruf Tochter. Aber sie liebt es, sich zu unterschiedlichen Anlässen entsprechend unterschiedlich zu kleiden und eine immer andere Rolle zu spielen. Gott hatte recht. Wir spielen immer unterschiedliche Rollen. Gefährlich wird es nur, wenn wir uns mit einer identifizierten. *Gott!* Sophie bekommt fast ein schlechtes Gewissen. Den hat sie in den letzten Tagen völlig ignoriert, obwohl er ihr doch so geholfen hat. Ob er wohl böse auf sie ist?

»Natürlich nicht«, brummt es da. »Ich bin es gewöhnt, dass ich nur gerufen werde, wenn man mich braucht. Und jetzt stör mich nicht, ich rasiere mich gerade und brauche da kein naseweises Mädchen, das mir über die Schulter guckt.«

Was? Naseweises Mädchen? Sie? Wird sie da gerade von Gott kritisiert, weil sie ihn anspricht? Sollte er nicht immer für sie da sein? Und dankbar für ihre Aufmerksamkeit?

»Na ja, dankbar würde ich nun nicht gerade sagen«, brummelt die Stimme da wieder, »schließlich habt ihr die Tendenz, nie mit mir zu sprechen, wenn es euch gut geht, sondern ich muss euch immer wieder aus der Patsche helfen. Aber lassen wir das. Ich habe mich damit abgefunden. Trotzdem, jetzt rasiere ich mich. Und das habe ich seit über einer Millionen Jahre nicht mehr getan, es ist also auch für Gott und für den guten Raphael, der mir dabei hilft, eine leichte Herausforderung. Ich habe Michael aufgetragen, heute auf euch aufzupassen. Unterhalte dich also mit ihm.«

Sophie ist baff. Sie hätte nicht erwartet, von Gott dermaßen abgewimmelt zu werden. Bisher fühlte sie sich schließlich immer eher gnädig, wenn sie ihm ihre Aufmerksamkeit schenkte.

»Das ist mir durchaus bewusst«, knurrt Gott.

Jetzt wird Sophie ein wenig beleidigt, dass er nicht ganz für sie da ist.

»Wieso rasierst du dich?«, fragt sie ihn also störrisch. »Dich sieht doch eh niemand.«

»Denkst du«, sagt Gott und stößt dann einen langen Schrei aus. Raphael ist offensichtlich das Rasiermesser ausgerutscht.

»Wenn du wüsstest, wer mich hier alles sieht, dann würdest du staunen. Und heute ...« Jetzt hört er sich fast verlegen an, Sophie sieht ihn regelrecht rot werden.

»Na ja, heute, gehe ich mit Mademoiselle Chanel aus. Wir haben uns entschieden, euch ins Wolseley zu begleiten. Waren beide schon lange nicht mehr da. Sehr lange, um ehrlich zu sein. Und schließlich sind wir ja auch irgendwie Teil des Projekts und sollten mitfeiern dürfen, oder?«, gibt er fast ein bisschen schnippisch hinterher.

Sophie ist ein wenig beschämt. Gott und Coco Chanel waren für sie unentbehrlich auf ihrer Reise und sie hatte tatsächlich vergessen, die beiden miteinzuladen oder ihnen zumindest zu danken.

»Gott, kann Coco mich jetzt auch hören?«

»Nein, sie ist bei der Pediküre«, antwortet Gott etwas schüchtern.

»Gut, dann richte ihr bitte aus, dass es mir und meinen Freunden eine Ehre ist, euch heute dabeizuhaben. Und dass meine Kollektion nicht das wäre, was sie ist, wärt ihr nicht dabeigewesen.«

»Danke, Sophie«, sagt Gott und fügt dann leise hinzu: »Weißt du, ich habe euch gemacht, um all die Emotionen und Freuden auf der Erde durch euch miterleben zu dürfen. Natürlich bin ich auch da, wenn es euch nicht gut geht, so wie auch du mich erkannt hast, als es dir besonders schlecht ging. Doch liebe ich das Gute und Schöne und ich freue mich immer sehr, wenn ihr mich auf diese Reisen mitnehmt. Aber jetzt muss ich mich beeilen. Mademoiselle Chanel wartet auf mich und der Stümper Raphael hat erst eine Hälfte rasiert und diese noch nicht einmal besonders gut, was wird sie nur von mir denken!«

Gott hört sich verknallt an, sinniert Sophie. *Wie interessant!*

Da hört sie wieder einen Schmerzensschrei. Raphael hat offensichtlich wieder danebengeschnitten. *Aber einen Bart nach einer Million Jahre zu schneiden, kann auch nicht so ganz einfach sein,* denkt Sophie verständnisvoll.

Im Wolseley sitzen ihre Freunde schon am Tisch, neben sich eine Flasche Champagner im Kühler und vor sich vier gefüllte Gläser. Sophie strahlt über das ganze Gesicht. Das verspricht ein perfekter Sonntag zu werden! Nachdem sie angestoßen haben und Danny nochmals eine kleine Lobrede auf Sophies Kollektion gehalten hat, sind sie bereit zu bestellen. Zunächst lassen sie sich eine Platte Austern zum Teilen bringen und danach eine ganze Auswahl von Gerichten angefangen bei Eggs Benedict mit Haddock und grünem Spargel, über Lachs, Makrele und Hering bis Steak Tartar. Sie würden sich schon ihren eigenen Brunch zusammenstellen und so schnell würde sie hier niemand mehr herausbekommen!

Gott, soll ich für dich und Coco auch etwas bestellen?, fragt Sophie in ihrem Kopf, aber Gott antwortet: »Nein, wir leben nur von Luft und Liebe. Um präziser zu sein, nur von Liebe«, und Sophie meint, Coco Chanel kichern zu hören.

Sophie weiß, wie diese Tage enden. Es gibt keine Chance, dass einer von ihnen sich von hier wegbewegt, bis es Zeit ist, ins Bett zu fallen. Sie werden den ganzen Tag Essen und Getränke nachbestellen, eventuell noch neue Leute kennenlernen. Es ist einer dieser Tage, wo man weder an Kalorien, noch an den Tag danach, noch an Geld denken sollte. Aber heute ist sie ja eingeladen. Wenigstens eine Sorge entfällt damit.

Nachdem sie ihren ersten Hunger gestillt haben, steht Danny auf und räuspert sich dramatisch. Die Leute an den Nebentischen schauen zu ihnen herüber, aber das macht ihm nichts aus, Danny mag Publikum.

»Liebe Sophie«, fängt er schließlich an und räuspert sich erneut. »Wir alle hier kennen und lieben dich seit vielen Jahren und wir haben immer den Funken bewundert, der in dir brennt und der dafür zu sorgen scheint, dass du nie älter wirst. Immer strahlst und leuchtest du wie ein junges Mädchen, aber leider muss ich sagen, dass du auch immer wie ein junges Mädchen die Angewohnheit hattest, dich ausnutzen zu lassen und dich unter Wert zu verkaufen. Deine erste, aber sicher nicht letzte Kollektion heißt Phoenix. Ein passender Name, unserer Meinung nach. Der Phoenix entsteigt, wie wir alle wissen, seiner eigenen Asche. Und leider muss ich dir mitteilen, Sophie, dass wir vor ein paar Monaten noch das Gefühl hatten, du seist die Asche. Eine hübsche Asche zugegebenermaßen, eine, die wir sehr lieben, aber halt die Asche. Dies mag sich hart anhören, doch nach deiner Episode mit Oliver war es schwierig, die Sophie, die wir kennen, noch hinter deiner Sucht nach ihm zu entdecken. Und dann kommt es – ohne dass jemand etwas mitbekommt, steigt der wundervolle Phoenix aus seiner Asche. Er breitet die Flügel aus, präsentiert uns stolz seine wahre Stärke und Unzerstörbarkeit und zeigt uns allen, um es gelinde auszudrücken, den Mittelfinger. Allen, die nie an ihn geglaubt haben, die ihn vielleicht schon aufgegeben hatten. Du hast uns alle eines Besseren belehrt, Sophie. Du hast uns gezeigt, dass du nie die Asche warst, sondern immer der

Phoenix, der erst neue Kraft schöpfen musste, bevor er schließlich höher als alle anderen emporsteigen konnte. Deine leuchtenden Augen, deine wundervolle Kollektion, deine Kreativität, die dir aus allen Poren strömt, hat uns alle schändlich Lügen gestraft. Wir verstehen jetzt, manchmal muss man erst zur Asche werden, bevor man wieder aus ihr hervorsteigen kann.«

Danny hat Tränen in den Augen. Sophie auch. Aishley und Rob ebenfalls. Genau wie das ganze Restaurant und die Kellner, die stehen geblieben sind. Aber Danny ist noch nicht fertig:

»Sophie, wir haben dich heute hier in dieses edle Restaurant eingeladen, nicht nur um Unmengen von Champagner zu schlürfen, sondern auch, um dir und uns ein Geschenk zu machen. Am Mittwoch fliegen wir zusammen nach Mailand. Für fast eine Woche!«, ruft Danny jetzt enthusiastisch in die Runde und das ganze Restaurant bricht in Applaus aus. Einige rufen sogar »Phoenix, Phoenix«. Sophie ist mittlerweile knallrot. Danny hingegen sieht äußerst zufrieden aus und Rob gibt ihm stolz einen Kuss als Belohnung für seine anrührende Rede.

»Was meinst du damit, ›Wir fliegen nach Mailand?‹«, unterbricht Sophie die aufkommende Euphorie.

Danny grinst. »Na, wir vier fliegen nach Mailand, du, Aishley, Rob und ich. Was soll es sonst heißen? Und zwar schon am Mittwoch, also in drei Tagen. Mit deinem Chef ist alles abgesprochen.«

»Was??«, fragt Sophie. »Was habt ihr mit Keith abgesprochen?«

»Na ja, wir konnten ihm ja nicht die ganze Wahrheit sagen und er weiß ja schließlich nichts von deiner Kollektion, nicht wahr? Also haben wir ihm gesagt, dass wir uns ein wenig Sorgen um dich machen und dich gerne entführen würden. Ob er etwas dagegen hätte. Um ehrlich zu sein, hörte er sich heilfroh an und sagte, wir sollten dich nur wegbringen, wenn du danach als die Alte wiederkämst. Angeblich sprichst du in letzter Zeit viel mit dir selbst, das macht ihn wohl etwas nervös. Ist uns, um ehrlich zu sein, auch schon aufgefallen, aber wir denken, es ist ein Zeichen deines Genies.«

Na super, danke, Gott, allen fällt auf, das ich mit dir spreche, denkt Sophie und achtet diesmal darauf, ihre Gedanken nicht laut auszusprechen.

Anstatt jedoch beschämt zu sein, ruft dieser voller Begeisterung: »Jippieh, Mailand, eine meiner Lieblingsstädte. Coco, bist du dabei?«

Aha, jetzt nennt er sie schon beim Vornamen. Die Dinge zwischen ihnen sind heute offensichtlich gut gelaufen. Und nachdem Gott stolz verkündet: »Coco und ich kommen mit, aber für uns müsst ihr euch um kein Zimmer kümmern«, weiß Sophie, dass tatsächlich alles nach Gottes Plan gelaufen ist. Wie immer wahrscheinlich. Dann hört sie so laut, dass ihr Trommelfell vibriert: »Gabriel, ich brauche eine schmale, gut geschnittene Hose und ein Sakko. Bis nächste Woche. Pronto, pronto. Und sag mir schnell: Kann ich als Gott Vespa fahren oder sieht das komisch aus?«

Nach der ersten Aufregung findet Sophie dann heraus, dass sie schon am Mittwoch losfliegen, weil Danny die Wohnung eines Freundes organisiert hat, der in dieser Zeit im Urlaub ist. Deshalb haben sie auch Keith am Wochenende zu Hause angerufen, um sich sein Okay abzuholen. Sie wollten nicht das Risiko eingehen, dass Sophie so kurzfristig keinen Urlaub bekommt. Sophie spürt, wie ihre Vorfreude wächst, aber auch leichte Panik. Sie wollte doch Keith ihre Kollektion vorstellen, das müsste sie dann also bis Mittwoch schaffen. Sie würden fast eine Woche bleiben und erst am kommenden Dienstag zurückfliegen. Die Wohnung von Dannys Freund befindet sich direkt an einem der malerischsten Piazzi Mailands. Laut Danny ist es eine wunderschöne Art-déco-Wohnung, daher haben sie auch dieses Art-déco-Restaurant heute ausgewählt, um ihr das Geschenk feierlich zu überreichen. Sophie ist gerührt. *Meine Freunde sind doch die Besten!,* denkt sie sich. Wie schön wird es sein, mal ein paar Tage ganz ungestört mit ihnen zu verbringen, das haben sie schon ewig nicht mehr gemacht! Sophie umarmt einen nach dem anderen und dann sitzen sie bis abends im Wolseley, quatschen, lachen, essen, trinken und planen ihren Trip. Ein perfekter Sonntag also. Sobald sie zu Hause ist, schminkt Sophie sich ab und fällt dann auch schon ins Bett. Mailand! Sie würde sich bald Gedanken machen müssen, was sie zum Anziehen mitnimmt.

13

Mode ist nichts, was nur in der Kleidung existiert. Mode ist in der Luft, auf der Straße. Mode hat etwas mit Ideen zu tun, mit der Art wie wir leben, mit dem, was passiert.

- Coco Chanel

Am nächsten Tag geht Sophie zuerst zu Keith, der sie schon von Weitem anlächelt.

»Na, Sophie, du hast ja gute Freunde, so ein Geschenk würde ich auch gern mal bekommen. Wieso nimmst du dir nicht schon morgen frei, um dich wirklich in Ruhe auf den Trip vorbereiten zu können?«

Morgen ist Dienstag, sie fliegen Mittwochabend. Keith scheint sie ziemlich schnell loswerden zu wollen. Hat sie sich wirklich so eigenartig verhalten? Na ja, sie gibt zu, die Monate der Post-Oliver-Phase waren schon eher schwermütig und sind auch nicht sehr produktiv gewesen, aber doch nicht so schlimm, dass man sie gleich abschieben will!

»Nicht nötig, Keith, ich habe viel zu tun und arbeite

gerne. Danke, dass du mir so kurzfristig Urlaub gibst. Ich werde auch am Mittwoch noch arbeiten. Das nur zur Info. Fahre dann gleich von hier aus zum Flughafen. Apropos Mittwoch: Ich bräuchte bis dahin mal ein bis zwei Stunden ungestörte Qualitätszeit mit dir, kannst du dir das einrichten?«

»Sophie, dein Elan und Einsatz in allen Ehren, aber jetzt entspann dich doch erst einmal. Bis Mittwoch bin ich leider voll ausgebucht. Ich muss noch viel für die Fashion Week nächsten Monat vorbereiten, und ab nächster Woche bin ich ja selbst im Urlaub. Danach sprechen wir.«

Mist!, das hatte sie ganz vergessen. Keith fuhr ja selbst auch noch in den Urlaub, damit würde ihr eigenes Projekt noch weiter nach hinten rücken.

»Keith, nur eine Stunde ...«, drängelt Sophie.

»Schönen Tag noch«, unterbricht dieser sie. »Und erhol dich gut in Bella Italia. Es wird dir guttun.«

Und damit ist er weg. Sophie muss schlucken. Sie hat sich so darauf gefreut, Keith ihre Kollektion vorzustellen, und jetzt wird sie dermaßen abgespeist. Aber da fällt ihr ein, dass er erst nächste Woche Donnerstag fährt und sie ja schon einen Tag vorher wieder im Büro ist. Vielleicht erwischt sie ihn da noch. Und jetzt sollte sie sich mal auf ihren Job konzentrieren, denn den hat sie über die Kollektion in den letzten Wochen etwas vernachlässigt. Und damit macht sie sich an die Arbeit.

Die Tage bis Mittwoch vergehen wie im Flug. Kaum dass sie sich versieht, ist es auch schon so weit. Sie hat am Abend vorher schon gepackt und nimmt jetzt ihren Koffer mit in die Redaktion. Er ist ganz schön schwer. Sie wollte eigentlich nicht so viel mitnehmen, da Aishley nicht müde wird zu betonen, dass sie schließlich in die Hauptstadt der Mode fliegen und alles dort einkaufen können. Aber Sophie möchte trotzdem für alle Fälle gerüstet sein, so ist sie eben. Jetzt arbeitet sie konzentriert durch und ist dann mittags mit allem fertig, was sie erledigen wollte. Vielleicht hätte sie den Tag doch freinehmen sollen. Aber jetzt ist sie schon einmal hier, also holt sie ihr rosa Buch heraus und fängt an, neue Ideen zu skizzieren.

Sie ist völlig in Gedanken versunken, als Melissa plötzlich an ihrem Schreibtisch steht. Schnell macht sie das Buch zu und legt es zur Seite. Sie will auf keinen Fall, dass Melissa sieht, was sich darin befindet.

»Was kann ich für dich tun?«, fragt Sophie kalt.

»Ich habe gehört, du fliegst heute nach Mailand«, sagt Melissa mit süßer Stimme.

»Tue ich, stimmt, aber jetzt habe ich leider nicht viel Zeit, Melissa. Sag mir also, was es gibt. Und mach es kurz.«

»Ach Sophie, wir wissen doch beide, worum es geht. Denkst du wirklich, ich wüsste nicht genau, wie sehr du Oliver noch hinterherläufst? Peinlich ist das, wenn du mich fragst, einfach nur peinlich. Ich wollte dir nur sagen, dass du dir den Atem sparen kannst. Er ist vergeben und hat kein Interesse an dir. Krieg es endlich in deinen Kopf hinein. Auch wenn es schwerfällt.«

Sophie starrt sie an. *Diese Frau ist doch verrückt,* denkt sie sich. Sophie hat keine Ahnung, wovon sie redet. Und das sagt sie ihr auch.

»Ich habe keine Ahnung, wovon du sprichst, Melissa, und ich habe auch wirklich keine Zeit für so einen Quatsch.«

Dann schaut sie auf die Uhr und erschrickt. Sie hat die Zeit völlig vergessen und muss eiligst los, wenn sie rechtzeitig am Flughafen sein will.

»Melissa, ich muss los. Oliver kannst du geschenkt haben. Mit Kusshand. Schöne Woche.«

Und damit stürmt sie mit ihrem Koffer aus der Redaktion. Sie geht zur U-Bahn, fährt zur Paddington Station und nimmt dort den Heathrow Express, der sie innerhalb von 15

Minuten zum Flughafen bringt. Hätte sie erst den nächsten bekommen, wäre es knapp geworden. Sehr knapp sogar. Beim Check-in warten ihre Freunde ungeduldig auf sie.

»Wo bleibst du denn, wir wollen doch zusammensitzen, da müssen wir gemeinsam einchecken«, begrüßen sie Sophie unwirsch.

Sophie lässt sich von ihrem Ton nicht stören. Sie grinst. Der Urlaub kann beginnen! Auf dem Weg gönnen sie sich ihre erste Flasche Champagner und sind sich sicher, dass dies für heute nicht die letzte sein wird. Einmal angekommen, nehmen sie ein Taxi zu der Wohnung von Dannys Freund. Er hat einen Schlüssel bei Nachbarn hinterlassen und als sie hereinkommen, sehen sie, dass Danny nicht übertrieben hat: Eine riesengroße, lichtdurchflutete Wohnung erwartet sie. Die Freunde bewundern die wunderschönen Fliesen, die filigran verzierten Fenster und die stilvolle Art-déco-Einrichtung. Das Beste aber ist der große Balkon, der direkt auf eine belebte Piazza schaut, die gleich um die Ecke der berühmten Piazza del Duomo liegt.

»Nein, das Beste ist hier im Kühlschrank«, kreischt Danny freudig. Als sie in die Küche stürmen, um zu sehen, wovon er spricht, fühlen sie sich wie im Gourmet-Himmel. Der Kühlschrank ist gefüllt mit italienischen Köstlichkeiten, sowie mit diversen Flaschen Wein und Prosecco. Ein Zettel auf der Theke fordert sie auf, sich von allem zu bedienen, es sei nur für sie gekauft worden. Danny versichert ihnen, dass man dieses Angebot ernst nehmen dürfe und keine falsche Bescheidenheit von ihnen erwartet würde. Im Gegenteil, dies würde Roberto beleidigen.

»Er hat es mit Robs«, flüstert Aishley Sophie zu und dann setzen die vier sich mit einer Flasche Prosecco und Mailänder Salami, sowie Käse auf den Balkon und beobachten, wie das Leben unten an ihnen vorbeizieht und es langsam Abend wird. Es ist die reine Glückseligkeit und sie fühlen sich wie in einer Filmkulisse.

Nach der zweiten Flasche Prosecco beschließen sie, dass sie auch morgen zu Ende auspacken können und jetzt erst einmal die Atmosphäre der Stadt in sich aufnehmen wollen. Schnell ziehen sie sich etwas Bequemes an und stürzen sich in den Trubel. Sie lassen sich einfach treiben, von Bar zu Bar, und lassen es sich gut gehen. Danny fallen fast die Augen aus dem Kopf bei all den schönen Männern und Rob weicht keine Sekunde von seiner Seite. Die Stimmung ist perfekt. Die Stadt ist nicht so voll wie sonst, da Hochsommer ist und die meisten Italiener ans Meer geflohen sind, aber den vier Insulanern kommt die Hitze sehr gelegen. Ihnen kann es gar nicht heiß genug sein. Zudem finden sie so auch noch überall Platz, ohne dass eine Reservierung nötig wäre. Erst nach Mitternacht werden sie langsam müde und gehen in ihre Wohnung zurück. Dort beschließen sie, noch einen Gute-Nacht-Trunk zu nehmen und den Abend ausklingen zu lassen. Es ist einfach herrlich, bei dieser Wärme auf dem Balkon zu sitzen und zu wissen, dass man nur noch ins Bett fallen muss. Gegen drei Uhr lässt Sophie sich glücklich und erschöpft in ihr riesiges Bett sinken. Morgen würde sie ausschlafen, so lange sie will.

DAS DACHTE SIE ZUMINDEST. Aber am nächsten Morgen schlägt sie schon um acht Uhr die Augen auf und spürt, wie die Stadt sie ruft. Sie springt aus dem Bett und läuft im Pyjama in die Wohnküche. Rob ist auch schon wach und gerade dabei, einen starken Kaffee zu kochen. Er und Sophie decken auf dem Balkon den Frühstückstisch und dann kommen auch schon Aishley und Danny verschlafen aus ihren Zimmern getorkelt. Danny ist vor seinem ersten Kaffee nicht zu gebrauchen, aber sobald er diesen intus hat, wird auch schon wieder die nächste Flasche Prosecco geöffnet. Sophie ahnt, dass es die nächsten Tage so weitergehen wird. *Aber wieso auch nicht?*, fragt sie sich lächelnd. Sie nimmt sich vor, sich von dem Lebensgefühl hier einfach mitreißen zu lassen. Es ist fast Mittag als sie ihr Frühstück beenden, doch dann ziehen sie los, um die Stadt zu erkunden. Danny kennt sich ganz gut aus und agiert als ihr Führer. Ihre Freunde sind sich einig, dass Sophie die Hauptperson dieser Exkursion ist und als angehende Designerin Inspiration braucht. Ihre erste Kollektion ist fertig, aber die zweite wird ja hoffentlich nicht lange auf sich warten lassen! Also heißt es heute shoppen! Sophie ist gerührt, wie viel Vertrauen ihre Freunde in sie und ihre kreative Zukunft haben. Sie freut sich riesig auf den Einkaufstrip und als sie zur exklusiven Via Montenapoleone kommen und von dort aus das als Goldenes Viereck bekannte Modeviertel erkunden, spürt sie, wie sehr sie in den letzten Monaten ausgedehnte Bummeltrips vermisst hat. Gleichzeitig merkt sie aber auch, wie schön es jetzt ist, die Stücke mit anderen Augen zu betrachten – mit denen einer Designerin. An jeder Straßenecke in dieser modeverrückten Stadt kann sie sich Inspiration holen. Sie macht Unmengen von Fotos und die neue Kollektion nimmt in ihrem Kopf schon langsam Gestalt an. Nach ein paar Stunden sind sie alle erschöpft und es wird Zeit für einen Drink. Sie haben vor, die Bars der großen Designer und Marken zu besuchen und fangen heute mit der Bar im Bulgari Hotel an. Sie genießen ihre Drinks mit Campari und betrachten das imposante Interieur, während sie sich am typischen italienischen Aperitivo genüsslich tun, der hier in Mailand erfunden wurde und aus reichlich leckeren Snacks zu jedem Getränk besteht. Es wird alles serviert, von Oliven über Prosciutto und Käse bis hin zu kleinen Sandwiches, die mit allerlei Köstlichkeiten gefüllt sind und das Wasser im Mund zusammenlaufen lassen. Diese Snacks sind nicht dazu gedacht zu sättigen, sondern im Gegenteil die Magensäfte fließen zu lassen, um Appetit auf das Dinner zu machen. Aber es schmeckt so gut, dass sich die vier zusammenreißen müssen, nicht über die Maßen zuzuschlagen. Immerhin erwartet sie später tatsächlich noch ein Dinner. Dann fahren sie mit dem Taxi in die Wohnung zurück und verziehen sich zunächst auf ihre Zimmer, um sich ein wenig auszuruhen und für den Abend frisch zu machen. Für heute ist nur ein lockeres Dinner in einer Trattoria um die Ecke geplant, von der Danny schwärmt, als sei sie Gottes Antwort auf die Gebete eines jeden Gourmets. Sie trinken zwei starke Kaffee und dann setzen sie sich noch mit einer Flasche Prosecco auf den Balkon, bevor sie, zufrieden und tatsächlich schon wieder hungrig, zum Essen losziehen. Im Restaurant machen sie es genau wie die Italiener. Erst Antipasti, dann Pasta als Zwischengang, Fisch oder Fleisch als Hauptgang und schließlich Dessert. Nach Mitternacht verlassen sie pappsatt und glücklich das Restaurant und fallen nur noch ins Bett.

Am nächsten Tag schläft Sophie ein bisschen länger. Als sie aufwacht, ist sie froh, dass sie noch so viele Tage vor sich haben und es jetzt erst Freitag ist. Zunächst hatte sie eine knappe Woche für eine Städtereise als eher lang empfunden, oft fährt sie nur für ein verlängertes Wochenende. Aber jetzt merkt sie, wie schön es ist, nicht hetzen zu müssen. Und vor allem ist es natürlich toll, dass sie solch eine geniale Wohnung gleich im Stadtzentrum zu ihrer Verfügung haben. Das macht schon einen großen Unterschied verglichen mit einem spärlichen Hotelzimmer. Sophie hat sich ausgebeten, den Tag heute alleine verbringen zu dürfen. Sie möchte sich weitere Inspiration holen und diesmal die Märkte und eher hippen Gegenden von Mailand erkunden. Vielleicht ist ja diesmal etwas dabei, das sie sich leisten kann. Aishley ist das auch recht. Sie will mit ihrer Kamera losziehen, um das Stadtleben von Mailand in all seinen Facetten einzufangen. Und Danny und Rob haben dann endlich mal einen Tag nur für sich, was bei den beiden mit ihren geschäftigen Leben auch nicht oft der Fall ist.

Sophie schlendert den ganzen Tag durch Mailand, lässt sich nicht nur von den Schaufenstern und den schön gekleideten Menschen inspirieren, sondern auch von der Architektur, den strahlenden Farben, den Gerüchen und der Lebensfreude. Sie fasst viel an, befühlt Textilien, lässt ihre Hände über kühle Sandsteinfassaden gleiten, die gelb in der Sonne flimmern, und verwöhnt ihre Geschmackssinne mit Espresso und kleinen kulinarischen Köstlichkeiten. Sie lässt sich einfach treiben und verliert sich in den verwinkelten Gassen. All ihre Sinne sind offen und aufnahmebereit. Sie plant nichts, ist einfach nur präsent. Ihr ganzes Wesen fühlt sich vibrierend und herrlich lebendig an. *Das ist also das, was im Hier und Jetzt leben bedeutet,* denkt sie sich. Ihre Freunde hatten recht – Mailand ist eine wahre Inspiration für sie.

Am frühen Abend schlendert sie langsam wieder Richtung Wohnung, denn heute müssen sie sich aufbrezeln. Zuerst wollen sie in den Hclub Diana auf einen Aperitivo und dann hat Danny gegen neun Uhr im Armani Restaurant, das im Armani Hotel gelegen ist, einen Tisch reserviert, ganz im Sinne ihres Designtrips. Danach werden sie dort wohl noch in die Bar, beziehungsweise in den Club gehen und schauen, was die Nacht so zu bieten hat. Gegen fünf Uhr kommen sie also alle wieder in der Wohnung zusammen, lassen ihre Einkaufstaschen und alles andere fallen, springen unter die Dusche und fangen schon beim Umziehen an, wieder Prosecco zu trinken, laute Musik zu hören und sich gegenseitig von ihrem Tag zu erzählen. Dann machen sie sich auf in den Hclub Diana und werden nicht enttäuscht. Obwohl im Sheraton Hotel gelegen, wirkt es nicht wie eine Hotelbar, sondern ist eher wie eine Oase. Sie entspannen sich alle nach ihrem ausgefüllten Tag und bedienen sich wieder am Aperitivo, die Snacks heute fast noch fantastischer als gestern. Irgendwann machen sie sich dann auf in

Richtung Armani Restaurant und essen weiter. Sophie hat das Gefühl, sie wird als Kugel nach London zurückkommen. Aber als eine glückliche Kugel. Nach dem Essen bleiben sie wie erwartet im Club hängen und tanzen bis in die frühen Morgenstunden, bevor sie erschöpft ein Taxi nach Hause nehmen. Zu Hause nehmen sie noch einen letzten Drink auf der Terrasse und da es schon wieder Morgen wird, können sie beobachten, wie die Piazza langsam zum Leben erwacht. Eine ganz besondere Stimmung macht sich breit und sie fühlen sich wieder wie Teenager, die die Nacht durchgemacht haben. Dann verdunkeln sie ihre Zimmer und fallen ins Bett. Heute ist kein Programm, das hat Danny entschieden. Es ist Samstag und sie würden sich nicht unter die Touristen mischen. Dafür könne jeder machen was er wolle, vor allem Ausschlafen. Denn abends stehen sie auf der Gästeliste des Cavalli Clubs, wieder eine nette Geste von ihrem Gastgeber Roberto. Dafür sollten sie fit sein. So verbringen alle ihren Tag mehr oder weniger gemütlich, schlafen lange, lesen Zeitung und gehen spazieren. Sophie holt sich im Kiosk um die Ecke ein paar Magazine; Mode, aber auch Architektur und Lifestyle, setzt sich in ein Café auf der Piazza und wird Teil des Lebens um sie herum. Zwischendurch geht sie immer wieder ein wenig spazieren und erkundet die Gegend, bevor dann die Aktivitäten im Apartment wieder beginnen, wo Prosecco-Korken ploppen und jeder von ihnen die Duschen stürmt, um sich fertig zu machen. Es scheint eine unausgesprochene Regel unter ihnen zu sein, dass sie um fünf Uhr anfangen, in der Wohnung den Abend einzuläuten, gegen sieben oder halb acht in einer Bar ihren Aperitivo einnehmen und dann gegen neun oder halb zehn irgendwo zum Essen aufschlagen. So ist es auch heute und als sie in ihrem Club für die Nacht, dem »Just Cavalli« ankommen, ist es bereits ein Uhr. Sie tanzen, trinken, flirten und als Sophie keine zwei Stunden später Aishley sucht, kann sie ihren Augen kaum trauen, als sie diese an eine Säule gelehnt wild knutschend mit einem heißen Italiener entdeckt. Aishley! Normalerweise knutscht Aishley nie wie ein Teenie in der Öffentlichkeit, sondern erledigt alles, was erledigt werden muss, in der Privatsphäre eines Schlafzimmers – entweder ihres eigenen oder das ihres Gegenübers. Und ganz sicher stützt sie sich nicht wie jetzt gerade keck mit einem Fuß an eine Säule, wie man es eigentlich nur aus 50er-Jahre-Filmen kennt. Aber es ist unverkennbar Aishley, da gibt es kein Vertun. Knutschend, fußabstützend und – Gott bewahre – kichernd.

Mit Aishley ist nichts mehr anzufangen, sie kann sich nicht von ihrem Italiener losreißen, und als die vier gegen fünf Uhr aufbrechen wollen, kommt dieser wie selbstverständlich mit in die Wohnung.

»Ihr habt doch nichts dagegen?«, fragt Aishley nonchalant und stellt ihnen Nicolai vor, ein wirklich charmantes und gut aussehendes Exemplar der Gattung Mann.

»So musst du dich anziehen, wenn du mit Coco Vespa fahren gehst«, flüstert Sophie Gott zu. »Das ist perfekt.«

Am nächsten Morgen oder besser gesagt am nächsten Mittag bekommt man Aishley und Nicolai nicht aus dem Bett. Sie haben offensichtlich eine Tätigkeit gefunden, mit der Sophie, Danny und Rob nicht konkurrieren können. Aber das ist für die anderen okay so, denn während sie morgen noch etwas klassisches Sightseeing machen wollen (nicht heute natürlich, »es ist Soooontag«, stöhnt Danny, als Sophie es vorschlägt), haben sie sich vorgenommen, es von heute an ruhig angehen zu lassen. Keine wilden Partys mehr und eher gemütliche Lokale um die Ecke als die ganz schicken Restaurants. Ihr kreatives Inspirationsprogramm ist damit abgearbeitet und Aishley kann sich ruhig anderweitig inspirieren lassen. Sophie gönnt es ihr und ist froh, wenigstens Kevin, den Iren, zwischendurch gehabt zu haben. Denn sonst würde sie langsam neidisch auf die fleischlichen Wonnen ihrer Freundin werden. Unbewusst muss sie an Patrick denken und alles in ihr erbebt – was hat dieser Mann nur für eine Wirkung auf sie! Sophie, Danny und Rob decken den Frühstückstisch, vorsorglich auch für die beiden Turteltauben, die bislang noch nicht einmal ihre Köpfe aus der Schlafzimmertür gesteckt haben, und die drei machen es sich gemütlich. Nach ungefähr einer Stunde kommen dann auch Aishley und Nicolai auf die Terrasse. Aishley in einem kleinen Trägerkleidchen, Nicolai in Boxershorts. Bevor er sich an den Tisch setzt, zieht er sich noch ein T-Shirt über, aber es ist zu spät. Zu dem Zeitpunkt sind Danny schon die Augen aus den Höhlen getreten und er braucht die nächste Stunde, um den Anblick dieses Adonis‘ zu verarbeiten. Rob verdreht die Augen, zupft sich unauffällig an dem kleinen Rettungsring, der sich in den letzten Monaten um seine Hüfte gebildet hat, und legt das gerade angebissene Brötchen wieder weg. Sophie muss grinsen. Die drei geben sich Mühe, Nicolai nicht über sein Leben auszufragen, aber im Laufe des Tages kommt heraus, dass er freiberuflicher Journalist ist und zurzeit viel für das Männermagazin GQ schreibt. Danny fallen wieder fast die Augen aus dem Kopf. GQ ist sein Lieblingsmagazin. Nicolai steht für ihn mittlerweile auf einem goldenen Sockel, während Rob sein Frühstück endgültig zur Seite schiebt.

Ein Glück für uns alle, dass Nicolai nicht schwul ist, denkt sich Sophie grinsend.

Und das ist er nicht, so viel steht fest. Die ganze Zeit hat er seine Hand auf Aishleys Knie liegen, streichelt es mit dem Daumen und guckt sie verliebt an. Während Aishley bei anderen solch eine Hand wie eine lästige Fliege weggescheucht und seinen Blick als blöden Dackelblick denunziert hätte, schaut sie Nicolai nicht minder verliebt an. Dann ziehen sich die beiden wieder unter dem Vorwand zurück, duschen zu müssen, kommen jedoch erst pünktlich um fünf

Uhr zum Aperitivo wieder hinaus. Es ist klar, dass Nicolai heute nicht mehr gehen wird. Aishleys Augen strahlen und beide sind erhitzt von der vermeintlichen Dusche. Sie trinken ihren Prosecco, was mittlerweile zu einem täglichen Ritual geworden ist, und dann schlägt Nicolai ihnen vor, sie in das Restaurant seiner Tante zu führen, das gar nicht weit entfernt ist und das – wie er verspricht – köstliche Gaumenfreuden bietet. Sie ziehen sich leger an und genießen es, nicht mehr so aufgestylt herumlaufen zu müssen wie in den letzten Tagen. Das Restaurant von Nicolais Tante liegt in einer kleinen Nebengasse und sieht schon von außen urgemütlich aus. Sobald sie hereinkommen, läuft ihnen eine kugelrunde Frau mit freundlichem Gesicht entgegen und erdrückt Nicolai fast in ihrer Umarmung. Er stellt ihr stolz Aishley vor, die auch gleich eine herzliche Umarmung bekommt, und dann auch Sophie, Danny und Rob. Die vier dürfen heute Abend nichts bestellen, Nicolai und seine Tante übernehmen das alles. Berge über Berge an Essen werden an ihren Tisch geschafft und als es ans Bezahlen geht, ist auch das schon erledigt. Um Mitternacht rollen sie alle in die Wohnung zurück und Nicolai bleibt selbstverständlich auch diese Nacht. Jetzt wird Sophie doch neidisch, wenn sie daran denkt, was im Nebenzimmer vor sich geht.

Am nächsten Morgen kommt Aishley glücklich strahlend aus ihrem Zimmer.

»Nicolai musste schon los, er musste nach Hause und sich umziehen, aber er wird sich mit seinen Sachen beeilen und dann so schnell wie möglich zu uns stoßen«, strahlt sie über das ganze Gesicht.

»Hat es dich schlimm erwischt?«, grinst Sophie sie an.

»Sehr schlimm!«, antwortet Aishley und errötet.

Aishley ist verliebt! Wer hätte das gedacht? Die vier ziehen sich an und gehen dann los, um ein bisschen vom typischen Touristenprogramm zu absolvieren. Sie genießen ihre Zeit zusammen aus vollem Herzen. Nur mit Aishley ist kaum zu sprechen. Sie schwebt auf Wolke sieben und schaut alle paar Minuten auf ihr Telefon, bis sie plötzlich wie ein aufgescheuchter Schwarm Bienen in Aktivität verfällt.

»Nicolai kommt in zehn Minuten. Sophie, schnell, sehe ich gut aus? Soll ich nachpudern? Sind die Haare in Ordnung? Ich bin ja so nervös!«

»Aish, was ist mit dir los? Du wirst ja fast so, wie ich es früher war. Nicht, dass wir noch die Rollen tauschen.«

»Moooment«, mischt Danny sich ein, »du willst ja wohl deinen öden Harry Potter nicht mit diesem italienischen Adonis vergleichen? Sophie, das ist wirklich vermessen!«

Sophie verdreht die Augen. Typisch! Aishley macht mal wieder alles auf höherem Niveau. Aber sie muss Danny zustimmen, Nicolai ist wirklich ein außergewöhnlich feines Exemplar der Spezies Mann. Und da kommt er auch schon auf sie zu. Fast zu schön, um wahr zu sein. Und während er zu ihnen allen ausgesprochen höflich ist, sieht man doch, dass er nur Augen für Aishley hat und völlig verzaubert von ihr ist. Eine italienische Schönheit nach der anderen stolziert im Laufe des Tages an ihnen vorbei und wirft Nicolai unauffällige Blicke zu, aber er merkt nichts. Für ihn existiert nur Aishley. Die beiden gehen Arm in Arm und kichernd und turtelnd vor ihnen her.

Was für ein schönes Paar, und Aishley wirkt so happy, denkt Sophie glücklich.

Heute ist ihr letzter Abend, die Zeit ist wie im Fluge vergangen und die fünf gehen wieder in ein von Nicolai empfohlenes Restaurant. Auch dort wird er voller Freude begrüßt und sie verbringen einen schönen Abend zusammen. Diesmal hat Nicolai schon Wechselwäsche für den nächsten Tag mitgebracht, womit feststeht, dass er wieder bleiben wird.

Am nächsten Tag packen die Freunde und Nicolai ihre

Sachen zusammen, besorgen noch einen edlen Kaschmirpulli für ihren großzügigen Gastgeber, und gehen dann zu einem letzten Mittagessen, bevor es am Nachmittag zurück nach London geht. Eine leichte Wehmut breitet sich unter ihnen aus.

Dann lässt Aishley die Bombe platzen: »Was ich euch noch sagen wollte, ich bleibe noch ein wenig hier.«

»Was?« Drei Augenpaare starren sie an.

»Ja, ich bleibe noch ein bisschen«, antwortet Aishley errötend. »Ich habe im Moment nichts Dringendes zu tun und Nicolai hat mich eingeladen, ein paar Wochen bei ihm zu wohnen. So kann ich hier meiner Fotografie nachgehen und wir können schauen, wie es weitergeht.«

Sophie muss schlucken. *Aishley bleibt hier?*, denkt sie erschrocken. Sie freut sich natürlich für ihre Freundin und sie findet auch, dass Nicolai ein fantastischer Typ ist, aber was soll sie nur ohne Aishley machen? Jetzt, da sie ihre Kollektion auf den Weg bringen will, könnte sie die pragmatische Unterstützung ihrer Freundin mehr denn je gebrauchen. Tränen treten ihr in die Augen. Aishley scheint ihre Gedanken lesen zu können und drückt ihr beruhigend den Arm.

»Hey, ich bin doch nicht aus der Welt, und wir können ständig über Facetime sprechen. Ich bin für dich da, Süße, und du ja auch für mich! Außerdem bleibe ich nicht lange. Ein bis zwei Wochen, höchstens drei.«

Wenn Sophie sich die beiden so anschaut, dann ist sie sich nicht ganz sicher, ob es wirklich nur ein bis zwei Wochen sein werden, aber sie gönnt es ihrer Freundin von ganzem Herzen. Auch wenn sie ein wenig traurig ist. *Aber es wird Aishley vielleicht wirklich auch mal guttun, sich von einer anderen Stadt als London für ihre Fotografie inspirieren zu lassen*, versucht Sophie sich einzureden.

»Ich freue mich für dich«, sagt sie also und nimmt

Aishley fest in den Arm. Diese strahlt über das ganze Gesicht.

Dann bringen Aishley und Nicolai die anderen zum Flughafen und so sind sie zwar zu viert angekommen, fliegen aber zu dritt wieder fort. Eine schöne Zeit ist vorbei und Sophie fühlt sich auf dem Rückweg etwas einsam.

»Hallo, ich bin doch da«, flüstert da Gott liebevoll und Sophie lächelt.

Stimmt, da ist ja jemand, der immer bei ihr ist. Ein sehr schönes Gefühl.

»Ich weiß, danke, Gott«, flüstert sie zurück und lehnt sich erleichtert im Flugzeug zurück.

14

Wer sich in der eigenen Gesellschaft nicht wohl fühlt, hat gewöhnlich ganz recht.

- Coco Chanel

Am nächsten Morgen geht Sophie ins Büro und sieht, wie Melissa und Keith lachend und eifrig in ein Gespräch vertieft aus seinem Büro kommen. Sophie runzelt die Stirn – sie wusste nicht, dass die beiden sich so gut verstehen. Sie hatte eher das Gefühl, dass Keith einer der wenigen ist, die sich von Melissas Charme nicht blenden lassen und er hinter ihre Fassade gucken kann. Aber dem ist wohl nicht so. Jetzt entdecken die beiden sie und während Melissa schnell verstummt, ruft Keith ihr fröhlich zu:

»Da bist du ja wieder. Ich hoffe, du hast Mailand genossen, siehst jedenfalls toll erholt aus.«

»Danke, Keith, es war super. Aber könnte ich dich bitte kurz sprechen?«, fragt Sophie.

»Was gibt's denn?«, antwortet Keith leicht irritiert. »Du

weißt doch, ich fahre morgen in den Urlaub, ich habe jetzt wirklich nicht viel Zeit.«

Für Melissa hat er Zeit, aber nicht für mich, denkt Sophie empört. Sie fängt sich jedoch wieder und sagt ruhig:

»Keith, gib mir doch wenigstens eine Stunde vor deinem Urlaub, ich bräuchte dein Feedback zu etwas.«

»Sorry, Sophie, klappt nicht mehr. Ein neues Projekt ist dazwischengekommen, und jetzt bin ich wirklich unter Zeitdruck. Aber ich bin ja bald wieder da, dann können wir alles besprechen. Ich verspreche es.«

Wenn er zurückkommt, ist es kurz vor der Fashion Week und Sophie weiß, dass es dann immer wie in einem Bienenstock zugeht, aber sie hat keine andere Chance. Als er jetzt jedoch an Melissa gewandt sagt: »Melissa, wir setzen uns dann um vier noch mal zusammen«, fühlt Sophie sich wirklich benachteiligt. Egal, sie wird drüberstehen und Keith zur Seite nehmen, sobald er wieder da ist. Sie wird sich von Melissa nicht mehr aus dem Konzept bringen lassen.

Sie holt auf, was sie in den Tagen ihrer Abwesenheit verpasst hat, aber da Sommerloch ist, ist nicht viel los und es hat sich nicht viel angehäuft. Dafür hat sie wieder ein paar neue Kosmetikproben bekommen. In der Mittagszeit geht sie ein wenig spazieren und kauft sich einen Salat, den sie eher lustlos verspeist. Danach geht sie in ihr Büro zurück und holt das blaue Buch heraus, dass sie sich in Mailand für ihre neue Kollektion gekauft hat. Ihre italienische Kollektion, wie sie sie nennt. Sie verbringt die nächsten Stunden damit, ihre Skizzen und Ideen aus Mailand in ihr neues Buch zu übertragen und ist gespannt, wo es sie in den nächsten Wochen hinführen wird. Vielleicht findet sich ja dann ein italienischer Designer, der ihr Pate stehen wird, so wie Coco es für die Kollektion Phoenix tut. Sie weiß, dass sie eigentlich arbeiten sollte, aber sie ist ziemlich sauer auf Keith und wenn er Melissa ihr vorzieht, so soll er doch sehen, was er davon hat. *Soll Melissa doch meinen Job machen!,* denkt sie sich trotzig. Sophie ist bewusst, dass sie sich kindisch benimmt, und eine leise Stimme sagt ihr, dass Melissa tatsächlich bald ihren Job machen wird, wenn sie sich nicht am Riemen reißt, aber heute fühlt sie sich bockig und wie gesagt – es ist nicht viel los. Die Zeit zieht sich wie Kaugummi.

Am Wochenende kommt ihr Vater aus Düsseldorf und sie verbringen nette Stunden miteinander. Er ist großzügig wie immer, lädt Sophie in tolle Restaurants ein und sie schleppt Tüten von Designern nach Hause, die sie sich sonst niemals leisten könnte. Ihr Vater fordert sie zudem immer intellektuell heraus, was Sophie normalerweise sehr genießt. Aber diesmal kann sie einfach keinen rechten Enthusiasmus entwickeln. Von der Kollektion Phoenix erzählt sie ihm noch nicht viel, deutet nur an, dass sie gerade ein eigenes Projekt entwickelt. Obwohl er so wenig Informationen von ihr bekommt, ist ihr Vater wie erwartet begeistert. Alles, was in irgendeiner Form auf unternehmerische Tätigkeiten hinweist, weckt sein Interesse. Vielleicht habe doch wenigstens eine seiner Töchter etwas von ihm geerbt, bemerkt er freudestrahlend. Die Woche, nachdem er weg ist, verläuft wieder schleppend und alle außer Sophie scheinen im Urlaub zu sein. Sie hat für dieses Jahr keinen Sommerurlaub geplant. Die Kollektion hat viel ihrer Zeit in Anspruch genommen und es ist ihr wichtiger, diese jetzt unter Dach und Fach zu bekommen, als sich in der Sonne zu aalen. Dafür geht sie viel laufen und versucht, das schöne Wetter in London zu genießen. Sie vermisst Aishley unglaublich, aber diese meldet sich wie versprochen mit verlässlicher Regelmäßigkeit. Sie und Nicolai sind weiterhin sehr glücklich und sie will ihn bald nach England mitbringen. Wann genau, kann sie Sophie jedoch noch nicht sagen. Im Moment genießt sie Mailand zu sehr und lernt gerade Nicolais weitläufige Familie kennen. Die Gespräche mit Aishley tun

Sophie gut und sie freut sich für ihre Freundin, vermisst die Abende mit ihr jedoch sehr. Jetzt sind es nur noch ein paar Tage und dann ist zumindest Keith wieder da! Sollte ihm die Kollektion gefallen, worauf sie stark hofft, so werden sich dadurch neue Möglichkeiten ergeben, auf die sie sich dann konzentrieren kann und die dem Sommer dann hoffentlich frischen Pep geben. Sophie fühlt sich träge. Nicht nur ihre Branche ist im Sommerloch, sie selbst versinkt auch darin. Höchste Zeit, dass etwas Neues passiert!

Dann ist es so weit. Es ist Montag und Keith kommt heute wieder ins Büro. Sophie zieht sich sehr businessmäßig an, um möglichst professionell und sachlich rüberzukommen. Doch mit der Sachlichkeit ist es hinüber, sobald sie ihn sieht.

»Keith«, ruft sie freudig und läuft auf ihn zu, »da bist du ja endlich wieder!«

Dieser lächelt sie mit entspanntem, sonnengebräunten Gesicht an.

»Sophie, so sehr hast du mich bislang nie vermisst. Ich dachte, sobald die Katze weg ist, tanzen die Mäuse auf dem Tisch? Du wolltest mich sicherlich an unseren Termin erinnern, keine Angst, ich habe ihn nicht vergessen. Lass uns doch Mittwochmorgen um zehn Uhr sagen, dann nehme ich mir alle Zeit, die du brauchst.«

Sophie ist etwas enttäuscht. Noch einmal zwei Tage! Aber gut, nun hat sie schon so lange gewartet, da machen zwei Tage auch keinen Unterschied mehr.

»Okay, Mittwoch um zehn dann«, sagt sie etwas zerknirscht und geht zu ihrem Schreibtisch zurück. Die nächsten zwei Tage arbeitet sie wie besessen. Sie will nicht, dass Keith irgendetwas an ihr auszusetzen findet, wenn er sie am Mittwoch sieht.

Und dann ist es endlich so weit! Es ist Mittwoch, kurz vor zehn und bald wird sich zeigen, ob ihre Kollektion die

Chance hat, jemals von Menschen außerhalb ihres kleinen Freundeskreises gesehen zu werden. Sophie schnappt sich ihr rosa Buch, macht sich auf zu Keiths Büro, holt vor der Tür noch einmal tief Luft, klopft kurz an und tritt dann ohne eine Antwort abzuwarten ein. Keith sitzt mit einem breiten Lächeln hinter seinem Schreibtisch. Der Urlaub hat ihm sichtlich gutgetan. Sophie ist erleichtert. Das wird die Sache leichter machen!

»Also, Keith, danke für deine Zeit«, beginnt Sophie. »Wie du weißt, möchte ich dir wirklich gerne etwas zeigen und bräuchte dazu dein ehrliches Feedback.«

Dann fängt sie an, ihm von der Knopfkollektion zu erzählen. Er sieht jedoch gar nicht begeistert aus. Eher ..., ja, eher was? Könnte es sein, dass er sauer aussieht? Ja, er scheint tatsächlich sauer zu sein. Je mehr Sophie sagt, umso wütender wird sein Gesicht. Sophie versteht die Welt nicht mehr. Sie wird unsicher und verhaspelt sich. Damit hat sie nun wirklich nicht gerechnet. Mit Langeweile vielleicht. Oder auch mit einem gewissen Hochmut, aber wieso sollte er wütend auf sie sein? Weil er das Gefühl hat, dass sie ihm seine Zeit stiehlt? Vielleicht versteht er das Konzept einfach nicht. Sie erklärt es schlecht. Ja, das muss es sein. Sie muss es ihm zeigen, dann wird er verstehen. Schnell klappt sie das Buch auf und beginnt, ihm die Skizzen zu zeigen. Er guckt nicht weg. Er starrt in das Buch. Noch hat er kein Wort gesagt. Dann nimmt er das Buch und schlägt es mit einem lauten Knall zu.

»Genug«, zischt er durch die Zähne, seine Fassung nur mit Mühe wahrend. »Was ist das für ein Spiel, das du da spielst, Sophie? Was hoffst du, damit zu erreichen? Bist du wirklich so verdammt verzweifelt? Dann ist es noch schlimmer, als ich dachte. Wir behalten das hier für uns. Ich tue so, als hätte ich es nicht gesehen. Und wenn auch du es nie wieder erwähnst, dann hast du sogar eine Chance, deinen

Job zu behalten. Aber nur dann. Und jetzt raus! Und zwar sofort!«

Damit zeigt er mit dem Finger zur Tür. Sophie starrt ihn entsetzt an. Was ist nur passiert? Diese Reaktion ist völlig unangemessen. Sie zittert am ganzen Körper. Aber sie wird nicht gehen! Sie will erst wissen, was los ist. Er schuldet ihr zumindest eine Erklärung.

»Keith, was ist los? Wenn es dir nicht gefällt, dann sag es mir einfach.« Ihre Stimme zittert, aber sie bleibt standhaft. »Es gibt wirklich keinen Grund, so zu reagieren. So unglaublich schlecht kann es gar nicht sein. Meine Freunde haben es auch schon gesehen und ihnen gefiel es. Meinst du nicht, du reagierst etwas extrem?«

»EXTREM?« Jetzt schreit Keith. »Extrem nenne ich, was du hier abziehst. Und es ist erbärmlich, wie viel Arbeit du hineingesteckt hast, nur um einem anderen Menschen zu schaden. Aber so einfach geht das nicht, Sophie. Wir sind schließlich nicht blöd.«

Jetzt versteht sie gar nichts mehr. Wen will sie schädigen? Und wer ist wir?

»Wovon sprichst du Keith?«, fragt sie, mittlerweile den Tränen nahe. »Ich habe keine Ahnung, wovon du redest!«

Er seufzt. Verdreht die Augen. Ist jetzt eher resigniert.

»Du willst es mir einfach nicht leicht machen Sophie, nicht wahr? Ich weiß ja, dass du Melissa hasst. Wir alle wissen, wie eifersüchtig du warst, als sie mit Oliver zusammenkam. Aber irgendwie habe ich gehofft, es sei besser geworden. In letzter Zeit hast du eigentlich ganz gefasst gewirkt. Aber das hier, das schlägt dem Fass den Boden aus!«

»Melissa? Oliver?« Sophie ist völlig perplex. »Was zum Teufel haben Melissa und Oliver mit meiner Kollektion zu tun? Ich habe mir den Hintern abgearbeitet, um das hier hinzukriegen. Habe Nächte durchgearbeitet.« Jetzt weint sie tatsächlich. Und dann ist es an ihr zu schreien: »Was haben

Melissa und Oliver damit zu tun? Sag es mir, verdammt noch mal!«

Keith seufzt wieder, als hätte er es mit einem Menschen zu tun, der schwer von Begriff ist.

»Sophie, Melissa hat mir die Kollektion schon vor meinem Urlaub vorgestellt. Nicht ganz identisch, aber ich muss sagen, du bist nahe dran. Einige Stücke sehen bei dir sogar um einiges besser aus, aber du hast halt Talent für diese Dinge. Melissa dagegen hat hart daran gearbeitet. Und wir sollten stolz darauf sein, dass jemand aus unserer Redaktion so etwas vollbracht hat. Und dann auch noch eine Praktikantin. Das ist schon eine Story für sich. Und wenn ich sage, wir sollten uns alle freuen, Sophie, so meine ich wirklich alle, dich eingeschlossen. Es ist an der Zeit, dass du deinen Groll und deine Rachsucht mal zur Seite legst. Es wird schon jemand anders als Oliver in dein Leben treten. Kein Grund, für ihn alle Prinzipien über Bord zu werfen.«

Sophie bleibt der Mund offen stehen. Melissa? Kollektion? Ihre Kollektion? Sie versteht gar nichts mehr. Dann dämmert es ihr. Der Abend, an dem sie nach Mailand geflogen ist! Als ihr rosa Buch auf dem Schreibtisch lag und nicht wie sonst verschlossen in der Schublade. Sie wollte es noch wegschließen, aber dann verwickelte Melissa sie in dieses dämliche Gespräch über Oliver. Dass Sophie ihn nicht haben könne. Sie wusste offensichtlich, dass Sophie schon spät dran war und hat darauf spekuliert, dass diese vergessen würde, das Buch in ihrem Schreibtisch einzuschließen. Sie musste sie nur noch ein wenig aufhalten. Daher dieser Unsinn über Oliver. Um ihn ging es ihr gar nicht. Sie wollte nur an das Buch heran! Hätte sie es so nicht geschafft, so hätte sie einen anderen Weg gefunden. Vielleicht das Schubladenschloss geknackt. Aber so hat Sophie es ihr natürlich leicht gemacht. Sophie wird jetzt alles klar. Von Oliver wusste Melissa, dass Sophie an einer Kollektion arbeitet. Und der falschen Schlange war natürlich klar, dass diese in

Sophies rosa Buch zu finden ist. Sie muss es an dem Abend gleich mitgenommen und nachgezeichnet haben. Oder es nachzeichnen lassen. Sophie ist bis auf die Knochen schockiert. Melissa hat ihre Kollektion geklaut! Wieso macht jemand so etwas? War es Hass? Eifersucht? Das war jetzt auch egal, sie musste Keith von der Wahrheit überzeugen.

»Keith, das darfst du nicht glauben. Bitte, du musst mir zuhören. Mit Oliver ist es längst vorbei, er hat versucht mich wiederzubekommen, aber ich wollte nicht«, sagt sie drängend.

Keith verdreht die Augen. Er glaubt ihr offensichtlich nicht. Und da sie alle Nachrichten von Oliver aus ihrem Telefon gelöscht hat, kann sie es ihm auch nicht beweisen. Egal, sie muss es weiter versuchen. Hier geht es um ihre Zukunft. Da fällt ihr etwas ein.

»Keith, ich habe nicht nur das Buch, sondern ich habe die Stücke auch genäht. Ich habe sie alle.«

Keith wird, wenn es möglich ist, noch röter im Gesicht.

»Sophie, du gibst einfach nicht auf, was? Für wie blöd hältst du mich eigentlich? Erst rufen deine Freunde mich an und sagen mir, sie müssten dich in Mailand ein wenig aufmuntern. Offensichtlich wegen Oliver. Dann fahrt ihr weg und du kommst plötzlich wieder mit fertig genähten Stücken. Das habt ihr euch ja schön überlegt. Denkst du, ich weiß nicht, wie schnell man die Sachen in Mailand nähen lassen kann? Ihr mit euer kleinen Verschwörung. Sophie, gib es auf. Das passt nicht zu dir. Ich stelle Melissa gerade den richtigen Leuten vor, um ihre Kollektion auf den Markt zu bringen. Ich habe sogar im Urlaub daran gearbeitet. Du bist leider geschlagene drei Wochen zu spät.«

»Aber doch nur, weil du keine Zeit hattest«, ruft Sophie verzweifelt.

»Genug jetzt! Du bist beurlaubt, solange du an dieser absurden Idee festhältst! Ich dulde solch einen Zickenterror nicht in meiner Redaktion. Sobald du dich beruhigt hast und

Melissa den verdienten Respekt entgegenbringen kannst, bist du wieder willkommen. Bis dahin geh mir bitte aus den Augen!«

»Keith, du kannst nicht ...«, beginnt Sophie.

»RAUS!«, schreit dieser jetzt aufrichtig wütend. »Und lass dich nicht mehr blicken, bevor du nicht wieder zur Vernunft gekommen bist!«

Damit springt er auf und Sophie läuft weinend aus seinem Büro. Sie geht zu ihrem Schreibtisch, schnappt sich ihre Sachen und taumelt unter Tränen aus dem Büro. Sollen sie doch alle so sehen, das ist ihr jetzt auch egal! Irgendwie schafft sie es nach Hause, macht die Haustür auf und läuft direkt in Patrick hinein. Sie starrt ihn mit tränenüberströmten Gesicht an – *wieso muss ich diesen verdammten Mann nur immer im Hausflur treffen?*, denkt sie. *Gibt es dafür keinen besseren Ort?*

Patrick guckt sie schockiert an.

»Sophie, was ist los?«, fragt er.

»Was soll schon los sein, gar nichts«, antwortet sie patzig.

»Na, so siehst du aber nicht aus«, erwidert er mitfühlend. »Komm, ich wollte zwar gerade los, aber das kann warten. Lass uns in meine Wohnung gehen und ich mache dir einen Tee. Dann kannst du mir alles erzählen.«

Sophie will eigentlich nicht nachgeben, aber das Bedürfnis, sich mit einem Menschen zusammenzusetzen, der ihr zuhört und vielleicht sogar auf ihrer Seite ist, ist einfach zu groß. Also folgt sie ihm in seine Wohnung. Selbst in ihrem tränenreichen Zustand erkennt sie, dass diese extrem geschmackvoll eingerichtet ist. *Ist denn alles an diesem Mann perfekt?*, denkt sie wütend. *Und alles an mir ein einziges, großes Versagen?*

Dann weist Patrick ihr erst einmal den Weg ins Badezimmer, damit sie sich dort frisch machen kann. Als sie in den Spiegel schaut, bekommt sie einen Schrecken. Ihr Mascara ist in ihrem gesamten Gesicht verschmiert und sie sieht aus wie ein gruseliger Clown. Aber das spielt jetzt auch keine Rolle mehr. Trotzdem nimmt sie ein Kleenex, macht es nass und säubert sich notdürftig das Gesicht. Das tut schon einmal gut! Dann setzt sie sich im Wohnzimmer auf die Couch und Patrick kommt mit einem heißen, starken Tee und ein paar Keksen hinein. Wenn sie weint, fühlt sie sich immer ausgehungert. Ob er das wohl weiß? Jedenfalls verschlingt sie die Kekse, süßt den Tee mehr als sonst, spürt wie er heiß ihre Kehle hinunterläuft und wie sie sich gleich besser fühlt. Jetzt hätte sie es am liebsten, wenn Patrick seinen Arm um sie legen würde und sie sich einfach nur einkuscheln könnte. Aber er sitzt auf dem Sessel ihr gegenüber und schaut sie erwartungsvoll an.

»Halte ich dich auf?«, fragt sie mit immer noch tränenerstickter Stimme. Ihre Tränen kommen in Wellen und sie kann sie nicht zurückhalten, will es aber auch gar nicht. Sie ist an diesem Punkt angekommen, wo ihr alles einfach nur egal ist.

»Nein, das ist gar kein Problem, ich habe alle Zeit der Welt für dich, die anderen Dinge können warten«, antwortet Patrick verständnisvoll und kurz muss sie denken, dass sie solche Worte von Oliver niemals gehört hat. Und dann erzählt sie. Erzählt, erzählt und erzählt. Während sie redet, holt sie ihr Buch heraus, um es ihm zu zeigen. Jetzt muss er sich neben sie setzen. Zusammen blättern sie darin und es fühlt sich so gut an, ihn neben sich zu spüren. Und er riecht so gut. So frisch und zugleich so männlich. Sophie überkommt ein weiterer Weinanfall und diesmal legt Patrick tatsächlich seinen Arm um sie. Sie lässt sich einfach hineinfallen, legt ihren Kopf auf seinen Schoß und so verbringen sie eine lange Zeit, in der er einfach nur ihre Haare streichelt und ihren Kopf krault. Sie kann sich nicht erinnern, wann sich jemals etwas so gut angefühlt hat und ist fast dabei, einzuschlafen. Dann gibt sie sich jedoch einen Ruck, richtet sich auf, und setzt sich wieder hin. Patricks Arm fällt von ihr ab und er legt ihn jetzt wieder neben seinen Körper. Sofort vermisst sie die Berührung. Sie schaut ihn durch mittlerweile völlig verquollene Augen an.

»Patrick, danke. Wirklich, ich danke dir. Genau das habe ich heute gebraucht. Du glaubst gar nicht, wie sehr du mir geholfen hast.«

»Und du glaubst gar nicht, wie gerne ich für dich da bin, Sophie«, antwortet Patrick mit rauer Stimme. Und dann meint sie ein »Ich wäre es gerne noch viel mehr« zu hören, aber sie ist sich nicht sicher. »Was ich nicht verstehe«, sagt Patrick, »hast du auf deinem Handy keine Fotos von den Kleidern, wo man die genaue Zeit sehen kann, wann diese aufgenommen wurden? Damit könntest du beweisen, dass du die Kollektion schon vor Melissa hattest.«

Sophie seufzt. »Ich hatte Fotos, viele sogar, aber ich habe sie nie mit meinem Computer synchronisiert und als ich einmal in einem Anflug von ›Ich starte mein neues Leben‹ alle Nachrichten und Fotos von Oliver gelöscht habe, habe ich das Album mit der Kollektion aus Versehen mitgelöscht und schwupps – war alles weg.«

»Na, der Anflug hat ja nicht lange gedauert«, murmelt Patrick und Sophie runzelt die Stirn. Das mit Oliver muss sie ihm auch noch erklären. Aber jetzt berichtet sie erst einmal weiter:

»Das hat mir damals auch nicht viel ausgemacht, da ich ja jederzeit wieder neue Fotos machen kann, aber jetzt bringt das auch nichts mehr. Und selbst wenn ich Fotos oder auch sonst irgendwelche Beweise hätte, die sogar Scotland Yard überzeugen würden, Keith würde mir doch nicht glauben. Er hat sein Urteil gefällt.«

»Na, schauen wir mal«, sagt Patrick. »Gib mir doch mal den genauen Namen dieser Melissa. Ich habe ziemlich gute Kontakte und werde mich ein wenig schlau machen.«

Sophie muss lächeln. Das ist rührend. Patrick, der Mensch, der irgendetwas mit Immobilien und Kerngeschäften macht, oft mit verwuschelten Haaren, Parka und Dreitagebart herumläuft, einen nach Hunden riechenden Range Rover fährt und am liebsten auf dem Land ist, möchte Sophie helfen. Sie kann sich beim besten Willen nicht vorstellen, dass er irgendwelche Kontakte in ihrer Glitter- und Glamourbranche hat. Aber wie gesagt, sie findet sein Angebot rührend und schreibt ihm daher Melissas Namen auf. Sie will ihn schließlich nicht vor den Kopf stoßen. Er steckt den Zettel hinten in seine Hosentasche und es ist klar, dass jetzt der richtige Moment ist, sich zu verabschieden. Sophie zögert noch. Denn da wäre noch das Thema Oliver, das sie eigentlich anschneiden wollte. Sie weiß nicht, ob es Patrick interessiert, aber sie möchte, dass er zumindest weiß, dass sie keine Gefühle mehr für Oliver hegt. In ihrer Erzählung eben wurde das nicht richtig klar. Sie hat nur berichtet, dass Keith meint, sie hätte Melissa in einem Racheakt aufgrund ihrer Besessenheit von Oliver schädigen wollen. Das könnte Patrick falsch verstanden haben.

»Patrick, wegen Oliver ...«, fängt sie an, aber er unterbricht sie.

»Nicht jetzt, Sophie. Was du und Oliver machen, ist allein eure Sache. Ich schaue, was ich über Melissa herauskriege, und lasse es dich wissen. Und jetzt muss ich wirklich los«, schließt er.

Die Magie zwischen ihnen ist weg und Patrick ist wieder ganz Geschäftsmann. Sie wird ihn jetzt nicht weiter mit der Oliver-Geschichte aufhalten können. Sie möchte es ihm auch nicht aufdrängen. Denn selbst wenn er nicht mit der schönen Lydia zusammen ist und sie meint, ab und zu eine unverkennbare Elektrizität zwischen ihnen zu spüren, so kann sie sich doch täuschen und es ist in Wirklichkeit gar nichts zwischen ihnen. Also räuspert sie sich, wischt sich über das verweinte Gesicht und dankt Patrick nochmals. Dann verabschieden sie sich mit einer Umarmung und Sophie wäre in dieser Position am liebsten zur Salzsäule erstarrt. Aber da gibt es keine Chance, sie hat all ihr Salz mit ihren Tränen ausgeweint und fühlt sich jetzt leer und apathisch.

Sobald sie in ihrer Wohnung ist, zieht sie sich ihre Laufsachen an und bricht auf zu einem langsamen Lauf. Einfach mal nicht denken, ist ihr Ziel, nur den Körper spüren. Nichts anderes fühlen. Einen Schritt nach dem anderen machen, in schön regelmäßigem Tempo. Tap, tap, tap. Es tut gut, sich ganz dem Rhythmus ihrer Schritte hinzugeben. Dann ist der Lauf zu Ende und sie muss sich weiter ablenken. Also legt sie sich in die Badewanne, ihr bestes Rezept für solche Fälle. Und dann nimmt sie sich ein Glas Wein dazu. Wenn sie schon wegen schlechten Betragens freigestellt ist, so kann sie sich auch gleich wie eine Freigestellte benehmen. Das beinhaltet in ihrer Vorstellung baden und Wein trinken mitten am Tag. Schade, dass schon Mittwoch ist. Ein Montag wäre ihr dafür noch lieber gewesen. Um dieses Manko auszugleichen entschließt sie sich, nicht nur ein Glas, sondern gleich die ganze Flasche Wein mit in die Badewanne zu nehmen. Und hier liegt sie nun zwei Stunden lang, trinkt ein Glas nach dem anderen, lässt heißes Wasser nachlaufen, steckt immer wieder mal den großen Zeh in den Hahn, tut sich selber leid und vermischt das Badewasser mit ihren Tränen. Als sie nach zwei Stunden leicht wankend aus der Wanne steigt, merkt sie, dass der Wein sie müde gemacht hat. Sie wird sich hinlegen müssen. Und so schläft sie ein und wacht erst wieder auf, als es draußen anfängt, dunkel zu werden.

Ahh!, denkt Sophie mit wild pochenden Schläfen, *was gibt es Schlimmeres, als sich tagsüber hinzulegen und abends mit einem Kater aufzuwachen? Und nichts vorzuhaben! Das ist das beste Rezept für Melancholie und Einsamkeit.*

Sie schleppt sich aus dem Bett, trinkt Unmengen von kaltem Wasser und überlegt, was sie mit ihrer Zeit anfangen soll. Zu Hause bleiben geht nicht, da fällt ihr die Decke auf den Kopf und sie wird nur depressiv. Sie entscheidet sich stattdessen, sich etwa Leichtes anzuziehen, ein gutes Buch mitzunehmen und in ein nettes Restaurant in einer der belebteren Gegenden Londons zu gehen. Schließlich hat sie heute außer ein paar Keksen noch nichts gegessen. Sie geht los und merkt bald, dass dies eine gute Idee war. Auf den Straßen ist viel los und sie wird von ihren eigenen Problemen abgelenkt. Sie hat gemerkt, dass es ihr guttut, wenn sie sich voll auf ihre Sinne konzentriert, anstatt ihren Gedanken zu viel Raum zu geben. So versucht sie, die Gerüche, Eindrücke und Geräusche ihres geliebten Londons auf sich wirken zu lassen. In den Körper gehen, statt in den Kopf, dies scheint ihr die beste Medizin zu sein. Und natürlich auch die köstliche Paella, die sie an einem schönen Tisch auf dem Bürgersteig verspeist. Sie kann jetzt noch nicht nach Hause gehen, schließlich hat sie den ganzen Nachmittag geschlafen und würde sich im Bett nur herumwälzen. Also bestellt sie ein Glas Rotwein und betrachtet das Treiben auf der Straße. Das Buch hat sie noch gar nicht ausgepackt. London ist einfach zu lebendig und interessant, als dass man es einfach ausblenden könnte. Es ist ihr auch egal, wie sich ihr Getrinke heute auf morgen auswirken wird. Immerhin muss sie nicht aufstehen und hat nichts vor – dieser Urlaub kam schließlich ungeplant. Dass das Fiasko erst heute Morgen passiert ist, scheint ihr fast unglaublich. Es wirkt so lange her. Sie fragt sich, ob Keith sie wohl im Büro vermissen und seinen Ausbruch von heute Morgen bereuen wird. Jedes Mal, wenn sie daran denkt, gibt es ihr einen Stich und sie schiebt den Gedanken schnell wieder beiseite. Nachdem das Glas leer ist, zahlt sie und macht sich langsam auf den Weg nach Hause.

Am nächsten Morgen wirkt alles noch unwirklicher als

bisher. Ist ihr das gestern wirklich passiert? Das Leben hält doch immer wieder Überraschungen bereit. Mal solche und mal solche. Da fällt ihr ein, da war doch noch jemand! Mister Allwissend, der angeblich immer bei ihr ist.

»Huhu, Gott, huhu, bist du da?«, sagt sie leicht ironisch in ihr Schlafzimmer hinein.

»Ja, bin ich. Was gibt's?«, kommt es zurück.

»Was es gibt?«, fragt Sophie fassungslos. »Was es gibt? Ist das dein Ernst? Mein Leben geht den Bach runter, dem Ende zu, und du fragst, was es gibt? Sehr witzig, wirklich, ha, ha, ha.«

»Dein Leben geht aber ziemlich oft den Bach runter«, antwortet Gott ungerührt. »Erst wegen eines knochigen Hinterns, jetzt wegen dessen Geliebter. Was wird es demnächst sein?«

»Ach so, das ist dann also das christliche Mitgefühl, na prima.«

»Christliches, jüdisches, muslimisches, hinduistisches, buddhistisches, atheistisches, was immer du willst. Ja, ich stehe durchaus für Mitgefühl, mag aber Drama nicht so gerne. Vor allem nicht im Übermaß.«

»Drama?? Meinst du damit etwa mich?« Sophie ist jetzt wirklich empört. So ernst nimmt Gott sie also. »Das heißt also, du kannst mir jetzt nicht helfen, richtig? Du kannst nur bei Herzschmerz ein paar schlaue Sachen sagen. So eine Art Schwarzwaldklinik für gebrochene Herzen. Aber wenn es dann um wirklich wichtige Dinge geht, da stehst du dann auch wie ein Ochs vor dem Berg.«

Sophie hört, wie Gott ein Gähnen unterdrückt. Sie kocht vor Wut.

»Sophie, meine Liebe, wirklich, du weißt, dass ich dich liebe, und als Gott kann ich eigentlich niemals müde werden, aber du schaffst es fast, mich zu ermüden. Ich wäre dir dankbar, wenn du jetzt aufhörst. Vertraue doch einfach mal. Irgendwann wirst du die Gründe hinter den Dingen verstehen, aber jetzt genieß deinen freien Tag und mach was Schönes. Kuss, Kuss.«

Dieser Gott ist wirklich frech. Kein Wunder, dass niemand mehr an ihn glaubt, wenn das Gott sein soll.

Kuss, Kuss, denkt Sophie ironisch zurück.

Dann steht sie auf und vertrödelt den Tag mit Nichtstun. Er fühlt sich so unglaublich lang an. Abends geht sie früh ins Bett, um die Langweile wegzuschlafen.

»Gute Nacht Gott, und danke fürs Nichtstun«, sagt sie noch bevor sie einschläft.

»Na ja, Nichtstun würde ich das nicht gerade nennen«, antwortet dieser, aber Sophie verschließt die Ohren. Sie will nichts mehr hören.

DER NÄCHSTE TAG ist Freitag und sie hat an dem Wochenende nichts vor. Sie hat sich die Zeit extra freigehalten, falls sie etwas für Keith machen sollte. Etwas vorbereiten oder so. Früher hat sie sich immer die Wochenenden und Abende freigehalten, falls Oliver unerwartet Zeit haben sollte, und jetzt tut sie das Gleiche für Keith, beziehungsweise für ihre Kollektion. Ihr Leben scheint nur aus Warten zu bestehen.

»Und das ist so unsexy«, kommt die Stimme Gottes, als sei gestern nichts zwischen ihnen vorgefallen.

»Von dir will ich nichts hören, ich habe dich nicht um deine Meinung gebeten«, antwortet Sophie schroff.

Dann klingelt ihr Telefon und Danny ist dran.

»Sophie, Darling, wie geht es dir?«

»Frag nicht«, sagt Sophie, immer noch schroff.

»Oh, oh, schlechte Stimmung«, sagt dieser, lässt sich aber von ihrer Laune überhaupt nicht beeindrucken. »Hör zu, sorry, dass ich dich beim Arbeiten störe, aber in zwei Wochen fängt die Fashion Week an. Und es sind doch dann immer Events in der ganzen Stadt. Jedenfalls hat der British Fashion Council bei mir angefragt, ob ich die Bilder einer

Künstlerin, die Mode fotografiert, im Rahmen der Fashion Week in meiner Galerie ausstellen könnte. Ich habe natürlich zugesagt, denn ich habe mal ein Bild mit ihr und Brad Pitt zusammen gesehen. Ich sage dir Sophie, diesmal wird er in die Galerie kommen! Ich spüre es einfach. Ich werde sie nicht mehr verlassen, für keine Sekunde.«

Sophie verdreht die Augen. Jetzt kommt er wieder auf Brad zu sprechen, das kann ewig dauern. Besser, sie gebietet dem Einhalt.

»Komm zum Punkt, Danny, ich habe zu tun.« Sie möchte ihm nicht sagen, dass sie im Moment keinen Job mehr hat. Es ist ihr einfach zu peinlich.

»Oh, ja, ja, klar, sorry, ich beeile mich. Auf jeden Fall weißt du ja, dass ich auch noch den zweiten Raum habe, den, den ich so gerne mag, weil dort das Feng Shui so gut ist. Jedenfalls habe ich mir überlegt, dass ich in diesem Raum gerne deine Kollektion ausstellen würde. Ist das ok? Nicht alles, nur ein paar Teile. An den Schaufensterpuppen, die du letztes Mal dabeihattest. Was hältst du davon?«

Sophie ist zu schlecht drauf, um überhaupt echte Freude empfinden zu können.

»Alles klar, Danny, passt. Lieb, dass du an mich denkst, ich lass dir die Sachen dann rüberschicken. Bis wann brauchst du sie?«

»Na ja, die Ausstellung beginnt nächsten Freitag, da wäre es schon toll, wenn du die Sachen am Mittwoch lieferst und wir sie am Donnerstag zusammen aufbauen könnten. Das tust du doch für mich, oder? Es mit mir zusammen aufzubauen? Ich brauche schon deine Expertise dafür.«

»Klar mach ich das, Danny. Ich schicke dir die Sachen am Mittwoch und am Donnerstag bauen wir zusammen auf. Jetzt muss ich aber los, ciao.«

Und damit legt sie auf. Denn ihr sind die Tränen gekommen. Das wird also die einzige Ausstellung ihrer Kollektion sein. In Dannys Galerie. Und nur ein paar Teile. Aber gut, besser als nichts. Sie sollte dankbar sein, dass er ihr die Möglichkeit gibt. Aber sie kann im Moment einfach keine Dankbarkeit empfinden. Stattdessen versinkt sie in Lethargie.

Am Wochenende regnet es passend zu ihrer Stimmung und sie igelt sich zu Hause ein. Von Patrick hat sie nichts mehr gehört. Seine Melissa-Recherche hat offensichtlich zu nichts geführt, was ja nicht anders zu erwarten war. Aishley versucht ständig, sie anzurufen, aber Sophie geht nicht ans Telefon. Ihr ist die ganze Geschichte einfach zu peinlich und sie möchte ihrer Freundin mit ihrer miesen Laune nicht die Stimmung verderben. Es reicht schon, dass es ihr so schlecht geht, da muss sie nicht noch andere mit hineinziehen.

15

Die allermutigste Handlung ist immer noch, selbst zu denken. Laut.

- Coco Chanel

Als Sophie am Montagmorgen aufwacht, nimmt sie sich vor, arbeiten zu gehen. *Keith kann mich mal,* denkt sie störrisch. Er kann sie nicht einfach von ihrem Arbeitsplatz fernhalten, sie wird schier wahnsinnig, wenn sie nichts zu tun hat. Sie wird sich um des lieben Friedens willen von Melissa fernhalten und auch kein Wort mehr über die Kollektion sagen, aber sie wird zumindest arbeiten gehen. Auf dem Weg macht sie ihren Briefkasten auf, den sie schon seit einigen Tagen nicht mehr geleert hat und sieht eine Karte darin, auf der in Patricks Handschrift steht:

»Betreffend Melissa: Ruf diese Nummer in L.A. an und lass dich mit Henrietta verbinden. Bezieh dich auf mich, sie weiß Bescheid.«

Und danach eine ewig lange Nummer in Los Angeles. Sophie bekommt eine Gänsehaut. Ihr ganzer Körper vibriert.

Sie soll diese Nummer anrufen, was werden die ihr wohl sagen? Macht sie sich damit lächerlich? Aber jetzt merkt sie, dass ihr Kampfinstinkt erwacht. Sie wird nicht einfach klein beigeben! Sie wird die Nummer anrufen und schauen, was sie zu sagen haben. Sie guckt auf die Uhr. Acht Uhr morgens in London. Das heißt, in L.A. ist es Mitternacht. Sie wird sich also acht Stunden gedulden müssen, bevor sie jemanden erreicht. Noch ein Grund mehr, ins Büro zu gehen. Sie muss den Tag irgendwie rumkriegen bis zu dem Telefonat.

In der Redaktion ist nicht viel los, die meisten sind zu Interviews oder Fototerminen unterwegs. Melissa scheint gar nicht da zu sein und Keith sieht sie auch nicht. Ist ihr auch lieber so. Und da sie selbst ja auch offiziell gar nicht mehr existiert, geht sie um drei Uhr, um pünktlich um vier zu Hause zu sein, rechtzeitig für ihren Anruf. Sie merkt, wie ihre Nervosität steigt. Sobald sie zu Hause ist, wählt sie mit zitternden Fingern die Nummer. Eine Rezeptionistin meldet sich.

»*LA Fashion*, wie kann ich Ihnen helfen?«

LA Fashion! Das hätte Patrick ruhig dazuschreiben können. Ihr fällt vor Aufregung fast der Hörer aus der Hand. Ihr absolutes Lieblingsmagazin. Das absolute Must für jeden Modefan! Woher kennt Patrick nur jemanden von der *LA Fashion*? Sie versucht, sich zu sammeln.

»Ähh, ja hallo, hier spricht Sophie. Ich rufe aus London an. Könnten Sie mich bitte mit Henrietta verbinden.«

»Henrietta«, sagt die Rezeptionistin, »die kommt immer erst um neun. Da müssen Sie sich noch eine Stunde gedulden. Kann ich vielleicht etwas ausrichten?«

»Nein, ist schon gut, ich probiere es dann später, danke.«

Wow, die Rezeptionistin kannte Henrietta, selbst als sie nur den Vornamen nannte. Muss also jemand wichtiges sein. Nicht nur eine Praktikantin. Allmählich ist Sophie doch beeindruckt von Patricks Kontakten. Sie zittert am ganzen Körper. Was erwartet sie, wenn sie mit Henrietta spricht?

Genau eine Stunde später hört sie wieder das Klingeln am anderen Ende der Welt und sie spricht wieder mit einer Rezeptionistin, aber diesmal mit einer anderen. Klar, im Vergleich zur *LA Fashion* ist die *Look&Style*, wo sie arbeitet, eine Dorfkaschemme. In L.A. arbeitet natürlich nicht nur eine Rezeptionistin, sondern gleich eine ganze Armee davon. Dafür gehören sie auch zu einer riesigen Medienkette, mit Sitz in London, falls Sophie sich nicht täuscht, während die *Look&Style* es geschafft hat, unabhängig zu bleiben. Sophie stellt sich wieder mit zitternder Stimme vor und bittet darum, mit Henrietta verbunden zu werden.

»Einen Moment, ich stelle durch«, kommt es effizient durch die Leitung.

Das war einfacher als gedacht. Bald würde sie die ominöse Henrietta an der Strippe haben. In dem Moment hört sie eine weitere Stimme:

»Büro Henrietta Stein, wie kann ich Ihnen helfen?«

Sophie fällt wieder fast der Hörer aus der Hand. Zum zweiten Mal an diesem Tag. Henrietta Stein! Die legendäre Henrietta Stein, Chefredakteurin bei der *LA Fashion*. Verglichen mit ihr verblasst selbst Anna Wintour. Sophie überlegt ernsthaft aufzulegen. Dem hier ist sie nicht gewachsen. Eben noch war sie eine unbedeutende Redakteurin, die aufgrund einer noch unbedeutenderen Praktikantin womöglich ihren Job verloren hat, und jetzt ruft sie mir nichts, dir nichts die bedeutendste Moderedakteurin Amerikas an, ganz als wäre es etwas völlig Normales. Sie räuspert sich, räuspert sich wieder. Ihre Stimme kann doch jetzt nicht schlapp machen! Sie wird wie vorher ihren Nachnamen nicht nennen. Erstens ist das L.A., die reden sich sowieso alle mit Vornamen an und zweitens können sie sie somit nicht zurückverfolgen, falls sie sich total blamieren sollte. Henrietta Stein anzurufen, was ist nur in sie gefahren?

Jetzt quäkt sie ein kaum verständliches »Hallo, hier ist

Sophie, ich rufe aus London an« heraus. »Könnte ich bitte mit Henrietta sprechen?«

»Hallo Sophie, selbstverständlich«, kommt die Stimme freundlich und unverbindlich zurück. »Könnte ich nur kurz wissen, worum es geht?«

Ha, da ist sie, die Stolperfalle. Was soll sie jetzt sagen? An dieser netten, unverbindlichen Person wird sie niemals vorbeikommen!

»Äh, Henrietta weiß, worum es geht. Patrick hat sie informiert.«

Selbst in ihren eigenen Ohren hört sie sich an wie ein ungeschicktes Schulmädchen. Kein Wunder, dass Leute wie sie es im Leben nicht weit bringen und irgendwann rausgeschmissen werden. Das muss man sich mal vorstellen: Sie bezahlen sie lieber dafür, dass sie nicht im Büro auftaucht, als dafür, dass sie auftaucht! So weit ist es also gekommen. Jetzt hätte sie beinahe verpasst, was die nette, unverbindliche Stimme sie gefragt hat. Den Nachnamen! Sie will Patricks Nachnamen wissen! Und um ehrlich zu sein, war die Stimme auch gar nicht mehr so unglaublich nett und unverbindlich, vielleicht sogar eher leicht genervt. Im Klartext hat sie gesagt:

»Patrick? Das ist ja schön. Dürfte ich wissen, welcher Patrick?«

Sophie ist wie ein kleines Kind, dem man alles aus der Nase ziehen muss. Ihre Gedanken rasen. Der Nachname, was ist Patricks Nachname? Seine Karten unterschreibt er immer nur mit xx P. Das hilft ihr hier nicht weiter. Kennt sie denn seinen Nachnamen nicht? Natürlich kennt sie ihn. Sie sieht ihn doch jeden Tag auf dem Klingelschild. Und als sie dachte, dass er Gott ist, bei ihrem ersten Treffen, da hat er sich mit seinem Nachnamen vorgestellt. *Holzkopf*, hat sie damals noch gedacht, nachdem er weg war. Wieso nur Holzkopf? Jetzt hat sie es! Woods! Wie Wood, also Holz!

»Woods. Patrick Woods«, ruft sie triumphierend in den Hörer. »Er hat alles mit Henrietta besprochen.«

Wie vermessen von ihr, die Modeikone einfach Henrietta zu nennen, als seien sie beste Freundinnen, aber irgendwie gefällt es ihr. Sophie und Henrietta. Hat einen guten Klang. Best friends forever. Oder eher »Henrietta und Sophie«. Sie fängt an, zu träumen. *Ah, da kommen ja Henrietta und Sophie, unzertrennlich die beiden. Seit sie Sophie kennt, ist Henrietta so anders. Irgendwie menschlicher. Ausgeglichen. Humorvoll. Sie scheint das Leben zu genießen. Das scheint alles auf Sophie zurückzuführen zu sein. Ja, wir können uns gar nicht mehr vorstellen, was Henrietta ohne Sophie machen würde.* Sophies Tagträume werden von der immer noch netten, aber nun gar nicht mehr unverbindlichen Stimme am anderen Ende der Leitung unterbrochen.

»Patrick Woods?«, fragt diese fast ehrfürchtig zurück. »Selbstverständlich, Sophie, ich verbinde sofort.«

Sesam öffne dich!, denkt Sophie, bevor eine fröhliche Stimme ein »Sophie-Darling, hier ist Henrietta, schön, dass du dich meldest, Patrick hat mir schon alles über deine prekäre Situation erzählt«, durch die Leitung flötet.

»Äh – hat er?«

Jetzt hört Sophie sich nicht mehr wie ein Schulmädchen, sondern wie ein schlecht erzogenes Kindergartenkind an. Aber sie kann es einfach nicht glauben. Henrietta Stein interessiert sich für ihre – Sophies – Geschichte? Glücklicherweise ist Henrietta gut darin, unangenehme Situationen zu überspielen.

»Ja, natürlich hat er das und ich bin schockiert. Weißt du, Sophie, ich selber kannte dieses Mädchen ...« - hier scheint sie nach einem Namen zu suchen und findet ihn schließlich irgendwo in ihren Unterlagen, »… Melissa nicht. Ich beschäftige mich nicht zu sehr mit den Praktikanten bei der Zeitschrift und sie war wohl damals Praktikantin bei uns, aber für Patrick habe ich mich umgehört und so einige Informationen ausfindig gemacht, die für dich von Interesse sein sollten.«

Sophie ist sprachlos. Erst einmal, wie kommt es, dass dieser total sexy aber auch total nichtglamouröse Patrick solch einen Einfluss auf eine Frau wie Henrietta Stein hat? Und zweitens, wie kommt es, dass irgendjemand in L.A. sich überhaupt für ihre Situation interessiert? Träumt sie das alles? Aber da sagt Henrietta schon:

»Hör zu Sophie, ich möchte das Ganze nur ungern am Telefon besprechen, aber leider habe ich diesmal keine Zeit, zur Fashion Week nach London zu kommen. Aber unser Moderedakteur Stuart fliegt natürlich rüber und ich habe ihn gebeten, sich mit dir zu treffen. Er würde eigentlich erst am Sonntag landen, aber Patrick zufolge hört sich die ganze Sache eher dringend an. Daher wird Stuart ausnahmsweise schon früher fliegen und kann dich gerne am Wochenende treffen, wann und wo es dir passt.«

Sophie ist immer noch in Schockstarre. Der Moderedakteur der *LA Fashion* fliegt extra früher nach London, um sie zu treffen und ihre Probleme mit einer ehemaligen Praktikantin des Blattes zu besprechen? Es ist nur schwer vorstellbar, aber wohl wahr. Wenigstens scheint ihr Hirn wieder zu arbeiten und ihr fällt ein, dass Danny erwähnt hat, dass er am Freitag einen Cocktailempfang in seiner Galerie organisiert. Unter anderem mit Sophies Kleidern und natürlich im Namen der Fashion Week und noch natürlicher in der Hoffnung, dass Brad Pitt auftaucht.

Also sagt Sophie, ziemlich cool, wie sie findet: »Das hört sich fantastisch an, Henrietta.« (Hier, sie hat es tatsächlich getan, sie hat Henrietta Stein direkt in ihr Gesicht beziehungsweise in ihr Ohr hinein Henrietta genannt. Sie könnte es die ganze Zeit wiederholen ... Henrietta, Henrietta, Henrietta, hat es jemals einen schöneren Namen gegeben? Äh, wo war sie stehengeblieben?) Ach ja:

»Ein Freund von mir gibt in seiner Galerie am Freitag

einen Cocktailempfang, es wäre doch toll, wenn Stuart dorthin kommen könnte. Wir könnten uns kennenlernen und er könnte dort auch ein paar Teile aus meiner Kollektion sehen.«

Da, sie hat es wieder getan: Sie hat es »meine Kollektion« genannt. Das ist fast noch besser, als Henrietta zu sagen. Aber »Henrietta« UND »meine Kollektion«, das übertrifft alles.

»Am nächsten Tag könnten Stuart und ich uns dann zum Lunch treffen«, fährt sie fort, »um diese kleine unangenehme Begebenheit näher zu besprechen.«

Oh, jetzt hört sie sich wirklich urban an, sie ist mächtig stolz auf sich. Kein Schulmädchen mehr, sondern eine Frau von Welt. Selbst ihre Freundin Henrietta wird jetzt beeindruckt sein. Diese lacht jedoch nur und sagt:

»Das hört sich wundervoll an, Sophie. Freitagabend wird leider nicht gehen, da Stuart schon an einer Veranstaltung teilnimmt, aber am Samstag kann er sich sicherlich Zeit nehmen. Bitte gib doch alle Details meiner Assistentin und die wird dann alles an Stuarts Assistentin weiterleiten, so kann nichts schiefgehen! Und jetzt muss ich los, alles Gute dir!«

Wohin sie wohl geht? Wahrscheinlich ist es etwas super Glamouröses, denkt Sophie. *Vielleicht Lunch mit einem berühmten Schauspieler oder Designer in einem von L.A.s superhippen Restaurants. Dabei würden sie natürlich alle nur Wasser, vielleicht noch Vitaminwasser nippen, denn man muss ja superschlank bleiben. In L.A. ist keiner dick. Da sehen alle aus wie Melissa.* Sophie unterbricht ihren Denkfluss bevor der sie noch dahin führt, wo sich die Kalifornier überall bleachen lassen, was sie dann völlig aus dem Konzept bringen würde. Stattdessen dankt sie Henrietta herzlich, ein wenig zu herzlich vielleicht, achtet darauf, den Namen Henrietta noch ein oder zwei Mal in ihren Abschiedsgruß einfließen zu lassen und wird dann wieder an die nette, unverbindliche Stimme weitergeleitet, die jetzt durchaus in ihrem Element ist und alle Details pflichtgetreu aufnimmt. Sophie wird Stuart am Samstag um zwölf Uhr im Ritz zum Lunch treffen. Auf Kosten der *LA Fashion* natürlich. Was sonst? Sophie kommt aus dem Staunen gar nicht mehr heraus.

Jetzt kann Keith sich seinen Job sonst wo hinstecken, er hat Sophie rausgeekelt und auch wenn sie sich heute dort hat sehen lassen, diese Woche wird sie sicherlich nicht mehr in der Redaktion auftauchen. Schließlich ist bald Mittwoch und sie hat sich entschieden, Danny ihre Sachen persönlich vorbeizubringen. Bis dahin kann sie sich schon einmal überlegen, wie sie sie am besten präsentieren könnte. Immerhin wird eventuell der Moderedakteur der *LA Fashion* ihre Stücke sehen. Irgendwie wird sie es schon schaffen, ihn während seines Aufenthalts hier in die Galerie zu lotsen. So eine Chance bekommt man nur einmal im Leben. Und Melissa hin oder her, sie würde diese Chance ergreifen. Was Stuart ihr wohl über die Giftschlange zu erzählen hat? Sophie ist gespannt, aber sie wird sich noch etwas gedulden müssen. Dann ruft sie Lucas an und fragt ihn, ob er ihr am Mittwoch wohl noch mal mit seinem Auto aushelfen könnte, was dieser gleich zusagt. *So ein Schatz!,* denkt sie mit zunehmendem Optimismus.

Am nächsten Nachmittag holt Lucas sie ab und sie machen sich auf den Weg zu Dannys Galerie, wo sie die Tasche mit all den Kleidungsstücken, sowie fünf Schaufensterpuppen auspacken. Danny begrüßt sie und dann bringen sie alles in den hinteren Raum, in dem im Moment keine Ausstellung stattfindet. Sophie verabschiedet sich von Lucas und verspricht diesem, sich bald für all seine Hilfe zu revanchieren.

»Kein Problem«, wiegelt dieser ab. »Meine Freundin findet es supercool, dass ich jetzt für eine Designerin arbeite.

Scheint mich gleich attraktiver zu machen. Ich helfe dir also liebend gerne.«

Sophie grinst. Sie weiß, wie vernarrt Lucas in seine Freundin Isabelle ist und wenn sie den beiden helfen kann, noch etwas mehr Prickeln in ihre Beziehung zu bringen, so ist das umso besser. Danny hat jetzt Kunden da und ist beschäftigt, also macht Sophie sich allein daran, alles auszupacken. Aufgebaut wird erst morgen. Seit ihrem Gespräch mit Henrietta hat sie einen ganz neuen Elan entwickelt. Sie weiß nicht, was Stuart am Samstag mit ihr besprechen möchte, aber wenigstens tut sich etwas und sie kann diese fürchterliche Lethargie abschütteln. Der Raum, in dem ihre Sachen ausgestellt werden, ist toll. Er hat genau wie die ganze Galerie sehr hohe Decken und - wie sie findet - allgemein gutes Karma. Sophie mag ihn sowieso lieber als den Hauptraum und ihre Stücke werden sich hier sicherlich gut machen. Möglich, dass sie vielleicht ein bisschen verloren aussehen, aber das lässt sich jetzt nicht ändern. Immer noch besser zu leer als überfüllt, und Danny mag es minimalistisch. Zumindest so lange er nicht im Cavalli Club in Mailand ist. Da steht er dann plötzlich auf Plüsch und große Prints. Als Danny mit seinen Kunden fertig ist, überredet Sophie ihn, abzuschließen und mit ihr etwas essen zu gehen. Das macht er normalerweise nicht so gerne, aber da es kaum mehr eine Stunde bis zur offiziellen Schließzeit ist und er keine Termine mehr hat, gibt er klein bei. Außerdem hat er Sophie seit Mailand nicht gesehen. Sophie hingegen hat ein schlechtes Gewissen, weil sie letztes Mal am Telefon so brüsk zu ihn gewesen ist. Und das, obwohl er ihr die Chance gibt, im Rahmen der Fashion Week ihre Stücke auszustellen. Dass Melissa sie auf übelste Art hintergangen hat, ist schließlich nicht seine Schuld und doch hat sie ihre schlechte Laune an ihm ausgelassen. Sie muss sich wirklich ein wenig zusammenreißen und darf ihre Freunde nicht für die Tiefpunkte in ihrem Leben büßen lassen. Was mussten sie schon unter der

Oliver-Story leiden! Daher behelligt Sophie Danny jetzt auch nicht mit der Melissa-Geschichte, sondern versucht, positiv zu sein und auch an seinem und Robs Leben mehr Anteil zu nehmen. Sie freut sich, dass sie die beiden am Freitagabend zur Eröffnung der Ausstellung mal wieder zusammen sehen wird. Auch wenn Aishley ihr schmerzlich fehlen wird. Sie scheint so glücklich mit Nicolai zu sein, ob sie wohl jemals wiederkommen wird? Danny und Sophie trinken eine Flasche Chianti, essen Pasta und genießen ihre Zweisamkeit. Dann verabschieden sie sich und Sophie verspricht, am nächsten Abend um sechs wiederzukommen, um mit Danny die Puppen aufzubauen und auszustaffieren. Leider werden sie danach nicht zusammen essen gehen können, da er später noch wichtige Kunden erwartet. Aber so hatten sie wenigstens heute etwas Zeit miteinander. Sophie fährt guter Dinge nach Hause. Zumindest hat sie jetzt etwas zu tun und ihre Kollektion verschwindet nicht ganz im Nirvana.

Am nächsten Abend fährt sie wieder zur Galerie und baut voller Elan die Puppen auf. Sie hat sich vorher schon alles vor ihrem inneren Auge zurechtgelegt und daher geht es schnell. Wie erwartet sieht es super aus und Sophie freut sich auf die Eröffnung morgen Abend. Ihre Kollektion wird zwar nicht der Hauptteil sein, sondern die Bilder der Modefotografin, die im Hauptraum ausstellt, aber der ein oder andere Besucher wird sich sicher auch in ihrem Raum umsehen. Sophie ist zwar aufgefallen, dass sie auf dem Schild mit der neuen Ausstellung nicht erwähnt wird, sondern dieses allein der Modefotografin gewidmet ist, aber das kann sie Danny nicht übel nehmen. Es ist schon nett genug, dass er sie überhaupt ausstellen lässt. Dann verabschiedet sie sich von Danny mit einem Kuss und freut sich auf den nächsten Abend. Es wird Zeit, dass sie mal wieder ausgeht. Im Anschluss geht sie in einen gut sortierten Spirituosenladen um die Ecke und sucht nach langer Beratung einen exklusiven Whisky für Patrick aus. Egal, was bei dem Gespräch mit Stuart herauskommt, Patrick hat schon sehr viel mehr für sie getan, als sie jemals von ihm hätte erwarten können. Irgendwann wird sie auch Aishley die ganze Geschichte erzählen und kann es kaum erwarten, ihr Telefonat mit Henrietta zu erwähnen. Da wird selbst Aishley Augen machen! Dann kauft sie Patrick noch eine Karte, schreibt »Danke!« darauf und stellt zu Hause beides bei ihm vor die Wohnungstür. Ihr fällt auf, dass sie immer noch nicht ihre gegenseitigen Telefonnummern haben und wohl daher per Karten kommunizieren. Etwas altmodisch, aber auch sehr romantisch.

Dann öffnet sie eine Flasche gut gekühlten, trockenen Weißwein, holt Oliven, Tomaten, Käse, Schinken und Brot aus dem Kühlschrank und macht es sich damit auf ihrem Balkon gemütlich. Sie spitzt ihre Ohren und lauscht nach oben, ob sie etwas von Patrick hört. Aber es ist alles ruhig. Wahrscheinlich ist er nicht da. Sophie lehnt sich zurück und genießt den milden Abend. Es ist jetzt schon September, da wird sie bald nicht mehr draußen sitzen können. Aber ansonsten hat sie den Sommer in London gut genutzt, findet sie. Vor allem ihre neue Freude am Laufen hat wirklich zu einer höheren Lebensqualität beigetragen. Sie schließt die Augen. Morgen würde die London Fashion Week beginnen, ein paar Tage voller Wahnsinn für alle in der Modeindustrie. Sie selbst hat einen Presseausweis, mit dem sie zu allen Shows kann, und liebt es, immer wieder mal hinein- und herauszuschlüpfen. Zahlreiche Events finden in einem großen Zelt im Innenhof des Somerset House mitten in London statt, aber eigentlich ist ganz London für diese Tage im Fashion-Fieber und Shows und Partys finden in der ganzen Stadt verteilt statt. Jetzt merkt sie besonders, wie schmerzlich sie Aishley vermisst. Sonst haben sie immer zusammen die Fashion Week unsicher gemacht und Aishley hat natürlich Einladungen zu all den coolen Partys bekommen, auf die Sophie trotz ihres Presseausweises nicht gekommen wäre. Es waren immer Tage wie im Ausnahmezustand, mit einer ganz speziellen Energie. Und jetzt würde sie alleine hingehen. Natürlich würde sich jede andere ihrer Freundinnen oder Bekannten ein Bein ausreißen, wenn sie sie statt Aishley zu den Shows mitnähme. Trotzdem hat sie beschlossen, dass wenn sie Aishley nicht mitnehmen kann, sie lieber alleine geht. So hat sie wenigstens ihre Ruhe und kann sich von der Mode inspirieren zu lassen. Denn trotz der unerfreulichen Melissa-Geschichte hat sie sich fest vorgenommen, sich nicht unterkriegen zu lassen. Henrietta Stein würde auch nicht einfach so aufgeben! Sie genießt ihr Essen, bringt dann alles in die Küche und geht früh zu Bett.

16

Halte deine Absätze, deinen Kopf und deine Standards hoch.

- Coco Chanel

Am nächsten Morgen wacht sie mit einer gewissen Vorfreude auf. Die Fashion Week macht das immer mit ihr – es liegt etwas in der Luft. Und diese Freude wird noch gesteigert, als sie ihr Handy anmacht und eine Nachricht sieht:

»Danke für den feinen Whisky. Sollen wir ihm zusammen das Lebenslicht aushauchen? xx P.«

Sophie grinst und antwortet:

»Wer ist dort?«

»Wie vielen Männern hast du denn gestern Whisky vor die Tür gestellt?«

»Einer ganzen Menge.«

»Aha ;-)«

»Woher hast du meine Nummer?«

»Ich bin dein Vermieter, ich habe alle deine Daten «

»Darfst du die einfach so nutzen?«

»Nein.«

»Ach so.«

»Habe keine Karten mehr, da musste ich zu illegalen Mitteln greifen.«

»Ich mochte die Karten.«

»Ok, werde wieder welche kaufen. Aber kannst du bis dahin mit dem Telefon vorliebnehmen?«

»Ok.«

»Sehr gnädig.«

»Gern geschehen.«

»Also, Whiskey zusammen köpfen?«

»Ja.«

»Wann?«

»Es ist London Fashion Week.«

»Ich weiß, lebe nicht in einer Höhle.«

»Woher kennst du Henrietta Stein? Bin beeindruckt.«

»Ich habe mit ihr geschlafen.«

»Nein!!!«

»Nein ;-)«

»Also?«

»Lange Geschichte. Erzähl ich beim Whisky.«

»Ok :-(«

»Freu mich drauf. Wann?«

»Nach der Fashion Week. Schönen Tag.«

»Warte!«

»Was denn?«

»Hat der Kontakt zu Henrietta etwas gebracht?«

»Weiß ich noch nicht, erfahr ich morgen. Im Ritz :-). Auf Kosten der LA Fashion natürlich :-) :-) :-).«

»Typisch!«

»Was?«

»Ach nichts.«

»Sag schon.«

»Beim Whiskey.«

»Spielverderber.«
»Ciao.«
»Ciao.«

Sophies Herz hüpft vor Aufregung. Jetzt hat sie auch Patricks Nummer. Und sie ist cool geblieben, ihm nicht hinterhergelaufen. Das ist das Wichtigste. Aishley wäre stolz auf sie; sie hat dazugelernt.

Dann macht sie sich fertig, zieht einen schwarzen Catsuit von Gucci an, Prada-Sandalen und ein kurzes Vintage-Jäckchen. Dazu eine gesteppte Handtasche von Chanel und sie ist fertig, um zur ersten Show zu gehen. Für heute hat sie sich zwei Shows ausgesucht, eine bei einer jungen, eher unbekannten britischen Designerin, die jedoch sehr vielversprechend ist und die andere bei einem ihrer italienischen Lieblingslabels. Sie ist von beiden Shows beeindruckt, und geht gut gelaunt nach Hause, um sich für ihren eigenen Abend zurechtzumachen. Sie duscht und wäscht sich die Haare, ist heute in der Stimmung, diese ein wenig wild zurechtzumachen, zieht wieder ihren Catsuit an, nur diesmal mit Mörderabsätzen von Manolo Blahnik und einem kurzen silbernen Jäckchen. Dazu noch eine Clutch von Bottega Veneta (secondhand!!!) und fertig ist sie, um im Rahmen der Fashion Week Teile ihrer eigenen Kollektion in Dannys Galerie zu präsentieren. Es ist zwar nicht Teil des offiziellen Programms, aber was soll's. Danny hat ein hervorragendes Netzwerk und ein paar interessante Leute werden dort schon hinkommen und sich ihre Sachen ansehen. Sophie ist aufgeregter, als sie es gedacht hätte. Als ihr Taxi sie vor der Galerie absetzt, kann sie sehen, dass schon einige Leute da sind. Klar, es wäre nicht Danny, wenn er nicht für genügend Aufmerksamkeit gesorgt hätte. Und dann bleibt sie mit offenem Mund vor der Auslage stehen. Denn dort ist zwar in

Klebebuchstaben auf dem Fenster die Modefotografin groß angekündigt, aber ebenso groß steht dort:

Premiere
Kollektion Phoenix von Sophie Vanderbilt
mit Fotos von Aishley Candel-Gross

Sophie traut ihren Augen kaum. Mit zitternden Händen will sie ihr Handy aus der Tasche nehmen, um ein Foto von der Ankündigung zu machen, doch dann lässt sie es sein und läuft stattdessen so schnell es ihre Killerabsätze zulassen in die Galerie hinein. Dabei rennt sie die Leute, die hinter der Türe stehen, fast über den Haufen, aber das ist ihr jetzt egal. Was heißt das - Fotos von Aishley? Ist Aishley etwa hier? Danny hat kein Wort gesagt! Es wäre zu schön, um wahr zu sein! Sie läuft noch schneller als zuvor in den hinteren Raum, wo ihre Kollektionsstücke zu finden sind und da sieht sie sie gleich in der Mitte stehen. Aishley! Ihre geliebte Aishley! Kaum wiederzuerkennen, da so gebräunt und vielleicht auch etwas rundlicher und weicher, aber doch unverkennbar Aishley! Diese grinst sie auf die so vertraute Art an und Sophie fällt ihr um den Hals. Sofort lösen sich ihre Tränen und sie weint Aishley den gesamten Kragen voll. Was hat sie ihre Freundin vermisst! Sie merkt erst jetzt, wie sehr Aishley ihr wirklich gefehlt hat.

»Aishley, du hier?«, schluchzt sie immer noch an ihrem Hals. »Ich glaube es gar nicht. Wieso hast du nur nichts gesagt?«

Aishley lacht und hält sie fest im Arm.

»Natürlich bin ich hier, Dummerchen. Glaubst du wirklich, ich würde dich während der Fashion Week allein lassen und dich alleine auf all die coolen Partys gehen lassen? Nichts da, das Dream Team ist wieder vereint.«

Sophie kann ihr Glück kaum fassen.

»Was ist mit Nicolai?«, fragt sie und will sich nach ihm umschauen. Doch da entdeckt sie erst, wie sehr der Raum sich verändert hat, seit sie hier gestern mit Danny die Kollektion aufgebaut hat. Ihre Stücke sind wunderschön beschienen und unterstützt wird das Ganze von Schwarz-Weiß-Fotografien an den Wänden, die Aishley damals während ihrer ersten Vorführung mit ihren Nichten gemacht hat. Diese Fotos hatte Sophie ganz vergessen! Es sieht gigantisch aus. Die Fotografien der zurechtgemachten Mädchen und Sophie, die Professionalität der Kleidungsstücke in Kombination mit der Improvisation des Raums – was für eine fantastische Installation ist aus dem Arrangement der Puppen mit den Fotografien geworden! Sophie kann es kaum glauben.

»Nicht schlecht, was?«, strahlt Aishley. »Deshalb hat Danny gestern Abend keine Zeit für dich gehabt. Er, Rob und ich haben die halbe Nacht aufgebaut und gehängt und Lucas kam noch dazu, um die Magie seines Lichts hinzuzufügen. Ich glaube, ihm gefällt die Modeindustrie. Mein Gefühl sagt mir, dass er seitdem sehr viel mehr Sex von seiner Freundin bekommt.« Aishley lacht.

Sophie ist immer noch sprachlos und weiß nicht, was sie sagen soll. Das hier übertrifft all ihre Vorstellungen. Da spürt sie, wie Danny ihr von hinten den Arm um die Schulter legt.

»Na, meine Liebe, ich glaube, du hast gerade den Sprintwettbewerb durch meine Galerie gewonnen. Aishley, ich sagte dir doch, du musst wiederkommen. Sophie ist ohne dich einfach nicht Sophie«.

Sophie guckt Aishley mit großen Augen an.

»Du bleibst doch?«, fragt sie. »Bitte sag mir, dass du bleibst.«

»Natürlich bleibe ich, Sophie. Du glaubst doch wohl

nicht, dass ich unser miserables Wetter hier gegen den ewigen Frühling Mailands eintauschen würde, unsere blassen, rothaarigen Jungs gegen die italienischen Götter und unsere gewürzlose und überkochte Küche gegen feinste italienische Kulinarik? Da wäre ich ja bescheuert. Ach ja, und nicht zu vergessen unser lauwarmes Bier gegen italienischen Wein. Nein, das alles würde ich um nichts in der Welt aufgeben, Sophie. Ich bleibe.«

Sophies Herz macht vor Glück Saltos. So ganz traut sie dem Braten jedoch noch nicht.

»Aber was ist mit Nicolai? Wollt ihr wirklich eine Fernbeziehung führen?«

»Nein, das werden wir nicht. Könnten wir gar nicht, wir sind viel zu verrückt nacheinander. Nicolai wird mit mir nach London kommen. Als Journalist kann er von überall arbeiten und er hat hier auch viele Kontakte. Und wenn wir wegen des fürchterlichen Essens hier zu dünn und frustriert werden, so fahren wir kurz nach Italien zurück, um uns wieder von seiner Großfamilie mästen und beglücken zu lassen.«

»Das hört sich gut an«, sagt Sophie erleichtert. »Wo ist er denn überhaupt?«

»Er kommt in ein paar Tagen nach. Ich habe ihm gesagt, dass ich erst einmal Zeit mit meiner liebsten Freundin brauche. Ich habe ihm übrigens die Fotos gezeigt und er ist extrem beeindruckt von deinen Stücken. Bei einem Italiener will das was heißen! Er meint, sie würden in Italien super ankommen. Aber auch wenn Nicolai nicht hier ist, schau mal, wen wir da haben«, sagt Aishley und grinst an ihrer Schulter vorbei.

Als Sophie sich umdreht, setzt ihr Herz einen Schlag aus. Da ist Patrick, in einem perfekt geschnittenen schwarzen Anzug, glatt rasiert und so gut aussehend, als sei er gerade einem Katalog entsprungen. Neben ihm ist Lydia und an deren Arm eine weitere sehr hübsche Frau. Das kann nur

Claire, Patricks Schwester, sein. Schon ist das Grüppchen bei ihnen angekommen und nachdem Patrick Sophie mit zwei Wangenküsschen begrüßt, sie ihm Aishley vorgestellt und selber Lydia begrüßt hat, wird sie schließlich auch Claire vorgestellt.

»Sophie, das ist meine Schwester, gerade erst von einer ihrer verrückten Expedition zurück.«

Sophie gibt auch der herzlichen Claire zwei Küsschen. Sie sieht ihrem Bruder unverkennbar ähnlich und ist auf ihre eigene Art ebenso schön wie Lydia. Weiblicher, weicher, weniger akkurat und auch weniger zurechtgemacht. Aber genauso schön. Wo Lydia einwandfreies Make-up sowie einen strengen Pagenschnitt trägt, hat Claire dunkle, lange Wellen und kein Make-up auf ihrer zarten, mit Sommersprossen besprenkelten Haut. Nur ein wenig rosa Lipgloss betont ihre Lippen. Diese verziehen sich jetzt zu einem breiten Lächeln, als sie sagt:

»Du bist also die Frau, die meinem kleinen Bruder den Kopf verdreht. Kein Wunder, muss ich sagen. Was für eine Schönheit. Und dazu noch so talentiert.«

Bevor die errötende Sophie noch etwas antworten oder Patrick seiner Schwester in die Seite knuffen kann, stürzt diese sich schon auf die Puppe mit den bunten Maxikleidern und flattert fröhlich wie ein Schmetterling um sie herum. Lydia hingegen fühlt sich wie nicht anders zu erwarten war zu der schmal geschnittenen, edlen Schwarz-Weiß-Kollektion hingezogen und beäugt diese mit kritischer Miene.

»Ich habe ja keine Ahnung von Modedesign, Sophie, aber ich habe ein ausgezeichnetes Auge für Qualität. Und das hier ist Qualität. Sollte deine Kollektion – was ich hoffe und wovon ich ausgehe – mal aus den geheiligten Hallen von Dannys Galerie herauskommen, so hast du in mir eine neue Kundin gewonnen. Darauf hast du mein Wort. Dieser schmale Rollkragenpullover, dem man die Ärmel abknöpfen kann, ist einfach nur göttlich.«

Das ist das Praktische an den Fotos an der Wand – nicht nur geben sie der Kollektion das gewisse Extra und verwandeln den ganzen Raum, sondern sie zeigen die gesamte Kollektion in all ihren Varianten. Die Fotos von Aishley sind wirklich Gold wert.

Jetzt wendet Patrick sich ihr lachend zu: »Sophie, deine Sensibilität in allen Ehren, aber musst du wirklich jedes Mal weinen, wenn wir uns sehen? Langsam nehme ich das persönlich.«

Oh Gott, das hatte Sophie ganz vergessen. Sie hatte ja eben noch Aishley in den Kragen geweint. Sie muss mittlerweile aussehen wie ein Pandabär. Unsicher streicht sie sich über das Gesicht.

»Sehe ich fürchterlich aus?«

»Nicht fürchterlich, eher etwas wild würde ich sagen«, lächelt Patrick. »Ein sehr unkonventionelles Make-up.«

»Ich würde es schon halb fürchterlich nennen,«, sagt Aishley auf ihre unnachahmliche Art, die Sophie so vermisst hat. »Deswegen werden Sophie und ich uns jetzt mal auf die Toilette begeben und die Kriegsbemalung ein wenig wegwischen«, sagt sie bestimmend und zieht Sophie mit sich fort. Auf dem Weg flüstert Sophie Danny zu:

»Was macht Patrick hier? Hättest du mich nicht warnen können? Wusstest du, dass er kommt?«

»Ich habe Lydia gesagt, dass du deine Kollektion ausstellst und dass sie diese auf keinen Fall verpassen darf. Vielleicht habe ich ein klitzekleines bisschen für dich gehofft, dass sie das Sahneschnittchen mitbringt, aber gesagt habe ich nichts, wirklich! Übrigens habe ich noch jemand viel Interessanteren für dich eingeladen, aber ich würde vorschlagen, dass du dir vorher das Make-up von Wangen und Kinn wischst. Ah – und aus deinem Dekolleté auch.«

Oh Mann, so schlimm war es also!

»Genau das haben wir vor«, sagt Aishley, ganz Befehlshaber wie immer. »Wenn du erlaubst, Danny, nutzen wir dafür deine private Toilette, da ich noch etwas mit Sophie zu besprechen habe, das nicht die ganze Londoner Society mitbekommen muss.«

Sie hat recht. Mittlerweile ist es so voll geworden, dass man meinen könnte, dies hier sei eine der Hauptveranstaltungen der Fashion Week. Und ihr kleines Hinterzimmer ist fast ebenso voll wie der Hauptraum. Geht gar nicht anders, die Leute müssen ja irgendwohin ausweichen. Dann ist sie mit Aishley in der Toilette angekommen und bekommt beim Blick in den Spiegel einen Schrecken: Ihr Gesicht sieht aus wie ein Zebra, vor allem da sie heute mehr Make-up als sonst aufgelegt hat. Sie wollte sich eben besonders sexy fühlen. Während sie sich mit einem angefeuchteten Tuch das Gesicht abwischt, stellt Aishley sie zur Rede.

»So, Sophie, raus mit der Sprache. Tu nicht so, als würde ich dich nicht kennen. Es ist doch etwas. Seit Tagen kann ich dich nicht erreichen und obwohl ich mich sehr geschmeichelt fühle, dass Danny meint, du seist so eigenartig, weil ich nicht da bin, so ist da doch noch etwas anderes. Also, sag schon, was ist passiert?«

Und damit bricht es aus Sophie heraus. Sie erzählt, wie Melissa ihre Kollektion geklaut hat, wie sie nicht das Gegenteil beweisen kann und am schlimmsten – wie Keith sich weigert, sie anzuhören. Dann erzählt sie jedoch auch, wie Patrick ihr geholfen hat und von ihrem anstehenden Gespräch mit Stuart morgen. Aishley unterbricht sie nicht, hört zu, nickt und überlegt.

»Ich verstehe«, sagt sie schließlich. »Diese falsche Schlange. Es war ihr nicht genug, dir deinen Freund wegzunehmen, deine Kollektion wollte sie außerdem. Und natürlich ist Keith von der Idee begeistert, dass eine Praktikantin so etwas auf die Beine gestellt hat. Das macht die Story noch interessanter. Lass mich nachdenken, wir finden schon eine Lösung.«

Es tut so gut, alles bei Aishley abzuladen, und Sophie

fühlt sich gleich viel besser. Ihre Freundin ist so pragmatisch. Wenn jemand eine Lösung findet, dann Aishley. Vor allem lässt sie sich von niemandem einschüchtern.

»Komm, wir sollten wieder raus, du bist immerhin einer der Stars des Abends«, sagt diese jetzt, nimmt Sophie am Arm und die beiden werfen sich wieder ins Getümmel. Sophie ist immer noch fasziniert. Es sind so viele Menschen, die ihre Kollektion jetzt zu sehen bekommen. Da kommt auch schon Danny auf sie zugestürzt, eine elegante, aber eher abweisende Frau im Schlepptau.

»Sophie, wo wart ihr nur die ganze Zeit? Ich habe dich gesucht. Das hier ist Jolanda Waters, Chefeinkäuferin bei Harrods. Ich habe ihr von deiner Arbeit erzählt und sie händeringend überredet, heute Abend hierherzukommen, anstatt auf eine der tausend anderen Partys zu gehen, auf die sie eingeladen war. Jetzt stehst du also der Frau gegenüber, die dein Leben verändern kann. Mach das Beste daraus. Dies ist übrigens mein Geburtstags- und Weihnachtsgeschenk für die nächsten fünf Jahre für dich!«

Danny strahlt stolz über das ganze Gesicht. Dann verschwindet er wieder und lässt die drei Frauen allein. Sophie will etwas sagen, aber ihr Hirn ist wie zugefroren. Die Chefeinkäuferin von Harrods! Glücklicherweise ist diese nicht ganz so auf den Mund gefallen und sagt ernst zu Sophie:

»Sophie, es ist schön, dich kennenzulernen, aber ich will nicht um den heißen Brei herumreden. Ich habe mir deine Kollektion eben angeschaut und während sie mir außerordentlich gut gefällt, muss ich dir doch sagen, dass uns eine quasi identische Kollektion erst vor ein paar Tagen vorgestellt wurde. Diese war jedoch nicht von dir, sondern von einer anderen Person und jetzt muss ich mich fragen, was hier vor sich geht.«

Sophie wird blass.

»Melissa«, presst sie atemlos hervor.

Jolanda Waters lässt sich nicht beirren.

»Ich wollte es vor Danny nicht erwähnen, aber hier stimmt ganz klar etwas nicht. Und ich habe vor, der Sache auf den Grund zu gehen. Denn wir haben uns entschieden, die andere Kollektion in unserem Store anzubieten. Jetzt bin ich jedoch verständlicherweise verwirrt. Äußerst verwirrt sogar. Entweder haben dieses Mädchen Melissa, sowie Keith von der *Look&Style*, von dem ich übrigens außerordentlich viel halte, uns ein Plagiat angeboten, was für Harrods selbstredend inakzeptabel wäre, oder sie haben uns die Originalkollektion angeboten, und in diesem Fall wäre ich weniger als happy, dass ein Plagiat heute für alle öffentlich zur Ausstellung steht. Also, könntest du mich bitte erleuchten. Ich bin ganz Ohr.«

Sophie möchte ansetzen, doch sie merkt, wie ihr wieder die Tränen kommen. Hier ist sie jetzt in der Situation, die sie sich immer herbeigewünscht hat und wird gemaßregelt wie ein Schulmädchen. Sie bekommt kein Wort raus. Gott sei Dank ist Aishley da, die resolut übernimmt.

»Ich kann das erklären«, beginnt sie. »Ich habe es zwar auch gerade erst erfahren, aber ich glaube, ich habe eine ganz gute Vorstellung davon, was passiert ist. Lasst uns doch erst einmal in den anderen Raum zu der Kollektion herübergehen, dort können wir besser sprechen und haben die Beweisstücke auch gleich vor uns.«

Damit dirigiert sie die beiden anderen in den hinteren Raum. Auf dem Weg erzählt Aishley Jolanda in zusammengefasster Form die Geschichte, so wie sie sie gerade von Sophie gehört hat. Dann schaut sie sich in dem Raum um.

»Jolanda, wann hat Melissa euch die Kollektion vorgestellt?«

»Anfang der Woche«, kommt es von Jolanda wie aus der Pistole geschossen. »Wir hatten eigentlich alle keine Zeit, wegen der Fashion Week, aber Keith hat uns dann doch überredet, dass er und Melissa vorbeikommen können. Er war so aufgeregt und sagte, dass Melissa so hart daran gearbeitet hätte, da wollte ich ihm ein Stündchen nicht ausschlagen. Und dann waren wir alle tatsächlich begeistert, vor allem da wir verabredet haben, dass Harrods die Kollektion zunächst exklusiv bekommt.«

Sophie muss schlucken.

»Ok. Und ich nehme an, dass Melissa auch fertig genähte Teile mitgebracht hat, richtig? Wie viele Teile waren das?«

»Richtig, sie hat ein paar fertige Teile mitgebracht, drei glaube ich und natürlich ein paar Varianten, die geknöpft werden können. Ihr ist dann die Rechnung einer Nähfirma aus dem Buch gefallen und Rose, meine Assistentin, hat sie aufgehoben und einen kurzen Blick darauf geworfen. Daraufhin erklärte Melissa, sie habe die Teile erst über das Wochenende per Express nähen lassen, um uns etwas vorstellen zu können.«

»Wie war die Qualität?«, fragt Aishley.

»Nicht besonders«, antwortet Jolanda leise. »Wir waren ehrlich gesagt erstaunt über die etwas lieblose Ausfertigung der Stücke, aber wir mochten einfach die Idee und haben ausgehandelt, dass wir ein nicht unerhebliches Mitspracherecht bei der Qualitätssicherung haben.«

Dann streicht sie über eines von Sophies Teilen an der Schaufensterpuppe gleich neben ihr.

»Die Qualität war ganz anders als das hier, hier hätten wir nichts zu bemängeln gehabt«, sagt sie gedankenverloren.

»Richtig«, sagt Aishley. »Die Qualität ist einmalig. Und schau dir meine Fotos an, Jolanda. Hier siehst du eine ganze Kollektion fertig genäht, und zwar von der Designerin selbst, die ihr ganzes Herzblut hineingesteckt hat. Nicht von einem Express-Nähservice. Du siehst auf den Bildern, dass auch alle Variationen fertig sind. Und wenn du meine Bilder kennst, weißt du, dass ich gerne Datum und Uhrzeit auch beim fertigen Bild drauflasse. Das gibt dem Bild einen authentischeren und weniger polierten Charakter. Schau hier unten, die kleinen roten Zahlen an jedem Bildrand, da kannst du sehen, dass sie vor einem Monat gemacht wurden. Vor einem ganzen Monat! Seitdem hat Sophie schon die ganze Kollektion fertig, während Melissa schnell ein Nähbüro beauftragen musste und auch einen Monat später nur ein paar Stücke hat. Ist das nicht selbstredend?«

Jolanda nickt nachdenklich.

»Rose, meiner Assistentin, kam das Ganze von Anfang an etwas eigenartig vor. Sie sagte, sie habe noch nie eine Designerin erlebt, die so wenig Liebe in ihre Kollektion gelegt hat und mit so wenig Sorgfalt arbeitet. Aber wir haben das auf Melissas Alter zurückgeführt«, sagt Jolanda mit entschuldigendem Blick auf Sophie, die nicht viel älter als Melissa ist. »Und auch auf ihren Status als Praktikantin. Was sollte man da schon mehr erwarten. Wir dachten, das Mädchen hätte eine brillante Zukunft vor sich, sobald sie einmal die Feinheiten erlernt hat und wir wollten als die Ersten gesehen werden, die an sie glauben. Und wie gesagt, wir haben uns viel Kontrolle ausgehandelt und die Idee an sich ist ja wirklich genial.«

»Jolanda, siehst du denn immer noch nicht, dass es Sophie gewesen sein muss, die die originale Kollektion entworfen hat? Es sprechen doch alle Anhaltspunkte dafür.«

»Doch, das sehe ich, aber es ist leider noch kein Beweis. Und sie hat Keith als ihren Fürsprecher, das zählt ganz schön was. Ich glaube dir, Sophie«, sagt sie mit aufrichtigem Blick zu Sophie, »und jeder, der deine Sachen sieht, wird dir auch glauben. Aber dies ist wie gesagt leider noch kein Beweis. Dass Melissa die Sachen vor einem Monat noch nicht genäht hat, heißt schließlich nichts. Sie könnte behaupten, du hättest ihre Entwürfe gestohlen bevor sie Zeit hatte, diese zu nähen und hast die Sachen dann selbst schnell genäht oder nähen lassen.«

Sophie schluckt und denkt an die Stunden über Stunden von Arbeit, die sie dem Nähen gewidmet hat und die jetzt einfach so zur Seite geschoben werden. Sie weiß, Jolanda meint es nicht böse, aber es schmerzt sie, wenn über ihre Kollektion wie über irgendein liebloses Projekt gesprochen wird. Jolanda scheint ihre Gedanken lesen zu können.

»Sophie, wie gesagt, ich glaube dir, und ich möchte mindestens so gerne wie du den Dingen auf den Grund gehen. Aber ich weiß einfach nicht, wie wir es beweisen können und Keith scheint von der Geschichte mit der genialen Praktikantin wie besessen zu sein.«

In diesem Moment sieht sie jemanden und strahlt über das ganze Gesicht. »Patrick«, sagt sie mit einem süßen Lächeln, das man ihr gar nicht zugetraut hätte. »Was für eine Freude!«

Und damit kommt auch schon Patrick zu ihrem Grüppchen hinzu, begrüßt Jolanda und gibt ihr zwei Küsschen.

»Ich wusste, du wirst gleich die Talente im Raum ausfindig machen, Jolanda. Was hältst du von der brillanten jungen Designerin und der nicht weniger brillanten Fotografin? Falls du so ein Geschäftsfuchs bist, wie ich immer denke, so solltest du dir schnellstens die Vertriebsrechte an der Kollektion sichern. Ich bin mir sicher, bei ihrer ersten Kollektion ist Sophie noch bereit, jemandem Exklusivität zu geben, bei der nächsten könnte es schon ganz anders aussehen. Ansonsten kommen Harvey Nichols und schnappen dir die Chance vor der Nase weg«, sagt er augenzwinkernd.

»Ach, Patrick Woods, überzeugend wie immer. Und dabei brauchst du mich gar nicht zu überzeugen. Ich finde diese Stücke hier wunderschön und es wäre Harrods eine Freude, sie zu vertreiben. Wir haben nur leider ein anderes Problem ...«, sagt sie, ohne dieses näher auszuführen.

Aber Patrick ist vorbereitet.

»Ach, das Melissa-Problem. Ja, die junge Dame scheint sich sehr gerne in Sophies Leben einzumischen. Irgendwann wird sie allerdings merken, dass man Stil und Klasse nicht kopieren kann, die muss man sich schon selber aneignen.

Jedenfalls habe ich mich mal umgehört und wie es scheint, ist Melissas Leumund nicht so einwandfrei, wie man gerne denken möchte. Aber dazu hört Sophie morgen mehr. Du triffst doch Stuart morgen?«, fragt er diese jetzt.

Sie nickt verblüfft. Was hat Patrick mit der ganzen Sache zu tun? Dass er ihr Telefonat mit Henrietta eingefädelt hat, war schon erstaunlich genug, aber woher kennt er jetzt auch noch Jolanda und spricht über die Branche, als sei er in dieser zu Hause?

»Patrick«, lacht jetzt auch Jolanda, »gibt es irgendetwas auf dem Planeten Erde, über das du nicht informiert bist?«

»Oh ja, viele Sachen«, antwortet dieser. »Und vieles interessiert mich auch nicht. Aber dies hier ist ausnahmsweise Mal eine Sache, wo ich keine Zweifel habe, wer sich im Recht befindet. Es wäre daher äußerst bedauernswert, wenn Harrods hier einen großen Fehler begehen und die Kollektion von einer kleinen Betrügerin verkaufen würden.«

Jolanda verdreht die Augen.

»Danke für die implizite Drohung, Patrick, die gar nicht nötig ist. Wie gesagt, auch ich neige dazu, Sophie zu glauben, aber wie können wir das beweisen? Hast du eine Idee?«

Patrick denkt nach.

»Habt ihr schon unterschrieben?«

»Nein, noch nicht. Wir haben uns morgen zu einem Drink und einem Happen zu essen zwischen den Shows verabredet, wo wir unterschreiben und auf die Partnerschaft anstoßen wollten. Die Anwälte haben schon alles vorbereitet und es ist unterschriftsreif. Das werde ich nicht mehr hinausschieben können. Wir wollen die Kollektion pünktlich zum Beginn der Weihnachtssaison im Laden haben und diese beginnt wie du weißt Anfang November.«

»Ok«, murmelt Patrick«. »Wo und wann trefft ihr euch morgen?«

»Um halb sechs in einem privaten Raum im Claridges

Hotel. Ich will um sieben schon wieder bei der Burberry-Show sein, das heißt, viel Zeit haben wir nicht.«

»Lass mich darüber nachdenken«, sagt Patrick mit gerunzelter Stirn. »Es wäre nur nett, wenn du noch für ein paar mehr Stühle in dem Raum im Claridges sorgen könntest und jemandem dort meinen Namen gibst, damit ich bei Bedarf zu euch geleitet werde.«

»Patrick, Patrick«, sagt Jolanda kopfschüttelnd, »ich hoffe, du weißt was du tust. Mein Boss ist dabei und mein Job steht auf dem Spiel. Aber wie der Herr wünscht. So, jetzt muss ich aber wieder los, Danny hat mich quasi mit der Pistole vor der Brust gezwungen hierherzukommen und wenn ich noch weiter trödele, verpasse ich die beste Show des Abends.«

Damit gibt sie Patrick zwei Abschiedsküsschen, nickt Sophie und Aishley zu und ist auch schon wieder verschwunden.

»Wow, was war das denn?«, fragt Sophie.

»Jolanda Waters, wie sie leibt und lebt«, antwortet Patrick lächelnd. »Und eigentlich würde ich die beiden Damen jetzt gerne zum Essen einladen, aber ich fürchte, der gute Danny würde es mir nicht verzeihen, wenn ich seine Superstars des Abends entführe. Daher nur eine Frage, Sophie. Wann triffst du dich morgen mit Stuart? Hast du etwas dagegen, wenn ich mitkomme?«

»Ähm, wir treffen uns um zwölf im Ritz und von mir aus kannst du natürlich gerne mitkommen, aber ich bin mir nicht sicher, ob das nicht etwas eigenartig aussieht. Und wie gesagt, das Essen geht auf Kosten der *LA Fashion* und es ist halt das Ritz, das ist nicht gerade günstig. Da könnte es als unverschämt angesehen werden, wenn ich noch jemanden mitbringe.«

Sophie wird rot. Da hat er ihr so sehr geholfen und jetzt stößt sie ihn vor den Kopf. Aber er lässt sich von ihr nicht einschüchtern.

»Lass das mal mein Problem sein, Sophie. Weißt du was, ich würde sogar vorschlagen, Aishley kommt auch mit. Was meinst du, Aishley? Du bist ja schließlich so etwas wie Sophies Managerin, da kann man dich ja nicht einfach außen vor lassen.«

Und bevor Sophie noch mit hochrotem Kopf protestieren kann, stimmt Aishley schon breit grinsend zu.

»Klar bin ich dabei, Patrick, gar kein Problem.«

»Aber ...«, kommt es von Sophie.

Doch da haben die beiden sich schon von ihr weggedreht und unterhalten sich mit anderen Gästen. Sophie schnappt sich ein Glas Champagner und macht sich auf die Suche nach Rob. Den hat sie heute Abend noch gar nicht gesehen und er hat immer eine so beruhigende Wirkung auf sie. Die braucht sie jetzt. Als sie nach Hause fahren will, scheint Patrick sich in Luft aufgelöst zu haben. Und Aishley ist so tief in Gespräche vertieft, dass sie diese nicht stören will. Aber sie wird sie ja beide morgen sehen. Ob sie will oder nicht. So verabschiedet sie sich kurz von Danny und Rob, dankt beiden nochmals herzlich und hält auf der Straße ein Taxi an, das sie nach Hause bringt. Gott sei Dank kommt sie nicht so spät ins Bett - morgen für das Gespräch mit Stuart will sie unbedingt fit sein.

17

Wenn du ein Original sein willst, mach dich darauf gefasst, kopiert zu werden.

- Coco Chanel

AM NÄCHSTEN MORGEN WACHT SOPHIE IN ALLER Herrgottsfrühe auf und ist schon nervös in Anbetracht dessen, was sie heute erwartet. Sie könnte ein wenig Aufmunterung gebrauchen. Also fragt sie kleinlaut:

»Gott, bist du zufällig da?«

»Immer«, antwortet dieser fröhlich.

»Bist du nicht sauer auf mich?«

»Sauer? Wieso denn?«

»Na ja, ich war ja nicht gerade nett zu dir letztes Mal. Nimmst du mir das nicht übel?«

Jetzt lacht Gott laut auf.

»Sophie, mein Kind, nachtragend zu sein gehört nicht zu meinen Attributen. Meinst du, ich hätte euch all die Möglichkeiten dieser Welt gegeben - unter anderem, mich zu ignorieren, zu beschimpfen oder schlimmer noch wer weiß was für fürchterliche Dinge in meinem Namen zu tun -, um euch dann dafür zu bestrafen? Natürlich nicht. Klar hoffe ich, dass ihr das Richtige tut und das ist grundsätzlich der Liebe und nicht der Gewalt zugewandt, auch im verbalen, aber ich bin doch kein Sadist. Ich bestrafe nicht und ich bin nicht nachtragend. Aber siehst du, du fängst schon wieder mit Drama an. Es ist nichts Dramatisches passiert, also entspann dich und mach dich hübsch für dein Gespräch heute.«

»Weißt du schon, was bei dem Gespräch passiert?«, fragt Sophie neugierig.

»Klar«, sagt Gott mit einem Grinsen in der Stimme. »Ansonsten würde es sich ja kaum lohnen, Gott zu sein. Zu irgendetwas muss es ja gut sein.«

»Und?«, fragt Sophie hoffnungsvoll.

»Was und?«

»Ach komm, du weißt genau, was ich meine. Was wird dabei rauskommen?«

»Ha!« Jetzt lacht Gott. »Das wirst du schon selber herausfinden müssen. Ein bisschen Drama mag ich dann doch.«

»Scheint so«, murmelt Sophie, macht sich aber wie von Gott geraten zurecht. Sie ist nervös und zieht sich wie zu einem Vorstellungsgespräch an, bevor sie merkt, wie absurd das während der Fashion Week ist. Alle sind hip und sie sieht aus wie eine Angestellte der örtlichen Sparkasse. Also zieht sie sich schnell wieder um, entscheidet sich für eine coole weite Hose, dazu eine legere Bluse mit breitem Gürtel und Prada-Pumps.

»Gott«, fragt sie da nochmals interessiert. »Trägt der Teufel wirklich Prada?«

»Natürlich nicht«, sagt Gott. »Der Teufel hat einen äußerst schlechten Geschmack. Vögele ist eher sein Ding. Kennst du nicht, ist schweizerisch«, murmelt er. »Gabriel hingegen trägt sehr gerne Prada. Manchmal glaube ich fast, dass er vielleicht schwul ist.«

»Ist das ein Problem für dich?«, fragt Sophie neugierig.

»Was? Dass Gabriel schwul sein könnte? Erzähl doch keinen Quatsch. Es kommt doch schließlich alles aus mir, wie könnte ich da ein Problem mit haben? Außerdem liebe ich Abwechslung. Das Leben wäre so langweilig, wenn ihr alle gleich wärt. Aber um zu Thema zurückzukommen. Gabriel mag also Prada. Michael hingegen ist eher der sportliche Typ. Er muss jeden Tag so viele Kilometer zurücklegen, da hat er meistens ein Nike-Outfit an und braucht alle paar Tage neue Turnschuhe. Das zehrt ganz schön an seinem Budget und ich versuche ihn manchmal zu überreden, sich doch günstigere Schuhe zuzulegen oder einfach seine Flügel zu benutzen. Aber er achtet sehr auf seine Figur und will laufen. Fliegen verbrennt nicht so viele Kalorien. Modefreaks sind sie sowieso alle hier oben. Wenn du zum Beispiel wüsstest, was Raphael letztes Mal anhatte ...«, setzt Gott wieder an, aber Sophie unterbricht ihn.

»Es reicht, Gott, danke. Ich kümmere mich jetzt zunächst um die weltlichen Dinge, wenn du nichts dagegen hast.«

»Mach doch, was du willst«, murmelt Gott, der sich jetzt doch ein wenig beleidigt anhört.

Er mag es wohl nicht, unterbrochen zu werden. Ihre Mutter hat schon immer gesagt, sie solle mal an ihren Manieren feilen. Vielleicht sollte sie mit Gott anfangen.

DANN IST es endlich so weit und sie kann los. Patrick hatte ihr vorher noch eine Nachricht geschrieben:

»Würde dich gerne ins Ritz mitnehmen, aber habe vorher schon Termin dort in der Nähe und fahre gleich hin. Wir sehen uns dann um 12. P.«

Wie er immer so selbstverständlich annahm, dass sie weiß, wer mit P. gemeint ist! Sophie findet es zwar immer noch leicht unverschämt, eine ganze Entourage zu dem Mittagessen mitzubringen, aber sie freut sich auch sehr darauf, Patrick gleich wiederzusehen. Und Aishley natürlich! Ob Stuart sich auch so sehr freuen würde, war eher fraglich, vor allem da Aishley gestern angekündigt hat, mit einem Bärenhunger zu erscheinen und Patrick sofort mitgemacht hat.

So viel zum Thema Budget, Gott, denkt Sophie. *Das eine Mittagessen, das der arme Stuart mir zu Gefallen ausrichtet, wird wahrscheinlich sein Budget für einen Monat Kundenbewirtung sprengen.*

Aber daran kann sie jetzt nichts ändern. Mit Aishley konnte man sich nicht anlegen und mit Patrick auch nicht, wie sie jetzt gelernt hat.

Dann macht sie sich auf und läuft zunächst ein Stück, um frische Luft zu schnappen. Für die letzten Kilometer nimmt sie dann die U-Bahn und steigt in Green Park aus, wo sich das Ritz befindet. Es ist zehn vor zwölf. Sie steht vor dem Hotel und muss ein paar Mal kräftig schlucken. Sie merkt, wie aufgeregt sie ist. Und wenn sie ehrlich ist, dann nicht nur wegen dem, was Stuart ihr zu sagen hat, sondern auch, weil sie Patrick gleich wiedersehen wird. Der Portier guckt sie fragend an

»Kann ich Ihnen helfen, Madam?«, fragt er freundlich und professionell.

»Ich bin im Restaurant verabredet, ich kenne den Weg, danke«, gibt sie selbstbewusster als sie sich fühlt zurück, streckt resolut ihr Kinn nach vorne und macht sich auf den Weg ins Hotel. In der Lobby wird sie von Patrick abgefangen, der auf sie gewartet hat. Sein Aftershave zu riechen und die Bartstoppeln auf seinem Kinn zu sehen, macht sie leicht schwindelig, und sie versteht jetzt den Nutzen von Riechsalz, das die Damen in den alten Agatha-Christie-Filmen in solchen Situationen immer unter die Nase gehalten bekommen. Aber sie hat kein Riechsalz bei sich und ohnmächtig werden ist keine Option, also reißt sie sich zusammen und lächelt Patrick an.

»Na, alles bereit?«, fragt sie ihn.

»Hungrig wie ein Wolf«, grinst Patrick zurück. »Der Typ wird tief in die Tasche greifen müssen.«

Sophie verdreht die Augen. Typisch!

Dann kommt auch schon Aishley hereingewirbelt und begrüßt die beiden überschwänglich.

»Patrick, ich kann mich nicht erinnern, wann ich das letzte Mal so einen Hunger hatte. Was ist mit dir? Ich glaube, ich werde das ganze Restaurant allein verschlingen.«

»Geht mir genauso, Aishley, es geht doch nichts über einen kostenlosen Lunch, oder?«, und damit hakt er sie unter, als seien die beiden die besten Freunde, und mit Sophie im Schlepptau machen sie sich auf den Weg ins Restaurant. Vor der Tür hält Sophie die beiden kurz zurück.

»Ihr werdet entschuldigen, aber das ist mein Meeting und ich denke, da wäre es nur angebracht, wenn ich vorangehe und nicht wie ein Hündchen hinter euch herdackele. Ich weiß, das seid ihr beiden Alphatierchen nicht gewohnt, aber jetzt folgt ihr mal mir.«

Patrick und Aishley gucken sich gespielt beeindruckt an, aber das ist Sophie egal. Dieses Treffen ist ihre eine Chance. Damit streckt sie ihr Kinn wieder nach vorn und marschiert an den beiden vorbei zum Restaurantchef.

»Sophie Vanderbilt. Ich bin mit Stuart Darlington verabredet.«

Der Restaurantchef schaut sie erstaunt an und zeigt auf einen jungen, sehr attraktiven Mann, der alleine an einem Zweiertisch sitzt.

»Dort wartet Herr Darlington auf Sie«, sagt er. »Aber er hat nur einen Zweiertisch reserviert. Gehören diese Herrschaften auch zu Ihnen? Dann müssten wir Ihnen einen größeren Tisch finden.«

Sophie errötet, während Patrick selbstbewusst sagt:

»Ja, wir gehören auch dazu, bitte besorgen sie uns einen größeren Tisch, vielen Dank.«

Und damit strebt er an Sophie vorbei auf Stuart zu. Sophie bleibt fast das Herz stehen. Sie läuft ihm hinterher und will ihn aufhalten. Er macht ihr alles kaputt! Sie ist direkt an Patricks Fersen und will an ihm vorbeisprinten. Doch da sieht sie, dass Stuart Patrick anstarrt und blass wird. Dann springt Stuart auf und läuft auf Patrick zu, Sophie total ignorierend.

»Patrick, Patrick Woods«, sagt er mit hochrotem Kopf und schüttelt ihm kräftig die Hand. »Was machen Sie denn hier? So ein Zufall, Sie hier zu treffen. Ich würde mich so gerne mit Ihnen unterhalten, aber ich habe jetzt ein Meeting, das ich leider nicht verschieben kann. Befehl von oben«, sagt er und verdreht die Augen. »Aber vielleicht können wir uns danach ein wenig zusammensetzen?«

»Das wird nicht nötig sein«, antwortet Patrick gut gelaunt. »Denn ich bin gleich bei diesem Meeting hier dabei. Wenn ich vorstellen darf: Sophie Vanderbilt und ihre loyale Freundin und Managerin Aishley Candle-Gross. Ich bin hier quasi nur Zuschauer, aber sehr interessiert daran, wie das Ganze ausgeht. Sie müssten jedoch einen größeren Tisch für uns organisieren, Stuart.«

Da kommt schon der Kellner und führt sie gefällig an einen größeren Tisch, während Stuart weiterhin nervös Patrick anguckt. Sophie ist perplex. Woher kennen die beiden sich? Wer ist dieser Patrick Woods? Egal, jetzt muss sie sich zunächst auf ihr Meeting konzentrieren und schauen, was Stuart ihr zu sagen hat. Sie setzen sich an den Tisch und Sophie möchte gleich anfangen. Aber Patrick unterbricht sie.

»Nicht so eilig, meine Liebe, wollen wir nicht zunächst bestellen? Dann können wir alle die Geschichte viel besser genießen.«

Das ist es also, denkt Sophie sich, *Entertainment für die*

Massen. Aber sie fügt sich resigniert und Patrick ruft den Kellner heran.

»Zunächst eine Flasche Champagner würde ich sagen, was meinst du Stuart? Dom Pérignon? Aishley und ich haben außerdem einen Bärenhunger, wir könnten das gesamte Restaurant in einem Bissen verschlingen.«

Sophie wird knallrot. Champagner! Auch noch Dom Pérignon! Der Mann kennt wirklich keine Grenzen!

»Äh, Stuart, das geht natürlich heute auf mich«, sagt sie und denkt mit Schrecken an ihr spärliches Gehalt. Aber sie kann doch den Gastgeber nicht die Rechnung für ihre gefräßigen Freunde übernehmen lassen! Da mischt Patrick sich schon wieder unverblümt ein:

»Ich bin mir sicher, das geht auf Rechnung der *LA Fashion*. Habe ich recht, Stuart?«

»Ja, natürlich«, sagt Stuart erschrocken. »Wir fühlen uns geehrt, das übernehmen zu dürfen. Bitte, schlagt nur zu. Keine falsche Bescheidenheit!«

»Das meine ich doch«, lächelt Patrick und er und Aishley bestellen sich, wie es Sophie vorkommt, einmal durch die ganze Speisekarte durch. Sie hingegen bestellt sich einen kleinen Salat, doch das lässt Patrick nicht gelten.

»Sophie, du musst dich stärken. Wie kannst du so ausgehungert in die Schlacht gehen? Sage mir, Kind, was dein Leib begehrt.«

»Gar nichts«, sagt Sophie schnell, obwohl sie fast verhungert. »Ich habe heute Morgen gut gefrühstückt.«

»Papperlapapp«, kommt es von Aishley und dann an Patrick gewandt: »Sophie hätte gerne erst den Burrata und dann die Pasta mit Trüffel. Eine große Portion bitte, mit extra Trüffel. Über die Nachspeise entscheiden wir später.«

Bevor Sophie noch protestieren kann, hat Patrick schon bestellt und die vier machen Small Talk. Das heißt Aishley, Patrick und Stuart machen Small Talk, während Sophie still dabeisitzt. Dann kommt das Essen und nachdem sie ein paar

Happen gegessen und den ersten Appetit gestillt haben, lehnt Patrick sich zufrieden zurück. Er stößt einen wohligen Seufzer aus, verschränkt die Arme und sagt:

»So, Stuart, dann leg mal los, was hast du uns über die gute Melissa zu erzählen? Wir sind ganz Ohr.«

Stuart guckt Sophie an und fragt diese:

»Sophie, ist es okay für dich, wenn ich das hier in dieser Runde erzähle oder möchtest du es lieber privat besprechen?«

Man merkt, dass es ihn Mühe kostet, sich Patrick zu widersetzen, aber Sophie findet es sehr anständig von ihm und weiß seine Rücksichtnahme zu schätzen. Sie entspannt sich etwas und lächelt ihn dankbar an.

»Es ist ok, Stuart. Aishley ist meine beste Freundin und darf alles über mich wissen. Und ohne Patrick würden wir hier nicht sitzen. Er hat das Treffen hier über Henrietta in die Wege geleitet und verdient es auch zu erfahren, wie die Saga weitergeht.«

»Also gut«, fängt Stuart an und überlegt. »Melissa hat vor drei Jahren bei der *LA Fashion* in meiner Abteilung als Praktikantin angefangen. Ich war damals recht beeindruckt von ihr, da sie viel Wissen über die Modeindustrie mitbrachte und außerdem einen außergewöhnlichen Ehrgeiz an den Tag legte. Dass dies auch ihr Stolperstein werden sollte, wusste ich damals nicht«, seufzt er.

»Nun ja, sie machte sich am Anfang ganz gut, hatte ein instinktives Gespür dafür, wem sie zu gefallen hatte und wer in der Organisation nicht so wichtig war, und war bald allseits geschätzt. Sie hat eine Schläue und ein Wissen, die nicht zu unterschätzen sind. Wir hätten sie bald befördert und ich glaube, dass ihr eine große Zukunft bei der *LA Fashion* beschert gewesen wäre. Aber dann passierten einige eigenartige Dinge und diese Dinge häuften sich und passierten immer dort, wo Melissa sich aufhielt. So verschwanden Artikel kurz vor der Deadline von Computern und während der jeweilige Redakteur darauf bestand, den Artikel geschrieben und mehrfach gespeichert zu haben, war er nicht wieder aufzufinden. Oder Artikel wurden mit so vielen Fehlern abgegeben, dass sie nicht druckbar waren, während der Redakteur darauf bestand, dass ihm oder ihr solche Fehler nie unterlaufen wären. Und jedes Mal war Melissa die Retterin in der Not. Sie holte wie von Zauberhand einen neuen Artikel aus der Tasche, den wir stattdessen druckten, mit ihrem Namen darunter natürlich. Bei dem fehlerhaften Artikel erbot sie sich sofort, diesen zu korrigieren, während wir die verantwortliche Redakteurin fast gefeuert hätten. Jedenfalls wurde Melissa zu unserer Problemlöserin in allen Fällen und während die Stimmung im Büro immer schlechter wurde, wurde Melissa immer unersetzlicher. Dann wurden jedoch zwei Mitarbeiterinnen skeptisch und stellten ihr eine Falle. Sie sprachen von einem großen Projekt, das sie angeblich vorbereiteten und das bald abgegeben werden müsste. Sie ließen es so scheinen, als würde dieses Projekt eine Art Ritterschlag sein und sie in der Modewelt ganz groß rauskommen lassen. Wie von ihnen vorausgesehen, verschwand das Projekt kurz vor Abgabetermin über Nacht. Aber die beiden hatten eine Kamera im Büro angebracht – ohne mein Wissen und ohne das Wissen von jemand anderem im Management. Wir sprechen hier von L.A., einer Stadt die vor Detektiven und Überwachungsmaterial nur so wimmelt, da ist es selbst für normale Bürger ganz normal, sich Überwachungskameras anzuschaffen. Ich hoffe, ihr seid hier in Europa noch nicht so weit«, sagt er kopfschüttelnd.

»Jedenfalls zeigten diese Kameras ganz klar, wie Melissa nachts an die Computer der beiden ging, das Projekt runterlud, auf ihren Laptop kopierte, und es auf den beiden anderen Computern löschte. Sie hatte einen Typen dabei, mit dem sie, wie wir danach erfuhren, zu diesem Zeitpunkt ins Bett ging und der ›zufällig‹ ein Computerspezialist war.

Für ihn war es ein Leichtes, sich in unsere Systeme zu hacken. Wir hatten in der Redaktion keine großen Sicherheitssysteme und die meisten hatten den Namen ihres Hundes oder etwas Ähnliches als Passwort und teilten dieses auch noch anderen mit. Einfacher hätten wir es Melissas Freund nicht machen können. Zudem hatte sie einen anderen Lover, einen Journalistikstudenten, der außergewöhnlich gut und kreativ schreiben konnte. Dieser schrieb und verbesserte all die Artikel für sie. Sie selbst hat eigentlich wenig Talente, aber sie hat Ressourcen, und sie weiß, was sie will. In der Zusammenfassung hört sich das alles so offensichtlich an, aber so war es damals nicht. Wenn man mitten drinhängt, merkt man die Sachen einfach nicht. Wir sind schließlich eine Moderedaktion und nicht die CIA! Zudem machte sie alles außergewöhnlich geschickt, es war bestens durchdacht. So waren es immer dieselben zwei bis drei Leute, denen die angeblichen Fehler unterliefen, und Melissa war gut darin, Gerüchte über diese Leute zu streuen. Dem einen ging die Freundin angeblich fremd und er war abgelenkt, die andere hatte eine alkoholkranke Mutter zu Hause und der Dritte war vermeintlich drogensüchtig. Ich muss mir jedoch vorwerfen, dass ich ihre Intrigen nicht durchschaute, sondern dass sie vielmehr diejenige wurde, der ich am meisten vertraute. Ich bin heute nicht stolz darauf, dass ich bereit war, langjährige Mitarbeiter so schnell zur Seite zu schieben und dafür eine Praktikantin, von der ich bis dahin fast gar nichts wusste, so schnell und so nah an mich heranzulassen. Aber so war das nun einmal und ich kann es heute leider nicht mehr ändern. Nach der Nacht mit dem gestohlenen Projekt haben wir Melissa natürlich sofort damit konfrontiert und sie hatte zumindest die Größe, es sofort zuzugeben. Das ist das Einzige, was für sie spricht. Wir sagten ihr, dass wir ihre Zukunft nicht kaputt machen wollten und von einer Anzeige absehen würden, wenn sie sofort ginge und man in der Modewelt nicht mehr von ihr hören würde. Wir konnten es mit unserem Gewissen nicht vereinbaren, sie auf unsere Kollegen oder Konkurrenten loszulassen. In der Modewelt geht es sowieso schon korrupt genug zu, da mussten wir nicht auch noch unser Scherflein zu beitragen. Melissa schien eher beleidigt zu sein als dankbar für die Chance, die wir ihr gaben. Sie packte ihre Sachen und verschwand spurlos. Sie muss damals sofort nach London geflogen sein und da wir ihr natürlich kein Arbeitszeugnis ausgestellt haben, fing sie wohl bei euch wieder als Praktikantin an«, sagt er an Sophie gewandt. »Es tut mir leid zu hören, dass sie das Gleiche nun wieder versucht hat und diesmal in noch größerem Stil. Sag mir, falls ich etwas tun kann, um zu helfen.«

»Das kannst du«, übernimmt nun Patrick wieder. »Ich habe nachgedacht.«

Und er legt den dreien seinen Plan dar. Dann schütteln sie sich gegenseitig die Hände, Stuart zahlt trotz Sophies Protesten die gesamte Rechnung und verabschiedet sich höflich. Patrick will auch sofort los, aber jetzt setzt Sophie sich durch.

»Oh nein, du bleibst hier«, sagt sie. »Und es ist mir egal, was du jetzt vorhast. Das wird warten müssen. Jetzt erkläre mir erst einmal genau, wer du bist! Hast du mir nicht etwas von Immobilien und Kerngeschäften erzählt? Wieso scheint dich dann die halbe Modewelt zu kennen?«

Aishley prustet los und hält sich schnell die Hand vor den Mund.

»Nein, Sophie«, lacht Patrick, »ich sagte dir, dass ich ein Familienunternehmen leite und wir zwar ein paar Immobilien haben, aber diese nicht unser Kerngeschäft sind. In dem Moment, als ich weiter ausholen wollte, sind deine Augen jedoch halb zugefallen und ich wollte dich nicht weiter langweilen.«

»Okay, jetzt bin ich ganz Ohr, also raus mit der Sprache. Und du«, fährt sie Aishley an, »hör endlich auf wie ein

Schulmädchen vor dich hinzukichern. Was gibt es da zu lachen?«

Jetzt kann Aishley nicht mehr an sich halten vor Lachen.

»Sophie, du arbeitest für ein Klatschblatt und du kennst den Namen Patrick Woods nicht?«, gluckst sie, während ihr mittlerweile Tränen über die Wangen laufen.

Etwas regt sich in Sophies Erinnerung, aber sie kriegt es nicht zu fassen.

»Ich arbeite nicht für ein Klatschblatt, sondern für ein Modeblatt«, verteidigt sie sich. »Und dass wir es bei Patrick weder mit Vivienne Westwood noch mit Giorgio Armani zu tun haben, das kann ich dir versichern. Und ohne dich beleidigen zu wollen, Patrick, aber du siehst nicht gerade wie ein typischer Modetyp aus.«

»Ich bin auch kein Modetyp, Gott bewahre«, antwortet Patrick und wirft in gespielter Empörung die Hände in die Luft. »Die meisten dieser Typen finde ich auch nur schwer erträglich. Aber leider komme ich nicht umhin, mit dieser Industrie zu tun zu haben.«

»Jetzt lass dir doch nicht alles aus der Nase ziehen«, stöhnt Sophie. »Was genau machst du also? Bin ich die einzige, die hier keine Ahnung hat?«

Aishley amüsiert sich weiterhin köstlich. »Sophie, wo lebst du eigentlich? Schon mal was von Woods&Woods gehört, dem kleinen, klitzekleinen, völlig unbedeutenden Medienkonglomerat?«

Jetzt ist es an Sophie, sich die Hand vor den Mund zu schlagen. Woods&Woods, natürlich! Das Unternehmen, dem mehr Zeitungen und Fernsehsender gehören, als man zählen kann. Und Patrick Woods, der vielversprechende Nachfolger, der vor ungefähr zwei Jahren überall so gefeiert wurde. Sie erinnert sich jetzt an die Bilder, die sie von ihm gesehen hat und wie attraktiv sie ihn schon damals gefunden hat. Wie konnte sie das nur vergessen? Da fällt ihr ein, wie sie es vergessen konnte und sie fragt Patrick geradeheraus:

»Okay, mal wieder ohne dich beleidigen zu wollen, aber wenn du Patrick Woods bist, DER Patrick Woods, wieso wohnst du dann in einer Wohnung, die genau so klein ist wie die einer kleinen Reporterin bei einem Klatschblatt«, hier wirft sie Aishley giftige Blicke zu, »und nicht im Buckingham Palace oder etwas ähnlich Beeindruckendem?«

»Nun ja«, antwortet dieser, »die Queen ist zwar sehr süß, aber einfach nicht so mein Typ, womit der Buckingham Palace hinfällig wird. Und ich mag meine kleine Absteige. Ich habe nicht immer so gewohnt. Vor einem Jahr habe ich mich von meiner Freundin getrennt und habe ihr unsere Wohnung überlassen, da brauchte ich etwas Neues. Und obwohl ich zunächst viel Zeit in Hotels verbracht habe, unter anderem in diesem schönen Etablissement hier, entschied ich mich schließlich, in eine der Wohnungen in unserem Haus bei den Kensington Gadens zu ziehen. Ich hatte ursprünglich nicht vor, dort so lange zu bleiben und hatte eigentlich auch schon eine andere Bleibe in Aussicht, aber dann wurde ich mitten in der Nacht von einer äußerst charmanten Nachbarin für Gott gehalten und entschied mich, dass dieses Haus mir mehr Abwechslung bietet als irgendein Penthouse in Knightsbridge. Sorry«, sagt er mit Blick auf Aishley, die in Knightsbridge wohnt. »Und dass ich mich jetzt zudem als Sherlock Holmes betätigen durfte, rundet die ganze Erfahrung natürlich noch ab.«

Hierbei grinst er frech und Sophie spürt, wie sie knallrot wird.

»Und du wusstest das die ganze Zeit?«, fragt sie Aishley.

»Nein, nicht die ganze Zeit«, gibt diese zu. »Aber nachdem ich auf der Ausstellung gestern seinen vollen Namen gehört und Jolanda Waters verklärten Blick gesehen habe, war mir alles klar. Daraufhin habe ich Patrick damit konfrontiert und er hat alles zugegeben, mich aber gebeten, dir nichts zu sagen. Er hatte Angst, du könntest deine Unbekümmertheit ihm gegenüber verlieren und ich konnte ihm nur zustimmen. Ich kenne dich ja, wenn du zur Salzsäule erstarrst. So wie jetzt zum Beispiel!«

Und tatsächlich fühlt Sophies Hals sich wie zugeschnürt an und sie sitzt steif wie eine Wachspuppe auf ihrem Stuhl. Dann dämmert ihr etwas.

»Moment mal, gehört euch nicht auch die *LA Fashion*?«, fragt sie Patrick. »Ist die nicht auch ein Teil von Woods&Woods?«

»Natürlich ist sie das«, grinst Patrick. »Und damit ging der Lunch heute eigentlich auf meine Rechnung. Ich hoffe, du lässt dir eine angemessene Belohnung für mich einfallen, dein Trüffel hat mich fast in den finanziellen Ruin getrieben«, zwinkert er ihr zu.

Sophie glüht vor Scham. Es ist jetzt wirklich schwieriger, so wie zuvor mit ihm umzugehen. Sie wird einfach so tun müssen, als sei er der alte Patrick, der mit dem schmutzigen Range Rover und den beiden Hunden.

»Also, dann lasst uns mal unseren Schlachtplan austüfteln«, wechselt sie das Thema und räuspert sich. Und genau das tun sie dann auch.

18

Ich mochte mein Leben nicht. Also habe ich mein Leben selbst kreiert.

- Coco Chanel

Die Tür im Konferenzraum des Claridges öffnet sich und Keith bleibt der Mund offenstehen, als er Sophie, Aishley und zwei Männer eintreten sieht. Er will gerade aufspringen und protestieren. Doch Moment mal - ist das nicht Patrick Woods? Doch, das ist ganz sicher Patrick Woods, der Mann, der quasi die ganze Konkurrenz der *Look&Style* aufgekauft hat, aber an die *Look&Style* selber noch nicht herankam. Sie sind sehr stolz auf ihre Unabhängigkeit. Jetzt erkennt er auch den anderen: Stuart, der Moderedakteur der *LA Fashion*, eigentlich ein sehr netter Typ. *Was zum Teufel machen die beiden hier?*, fragt Keith sich. *Und was machen Sophie und ihre Freundin Aishley hier?* Nun merkt er, dass Jolanda aufsteht, und Sophie und Aishley so begrüßt, als würden sie sich schon lange kennen, bevor sie auch Patrick mit einer freudigen Umarmung in Empfang nimmt. Jolandas Assistentin Rose strahlt währenddessen, als sei der Weihnachtsmann persönlich hereingekommen. Die anderen Herren am Tisch, allesamt vom Harrods Management, schauen derweil ebenso perplex drein wie Keith. Gerade wollten sie den Vertrag mir Melissa unterschreiben.

»Was geht hier vor sich?«, nimmt Sean, Jolandas Boss, den Anwesenden schließlich die Worte aus dem Mund. »Patrick Woods, es ist schön, Sie zu sehen, aber wieso platzen Sie so in unser Meeting? Und was macht Stuart hier? Und wer sind die beiden Frauen? Bitte erklären Sie uns das!«

»Sean, es ist ok, ich habe sie eingeladen«, sagt Jolanda. »Du wirst es bald verstehen.«

Und damit setzt sie sich wieder und bietet den anderen Stühle an, die diese dankend annehmen. Sophie zittert am ganzen Körper. Sie schaut Melissa an und sieht, dass diese kreidebleich geworden ist.

Stuart ergreift wie verabredet das Wort. »Sean, entschuldige, dass wir stören, aber was du vielleicht nicht weißt ist, dass Melissa, die so talentierte Designerin hier, auch einmal unsere Praktikantin war und uns unter eher bedauerlichen Umständen verlassen hat. Wir sind davon ausgegangen, sie in der Modeindustrie nicht wieder anzutreffen, aber jetzt haben wir von ihrer fantastischen Kollektion gehört und da konnten wir es uns einfach nicht nehmen lassen, persönlich gratulieren zu kommen. Erstaunlich ist, dass Melissa eigentlich gar nicht zeichnen kann, das hat sie damals als eine ihrer Schwächen angegeben. Wie wir alle wissen, ist es äußerst schwierig, Designerin zu werden, wenn man nicht zeichnen kann, aber es sind ja schon ganz andere Dinge vollbracht worden.«

Die Männer am Tisch starren ihn an, als hätte er den Verstand verloren.

»Ich verstehe immer noch nicht – was willst du hier?«, fragt Sean aufgebracht. »Dich mit uns über Melissas

Zeichenkünste unterhalten? Können wir das vielleicht ein andermal tun? Wir haben jetzt wirklich keine Zeit. Und wer sind diese Frauen?«

»Ach, entschuldige, sehr unhöflich von mir. Das hier ist Aishley, die Freundin dieser jungen Dame, Sophie. Und Sophie ist, wie ich fest annehme, eine talentierte junge Designerin, die eine Kollektion mit an- und abknöpfbaren Elementen entworfen hat«.

Sean, Keith und die anderen Männer am Tisch gucken jetzt vollends perplex.

»Sophie, ich habe dir doch gesagt, du sollst diesen Quatsch sein lassen. Bist du jetzt völlig übergeschnappt?«, zischt Keith durch die Zähne.

Doch Sophie bleibt aufrecht und mit geradem Blick sitzen.

»Nur, weil du mit nicht glaubst, Keith, heißt das noch lange nicht, dass ich nicht die Wahrheit sage«, sagt sie mit stolz erhobenem Kopf. »Und ich lasse mich nicht beklauen.«

»Leider habe auch ich einmal den gleichen Fehler gemacht, Keith, und ich kann dich dafür nicht verurteilen. Melissa hat viele Talente, doch ich vermute, dass Modedesign nicht dazugehört. Mit Menschen zu spielen und sie zu manipulieren hingegen schon«, ergänzt Stuart.

»Könnt ihr endlich Klartext reden«, schreit Sean jetzt schon fast. »Was heißt das, Design gehört nicht zu Melissas Talenten? Kann mir vielleicht mal jemand sagen, wer dann diese fantastische Kollektion hier entworfen haben soll?«

»Melissa, vielleicht möchtest du Sean die Antwort geben«, sagt Stuart und sieht diese durchdringend an.

Melissas Mund zittert mittlerweile noch mehr als ihre Hände und sie wirft den Stift, den sie schon zur Unterschrift bereitgehalten hat, voller Wut auf den Tisch.

»Sie war es«, brüllt sie außer sich vor Wut und zeigt auf Sophie. »Wer sonst? Das Wunderkind. Die, die immer alles bekommt.«

Und damit fängt sie an zu weinen und will aus dem Raum laufen. Doch Keith stellt sich ihr in den Weg.

»So einfach geht das nicht Melissa. Falls das, was du sagst, stimmt, so habe ich mich nicht nur übel in dir getäuscht, sondern zudem Sophie ein schlimmes Unrecht angetan. Ich habe ihr noch nicht einmal zugehört, so sehr habe ich dir geglaubt oder wollte dir glauben. Und jetzt werde ich nicht mit dem Zweifel leben, was wirklich passiert ist. Du schuldest zumindest Sophie und mir eine volle Erklärung und den Herrschaften von Harrods auch. Wir haben alle viel Zeit und Vertrauen in dich investiert.«

Melissa seufzt. »Ok, was willst du wissen?«

»Hat Sophie die Kollektion wirklich entworfen und du hast sie geklaut?«, fragt Keith.

»Ja«, antwortet Melissa und schaut auf den Boden.

»Wenn ihr uns jetzt entschuldigt«, sagt Keith in die Runde, blass vor Schreck. »Ich würde jetzt gerne mit Melissa und Sophie in den Nebenraum gehen, um die gesamte Geschichte von Melissa zu hören. Das ist notwendig, damit ich es bei Sophie wiedergutmachen kann. Und natürlich kann auch gerne jemand von Harrods mitkommen.«

»Ich habe genug gehört«, sagt Jolanda. »Ich werde Sean und die anderen Herren darüber aufklären, was hier vor sich geht. Rose, du warst die Hellste von uns allen. Du hast von Anfang an gemerkt, dass etwas nicht stimmt. Wieso gehst du nicht mit rüber und hörst dir an, was Melissa zu sagen hat. Bitte schick uns danach ein Protokoll über ihre Aussage. Stuart, danke für deine Hilfe, ich glaube wir brauchen dich jetzt nicht mehr.«

Und so verabschieden sich alle außer Melissa von Stuart. Sophie umarmt ihn und flüstert ihm ein »Danke« zu. Dann hört sie im Hinausgehen, wie Sean aufgebracht sagt:

»Was bedeutet das jetzt? Heißt das, wir haben keine Kollektion?«

»Im Gegenteil. Wir haben eine viel bessere«, antwortet

Jolanda und beginnt den Herren, die mit offenem Mund lauschen, die Situation darzulegen.

AUCH IM NEBENRAUM kommt es zu einem klärenden Gespräch.

»Also gut, ihr wollt meine Geschichte hören, dann sollt ihr sie hören«, sagt Melissa dort. »Krieg bloß keinen Schrecken, Prinzesschen«, fügt sie mit gehässigem Blick auf Sophie hinzu, »ist nicht unbedingt deine Welt.«

Dann wird ihr Blick leer und sie fängt mit ausdrucksloser Miene an zu erzählen:

»Ich bin in einem Wohnwagen aufgewachsen. Das ist in den USA nicht so außergewöhnlich, wenn man aus einem gewissen Milieu kommt. Meine Mutter war Alkoholikerin, mittlerweile ist sie tot, meinen Vater gab es gar nicht, zumindest konnte meine Mutter sich nicht mehr daran erinnern, wer er war. Mein Stiefvater war ein Taugenichts, der sich irgendwie mit kleinen Betrügereien über Wasser hielt, wenn er nicht gerade mit einem Unterhemd und einer Bierdose in der Hand vor dem Fernseher saß. Um mich kümmerte sich eigentlich keiner. Ich meldete mich alleine in der Schule an und machte auch sonst alles selbst. Bis heute halte ich es für ein Wunder, dass das Jugendamt mich nicht abgeholt hat. Das wäre wahrscheinlich noch schlimmer gewesen. Oder besser. Wer weiß das schon. Wenigstens ließen mich die beiden Erwachsenen, mit denen ich aufwuchs, in Ruhe; sie nahmen mich eigentlich kaum wahr. In einer Pflegefamilie hätte das anders aussehen können. Ich versuchte immer, zu den anderen Kids zu passen, aber so sehr ich es auch versuchte, ich schaffte es einfach nicht. Irgendetwas an mir war immer falsch. Meine Anziehsachen sahen immer aus wie zerlumpt, nichts passte zueinander und meine Mutter wäre nicht auf die Idee gekommen, mir ein Mal im Jahr neue Schuhe zu kaufen. Vier Jahre sollten sie schon passen, egal wie viel ich wuchs. So guckten schließlich meine Zehen vorne raus aber absurderweise fand ich meine Schuhe trotzdem schön. Als Kind versucht man, das Beste in allem zu sehen. Die anderen Kinder machten es mir ziemlich schwer und ich denke, ich machte es ihnen auch nicht leicht, mich zu mögen. So wusch ich mich nicht sehr häufig, niemand kümmerte sich um meine Hygiene und ich war immer schmutziger und schmuddeliger als die anderen. Ein Exot vom Wohnwagenpark, dort, wo nur die Asozialen lebten. Aber dann irgendwann gab es ein Highlight in meinem Leben, eine Sache, die kein anderes der Kinder hatte. Ich muss ungefähr fünf oder sechs Jahre alt gewesen sein, als ich eine Ausgabe der *Vogue* in noch fast unbenutztem Zustand auf einer Parkbank fand. Noch nie hatte ich so schönes Papier gesehen oder gefühlt, noch nie so schöne Menschen gesehen wie in dieser Zeitung. Für mich war es das wertvollste Buch, ich war mir sicher, jemand hatte es versehentlich dort liegen lassen und suchte jetzt verzweifelt danach. Wie kann man so etwas Wertvolles nur vergessen?, dachte ich und sah es als Wink des Schicksals, dass ich über dieses Wunderwerk gestolpert bin. Und während ich heute weiß, dass irgendeine Frau die Zeitschrift wahrscheinlich absichtlich dort liegen gelassen hat, war ich mir damals sicher, einen Diebstahl zu begehen, als ich das Heft unter mein T-Shirt schob und mich auf den Weg nach Hause machte. Die ganze Zeit dachte ich, die Polizei würde mich gleich anhalten, ich würde auffliegen und man würde mir das Heft wegnehmen. Das wäre das Schlimmste gewesen! Diese *Vogue* war für mich das Wertvollste, das ich bis dahin jemals besessen habe und ich war mir sicher, niemals in meinem Leben etwas noch Wertvolleres in die Finger zu bekommen. Ich spürte, wie mir vor Aufregung und Angst der Schweiß am Körper herunterlief und bekam Panik, dass ich mein neues Fundstück durchnässen könnte. So ging ich in extrem eigenartiger Position nach Hause, mit dem Heft unter dem Hemd, aber es weit genug von mir weghaltend, dass es nicht nass werden konnte. Im Wohnwagen überlegte ich, wo ich das Heft verstecken könnte. Versteht mich nicht falsch – ich sah es damals nicht als Heft, ich dachte, es sei ein echtes Buch, ein wertvolles, glitzerndes Buch, schöner als alles, was ich bis dahin gesehen hatte. Ich hatte natürlich schon Zeitungen gesehen, so war das nicht. Unser Wohnwagenpark war voll davon, aber das war doch etwas ganz anderes. Und ihr müsst euch vorstellen, wir wohnten weit draußen auf dem Land, da war nichts weit und breit. Ich ging auch nie in einen normalen Laden. Alles, was wir uns leisten konnten, waren Lebensmittel aus dem Shop des Wohnwagenparks. Da gab es keine *Vogue,* das könnt ihr mir glauben. Und auch der Fernseher, den wir hatten, war so ein altes Ding, dass er nur ein paar Kanäle hätte und diese dazu in schwarz-weiß. Heute sehe ich, wie vollkommen abgeschnitten von der normalen Welt wir gelebt haben, aber damals wusste ich es nicht. So war ich also fast im Schulalter und hatte noch nie eine Zeitschrift wie die *Vogue* gesehen. Zurück im Wohnwagen versteckte ich sie also in dem kleinen Fach, das ich für meine Sachen benutzte. Ich wagte es in den ersten Tagen kaum, sie herauszuholen, da ich so ein schlechtes Gewissen hatte und mir vorstellte, wie eine Familie jetzt ganz verzweifelt war, da ich ihren Besitz geklaut hatte. Ich stellte mir vor, wie die ganze Familie, die Kinder inbegriffen, überall nach der Zeitschrift suchten, der Vater die Mutter anbrüllte, wie diese sie verloren haben könnte und die Eltern sich so sehr zerstritten, dass sie sich womöglich trennten und die Kinder wie ich ohne Vater aufwachsen müssten. Aber dann wurde ich ärgerlich. Dann hätte die Mutter, die dumme Kuh, doch besser auf ihre Sachen aufpassen sollen, als etwas so Wertvolles liegen zu lassen. Wenn sie nicht einmal ein Minimum an Sorgfalt an den Tag legen kann, so ist es schließlich ihre Schuld und nicht meine. Das versuchte ich mir einzureden, aber so ganz überzeugen konnte ich mich nicht und das Schuldgefühl nagte tief drinnen an mir. Dazu kam die Angst, dass ich mir von meiner Mutter und meinem Stiefvater eine Tracht Prügel einfangen würde, wenn diese mein Diebesgut entdeckten. Damals wusste ich natürlich noch nicht, dass mein Stiefvater selbst ein Dieb war. Jedenfalls nutzte ich jede freie Minute, in der die beiden nicht da waren, um in meinem neuen Schatz zu blättern, ihn regelrecht zu studieren. Damals konnte ich noch nicht lesen, aber wenn ich heute die Augen zumache, sehe ich noch alle Bilder genau vor mir. Jeden Schuh, jede Handtasche, jede sorgfältig manikürte Hand, jeden Diamanten. Was ich dort in der *Vogue* sah, war das genaue Gegenteil von meinem Leben, aber es wurde bald mehr zu meinem Leben als das, was ich wirklich lebte. Ich verrichtete alle meine Aufgaben, soweit ich musste, aber in Gedanken war ich in der Welt der *Vogue*. Irgendwann reichten mir die Bilder nicht mehr, ich wollte auch den Text verstehen. Von meiner Mutter wusste ich, dass man lesen in der Schule lernt. Sie selbst hätte sich in ihrem Alkoholdelirium nicht darum bemüht, mich dort anzumelden, und so machte ich es selbst. Ich war etwas erstaunt, als ich dort noch andere Sachen lernen musste, ich war ja schließlich nur dort, um die *Vogue* zu verstehen, aber mein Bedürfnis danach war so groß, dass ich auch die anderen Dinge zähneknirschend lernte. Sie haben mich allerdings nie wirklich interessiert. Im Lesen wurde ich hingegen Klassenbeste. Keiner wollte so dringend lesen lernen wie ich und langsam schaffte ich es, einige Artikel aus der *Vogue* auch zu verstehen. Sie eröffneten mir eine neue Welt, eine Welt, von der ich bis dahin noch nicht einmal geträumt hatte. Die *Vogue* selbst hatte mittlerweile all ihren Glanz verloren. Nach monatelangem Blättern war sie abgenutzt und zerfledderte an einigen Stellen. Aber ich liebte sie wie einen alten Teddybär und war mir immer noch sicher, dass sie etwas Wertvolles war. Obwohl ich jetzt mittlerweile ungefähr sieben Jahre alt war, habe ich diese Überzeugung nie in Frage gestellt. Das kam erst viel, viel später. Jedenfalls konnte ich nun alle Artikel lesen und las die Zeitschrift so oft durch, dass ich euch bis heute das Impressum aufsagen könnte. Ich stellte mir vor, einer der Leute zu sein, die an solch einem Wunderwerk mitwirken dürfen. Vor meiner Mutter hatte ich das alles bis dahin immer noch geheim gehalten. Wie groß war meine Überraschung da, als ich eines Tages von der Schule nach Hause kam und meine Mutter gelangweilt in der *Vogue* blättern sah, in MEINER *Vogue*, neben sich ein Glas mit billigem Wein stehen. Ich hielt die Luft an, war mir immer noch sicher, eine Tracht Prügel zu bekommen und stattdessen sagte meine Mutter nur ›Wo hast du denn dieses alte Ding her, habe es eben unter deinen Sachen gefunden.‹ Altes Ding! Sie hatte die Basis meiner Träume, das, was mich nicht in der Welt des Wohnwagenparks untergehen ließ, gerade ein altes Ding genannt. Eine Woche später warf meine Mutter die Zeitschrift weg. Ich konnte sie nicht mehr zurückholen. Aber das machte nichts, denn es war geschehen: Ich hatte in einem der Artikel über L.A. gelesen, dort war die in der *Vogue* dargestellte Welt Wirklichkeit, dort musste ich hin. Das wusste ich schon als Kind und es wurde zu meinem einzigen Ziel. Zu dem Zeitpunkt ungefähr erkannte ich, dass ich sehr hübsch war und wenn ich mich ein wenig pflegte und nett lächelte, die Leute mich wirklich mochten. So fing ich an, alle Arten von Jobs zu machen, von Botengängen über Hundeausführen, nur um Geld zu verdienen. In der Schule schlug ich mich irgendwie durch. Mein Traum verblasste zu keiner Minute. Er wurde immer stärker und stärker und als ich endlich sechzehn war, schnappte ich mir mein über die Jahre verdientes Geld und machte mich auf nach L.A. Von meiner Mutter verabschiedete ich mich noch nicht einmal. Auf ging es ins gelobte Land, und als ich ankam, wurde ich nicht enttäuscht. Alles war so, wie ich es mir vorgestellt hatte. Mittlerweile war ich natürlich nicht mehr so naiv wie mit sieben Jahren und hatte inzwischen genug gelesen, um nicht ganz wie ein Bauernmädchen dazustehen. Eine gewisse Straßenschläue hatte ich außerdem schon immer. Also nahm ich einen guten Teil des Geldes, ließ mir die Zähne richten und die Haare machen. Außerdem kaufte ich ein paar neue Klamotten, denn meine hätten mich sofort als Landei verraten. Glücklicherweise brauchte man bei dem guten Wetter nicht viel und diese paar Änderungen zusammen mit meinem hübschen Aussehen machten es mir einfach, Jobs zu finden, die mich irgendwie über Wasser hielten und es mir ermöglichten, die Miete in meiner WG zu zahlen. Mein Traum war jedoch weiterhin, bei einer Modezeitschrift zu arbeiten und als mir die *LA Fashion* schließlich einen Job anbot, war ich überglücklich. Gleichzeitig merkte ich jedoch, dass ich auf meine Kollegen eifersüchtig war. Sie schienen alle aus eher liebevollen Familien zu kommen. Bei einigen hatten die Väter ihnen die Jobs besorgt! Väter! Allein die Vorstellung von einem Vater ließ schon Tränen in meine Augen steigen. Ich hatte das Gefühl, ich hätte den Erfolg mehr verdient als die anderen, ich hatte ja auch härter dafür gearbeitet. Und so nahm ich ihnen weg, was mir zwar nicht gehörte, aber mir in meinen Augen zustand. Heute weiß ich, dass in dem Moment, als ich meine Mutter so nonchalant in meiner *Vogue*, dem vermeintlichen Diebesgut, lesen sah, die Überzeugung in mir entstand, dass es nicht schlimm ist, anderen etwas wegzunehmen. Erst habe ich die Zeitschrift dem rechtmäßigen Besitzer weggenommen – so dachte ich ja damals – und dann hat meine Mutter sie mir weggenommen. Und es hat noch nicht einmal Ärger gegeben! Nichts, keinerlei negative Konsequenzen. Und so dachte ich, dass man sich eben nimmt, was man will, der andere wird damit schon klarkommen. Und dann wird es einem ja eh wieder weggenommen. Wie die Geschichte bei der *LA Fashion* zu Ende ging, weißt du ja jetzt«, sagt sie mit einem beschämten Blick zu Keith hin, »und ich wollte hier in London wirklich einen Neuanfang machen. Aber hier war es fast noch schlimmer. Während in L.A. wenigstens die meisten so wie ich vom Land kamen, schienen hier alle in die noblen Kreise hineingeboren worden zu sein. Nicht nur nobel, sondern adelig! So etwas gibt es in Amerika gar nicht. Hier geht ihr mit eurem alten Geld so selbstverständlich um, als hättet ihr ein Geburtsrecht darauf. Habt ihr ja auch. Und du warst die Schlimmste von allen«, sagt sie zu Sophie.

Diese muss schlucken.

»Ich? Aber ich bin doch nicht adelig.«

»Nein, das vielleicht nicht, aber auch deine Familie hat so viel Geld, dass ich kotzen könnte. Mit der Kohle, die deine Eltern in einem Monat ausgeben, hätte man den ganzen Wohnwagenpark ein ganzes Jahr lang ernähren können. Daddy mit seinem Haus in Frankreich, der gerne segelt und Golf spielt, die Schwester eine angesehene Ärztin. Ich glaube, in der ganzen Geschichte des Wohnwagenparks hat es nicht eine einzige Person zum Arzt, geschweige denn zur Ärztin gebracht. Und deine Mutter langweilt sich nur, worüber du zwar die Augen verdrehst, aber eigentlich hast du dich doch auch nur gelangweilt. Ein bisschen vor dich hingearbeitet, so stolz darauf, dein eigenes Geld zu verdienen; aber seien wir doch ehrlich, hättest du deinen Job verloren, wäre Daddy sofort mit seinem Geld eingesprungen. So macht natürlich jeder Job Spaß, wenn man nicht abhängig davon ist. Und dann deine coolen Freunde, die arrogante Aishley mit ihrer Überheblichkeit und die beiden Schwulen, die ja ach so kultiviert sind. Da schaut man auf jemanden wie mich natürlich herab. Man kann das Mädchen aus der Gosse holen, aber niemals die Gosse aus dem Mädchen, nicht wahr, Sophie? So habt ihr mich doch gesehen.« Sophie starrt Melissa mit großen Augen an. Wie unterschiedlich man die Dinge doch wahrnehmen konnte.

»Nein, Melissa haben wir nicht. Und ich verstehe deine Sichtweise, aber ganz fair ist sie nicht. Zugegeben, du hattest ein hartes Leben, aber ich werde mich nicht dafür entschuldigen, dass meines leichter war. Wir haben alle unser Päckchen zu tragen, egal wo wir herkommen. Und das alles rechtfertigt es trotzdem nicht, andere zu beklauen. Sag mir, hast du dich auch deshalb an Oliver rangeschmissen? Um mir eins auszuwischen?«

Melissa seufzt.

»Ja, anfangs schon. Er war so einfach zu bekommen, immer auf der Suche nach jemandem, der ihn anhimmelt und ich habe gelernt, wie man Männer manipulieren kann. Sonst hätte ich die ersten Jahre in L.A. gar nicht überlebt. Aber dann habe ich mich wirklich in ihn verliebt. Und ich dachte, er mag mich auch. Bis ich immer mehr merkte, dass er dich vermisst. Ein paar Mal habe ich ihn dabei erwischt, wie er sich Fotos von euch beiden anschaute, einmal sogar während er mit mir im Bett lag. Nachdem wir dich dann in der Galerie getroffen haben, war es vorbei. Er traf sich zwar noch mit mir, aber es war offensichtlich, dass er immer nur erfahren wollte, wie es dir geht. Auch hier hast du also gewonnen, Sophie. Ich habe dich natürlich immer beobachtet, um herauszufinden, ob zwischen euch noch was läuft, und so unauffällig du auch sein wolltest, habe ich natürlich gemerkt, dass du an etwas arbeitest und der Schlüssel zu dem Geheimnis offensichtlich in diesem rosa Buch, das du in deinem Schreibtisch verschlossen hieltst, zu finden war. Dann erwähnte Oliver auch noch, dass du an einer Kollektion arbeitest, und von dem Zeitpunkt an war ich von dem Drang, diese Kollektion in die Finger zu bekommen, ebenso besessen wie damals von der *Vogue*. So verwickelte ich dich kurz vor deinem Abflug in ein Gespräch, wohl wissend, dass du schon spät dran warst und was für ein Horror der Verkehr in London um diese Uhrzeit ist. Und hier hast du endlich mal mitgespielt, als du das Buch wie von mir erwartet, auf dem Schreibtisch liegen gelassen hast. Ich war wirklich begeistert, Sophie. Eine tolle Kollektion. Und es steckte offensichtlich viel Arbeit drin. Ich hatte jedoch nicht so viel

Zeit. Also hab ich die wesentlichen Elemente des Buchs in mein eigenes kopiert und zeigte es Keith, der hellauf begeistert war. Dann ließ ich noch schnell ein paar Proben nähen – zugegeben, ein bisschen schlampig, aber genug, um die Kollektion bei Harrods präsentieren zu können und das Konzept rüberzubringen. Ich machte einen auf unschuldig und man nahm mir meine Geschichte ab. Irgendwie mochten sie auch, dass alles nicht so perfekt war, das machte die rührende Geschichte von der talentierten Praktikantin noch authentischer und Harrods konnte sich als eine Firma darstellen, die ein junges, unfertiges Talent unterstützt. Das wollen die doch alle. Nur Rose, die wirkte von Anfang an skeptisch, aber die hatte ja zum Glück nichts zu sagen.« Hier nickt Melissa tatsächlich etwas schuldbewusst in Roses Richtung. Dann wendet sie sich wieder Sophie zu. »Du siehst, ich war also sehr fleißig, während du in Mailand Prosecco schlürfen warst. Und es hat ja erst auch geklappt. Bis die Sterne dich mal wieder begünstigt haben. Wie immer. Den Rest kennst du ja. Also, das war meine Geschichte. Es tut mir wirklich leid, Sophie, du bist wahrscheinlich gar nicht so übel. Ich werde jetzt nach L.A. zurückfliegen, hier ist mir das Wetter sowieso zu schlecht. Ihr freut euch ja über jeden Sonnenstrahl, der durch die Wolken bricht und eure blasse Haut verbrennt, aber hier in England wisst ihr gar nicht, was Sonne wirklich bedeutet. Keith, ich kündige. Ich nehme an, dass du mir keinen Referenzbrief ausstellen wirst.«

Und damit steht Melissa auf und sie verlässt mit gesenktem Kopf und ohne einen weiteren Blick den Raum. Im Zimmer ist es still.

»So ist das also«, räuspert Keith sich schließlich. »Armes, verwirrtes Mädchen. Sophie, ich kann dir gar nicht sagen, wie leid es mir tut, und ich hoffe, du kannst mir vergeben. Du hast natürlich das Recht, Strafanzeige gegen Melissa zu erstatten. Möchtest du das?«

Sophie schüttelt den Kopf.

»Nein, es ist schon gut. Melissa ist vom Leben schon genug bestraft. Ich hoffe, Gott wird gut über sie wachen«, sagt sie und schaut kurz nach oben.

»Mache ich, Sophie, das mache ich doch sowieso«, hört sie die ihr vertraute Stimme.

»Gut, Ladies, das war's dann also. Ich würde vorschlagen, wir machen uns wieder an die Arbeit«. Keith schlägt sich auf die Schenkel.

»Richtig, wir haben viel zu tun. So eine Kollektion auf den Markt zu bringen, ist schließlich kein Zuckerschlecken«, ergänzt Rose und zwinkert Sophie freudig zu.

19

Ein Mädchen sollte zwei Sachen sein: elegant und fabulös.

- Coco Chanel

Sophie lächelt und schaut sich um. Hier hängt sie nun, ihre Kollektion bei Harrods. Sie kann es immer noch nicht glauben. Die letzten zwei Monate waren mehr Arbeit, als sie sich jemals hätte vorstellen können, aber jetzt ist alles fertig. Es ist Anfang November und morgen werden die Weihnachtslichter in Harrods angehen, pünktlich mit dem Verkaufsstart ihrer Kollektion. Und heute Abend feiern sie, stoßen auf Sophie an. Sophie schaut sich um. Sie sind alle da:

ihre Freunde natürlich, Danny, Rob und Aishley, sowie Nicolai, den sie alle mittlerweile ins Herz geschlossen haben und der die selig lächelnde Aishley an seiner Hand hält. Sophie kann sich Aishley kaum mehr ohne Nicolai vorstellen. Er ist also der große Gewinner in dem Wettkampf um Aishleys Herz. Und Reno ist natürlich da, ihr Friseur und

Make-up-Genie, der ihr auch heute den letzten Schliff verpasst hat.

Und da ist Patrick. Sophies Augen leuchten und ihr Herz öffnet sich, wann immer sie ihn anschaut. Er ist in den letzten zwei Monaten unersetzlich für sie geworden, hat mit ihr zusammen Produzenten ausgesucht, Preise verhandelt und all die anderen Dinge getan, an die Sophie niemals gedacht hätte. Sie sieht, wie er sie anlächelt und wie sich die Lachfältchen um seine grünen Augen vertiefen. Sophie lächelt voller Wärme zurück. Neben ihm stehen Lydia und Claire. Sie merkt, wie vertraut ihr der Anblick der beiden Frauen geworden ist, die ihr in den letzten Monaten ebenfalls unvergleichliche moralische Unterstützung geschenkt, sie bekocht und betüddelt haben.

Dann ist ihre ganze Familie gekommen. Ja, sie sind tatsächlich alle zusammen. Ihre Mutter ist mit einer Freundin aus dem Bridgeclub da und steht in seltener Eintracht neben Sophies Vater und dessen Frau Brigitte, die beide aus Düsseldorf eingeflogen sind. Ihr Vater strahlt stolz wie ein Honigkuchenpferd. Und dann ist da die größte Überraschung: Ihre Schwester Kate ist mit ihrem Mann Karl aus irgendeinem unaussprechbaren afrikanischen Land gekommen. Extra angereist für etwas so Oberflächliches wie die Einführung einer Kollektion! Und nicht nur das: Kate hat sich begeistert über die Stücke geäußert und Sophie aufrichtig und von Herzen gratuliert. Sie sagte ihr sogar, wie stolz sie auf sie sei! Auch überlege sie, etwas länger in London zu bleiben und vielleicht hier einen Job anzunehmen. Afrika habe doch sehr an ihren Kräften gezehrt. Jetzt unterhält Kate sich mit ihrem Vater und die beiden scheinen in ein gutes Gespräch vertieft zu sein, während Karl lächelnd danebensteht.

Dann ist natürlich die gesamte *Look&Style*-Redaktion da. Sie sind alle so stolz auf Sophie und die Stimmung ist viel besser geworden, seit Melissa weg ist. Alle haben ihr in den letzten zwei Monaten geholfen, ihren Job neben der Einführung der Kollektion noch hinzubekommen. Sie hat sich auch schon mit Keith unterhalten. Wenn das so weitergeht und die Kollektion sich wie erwartet verkauft, wird sie ihren Job aufgeben müssen. Sie hat schließlich schon die nächste Kollektion geplant und auch schon ein Atelier in Covent Garden in Aussicht – ganz in der Nähe von Aishleys Studio. Keith hat volles Verständnis für sie. Er freut sich, wenn Talente die *Look&Style* als Sprungbrett zu ihren echten Karrieren nutzen, anstatt dort zu versauern. Außerdem hat er eine so tolle Spezialausgabe über die Kollektion Phoenix und ihre talentierte Designerin Sophie Vanderbilt in die Wege geleitet, dass seitdem das Telefon nicht mehr stillsteht.

Neben Keith stehen Stuart und Henrietta, frisch aus L.A. eingeflogen. Jawohl, genau, DIE Henrietta. Henrietta Stein. Sie und Stuart haben es sich nicht nehmen lassen, dabei zu sein. Und da sie schon einmal hier sind, verbinden sie es mit dem Geschäftlichen und treffen sich viel mit Patrick. Sophies Hand hat gezittert, als sie Henrietta begrüßte, aber diese war so herzlich, dass sie sich bald in ihrer Gegenwart wohl fühlte. Auch Henrietta war voller Lob für die Kollektion und die *LA Fashion* wird ebenfalls einige Seiten damit füllen. Die Stücke sind zwar exklusiv bei Harrods erhältlich, aber natürlich können amerikanische Kundinnen sie bestellen und sich in die USA liefern lassen.

Dann sind da Jolanda Waters, die Chefeinkäuferin von Harrods und ihre Assistentin Rose, die Erste, die Melissas Kollektion gegenüber skeptisch gewesen ist. Rose hat Sophie in den letzten Monaten mehr geholfen, als man in Worte fassen kann. Ohne sie wäre das Ganze hier so nicht zustande gekommen und sie hat so viele Überstunden gemacht, dass Sophie gar nicht weiß, wie sie ihr danken soll. Die beiden sind in den letzten zwei Monaten enge Freundinnen geworden und heute Abend hat Rose ihr zugeflüstert, dass sie wohl eine Beförderung erwartet. »Wenn es jemand verdient, dann du«, hat Sophie zurückgeflüstert.

Dann sind noch ein paar spezielle Gäste zugegen. Lucas, der ihr mit dem Ton und Licht bei ihrer privaten Modenschau geholfen hat, ist mit seiner Freundin Isabelle da, die eben schon schüchtern ihren Lebenslauf Jolanda überreicht hat. *Gar kein schlechtes Timing*, denkt sich Sophie, *da ja gerade eine Assistentenstelle frei wird.* Außerdem hat Sophie schon ein Kleid für Isabelle herausgesucht, eines von den Maxikleidern, das sie ihr später als Dankeschön für Lucas' Hilfe geben wird.

Und dann ist Sally da. Sally aus Brighton, die als Überraschungsgast gekommen ist. Die fröhliche Frau, die Sophie in ihrer schweren Zeit so verwöhnt hat und ihre Verwandlung hautnah miterlebt hat. Von einem verschreckten, liebeskranken Entlein zu der eleganten, selbstbewussten Frau, die jetzt hier auf der Bühne steht, bereit, ihre Rede zu halten. Die Anwesenden gucken sie erwartungsvoll an. Sophie will gerade ansetzen.

»Bei uns sind auch schon alle da«, flüstert da Gott.

Was? Wer ist da?, fragt Sophie in Gedanken nervös zurück.

»Na, alle. Coco ist natürlich hier, die sich mittlerweile als deine Patin ansieht, und sie hat sie alle mitgebracht: Alexander McQueen, der sich extra von einer Party losgeeist hat. Yves Saint Laurent, der gerade mit seinem Mentor Christian Dior in eine Diskussion über Kunst verwickelt war. Also hat er ihn auch gleich mitgebracht. Gianni Versace ist da, der sich als einziger Italiener etwas fehl am Platz vorkommt, aber er freut sich, dass deine nächste Kollektion italienisch inspiriert sein wird. Er hat schon vorgeschlagen, dein Pate dafür zu werden. Dann haben die Musen von Hubert de Givenchy - Audrey Hepburn und Jacky Kennedy - es sich nicht nehmen lassen zu kommen. Die haben dann gleich noch die andere Hepburn mitgebracht, Katherine, und natürlich Grace Kelly, sowie Liz Taylor. Und dann haben wir diejenigen, die auf keiner Party mit so vielen schönen Frauen fehlen dürfen, also Steve McQueen, Paul Newman, Cary Grant, Frank Sinatra und seine Crew. Sie sind alle hier. Nur für dich!« Gottes Stimme platzt fast vor Stolz.

Sophie wird schwindelig. Sie muss schlucken. *Was? Sie gucken alle zu? Hier? Jetzt gerade?*

»Natürlich! Ah, und Whoopi Goldberg ist auch da, wie konnte ich die vergessen! Sie stimmt übrigens gerade passend zur Weihnachtszeit ein Gospellied an, bei dem wir alle mitsingen müssen. Sie ist da unerbittlich.«

Aber Whoopi Goldberg ist doch gar nicht tot!, denkt Sophie erschrocken.

»Ja, das weiß ich auch, aber sie taucht hier irgendwie immer auf, wenn was los ist. Sie hat einen guten Riecher für Partys und Spaß. Wir wissen bis heute nicht, wie sie das macht, dieses Hin und Her zwischen den beiden Welten, aber meine Gleichstellungsbeauftragte hat mich gewarnt, mich nicht einzumischen. Und mit der legt man sich besser nicht an. Aber jetzt muss ich miteinstimmen. Mit Whoopi ist nicht zu spaßen.«

UND AUCH SOPHIE beginnt jetzt besser mit ihrer Rede. Es wird Zeit. Kurz schaut sie sich um, lächelt und denkt daran, wie sie vor etwas mehr als einem halben Jahr hier war, um eine blaue Krawatte zu kaufen, die besonders gut zu Olivers Augen passt. Für die sie nie ein Dankeschön erhalten hat. Aber das macht ihr nichts mehr aus. Die Vergangenheit ist vorbei. Jetzt schauen sie etliche Augenpaare erwartungsvoll an, sie räuspert sich und beginnt:

»Gewidmet ist diese Kollektion der wundervollen Coco Chanel. Wir meinen zwar, dass diese nicht mehr unter uns weilt, aber etwas sagt mir, dass sie und viele andere wundervolle Wesen uns zuschauen, ach was, dass sie hier mitten unter uns sind und mit uns feiern. Vielleicht singen sie sogar gerade für uns«, sinniert sie. »Ich kann jedenfalls mit Sicherheit sagen, dass diese Kollektion hier ohne Coco Chanel nicht das wäre, was sie heute ist. Für ihre Inspiration und für alles andere in meinem Leben kann ich nur sagen »Gott sei Dank!«.

Sophie guckt kurz nach oben und zwinkert lächelnd. Dann fährt sie mit ihrer Rede fort.

EPILOG

Sie landet in Heathrow und schaut über das schneebedeckte Flugfeld. So ist sie auch letztes Jahr gelandet, nur war es damals verregnet und matschig. Und es hat ein Mann auf sie gewartet, dessen Herz vom Egoismus hart geworden war. Die Maschine rollt langsam auf das Gate zu und Sophie spürt, wie ihr Herz voller Vorfreude in ihrer Brust schlägt. Weihnachten bei ihrem Vater war schön, aber jetzt ist es gut, wieder nach Hause zu kommen. Schließlich kann sie aussteigen, und als sie an einem Kiosk vorbeigeht, sieht sie mehrere Modemagazine mit ihren Knopfdesigns auf dem Cover. Sie lächelt glücklich. Was dieses Jahr ihr nur alles gebracht hat! Ihr Koffer kommt schnell und während sie durch die Zollkontrolle geht, vibriert alles in ihr in freudiger Erwartung. Und da steht er – der Mann, den sie liebt, mit einem riesigen Blumenstrauß in der Hand und einem Lächeln im Gesicht. Seine grünen Augen leuchten und die Lachfältchen geben ihm ein jungenhaftes Aussehen. Er kommt auf sie zu und nimmt sie einfach in den Arm. Hält sie so lange und fest umschlossen, dass sie kaum mehr atmen kann. Dann lässt er sie schließlich los und guckt ihr mit seinem breiten Lächeln tief in die Augen.

»Bereit für ein paar erholsame Tage in den Bergen, Madame? Ihr Chauffeur steht bereit.«

»Bereit«, antwortet sie und geht mit ihm Arm in Arm zu seinem abgenutzten Land Rover, der so wundervoll nach Hunden und Leder riecht und aus dem bei ihrem Anblick freudiges Bellen ertönt. »Leo! Rex!« Ach, was hat sie sie alle vermisst!

»Juchu, Coco, wir fahren in die Berge«, hört sie noch ein Jubeln und konzentriert sich dann auf die Reise vor ihr, während sie glücklich Patricks Hand hält.

Hat dir die Geschichte gefallen? Jetzt ist auch die Fortsetzung da:

Versace spielt mit Feenstaub

DANKE & EIN GESCHENK FÜR DICH

DANKE, dass du *In Liebe, Chanel* gelesen hast! Ich hoffe, es hat dir gefallen und Sophie würde sich natürlich freuen, wenn du sie auch auf ihrer weiteren Reise begleitest. In Band 2 - *Versace spielt mit Feenstaub* - fragt sie sich, ob Patrick ihr etwa fremdgeht. Die Anzeichen dafür häufen sich jedenfalls und Gott und ihre Freunde sind wieder voll gefordert, ihr mit Rat, Tat und viel Humor zur Seite zu stehen.

MEIN GESCHENK FÜR DICH:

Als Dankeschön fürs Lesen und für deine Treue würde ich dir gerne mein Buch *Ticket zur Erde und zurück* schenken.

Hierbei handelt es sich um eine spirituelle Erzählung, die im Robert-Betz-Verlag zum Bestseller wurde. Wenn auch du die transformierende Geschichte lesen möchtest, so trag dich einfach auf www.annakupka.com für meinen Newsletter ein und ich schicke dir das Buch per E-Mail zu.

EINE BITTE IN EIGENER SACHE:

Als unabhängige Autorin, die ihre Bücher selbst verlegt, steht mir nicht das Marketingbudget der großen Verlage zur Verfügung. Für uns unabhängige Autoren sind daher positive Rezensionen Gold wert. Wenn dir *In Liebe, Chanel* also gefallen hat, würde ich mich riesig über eine Rezension auf Amazon freuen und danke dir dafür schon jetzt von Herzen!

In Liebe, Anna

ÜBER DIE AUTORIN

ANNA CAMILLA KUPKA wuchs in Düsseldorf auf, wo sie erst Jura studierte und dann ihren Doktortitel an der Universität Münster erwarb. In Folge studierte sie an der *Stanford Graduate School of Business* in Kalifornien und lebte 10 Jahre in Dublin. Heute lebt Anna in Zürich und lässt sich dort von den täglichen verrückten Geschichten in und rund um ihren Freundeskreis inspirieren.

www.annakupka.com

BÜCHER VON ANNA CAMILLA KUPKA

In Liebe, Chanel (Sophie Vanderbilt 1)

Versace spielt mit Feenstaub (Sophie Vanderbilt 2)

Gott rette McQueen (Sophie Vanderbilt 3)

Karl der Große (Sophie Vanderbilt 4)

Mollys wundersame Reise (Molly 1)

Molly verzaubert ihre Welt (Molly 2)

Molly, Architektin des Lebens (Molly 3)

Meine Reise ins Glück (Molly 4 - ein Ausfüllbuch)

Ticket zur Erde und zurück

47208612R00176

Printed in Poland
by Amazon Fulfillment
Poland Sp. z o.o., Wrocław